LE RÉGENT

PATRICK PESNOT

LE RÉGENT

*

LE GUERRIER LIBERTIN

NOUVEAU MONDE ÉDITIONS

MIXTE
Papier issu de sources responsables
FSC® C003309

Pocket, une marque d'Univers Poche,
est un éditeur qui s'engage pour la préservation
de son environnement et qui utilise du papier fabriqué
à partir de bois provenant de forêts
gérées de manière responsable.

ISBN 978-2-266-22118-4

Pour Catherine, sans qui...

Prologue

Une gifle

Versailles, 11 janvier 1692

Les parfums les plus capiteux, mêlés à l'odeur de quelques chandelles qui charbonnaient, parvenaient à peine à chasser les remugles provenant des tréfonds du château. Au milieu de l'étincelant miroitement de la galerie, Philippe essayait malgré tout de faire bonne figure tout en se frayant un chemin parmi les courtisans qui encombraient les lieux, distribuant de façon distraite çà et là signes de reconnaissance et esquisses de révérence. Sous le plafond peint par Le Brun, le vacarme des conversations montait en un brouhaha désagréable : bouquet de voix haut perchées, de rires affectés et d'exclamations surfaites qui dissimulaient la nervosité ambiante. En cette fin d'après-midi, la grande affaire était de savoir qui serait admis à « l'appartement », c'est-à-dire à l'une des trois soirées hebdomadaires où le Roi aimait à voir ses fidèles jouer, danser et s'empiffrer de sorbets et de pâtisseries au son de sa petite musique de chambre. Suivrait à dix heures le grand couvert où seule la famille royale, à l'exception de quelques privilégiés, serait invitée à souper à la table du souverain.

À onze heures enfin, Louis XIV se lèverait de son siège. Mais, pour les plus proches dont Philippe était, il faudrait encore supporter la cérémonie du petit coucher où, pendant que les valets déshabilleraient Sa Majesté, les Grands du royaume se disputeraient la faveur de tenir le bougeoir.

Minuit approcherait lorsque Philippe, désormais libre, pourrait quitter la chambre à coucher royale pour rejoindre en toute hâte la petite Fanchon – à moins qu'il ne s'agît de Suzette – qui l'attendrait dans le cabinet de son propre appartement.

Il sentait déjà l'impatience le gagner au fur et à mesure qu'il se faufilait dans cette foule oisive et cancanante.

Soudain, elle surgit devant lui : mafflue, la pommette rouge, l'œil noir, l'air encore plus courroucé qu'à l'ordinaire. Madame, sa mère. Alors qu'il s'apprêtait à baiser sa main, elle lui déroba celle-ci. Il ne comprit pas avant qu'elle levât le bras. Interdit, il ne songea même pas à esquiver. Un soufflet, cuisant ! Aussi sonore qu'impromptu… Tellement bruyant qu'instantanément les conversations se turent tout au long de la galerie des Glaces. Philippe sentit que tous les regards étaient tournés vers lui. Défait et encore abasourdi, il vit la stupéfaction se muer peu à peu en sourires à peine dissimulés. Madame, majestueuse, tel un vaisseau qui fend les flots, avait déjà rompu les rangs de courtisans et passé son chemin, abandonnant son fils à son humiliation.

Un peu sottement, Philippe se frotta la joue comme pour effacer l'affront qui lui avait été infligé. Puis il s'éloigna à grands pas. Il lui fut toutefois impossible de ne pas entendre les ricanements qui couraient dans la foule comme autant de caquetages de poulailler.

*

Plus tard, reclus dans son appartement du château, Philippe de Chartres remâcha sa honte.

Tout avait réellement commencé deux jours plus tôt. Louis XIV l'y avait mandé dans son cabinet au petit matin, avant même la réunion du Conseil, en compagnie de son père, Monsieur, frère du souverain.

Son ami Saint-Simon, qui avait ses habitudes dans les couloirs et les antichambres du palais, le surprit, qui sortait de son logis par une porte dérobée, escorté par un garde de son père.

« Où allez-vous si promptement à la pointe du jour ?

— Chez le Roi ! »

Le duc n'avait osé aucun commentaire mais Philippe avait deviné que Saint-Simon n'ignorait rien de l'affaire qui serait disputée en ce jour devant le Roi et nourrissait déjà les gloses de toute la Cour.

Dès qu'il fut introduit dans le cabinet du Conseil, contigu à la chambre du Roi, Philippe s'inclina devant son oncle qui occupait l'un des trois fauteuils rangés sous les lambris de glaces qui couvraient les murs de la pièce et qu'éclairait un pâle soleil d'hiver.

« Vous avez bonne mine et fière allure, monsieur mon neveu. »

Instinctivement, le jeune homme remit en place sa perruque que, dans sa hâte, il avait coiffée de guingois. Louis XIV, amusé, le toisa et lui distribua encore quelques amabilités sans avoir l'air d'y penser. Debout à côté du fauteuil royal, son père, le duc d'Orléans, aussi enrubanné qu'à l'ordinaire, triturait nerveusement un collier de jade et d'émeraudes.

Philippe leva les yeux sur son oncle. D'où venait qu'en présence de son royal parent il éprouvait une terreur si intense qu'il en perdait généralement tous ses moyens et répondait à ses questions, même les plus affables, tel un enfant à la mamelle.

« Hélas, mon neveu, la guerre, si cruelle à mes sujets, m'impose aussi de ne pas établir ma famille ainsi que je le voudrais. Votre sang et votre lignée recommanderaient que vous vous fussiez allié à quelque princesse étrangère de renom. »

Monsieur opina. Mais Philippe, malgré l'oppression qui tenaillait sa poitrine, ne put s'empêcher d'observer que son père n'était pas moins ému que lui.

« Aussi, afin de ne point vous diminuer, ai-je songé à vous faire l'honneur de vous donner comme épouse ma propre fille, Mlle de Blois ! »

La sentence était donc tombée. Philippe ne fut pas même étonné. Les ragots de la Cour, propagés par des indiscrétions recueillies à la meilleure source, c'est-à-dire dans les appartements de Mme de Maintenon, l'avaient préparé de longue date à cette royale annonce. Son précepteur, le subtil abbé Dubois, avait ensuite pris la relève en lui remontrant avec conviction tous les bienfaits qui résulteraient de cette union.

Cependant, dans son for intérieur, le jeune homme, déjà résigné, pensait qu'à tout prendre, puisqu'il était destiné à épouser une bâtarde du Roi, il eût préféré coucher dans son lit conjugal la belle Mlle de Nantes, la sœur de Mlle de Blois, pour laquelle il avait dans son enfance conçu un tendre sentiment. Las, cette jolie agnelle avait été livrée au fils du Grand Condé, le duc de Bourbon, un homoncule tout contourné, qui était précédé par une réputation de monstre sanguinaire. Et même s'il lui avait volé il y a peu une journée d'amour qui l'avait ébloui, il était vain d'espérer qu'elle fût un jour son épouse.

Le Roi, non sans impatience, attendait sa réponse.

« Votre Majesté comprendra que mon consentement devra être approuvé par mes parents, balbutia le jeune homme.

— Cela est fort bon, mon neveu. Mais je ne doute pas qu'ils approuveront mon dessein. »

Louis XIV tourna à peine la tête.

« N'est-il pas vrai, mon frère ? »

Une nouvelle fois, Orléans, les yeux baissés, opina.

Le Roi se leva avec lenteur.

« Madame ne pourra que se réjouir de voir nos liens familiaux se raffermir grâce à cette bonne alliance. Mon frère saura emporter la conviction de son épouse si toutefois elle trouvait quelque chagrin à nos projets. »

*

Madame, dite la Palatine, avait dû s'incliner, quoi qu'elle en eût. Louis XIV parlait en maître, on ne pouvait que lui obéir : il régnait sur sa famille comme il régnait sur la France. Mais les couloirs du palais résonnèrent longtemps de sa colère, de ses pleurs et de ses cris. Comment osait-on unir son enfant, un fils de France, au fruit d'un double adultère[1] ?

---

1. Mlle de Blois était la fille de Mme de Montespan, longtemps favorite du Roi, bien qu'elle fût mariée au marquis qui lui avait donné son nom.

Élisabeth-Charlotte von der Pfalz, princesse palatine et descendante de la glorieuse lignée des Wittelsbach, portait au plus haut point le respect du sang légitime et abhorrait la bâtardise. Cette violente détestation avait sans doute pour origine le fait qu'elle avait vécu dans sa propre famille la honte de voir un père aimé se compromettre avec une maîtresse installée à demeure qui lui avait donné de nombreux enfants. Une cohabitation si scandaleuse que l'Électeur avait fini par ordonner à son épouse légitime de quitter le palais d'Heidelberg. La petite Liselotte, ainsi qu'on l'appelait familièrement en son enfance, avait été blessée par cet épisode familial et, arrachée aux bras de sa mère, avait accepté avec reconnaissance l'hospitalité de sa tante bien-aimée, Sophie de Hanovre, qui avait pris soin de sa première éducation avant que la fillette ne vînt à nouveau habiter chez son père. Plus curieux était qu'elle avait ensuite montré, en dépit de leur bâtardise, de grands signes d'affection pour la cohorte de demi-frères et sœurs engendrés par l'adultère paternel. Mais seuls les sots s'en étonnèrent. Bonne femme et dénuée de méchanceté, Madame était dans son particulier une personne du meilleur aloi : douée d'un solide bon sens et d'une finesse que n'arrivaient pas à dissimuler des formes un peu trop opulentes et des traits disgracieux, elle égayait son entourage par ses saillies et un langage qui se moquait bien des afféteries de style de la Cour.

Philippe lui-même, qui sentait encore la cuisson du soufflet infligé dans la galerie des Glaces, ne doutait pas que c'était d'abord l'amour maternel qui avait inspiré ce geste brutal. En témoignait une observation de l'indispensable Saint-Simon qui avait vu Madame sortir à son tour de chez le Roi après que celui-ci lui eut imposé sa volonté de marier Mlle de Blois à son fils. « Elle était comme une lionne à qui l'on arrache ses petits ! » « Il n'empêche, répondit Philippe, que j'eusse préféré une marque de dilection un peu moins brûlante ! »

Mais le jeune homme avait déjà pardonné à Liselotte tant il était impossible de tenir longtemps rigueur à une mère si charnellement attachée aux siens qu'elle feignait même de ne pas remarquer les débordements de son époux, fervent amateur du ragoût italien[1], et qu'elle s'affligeait dès que la santé de Monsieur montrait quelque contrariété.

Naturellement philosophe, Philippe savait aussi qu'il ne pouvait pas prendre le risque de subir à tout jamais la vindicte de son oncle. Il lui était par conséquent interdit de s'opposer à un désir royal qui n'était rien de moins qu'un ordre. Ainsi avait-il déjà pris son parti de partager sa couche avec cette petite oie blanche, fille du Roi et de la Montespan, et donc sa cousine. Et déjà, il se promettait que, tout en accomplissant avec ponctualité un devoir conjugal qui lui apporterait peut-être d'agréables surprises, il continuerait à trousser les Fanchette, Suzon et autres Charlotte qui étaient de sa connaissance et ne se refusaient jamais à lui !

---

1. L'homosexualité.

[illegible]

[illegible]

[illegible] Philippe [illegible]

[illegible]

I

Un mariage mal assorti

Novembre 1671

Qu'il était amusant ! Un petit homme tout en grâces et manières qui semblait monté sur des échasses tant ses talons étaient démesurés. Corseté dans un habit scintillant de diamants et orné de rubans fleuris qui flottaient à chacun de ses pas, il rehaussait encore sa taille par une foisonnante perruque noire festonnée de faveurs multicolores où se perdait un joli visage fardé que seul déparait un nez un peu trop long.

Pour la première fois depuis le départ de son cher Palatinat, un sourire passa sur le visage de Liselotte. Et, à l'importance des révérences qui accompagnaient sa marche, elle comprit aussitôt que ce délicat objet qui s'avançait vers elle n'était autre que son mari, Philippe d'Orléans, frère du roi.

Quand enfin il s'inclina devant elle, un nuage de parfum l'assaillit. Et soudain, elle eut honte d'être fagotée dans une modeste robe de taffetas bleu qui, selon ses dames de compagnie, apparaîtrait plus française que les lourdes vêtures tudesques agrémentées de fourrure qu'elle avait coutume de porter lorsque la rigueur du temps l'imposait. Elle se sentait d'autant plus gauche que, dans la froidure de ce matin d'automne, elle grelottait sous cette étoffe trop légère.

Devina-t-il sa gêne qu'une subite rougeur ne pouvait dissimuler ? Il lui tendit avec élégance sa main gantée. Elle s'y appuya pour descendre les trois marches de son carrosse, tandis que l'assistance chamarrée qui se pressait autour d'eux applaudissait à ce geste charmant.

On s'écarta enfin. Liselotte, la main posée sur le poing de Philippe, se mit en marche vers la maison où ils devaient prendre une collation avant de partir pour Châlons où le cortège nuptial ferait halte.

Philippe d'Orléans marchait comme on danse, distribuant autour de lui des signes d'amitié, des baisers soufflés ou des propos bouche à bouche avec les gentilshommes qui étaient de son escorte parfumée et cheminaient à son côté. Liselotte lui jetait parfois un regard à la dérobée, cherchant sur ses traits mobiles une raison d'échapper à l'angoisse qui l'étreignait depuis qu'à Metz elle avait dû se séparer de sa suite allemande, à l'exception de sa gouvernante et de deux filles. Elle avait l'impression que les larmes versées lors de leur séparation par son petit demi-frère, le raugrave Karl-Lutz, n'avait toujours pas séché sur ses joues. *Schwartzkopfel*[1] avait à peine disparu, scellant ainsi son entrée définitive dans le royaume de France, qu'elle avait ensuite subi une interminable et assommante théorie de cérémonies religieuses. Née protestante et élevée dans cette foi, elle avait d'abord abjuré au cours d'une cérémonie solennelle. Convertie par la grâce du Saint-Esprit, un

1. Cheveux noirs.

Te Deum présidé par l'évêque l'avait débarrassée des miasmes huguenots qu'elle transportait encore avec elle. Puis, dans le même train, elle communia, fut confirmée et mariée religieusement par procuration avec le maréchal du Plessis-Praslin qui représentait son époux.

C'était donc en fraîche catholique romaine que la jeune fille s'était lancée sur les mauvais chemins boueux qui devaient la mener au-devant de Monsieur. Elle regarda à peine les paysages que son cortège traversait tant lui manquaient déjà les forêts et les collines du Palatinat où, garçon manqué, elle folâtrait dès qu'il lui était possible d'échapper au protocole et aux usages de la petite cour princière d'Heidelberg.

« Oublie ton peuple et la maison de ton père ! » Citant un verset du psaume 45, l'Électeur palatin Karl Ludwig s'était par ce maigre adieu séparé de sa fille. Trois larmes plus tard, il avait quitté Strasbourg pour regagner sa patrie. Liselotte, bien qu'elle ne fût guère instruite des affaires diplomatiques, savait néanmoins que son père ne pouvait que se réjouir de l'alliance qu'il avait conclue avec les émissaires du Roi de France. Le mariage de sa fille avec le propre frère du monarque le plus puissant d'Europe lui laissait espérer une élévation de sa famille mais surtout une nouvelle sûreté pour ses États qui souffraient en permanence de se trouver entre les terres d'Empire et celles du royaume de France. Karl Ludwig, qui venait à peine de redresser le Palatinat ruiné par les guerres précédentes, n'avait donc guère barguigné : Élisabeth-Charlotte serait le gage de la paix, dût-elle abjurer sa religion et refouler les gros sanglots qui ne cessèrent de la secouer tout au long de cet interminable voyage à travers les marches de son nouveau pays.

Il n'était jusqu'à l'indigence de son trousseau, une dizaine de chemises de nuit et la vieille cape de zibeline qui ne la quittait point, pour lui inspirer de la gêne. Surtout quand, en ce matin de novembre, elle découvrit la magnificence de l'entourage de son époux.

« Votre Altesse doit manger ! »

La voix de la grosse Kolb. Liselotte prit une olive, la porta à sa bouche mais, saisie d'un haut-le-cœur, la recracha aussitôt dans sa main.

« Il me semble que j'ai l'estomac tant rétréci que je ne pourrai plus rien avaler. »

La gouvernante haussa les épaules.

« C'est pitié de voir notre demoiselle aussi affligée, elle dont l'appétit émerveillait sa famille et toute la Cour. »

Liselotte ne répondit pas. Une femme à la silhouette sèche et au visage grêlé venait à elle. Après une révérence, dont la jeune épouse crut qu'elle ne pourrait jamais se relever, la nouvelle venue lança en roulant les « r » :

« Je suis Henriette de Gordon-Huntley. J'ai l'honneur d'avoir été choisie pour être votre dame d'atour. »

Tout en essuyant les postillons qui avaient constellé son visage, Liselotte se dit que jamais titre n'avait été plus mal porté. Écossaise, cette maritorne au vilain teint de pruneau avait déjà servi la première Madame, Henriette d'Angleterre, morte trois ans plus tôt. D'emblée, cédant à son caractère entier, elle décida de la détester.

*

« Comment pourrais-je coucher avec elle ? »

Des éclats de rire répondirent à cette saillie de Monsieur. Une coupe de champagne à la main, la lèvre dégoulinante de confiture, il papillonnait au milieu d'un cercle de ses affidés, poudrés et pommadés à souhait. Certains n'hésitèrent pas à lorgner du côté de la jeune épousée :

« Est-ce ainsi qu'on se vêt dans cette petite principauté ? se moqua l'un d'eux.

— La mode tudesque est bien peu avantageuse, risqua un autre.

— Mais quel accoutrement pourrait sauver des formes aussi peu alléchantes ? » souligna un troisième.

De nouveaux rires secouèrent l'assemblée. Monsieur trempa un morceau de brioche dans un pot de gelée de mirabelle et jeta à son tour un regard à la dérobée vers Liselotte. Dans son for intérieur, il devait convenir que si la jeune femme était dépourvue de la grâce féline de la première Madame, son visage juvénile n'était pas sans charme ni douceur. Mais sous la ridicule étoffe qui la recouvrait, il était à craindre qu'il ne découvrît un corps de paysanne, grossièrement taillé. Et, oubliant qu'il avait été l'initiateur de ces goguenardises, il feignit de tancer ses compagnons :

« Mes amis, vous devez à Madame la courtoisie qui est d'usage dans notre société ! »

Cette fausse semonce ne suffit pas à étancher la soif de rire de ces petits maîtres dont le plus impétueux, le marquis d'Effiat, lança :

« Notre prince aurait-il désormais décidé de sacrifier à l'autre sexe ? Il est vrai que l'apparition d'une telle vénusté ne peut qu'émoustiller les antiphysiciens les plus endurcis ! »

Des hennissements saluèrent la repartie de l'insolent.

*

Ce n'étaient que brocarts et velours. Un amoncellement de tissus qui jonchaient la pièce et que foulaient aux pieds Monsieur, la suite féminine de Madame et quelques couturières empressées qui brandissaient d'énormes ciseaux et des pelotes hérissonnées d'épingles. Liselotte, telle une statue, se tenait en chemise au milieu de la chambre et subissait essayage après essayage, tous réglés par celui qui était devenu son époux devant Dieu mais qu'elle n'avait pas encore connu charnellement.

Philippe d'Orléans saisit une lourde brocatelle couleur sang. Ses petites mains caressèrent l'étoffe et s'amusèrent à la faire chatoyer à la lueur des chandelles.

« Celui-ci me paraît exquis. »

Il jeta le coupon sur les épaules de Liselotte et, en un tournemain, drapa le tissu sur les épaules et la taille de la jeune femme. Une des couturières comprit aussitôt son dessein et lui tendit les épingles. Quelques gestes vifs lui suffirent à esquisser le profil d'une robe. Puis il se retourna vers la coupeuse :

« Le décolleté doit être profond et généreux et bordé de dentelles d'Artois. Les appas de Madame, bien qu'elle n'ait encore jamais enfanté, méritent d'être exposés à la vue des gens honnêtes. »

Et comme un gamin qui vient de se livrer à une bonne farce, il regarda Liselotte, rosissante :

« J'ai grand cœur, ma mie, à mettre en valeur la meilleure part de vous-même.

— Je remercie Monseigneur du soin qu'il apporte à ma toilette et à mon embellissement. »

Déjà, les couturières dévoilaient le modèle. Monsieur, fier de sa besogne, lissa d'un doigt complaisant la fine moustache qui ombrait sa lèvre supérieure et ne s'aperçut pas même que dans cette besogne de déshabillage un tétin virginal fut un instant offert à sa vue.

« Pour les manches, un crevé sur fond de velours noir nous siérait tout à fait. Et des pierreries, beaucoup de pierreries ! »

Un grognement de la Kolb salua ce dernier propos de Monsieur. Mais celui-ci, de ses pattes d'oiseau, palpait déjà de nouveaux tissus. Liselotte saisit ce moment pour enfin bouger et ébaucher une retraite vers la garde-robe voisine. Mais son mouvement n'échappa pas à son époux.

« Pourquoi vous retirer, Madame ?… Nous n'avons fait que commencer.

— Pourtant, cette robe que vous venez de me commander…

— Elle suffira à peine à vos après-dîners. Vous êtes mon épouse, ma mie, et à ce titre, vous vous devez d'être digne d'un seigneur qui donne le ton à Saint-Germain, à Saint-Cloud et à Versailles ! Et puisque vous êtes venue à moi presque aussi nue qu'en votre natureté, je dois vous habiller.

— Monsieur mon père n'a jamais manqué à me vêtir décemment, répliqua la jeune femme, piquée au vif. Mais nous vivons dans un principe de modestie et nous dispensons de jeter nos florins par la fenêtre.

— Une telle frugalité honore certainement les vôtres. Toutefois, elle n'est pas de mise céans où nous devons sans cesse nous hisser au-dessus du commun, ne serait-ce que pour rendre hommage à mon frère le Roi ! »

Momentanément défaite mais nullement abattue, Liselotte ravala son ressentiment et se soumit derechef aux ébouriffants caprices de Philippe d'Orléans. Cependant, elle se promit, passé les fastes des épousailles, de se gouverner elle-même quand il s'agirait de ses vêtures.

*

Un arc de triomphe piqué de ramures et de milliers de fleurs des champs était planté à l'entrée de la ville.

« Quelle coutume charmante ! » remarqua distraitement Monsieur.

Pour la première fois, Élisabeth-Charlotte voyageait assise au côté de son époux. De part et d'autre du carrosse, la foule grossissait. Des chalands tout ébaubis par le lustre du cortège précédé par une compagnie de chevau-légers aux uniformes chamarrés, applaudissaient à tout rompre et lançaient des vivats. Les plus téméraires étaient accrochés aux grilles des balcons afin de mieux plonger leurs yeux à l'intérieur de la voiture et de découvrir les traits de cette princesse inconnue. Liselotte, embarrassée par ces regards aussi curieux qu'inquisiteurs, esquissait de timides saluts de la main.

« Ils vous aiment déjà, Madame. »

Philippe ne boudait pas son plaisir. Il se savait populaire depuis que, devant Tournai, il avait donné de nombreuses preuves de vaillance et même montré une ardeur guerrière que nul ne soupçonnait chez un homme si occupé de son apparence et toujours orné d'une multitude d'affiquets. Il n'était jusqu'à la mort de sa première épouse qui n'eût encore rehaussé sa faveur auprès du peuple qui, entendant partager son chagrin, avait pleuré une si jolie princesse emportée dans la fleur de l'âge.

Debout sur les marchepieds du carrosse, des gardes revêtus de la livrée de Monsieur devaient repousser les spectateurs les plus hardis qui, à cause de l'étroitesse de la chaussée, se trouvaient presque bec à bec avec les deux occupants de la voiture. Liselotte, que ce joyeux tumulte intimidait, se rencognait contre le dossier du siège et observait son curieux époux qui répondait aux acclamations par de généreuses inclinaisons du buste et du chef, tout en agitant ses petites mains gantées.

L'évêque, entouré d'une nuée de prêtres et d'enfants en rochets brodés, les attendait sur le parvis de la cathédrale de Châlons. Une bénédiction nuptiale devait leur être donnée avant leur réception à l'évêché où ils demeureraient pour la nuit. Leur première nuit. Liselotte, peu ou prou instruite des pratiques de l'amour par ses vagabondages dans la société paysanne du Palatinat, éprouvait plus de curiosité que d'effroi. Que pouvait-elle craindre des assauts d'un époux tant délicat ?

« *Ego conjungo vos in matrimonium...* »

Le froid de la pierre sous ses genoux malgré le coussin fleurdelisé sur lequel elle reposait… Les yeux baissés, Liselotte songeait à son père. Karl Ludwig, bien qu'il fût un ardent croyant, avait coutume de railler la gent ecclésiastique. Ami de Dieu mais ennemi des prêtres, selon la devise adoptée par le duc Christian von Braunschweig, n'avait-il pas l'habitude de proclamer que le monde ne tournerait pas rond tant qu'il ne serait pas purgé de trois vermines, la prêtraille, les médecins et les avocats ?

« *In nomine Patris et Filii et Spiritus Sancti. Amen.* »

D'un geste gracieux, Monsieur aida son épouse

à se relever. Et soudain, la jeune femme se dit qu'elle essaierait de toutes ses forces d'aimer ce mari qu'elle n'avait pas choisi.

*

Le feu qui crépitait dans la grande cheminée peinait à réchauffer la pièce. Liselotte sentait le froid jusque dans ses entrailles malgré le lourd édredon qui pesait sur elle. Tous les fâcheux, dames et demoiselles de sa suite, valets et femmes de chambre, gandins de l'entourage de Monsieur, étaient enfin partis après une cérémonie du coucher qui se voulait inspirée par celle que Louis XIV imposait à ses courtisans.

Au pied du lit, Philippe, agenouillé, priait. Il avait revêtu une fine chemise de batiste ornée de dentelles sous laquelle son bedon pointa de façon plaisante lorsqu'il se mit debout. À la lumière de la chandelle qui brûlait au chevet, Liselotte vit son époux ouvrir furtivement un tiroir de la table de nuit et glisser dans sa main un attirail qui sonna de façon métallique. De quoi s'agissait-il ? Et de quelle étrange liturgie nuptiale comptait-il accommoder leur union ?

Angoissée, elle aurait voulu disparaître au fond de ce grand lit qui tardait à tiédir. Mais elle sentit contre elle Philippe qui se coulait sous les draps et chuchotait à son oreille :

« Ma mie, je vous promets que j'userai de vous avec la plus grande douceur…

— Je vous obéirai en tout. Mais de grâce, monseigneur, faites vite afin d'éteindre au plus tôt mes alarmes. »

Elle entendit encore un bruit de clincailles au tréfonds

du lit puis il se produisit un grand remuement du côté de Philippe. Figée, les bras collés le long du corps, la chemise baissée jusqu'aux pieds, Liselotte n'osait bouger tandis qu'elle devinait que son époux se livrait sur lui à un obscur manège dont le sens lui échappait mais produisait toujours un cliquetis métallique.

Enfin, une main légère se posa sur son giron. Après un instant d'hésitation, elle dériva, descendit jusqu'à la hauteur de ses cuisses.

« Me permettez-vous de vous retrousser ? » interrogea-t-il avec la plus exquise des politesses tout en fouillant son linge.

Partagée entre le désir de lui plaire et l'envie d'en finir, elle surmonta ses affres et écarta les jambes. Philippe se hissa sur elle.

Liselotte, en dépit qu'elle en eût, ne put s'empêcher de pousser un petit cri de douleur quand son membre la pénétra. Après quelques secousses, Philippe retomba sur le côté.

Ce n'était donc que cela. Une brève gesticulation, deux ou trois soupirs et cette humidité qui, elle le sentait, souillait maintenant son ventre. Cela suffisait-il à faire des enfants ? se demanda la naïve Liselotte en se rappelant les rudes assauts que les chiens de son père infligeaient aux femelles du chenil.

« Ma mie, je vous souhaite la bonne nuit et me repens encore si je vous ai importunée. »

Il bâilla et lui présenta le dos. Avant qu'il ne mouchât la bougie, la curiosité fut la plus forte. Elle glissa sa main entre les draps, tâtonna et se saisit du mystérieux objet dont Philippe avait usé avant de s'accointer avec elle. Au toucher, elle reconnut un chapelet auquel étaient accrochées des monnaies. À moins que ce ne fussent des médailles. Un léger tintement alerta Philippe qui se retourna.

« Laissez ceci, Madame ! »

Et en même temps il s'empara du chapelet. Malgré la demi-obscurité, elle entrevit le visage auréolé d'une Vierge sur l'un des médaillons et esquissa un rire.

« Quoi, Monsieur, avez-vous besoin de cette sainte quincaillerie pour émouvoir vos esprits animaux et remplir votre devoir conjugal ? »

Philippe soupira.

« Bien sûr, votre humeur huguenote ne vous prépare pas à reconnaître le pouvoir des reliques et des images de la Vierge !

— Soit ! Mais il m'apparaît que vous n'honorez pas cette dernière en la promenant dans un pays qui lui est inconnu et des parties destinées à ôter la virginité !

— Il suffit, Madame, je vous prie de dormir ! »

Il souffla la chandelle. Et ajouta à voix basse :

« Mais je vous en supplie : que ceci demeure un secret entre nous ! »

*

Les fêtes succédaient aux fêtes dans un étourdissement perpétuel.

Le château de Villers-Cotterêts construit par François Ier sur les ruines d'une forteresse médiévale détruite lors de la guerre de Cent Ans, était depuis longtemps dans l'apanage des Orléans. Adossé à la très giboyeuse forêt de Retz, c'était une vaste et charmante demeure Renaissance où Philippe avait déjà commandé d'importants travaux et confié l'aménagement et l'agrandissement du parc au jardinier du Roi, André Le Nôtre.

Il avait choisi ce château, situé sur la route de l'Est, pour y abriter sa lune de miel avec Élisabeth-Charlotte. Chaque jour voyait poindre au bout de l'allée cavalière de nouveaux carrosses et de riches équipages tant les principaux seigneurs de la Cour étaient impatients de présenter leurs compliments et de connaître cette princesse tudesque qui était devenue par son mariage le deuxième personnage féminin du royaume.

Philippe d'Orléans ne répugnait pas à la dépense et recevait à la hauteur de sa légendaire prodigalité. Les nombreuses tables dressées dans les salles du rez-de-chaussée regorgeaient des mets les plus raffinés. On y goûtait particulièrement d'onctueux desserts servis par des muses et des Cupidons tout habillés d'argent. Liselotte, qui préférait les plats rustiques et roboratifs de son Palatinat, faisait quand même honneur à ces pâtisseries qu'affectionnait Monsieur et qui dégoulinaient de sucre, de sirop et de confitures.

Les dames des seigneurs présents accouraient près d'elle à chaque pas qu'elle accomplissait. On lui demandait mille détails sur son Palatinat natal, comme s'il se fut agi d'une contrée lointaine et sauvage, peuplée de féroces indigènes. On s'étonnait aussi qu'elle maniât un français si élégamment délié et teinté d'un accent qui ne déparait point. « Et savez-vous également l'écrire ? » s'enhardit une curieuse. Enfin, les plus indiscrètes ne se privaient pas de l'interroger sur la vaillance de son époux lors des premières nuits où ils avaient dormi ensemble. Philippe l'avait-il honorée ainsi que Sa Grâce le méritait ? Sans vraiment comprendre mais en devinant sous ce questionnement quelque intention maligne, Liselotte répondait que Monsieur était un époux des mieux intentionnés et qu'elle n'avait nulle raison de se plaindre des caresses qu'il lui prodiguait.

Au reste, il était vrai que Philippe, bien qu'il eût renoncé, au moins dans leur couche, à recourir à l'artifice de ses médailles bénites, la visitait chaque nuit avec une application toute conjugale. Mais, si elle approuvait cette assiduité, elle n'en ressentait aucun émoi ni remuement de la matrice. Cette absence de réactions ne la troublait nullement tant elle pensait déjà qu'il se mêlait à cette agitation des corps du vulgaire et peut-être même du ridicule.

Enfatué par le fait que tous les Grands venaient le saluer en sa « maison de campagne », Philippe ne voulait pas savoir qu'à part les obséquieux ordinaires ces courtisans qui se déplaçaient jusqu'à lui adressaient d'abord leurs grâces au frère du Roi. Liselotte, nouvelle en ce pays et encore dépourvue de connivence avec ce petit peuple bavard, n'était pas dupe. Les ronds de jambe dissimulaient des sollicitations, les flatteries des demandes de faveurs ou même de gratifications pécuniaires. Mais rien ne pouvait altérer le plaisir de Monsieur qui courait de groupe en groupe avec des élégances de danseur.

Il n'était bruit que de la récente arrestation du comte de Lauzun dont l'empressement auprès de la Grande Mademoiselle avait irrité le Roi et encore plus Monsieur. Encore célibataire malgré un âge avancé, Mlle de Montpensier, fille de feu Gaston d'Orléans, frère de Louis XIII, était la plus riche héritière du royaume. Une qualité qui faisait oublier un physique ingrat dont la nature s'était plu à exagérer tous les défauts : son trop long nez était planté au milieu d'un visage au teint jaunâtre et sa haute taille soulignait la sécheresse d'une silhouette que nulle rondeur ne venait égayer. Lassée de contraindre un tempérament impétueux et des sens qui ne demandaient qu'à être satisfaits, la Grande Mademoiselle avait jeté son dévolu sur le joli Lauzun. Ce cadet de Gascogne, ébloui par cette fortune qui lui tombait du ciel, avait aussitôt commencé sa cour. Mais le Roi s'était ému. Sa cousine méritait un parti plus glorieux et son immense richesse ne saurait engraisser la bourse d'un galant impécunieux.

Mlle de Montpensier s'était entêtée, avait chanté pouilles à son royal cousin. En vain. Quant au promis, en dépit des avertissements qui lui furent adressés, il s'était bien gardé de décourager les roucoulades de la vieille fille. C'en était trop pour Louis XIV qui avait envoyé ses mousquetaires chez M. de Lauzun. L'impertinent avait été proprement arrêté et envoyé illico à la forteresse de Pignerol où il aurait le temps de méditer sur les heurs et malheurs du métier de séducteur.

Philippe d'Orléans avait applaudi à cet arrêt royal qui lui laissait espérer que la Grande Mademoiselle, une fois ses esprits consolés et son célibat durablement confirmé, saurait recouvrer bon sens et esprit de famille. Et par conséquent désigner sa lignée comme héritière.

*

Sa taille était médiocre, son visage ordinaire et sa vêture sans éclat, n'était le cordon bleu passé sous sa veste de satin rouge. Nul excès de pierreries ni même de bagues. Et pourtant, observait Liselotte, il lui suffisait de paraître pour imposer le silence et écraser de respect l'entièreté de l'assemblée. Même les bienveillantes marques d'amitié qu'il témoignait à son frère semblaient admirables et suscitaient les remarques les plus flatteuses.

Dès qu'elle fut en présence du grand Roi, Élisabeth-Charlotte veilla à rester elle-même, c'est-à-dire qu'elle ne montra ni confusion ni manifestations exagérées de déférence. Louis XIV fut-il sensible à cette sincérité ? Il parut d'emblée acquis à cette belle-sœur dont la première qualité était un naturel de bon aloi.

Le soir même de son arrivée à Villers-Cotterêts, Louis soupa en tête à tête avec les époux. L'ingénuité et la franchise de Liselotte firent merveille. Ornées de son accent tudesque, ses reparties provoquèrent à plusieurs reprises les rires du roi.

« Monsieur mon frère, vous voilà pourvu d'une compagne dont tous les traits font mouche ! J'espère que vous apprécierez cet air frais qu'elle va souffler dans votre maison. »

Philippe opina. La nouvelle Madame nota avec amusement que, devant son aîné, son époux ravalait son orgueil et en oubliait d'être maniéré. Mais elle devinait aussi que cet abaissement trahissait une préoccupation plus obscure. Elle en eut la preuve lorsque Louis se leva pour prendre congé. Aussitôt après avoir reçu une grosse brassée affectueuse de son beau-frère, elle vit son époux chuchoter à l'oreille du Roi. Celui-ci soupira et entraîna Philippe à l'écart. Liselotte comprit qu'elle devait se retirer.

Tandis que ses femmes la déshabillaient, la peignaient puis lui passaient sa chemise, elle songea à tout ce qu'elle avait appris sur Philippe depuis ses premiers pas en France grâce à quelques indiscrétions des dames de sa maison. Alors que Louis, dès sa première enfance, avait été préparé à son métier de roi, son frère cadet était demeuré confiné dans une société féminine qui l'avait longtemps traité en poupon avant d'encourager son goût pour les parures et les ornements du beau sexe. La joliesse de son visage, qui suscitait l'admiration de ses gouvernantes, permettait en un tournemain de transformer le garçonnet en fillette accomplie capable de duper les observateurs les plus perspicaces. Ainsi accoutré, poudré et parfumé, éprouvait-il un vif plaisir à paraître parmi les autres petites princesses de la Cour.

La régente Anne d'Autriche et son ministre, le cardinal Mazarin, se gardèrent bien de contrarier les inclinations de Philippe. Au contraire, la Reine favorisa les fréquentations de ce dernier, encore titré duc d'Anjou, avec le fils de Mme de Choisy qui élevait ostensiblement son enfant en fille. Semblablement travestis, les deux garçons aimaient à se produire à l'occasion de comédies et de mascarades que la mère du futur abbé composait à leur intention.

Déguisés en bergère ou en déesse, ils minaudaient de conserve et ravissaient leur entourage. Mais les plus avertis savaient qu'il entrait dans ce travestissement autorisé et même recommandé un calcul politique. Anne d'Autriche et son mentor Mazarin craignaient par-dessus tout que Philippe, à l'imitation de son oncle Gaston, si compromis autrefois dans les machinations de la Fronde, ne devînt un jour un rival de son frère. Le féminisant avec outrance, ils espéraient éteindre en lui toute ambition. Comprenaient-ils aussi qu'en agissant de telle sorte, ils poussaient le garçon dans une voie antinaturelle ? Mazarin n'en avait cure : il était bien placé pour savoir que la descendance d'Henri IV avait développé un incontestable attrait pour la bougrerie. Gaston d'Orléans, fils légitime, César de Vendôme, bâtard reconnu, et même Louis XIII son héritier, géniteur tardif et languissant, avaient montré de semblables tendances. Pourquoi en serait-il autrement de Philippe ? Et si, très tôt, il avait été décidé d'éprouver la virilité de Louis en le confiant à Mme de Beauvais qui l'avait consciencieusement déniaisé, son frère cadet ne reçut jamais les mêmes soins. Cela ne l'empêcha pourtant point, malgré les robes et les bijoux dont il s'affublait en son Palais-Royal de Paris, d'exprimer de façon téméraire son tempérament dès qu'il se trouvait à la guerre. Ce dont Madame, malgré toutes les craintes qu'avaient suscitées chez elle ces révélations sur les mœurs de son époux, concevait une grande fierté.

*

Louis XIV ne tarda pas à deviner le sujet dont Philippe voulait l'entretenir.

Les deux frères avaient noué depuis longtemps des rapports pacifiés. Oubliés leurs querelles d'enfants et même les accès de mauvaise humeur du cadet qui, un jour, pris d'un accès de fureur alors qu'on lui refusait un plat de bouillie sous prétexte de carême, avait lancé récipient et contenu à la face de son aîné. L'offense faite au souverain mit durablement la Cour en émoi. Et, ce jour-là, Mazarin dut s'entremettre pour éloigner

Philippe et le reléguer dans le quartier des femmes où il se plaisait tant.

Mais lorsque dans sa vingtième année Louis fut si gravement atteint d'une fièvre infectieuse qu'on le crut à l'article de la mort, son frère pleura avec la plus grande sincérité et repoussa quelques intrigantes qui le voyaient bientôt monter sur le trône et le conjuraient déjà de chasser monsieur le Cardinal.

Louis XIV eut connaissance des marques de chagrin que son frère avait montrées lors de sa maladie. Toutefois il eut bien garde de lui en témoigner de la reconnaissance tant il considérait que ces larmes allaient de soi. Ce n'était pas que le souverain mésestimait l'affection de Philippe mais il voulait en toutes choses affirmer sa prééminence. Et il ne lui déplaisait pas d'être flanqué d'un frère qui se complaisait dans la mollesse et la futilité. Il n'en apparaissait lui-même que plus grand et majestueux ! C'était pourquoi il s'abstenait aussi de critiquer les mœurs à rebours de Philippe et donnait avec éclat de multiples preuves de sa propre inclination pour les représentantes du gentil sexe.

« Mon frère, dit enfin Monsieur, les joues rosies d'émotion, la trop longue absence de qui vous savez me désole et me chagrine.

— Comment pouvez-vous parler ainsi alors qu'une épouse fraîche et épanouie vient de vous échoir ?

— Vous savez bien que je ne me suis marié que pour vous complaire et vous aider dans votre politique allemande.

— Soit ! Mais votre Élisabeth-Charlotte me semble bien estimable et propre à vous donner de solides enfants. Vous n'avez pas encore d'héritier mâle, monsieur mon frère, puisque cette pauvre Henriette ne vous a pourvu que de filles.

— Marie Louise et Anne-Marie suffisent à mon bonheur paternel. Et je ne doute pas qu'Élisabeth-Charlotte saura se faire aimer d'elles, même si elle demeure en mal d'enfant !

— Vous oubliez un peu vite le souci dynastique qui devrait occuper vos pensées à défaut de stimuler la part la plus secrète de votre personne ! »

Cette dernière pique empourpra encore plus le visage de Monsieur. Il protesta en battant des mains, tandis que Louis reprit :

« Frère de roi, vous avez le devoir de faire fructifier votre maison et de fournir aux princesses étrangères en déshérence des mâles de notre lignée…

— Mais moi, je me soucie peu de peupler les cours européennes ! Au reste, il me semble que tant avec Mlle de La Vallière qu'avec Mme de Montespan, vous ayez déjà largement braconné sur ces terres-là ! »

Louis se rembrunit. Il accordait à son seul confesseur le droit de le morigéner sur cette question sensible. Même si, bien sûr, il ne tenait aucun compte de ces mercuriales.

« Monsieur mon frère, brisons là si vous voulez que je vous écoute… Et travaillez d'abord à me donner des neveux et des nièces ! »

Philippe baissa aussitôt les armes. Louis pouvait désormais être magnanime :

« Je n'ignore pas le sujet qui vous agite… Mais M. de Lorraine, autant par ses clabaudages que par ses actes, a gravement offensé votre personne. Et donc moi-même !

— Il a été accusé à tort. Jamais il n'a attenté à la vie d'Henriette. C'est une abominable menterie !

— Et pensez-vous que si je le savais coupable d'un tel crime, il serait encore de ce monde ?

— Alors, de grâce, permettez-lui de revenir. Ce sera le plus grand plaisir que vous puissiez me faire !

— Il ne suffit pas qu'il soit innocent en cette affaire. La trop grande familiarité dont il a usé avec vous a outragé la Cour… Même la Reine, votre belle-sœur, s'en est émue.

— C'est que j'ai trop donné à Lorraine d'occasions de me gouverner.

— Ainsi, la faute vous en revient. »

Assez piteusement, Philippe hocha la tête.

« Le chevalier est victime d'une cabale. Certains aigris ont voulu se revancher de son bel esprit et de ses grandes manières.

— Et peut-être aussi de sa propension à picorer dans toutes les bourses qui se trouvent à sa portée. Il n'empêche, mon frère, j'ai décidé de vous plaire, bien que je regrette votre attachement pour un personnage qui ne mérite guère votre amitié… M. de Lorraine a reçu mandement de quitter son exil italien. Et afin de vous prouver ma mansuétude, j'en fais un maréchal de camp dans mon armée ! »

Bouleversé jusqu'aux larmes, Philippe tomba aux pieds de son frère et serra ses genoux contre sa poitrine. Louis le releva assez rudement.

« Il ne convient pas que des frères se tiennent ainsi embrassés ! »

Toutefois, à son tour, il étreignit Philippe. Puis il plongea ses yeux dans les siens.

« Je vous donne Lorraine mais j'escompte que vous m'en aurez obligation toute votre vie… »

Et, après avoir baisé son frère, Louis ajouta avant de sortir :

« Et si, malgré tout, vous vous entêtez à l'aimer, faites-le pour l'amour de moi ! »

Et, de longtemps, Monsieur ne sut si son frère s'était moqué ou si, par un mystérieux détour, il avait tenu à se réjouir de son bonheur prochain.

II

Une amazone à la Cour

1673-1676

« Votre Grâce, il ne sied pas que vous montiez à cheval. Vous pourriez perdre votre fruit ! »

D'un geste brusque, Élisabeth-Charlotte écarta le fâcheux et piqua des deux.

« Le Roi m'attend ! »

Ces sots de médecins ! À l'image de son père, Liselotte les traitait aujourd'hui par le plus grand mépris, fussent-ils attachés à la personne de Louis XIV. Il lui semblait que ces cuistres ne juraient que par deux médecines : la saignée ou la purge. Leur ignorance et leur obstination étaient telles qu'ils pouvaient prescrire ces pratiques jusqu'à l'épuisement du malade qui mourait, enfin débarrassé de toutes les mauvaises humeurs qui l'encombraient. Cette fureur médicale provoquait de terribles calamités. Surtout chez les plus jeunes. « Ici, avait-elle écrit à l'une de ses amies allemandes, aucun petit n'est en sécurité. Les médecins ont déjà expédié cinq enfants de la Reine dans l'autre monde ! » Élisabeth-Charlotte savait aussi que trois bambins nés de l'union de Monsieur et de feue Henriette d'Angleterre avaient pareillement péri.

Elle-même avait subi la dictature de la Faculté lors de sa première grossesse. Jugeant que l'œuf qu'elle portait était mal accroché, les disciples d'Esculape lui avaient imposé plusieurs mois d'immobilité et les inévitables saignées qui accompagnaient cette prescription. Elle avait tenté de se rebeller. Mais le Roi et Monsieur, qui plaçaient de grandes espérances dans la venue de son enfançon, lui avaient interdit de se soustraire aux recommandations des hippocrates. Et, de guerre lasse, après un enfantement douloureux de plusieurs heures devant une assemblée de courtisans, mais en l'absence de Philippe et de Louis XIV retenus à la guerre, Liselotte avait donné naissance à un grand et robuste bambin, Alexandre-Louis. De par la solidité de ses attaches et la complexion colorée de son petit visage, elle avait aussitôt reconnu en lui un solide Rhénan qui devait bien peu à la chétivité de son père. Et, dans un éclat de rire, elle avait clamé : « Il me ressemble puisqu'il est aussi laid que moi ! »

Dès qu'elle en eut terminé avec ses couches, elle apprit à monter à cheval sur une superbe monture que lui offrit le Roi. Liselotte, après son immobilisation forcée, avait soif d'exercice et de grand air. Louis XIV avait encouragé cet emballement qui lui permettait, au cours d'interminables parties de chasse, de chevaucher botte à botte avec cette belle-sœur qui, décidément, l'amusait fort. Dans la forêt, au plus près de la meute et précédant souvent l'équipage, le Roi oubliait le visage maussade de son épouse et se reposait des frivolités de ses favorites en goûtant la hardiesse et le langage fleuri de Liselotte.

Elle-même appréciait au plus haut point le compagnonnage de Louis. Et peu à peu, même si elle prenait soin de se le dissimuler, elle éprouva pour lui une affection qui tenait de l'amour. Cependant, la jeune femme restait lucide : comment le Roi aurait-il pu la préférer à une Montespan qui était dans tout l'éclat de sa beauté et mettait en valeur soir après soir des appas qui émerveillaient la Cour. Crottée, les habits déchirés, le teint gâté par le soleil et les intempéries, Liselotte ne pouvait rivaliser. Et d'ailleurs le désirait-elle ? Ou se contentait-elle de rêver ? Mais, parcourant halliers et guérets au côté du Roi, elle ne pouvait manquer de comparer la prestance et le fier allant de Louis aux mignonneries de Philippe chez qui l'extase était une façon coutumière. Il se pâmait à la vue d'un bijou, à l'exhalaison d'un parfum, au spectacle d'un tableautin. Tout n'était chez lui qu'exagération alors que la mâle ardeur de Louis suscitait d'emblée chez elle une muette admiration.

Cela n'empêchait pourtant point Madame de proclamer en tous lieux, et même dans sa prolifique correspondance, que Monsieur était le meilleur des hommes. En effet, bien qu'il ne fût pas un époux parfait, il lui manifestait maintes marques d'amitié, même si elle n'ignorait plus qu'il prenait son plaisir avec le chevalier de Lorraine. Pouvait-elle être jalouse puisqu'elle ignorait elle-même ce que pouvait être ce ravissement des sens après lequel couraient tant de femmes de la Cour ? Quant au commerce amoureux des hommes entre eux, que d'aucuns appelaient aussi le vice italien, elle n'en connaissait par force ni les usages ni l'accomplissement. Elle savait simplement ce que lui avaient enseigné les rumeurs de Versailles. Il s'y disait que cette mode infâme était arrivée à la

Cour par la faute des neveux de Mazarin et que le Roi lui-même, avant qu'il ne ralliât définitivement le camp des femmes, avait été victime d'un forcement un jour où il se baignait nu dans la rivière de Seine en compagnie de Paul, l'un des frères Mancini. Cependant, le gros bon sens de Madame l'inclinait à douter que la seule présence des Mazarin eût généré autant de sodomites parmi les beaux messieurs de la Cour.

À nouveau grosse, sans que les chapelets de Philippe fussent toutefois responsables, Liselotte était bien décidée à ne plus écouter les médecins et à courir le cerf et le daim tant qu'il ne lui serait pas malaisé de monter sur son cheval.

La brume festonnait les frondaisons. Le givre avait dessiné de délicates fleurs sur l'herbe et les buissons. Protégée par sa lourde amazone et un buffletin de peau ajusté sur son haut, coiffée d'un tricorne, Liselotte sentait à peine le froid et prenait grand plaisir à galoper librement dans les bois de Fontainebleau.

Après une petite course, elle rejoignit l'équipage royal dans une clairière proche du château. Le ciel était d'un bleu immaculé et l'air était si coupant qu'il en paraissait joyeux. Le froid avait orné de glace la grosse moustache du maître piqueux qui, chapeau bas, rendit compte de ses observations du petit matin. Il avait fait le pied le long d'un guéret hérissé de fourrés où baugeait presque certainement une compagnie de bêtes noires.

Louis XIV, les narines palpitantes, se tourna vers sa belle-sœur.

« Madame, il pourrait y avoir du danger si nous tenons un sanglier au ferme. Voulez-vous quand même poursuivre ?

— Majesté, répondit galamment Élisabeth-Charlotte, je ne crains rien lorsque je suis en votre compagnie ! »

Le maître piqueux lança la meute des vautraits à grands sons de cor. La musique fila en écho sur le feuillage des arbres et le granit des rochers. À cet instant, il sembla à Liselotte que son cœur éclatait de joie dans sa poitrine.

*

« On me dit partout, Madame, que vous êtes céans de la plus grande mode. »

Élisabeth-Charlotte sentit une pointe d'envie dans le propos de son époux. Elle choisit d'en sourire. Mais il était vrai – et elle avait été la première à s'en étonner – qu'elle était le point de mire de la société et que les femmes se faisaient un devoir de l'imiter en toutes choses. Cependant, elle était maintenant suffisamment avertie des subtilités de la Cour pour savoir que sa seule faveur auprès du Roi justifiait cet engouement pour sa personne. Louis XIV ne cessait en effet de lui distribuer les marques les plus affectueuses. Elle était de toutes ses chasses, semaine après semaine, pouvait lui parler en tête à tête quand elle le jugeait bon, et partageait avec lui une véritable ferveur pour la comédie et les pièces musicales qu'on donnait presque tous les soirs lorsque la Cour se trouvait à Saint-Germain. On y observait alors que le souverain tenait en haute considération les avis de sa belle-sœur et qu'il s'appliquait dans le choix de ces pièces à satisfaire le goût de Madame qui était fort informée en matière de théâtre et pouvait même parler savamment d'un certain

Shakespeare, un auteur anglais encore peu connu de ce côté-ci de la Manche.

Cette connivence entre Louis et la Palatine, telle qu'on l'appelait désormais en raison de sa naissance, nourrissait les ragots d'une société naturellement médisante. On s'étonnait surtout de constater que le Roi n'avait jamais témoigné de telles bonnes grâces à la première Madame dont il avait été pourtant entiché quelque temps tant ses manières de chatte étaient plaisantes. Toutefois son emballement pour Henriette n'avait guère duré et après avoir sans doute emporté aisément ses dernières défenses, il s'était vite lassé d'une coquette réputée pour distribuer ses charmes avec une trop grande générosité.

Mais se pouvait-il que Louis XIV qui était si amouraché du beau sexe pût afficher une telle toquade pour une Allemande aux manières rudes qui sentait encore la choucroute de son pays ?

Cependant, le goût du Roi commandait et chacun et chacune s'empressait de lui plaire jusqu'au ridicule : ainsi la vieille zibeline râpée de Madame était devenue de la dernière mode et faisait fureur à la Cour : les belles, qui s'étaient de prime abord gaussées, serraient aujourd'hui leurs gorges dans cette fourrure qu'on n'appelait plus qu'une *palatine* pour rendre honneur à Élisabeth-Charlotte.

En vérité, Liselotte n'était pas dupe. Même peu au fait des méchancetés de la gent courtisane, et surtout peu soucieuse d'en être instruite, elle savait que sa vogue dépendait du caprice du souverain. Tant que Louis lui manifesterait des bontés, elle serait au pinacle. Toutefois, même si elle cessait un jour d'être aimée par le Roi, elle avait une si haute idée de sa dignité qu'elle était persuadée de garder son rang et ses privilèges d'altesse royale.

Seules l'alarmaient les intrigues qui foisonnaient au Palais-Royal. Demeure favorite de Monsieur quand le Roi ne réclamait pas sa présence à la Cour – Liselotte, quant à elle, préférant Saint-Cloud, son parc et sa fraîcheur –, c'était le nid parisien où s'alanguissaient les beaux messieurs qui constituaient l'ordinaire des plaisirs de Philippe.

Le chef de ce parti était le chevalier de Lorraine. Depuis le pardon royal qui lui avait été accordé et son retour d'exil, ce personnage de haute tige s'attacha à reconquérir toutes les prérogatives qui étaient les siennes avant sa pénitence. Il lui fallut d'abord écarter ceux qui, profitant de son absence, s'étaient glissés dans les faveurs et le lit de Philippe. Sa première proie fut le capitaine des gardes de Monsieur, Alexis-Henri de Châtillon, qui ne le cédait en beauté qu'à Lorraine lui-même. Mais le bougre opposa une résistance inattendue et refusa de laisser la place. Philippe, déchiré par cette guerre intestine, essaya en vain de calmer les deux coqs. Pour obtenir la paix, il ne cessait d'envoyer à l'un et à l'autre des billets parfumés où il leur témoignait successivement la grande affection dans laquelle il les tenait. Cela ne suffit point.

Exaspéré, Lorraine osa s'en remettre au grand Roi. Louis XIV, peu enclin à se mêler d'une chicane domestique qui le portait d'abord à rire, ne voulait pas trancher entre ces deux coquins dont il ne partageait ni les goûts ni l'effronterie. Toutefois, son propre intérêt l'incitait à pencher pour Lorraine dont il attendait qu'il continuât à écarter Philippe des affaires du royaume. C'était d'ailleurs la seule raison qui l'avait conduit à lui octroyer son pardon en dépit de toutes les vilenies dont il s'était rendu coupable.

Malgré qu'il en eût, Louis dut quand même vider cette querelle tant Lorraine tempêtait et menaçait de quitter la maison de Monsieur en compagnie du marquis d'Effiat, membre éminent de la confrérie homosexuelle qui, dans le secret de ses réunions, singeait les pratiques des ordres hospitaliers. Châtillon, vaincu, fut amené à quitter le Palais-Royal où Lorraine revint en maître après une courte bouderie.

Élisabeth-Charlotte se gardait ordinairement de s'immiscer dans ces chamaillis qui occupaient si fort l'entourage de son époux. Mais, parfois, parce qu'elle avait de l'amitié pour Philippe, elle cédait à son tempérament lorsqu'elle constatait une fois de plus que l'empire exercé par Lorraine sur Monsieur était sans limites.

« Par complaisance pour le chevalier de Lorraine vous mettez votre bon esprit dans votre poche et vous l'enfermez si bien qu'il ne peut se montrer. »

Son époux n'était nullement embarrassé par ces philippiques qui lui semblaient seulement dictées par la jalousie. Mais il redoutait autrement les questions qu'elle lui posait de temps à autre à propos de la première Madame et des circonstances de sa mort.

*

Le retour en grâce de Lorraine avait en effet été impuissant à étouffer les rumeurs. Les soupçons demeuraient. Ils étaient colportés par toutes les Cours européennes et la Palatine, qui entretenait une correspondance abondante avec ses amies et parentes établies en Allemagne ou en Angleterre, ne manquait pas d'en être informée par retour.

Elle était d'autant plus curieuse de cette affaire que si les avis qu'elle avait collectés étaient fiables, les scélérats qui avaient concouru à dépêcher Henriette d'Angleterre se trouvaient toujours appartenir à la coterie de Monsieur. À commencer par cet inquiétant chevalier de Lorraine qui, depuis son exil romain, aurait été l'âme du complot.

Même si elle ne se sentait pas encore menacée par les menées de ces ruffians qui pensaient surtout à se goberger aux frais de Monsieur ou à dépecer son patrimoine, elle avait donc tenu à démêler secrètement les fils de cette sombre histoire qui, à ses origines, ressortissait autant à l'affaire d'État qu'à la vie privée.

Lorraine, dès qu'il avait jeté son dévolu sur Monsieur, avait jugé qu'il n'y avait rien de plus pressé que de semer le trouble dans l'union de son protecteur avec la belle Henriette. Cette dernière, qui n'était pas moins intrigante que le chevalier, avait très vite percé la fourberie du personnage. Mais, en dépit du fait qu'elle l'avait mis en garde, Lorraine, incrusté au Palais-Royal comme une bernique sur son rocher, n'avait pas voulu céder la place car les caresses qu'il prodiguait à Philippe étaient payées en monnaie sonnante et trébuchante et cet impécunieux cadet d'une famille illustre entendait arrondir sa pelote au détriment de celle de son amant.

La guerre fut donc déclarée entre l'épouse et le mignon. Henriette avait remporté un premier assaut en s'emparant de lettres échangées entre Lorraine et sa maîtresse – l'insolent servant indifféremment les deux sexes – où affluaient les malveillances sur Monsieur.

La duchesse d'Orléans confia les missives compromettantes à Daniel de Cosnac, premier aumônier de Monsieur en qui elle avait toute confiance. À charge pour lui de les conserver jusqu'au jour où Henriette désirerait en faire usage. Lorraine éventa-t-il l'affaire ? Quoi qu'il en fût, il s'ingénia à provoquer une brouille entre Monsieur et son aumônier. Cosnac, dépité, dut quitter Paris sur ordre du Roi pour s'exiler dans son évêché de Valence et n'en point revenir sauf ordre de Sa Majesté. Mais, en bouclant son bagage, il n'oublia pas d'y serrer les précieuses lettres.

Lorraine, un instant revanché mais toujours sous la menace de la divulgation de cette scabreuse correspondance, entreprit alors de séparer Madame de la plupart de ses dames de compagnie. Monsieur se prêta si docilement à ce jeu que bientôt Henriette se trouva fort isolée et dépourvue de confidentes. Même son crédit auprès du Roi paraissait entamé puisque Louis semblait approuver les mesures d'exil qui touchaient les personnes de son entourage. Mais les deux compères ne pouvaient encore savoir que la duchesse d'Orléans était en même temps engagée dans une entreprise autrement importante et qui surpassait toutes les autres.

Sœur bien-aimée de Charles II, Roi d'Angleterre, Henriette avait été choisie pour devenir l'instrument secret par lequel Louis XIV entendait mener sa politique de rapprochement avec son voisin d'outre-Manche qu'il désirait détacher de son allié hollandais. Il avait donc été décidé dans la plus grande discrétion que Madame ferait le voyage de Londres afin de traiter directement avec son frère et le persuader de se retourner contre la République des Provinces-Unies.

Lorraine, encore lui, eut vent de ce projet par le

truchement d'une maîtresse qu'il partageait avec le vieux maréchal de Turenne, membre du Conseil du Roi. Il s'empressa aussitôt d'alerter Monsieur. Celui-ci poussa les hauts cris. Se pouvait-il que son épouse fût employée à des affaires politiques dont il ignorait tout ? Rebecqué par le peu de cas que l'on faisait de sa personne, Philippe s'en alla trouver son frère et provoqua un esclandre.

Louis, enragé de constater que ses entreprises les plus secrètes étaient ainsi percées, se jura de découvrir l'origine de la fuite. Ses espions n'eurent aucun mal à identifier les coupables. Le maréchal fut sévèrement morigéné et invité à cesser tout commerce avec une maîtresse aussi indélicate. Restait Lorraine.

Madame n'eut aucune difficulté à persuader le Roi de la malfaisance du favori de Monsieur et de la nécessité de l'éloigner. Ne serait-il pas capable un jour prochain d'inciter Philippe à nourrir des ambitions politiques ?

Louis XIV décida d'abord d'en user avec modération : il suffirait d'octroyer à Lorraine les bénéfices d'une bien grasse abbaye où il aurait ordre de résider. Justement, l'évêque de Langres venait fort à propos de succomber. Son abbaye de Saint-Benoît, qui fournissait un revenu annuel de quatre mille pistoles, était vacante. Et comme elle faisait partie des apanages de la maison d'Orléans, la succession n'offrirait aucune difficulté. Mais Monsieur, instruit de l'intention de son frère, se rebiffa à nouveau. S'il le fallait, il pensionnerait son cher Lorraine à hauteur de quatre mille pistoles. Mais il se refusait à le voir exilé. Et si Louis s'obstinait, lui-même se retirerait sur ses terres de Villers-Cotterêts et ne reparaîtrait point à la Cour.

C'en était trop pour le Roi. Un après-midi de janvier, alors que Monsieur se reposait à Saint-Germain en compagnie de son favori, des mousquetaires vinrent prendre de corps le chevalier. Philippe pleura, accabla son ami de baisers tandis qu'il remettait son épée et finit par s'évanouir. Deux jours plus tard, Lorraine était enfermé dans une forteresse lyonnaise. Henriette avait vaincu.

L'affaire, bien qu'elle fût médiocre, continua pourtant à agiter la Cour. La Grande Mademoiselle et Colbert lui-même durent s'entremettre tant Philippe, rencogné à Villers-Cotterêts, s'obstinait à maronner et envoyait supplique sur supplique à son frère. Louis, surtout préoccupé d'assurer le succès de la future mission d'Henriette auprès de Charles II, haussa le ton et fit savoir que Lorraine serait désormais reclus au château d'If. Rien ne devait contrarier la raison d'État ! Et si Philippe voulait obtenir la libération de son mignon, il devrait enfin en convenir.

Tant de grands personnages étaient attachés à éteindre la brouille qu'un accord fut acquis. Le chevalier, élargi, partirait en exil à Rome tandis que Monsieur serait autorisé à accompagner son épouse à Londres. Mais une nouvelle humiliation attendait le frère du Roi. Lorsqu'il fut arrivé à Calais en compagnie d'Henriette, des émissaires de Charles II l'informèrent que sa présence outre-Manche n'était pas souhaitée. Le Roi d'Angleterre se revanchait ainsi des affronts infligés à Henriette par un mari si peu épris du beau sexe. Aussi Philippe dut-il se morfondre plusieurs jours sur la côte tandis que son épouse rejoignait son frère à Douvres et emportait un important succès diplomatique en signant un traité d'alliance entre la France et l'Angleterre.

Auréolée par ce succès, Henriette revint à la Cour au mois de juin et s'entretint aussitôt en privé avec Louis XIV, sans que Monsieur fût autorisé à assister à ce bec-à-bec. Philippe en conçut une grande amertume.

Quatre jours plus tard, sa belle et délicate épouse se mourait et expirait en quelques heures. Rien ne pouvait plus arrêter la rumeur ! Ni l'affliction affichée par Monsieur ni la volonté du Roi qui interdisait que l'on soupçonnât son frère. Et encore moins l'avis des médecins qui, après avoir autopsié Madame, affirmèrent n'avoir trouvé aucune trace d'empoisonnement.

Aujourd'hui instruite de cette affaire, la Palatine partageait l'opinion de son royal beau-frère : Monsieur, en dépit de son ressentiment, ne pouvait avoir ourdi la disparition de sa première épouse. Frivole, velléitaire, capricieux, il était néanmoins dépourvu de méchanceté. Mais il en allait autrement des personnages qui étaient de son entourage.

Peu à peu, Élisabeth-Charlotte se forgea une conviction et dénoua un à un les fils de l'intrigue. Dans son exil romain, le chevalier de Lorraine s'était procuré un poison le plus commodément du monde tant l'usage de ces poudres mortelles y était commun de l'autre côté des Alpes. Un gentilhomme provençal de la maison de Monsieur, Morel de Volonne, fut chargé de convoyer la drogue à Paris et de la remettre au marquis d'Effiat, autre commensal du Palais-Royal. Selon les confidences recueillies par la Palatine auprès d'un valet de chambre qui la servait mais avait autrefois été placé auprès d'Henriette, les conjurés agirent ainsi : à Versailles, profitant d'un moment où Monsieur et Madame étaient à la messe, le marquis s'empara d'une tasse ordinairement utilisée par la duchesse. Il en enduisit les parois de cette poudre d'Italie et la remit en place. Plus tard, Henriette demanda à être servie d'une certaine eau de chicorée dont elle raffolait. Mais elle avait à peine bu qu'elle se plaignit de violentes douleurs. La boisson était-elle cause de cet embarras ? Non pas car d'autres familiers la goûtèrent et ne se trouvèrent point incommodés. Cependant, alors que Madame se trouvait au plus mal, le valet de chambre surprit d'Effiat en train de nettoyer la même tasse avec du papier. « J'avais soif, dit le marquis. J'ai trouvé ce récipient qui me semblait malpropre et l'ai essuyé avant de me servir. » La trace du crime était ainsi effacée.

Ce procédé ingénieux abusa donc tout le monde. Quant aux médecins, empêchés par leur ignorance crasse de mettre en évidence l'existence du poison, ils étaient bien incapables de confondre les assassins.

Maintenant que Lorraine était revenu en France, Élisabeth-Charlotte doutait qu'il usât à nouveau un jour d'un tel procédé criminel, au risque de se perdre. Cette seule certitude la rassérénait. Il n'empêchait que lorsque ses regards croisaient ceux des meurtriers, elle s'efforçait de ne pas frissonner. Elle se gardait surtout de partager son secret avec ses familiers. Et si elle pensa un instant informer le Roi, elle s'en repentit aussitôt : ses révélations n'auraient servi qu'à attirer au-dessus de la tête de Monsieur des nuages qu'il voulait croire dissipés depuis longtemps.

*

Ce fut encore un garçon. Prénommé Philippe, comme son père, il fut titré duc de Chartres. Monsieur, qui avait assisté à l'accouchement en compagnie de son frère, rayonnait. Deux fils en deux ans et demi : cette naissance réduisait à quia tous ceux qui doutaient parfois de ses aptitudes génésiques.

Tandis que le petit Alexandre-Louis grandissait en force, turbulence et appétit, Liselotte considéra avec émotion ce deuxième enfant qui lui était donné. Son sentiment maternel, déjà aiguisé par l'attention qu'elle portait aux deux filles d'Henriette et de son époux, se trouva encore augmenté par la venue de cet enfançon qui manifesta d'emblée une belle vigueur et une voix tempêtante. Trois mois plus tard, elle écrivit une longue et plaisante lettre à sa chère tante Sophie de Hanovre qui venait elle-même de mettre au monde son sixième fils. « Il faut que je raconte à Votre Dilection qu'on a fait tirer l'horoscope de mon plus jeune fils et que cet horoscope dit qu'il sera pape ; moi, je crains bien que ce petit ne soit plutôt l'antéchrist… »

Comme à l'accoutumée, dès la fin de ses couches, Élisabeth-Charlotte retourna à la chasse du Roi où elle força de nombreux lièvres en compagnie de Louis qui lui faisait toujours excellente figure. Cependant, au tout début du printemps de 1675, elle ressentit soudain une grande lassitude et dut s'aliter dans sa chambre du château de Saint-Cloud où elle se plaisait tant. Cette faiblesse lui ressemblait si peu que toute la Cour en fut alarmée. Les plus anxieux ne purent s'empêcher de penser au mal qui avait emporté celle qui l'avait précédée dans l'intimité de Monsieur. Mais les plus raisonnables arguèrent que le tourment qui avait affecté la pauvre Henriette avait été si bref qu'il l'avait dépêchée en seulement quelques heures. La Palatine, durablement malade, était donc victime d'un tout autre dérangement. Et nul n'osa plus parler de poison.

Le premier et le second médecin de Madame échouèrent à juguler la fièvre. Mandée par le Roi et son frère, une bruyante nuée d'hippocrates vint donc s'abattre dans la chambre et la garde-robe de Madame. Ils palpèrent, auscultèrent, mirèrent et furent tout juste capables de conclure que leur patiente souffrait d'une forte fièvre. Puis ils tinrent un important conciliabule. Bien entendu, ils ne s'accordèrent en rien. Chacun en tenait pour sa pharmacopée. Et comme ils furent impuissants à s'entendre, ils en revinrent à leurs médecines ordinaires et administrèrent saignées et clystères.

Cette sévère médication répétée de semaine en semaine ne tarda pas à affaiblir Madame qui n'avait plus même la force de vitupérer ces médiocres disciples d'Esculape. Monsieur, éploré, ne quittait guère le chevet de son épouse, attentif à prévenir jusqu'au plus petit de ses souhaits. Il poussait même le dévouement jusqu'à l'aider à se poser sur sa chaise percée.

Le Roi lui-même venait souvent de Versailles pour visiter sa belle-sœur. Constatant combien celle-ci se rapprochait peu à peu du seuil de la mort, il versait habituellement quelques larmes. Mais il était vrai – chacun le savait à la Cour – que Louis n'était jamais avare de ses pleurs.

On songea bientôt au pire. Déjà le saint sacrement attendait dans un salon voisin. Il se présenta alors un Allemand qui se vanta de pouvoir sauver sa compatriote, grâce à une médecine de son invention. Malgré son bizarre accoutrement et son caftan pouilleux, il fut admis auprès de la Palatine. Puisque la fin était proche, pourquoi ne pas recourir aux soins de ce morticole qui ne pouvait pas obtenir de plus mauvais résultats que les médicastres déjà accourus au chevet de Madame. À demi consciente, la malade ingurgita une première dose de cette drogue inconnue. Comme il ne se produisit rien sinon quelques reflux qui agitèrent la princesse, le charlatan opina qu'une seconde administration était nécessaire. Madame avala et fut aussitôt secouée de violents tremblements. On dut l'asseoir sur sa couche tandis qu'elle toussait à se briser la poitrine. Et alors que l'Allemand s'apprêtait à enfourner sa troisième préparation dans le gosier de la moribonde, Monsieur le saisit par le col de son paletot, l'écarta et le chassa en lui appliquant quelques solides coups de pied au derrière.

Cette scène de comédie eut raison des dernières manigances de la gent médicale. Dorénavant, tonna Philippe, qui ressembla en cet instant au dieu de la Guerre, il ne sera plus fait confiance qu'en la Providence et à ses serviteurs. Il donna lui-même l'exemple en allant se recueillir dans l'église Saint-Étienne-des-Grecs puis en ordonnant des prières dans les églises parisiennes.

Cette nouvelle médecine ne pouvait être pire que la précédente. Laissée en paix, Élisabeth-Charlotte montra quelques signes de résurrection. On cria au miracle. « Grâces soient rendues à Monseigneur dont la foi a triomphé du mal ! » Philippe y gagna un respect inattendu et l'oubli momentané de tous ses péchés sodomites. Car, et chacun se plaisait à le souligner, Monsieur était si occupé à prier pour Madame qu'il n'avait même plus le temps de caresser ses mignons.

De jour en jour, la patiente reprenait des couleurs et recommença à s'alimenter. On jugea qu'on pouvait enfin lui amener ses enfants. Le spectacle de ces deux bambins emmaillotés battant des mains dans les bras de leurs gouvernantes ravit Madame :

« Ils braillent tant que je ne peux douter qu'ils sont les miens ! »

Son premier sourire. La vie était de retour et la forte constitution de Liselotte l'emportait enfin.

« Ah, Madame, j'étais plus mort que vous ! »

Et cet aveu de Monsieur, aussi sincère que naïf, fit que Madame, recouvrant un peu de force, serra son sémillant époux sur sa poitrine amaigrie. Reconnaissante, elle songea que l'affection de Philippe l'avait mieux guérie que les dizaines de saignées et de lavements dont elle fut accablée.

Dehors, dans sa pleine vigueur, le printemps triomphait également des langueurs de l'hiver.

« Mon ami, ouvrez les croisées, je vous prie ! »

Elle avala avec gourmandise l'air frais qui vint jusqu'à elle. Elle aurait voulu que cet enivrement ne cessât jamais.

*

L'été fut éclatant. Liselotte, loin de ce Versailles tant corseté, s'attardait à Saint-Cloud. Monsieur, si fort épris de raffinement, y ajoutait beautés après beautés, agrandissant ici, peuplant là de nouvelles statues, bosquets et quinconces. Partout, les machineries hydrauliques dissimulées sous la verdure alimentaient fontaines et bassins, éclaboussant de fraîcheur les allées et les sentes qui sinuaient sous les frondaisons.

Seuls lui manquaient ici la présence de Louis et le fouet de ces rudes chevauchées qui la conduisaient au plus profond des forêts royales. Mais il y avait ses deux enfants. Bien qu'elle regrettât de devoir les laisser aux mains de leurs gouvernantes et nourrices pour les menus soins qu'ils réclamaient, elle veillait à les voir le plus souvent possible. Le petit Philippe ébauchait ses premiers pas et chutait en riant tandis que son aîné, toujours aussi vif, faisait grand tapage et assourdissait le château des battements de son tambour.

Lorsque l'été jeta ses derniers feux, Élisabeth-Charlotte fut réclamée à Fontainebleau où le Roi lançait la saison de chasse. Louis la reçut avec sa bonté coutumière et s'émerveilla qu'elle eût si vite recouvré sa bonne santé.

Jamais sans doute, la Palatine n'éprouva un tel plaisir physique à parcourir landes et bois. Le soir, les reins brisés, les muscles des membres rompus, il lui semblait que la vie affleurait sur la moindre parcelle de son épiderme. Cette plénitude de son organisme l'envahissait avec bonheur et Liselotte n'arrivait pas à croire qu'elle avait failli mourir il y avait seulement quelques mois. Il n'était jusqu'aux visites nocturnes de Monsieur pour la combler. Non pas qu'elle connût à ces occasions un émoi quelconque mais ces brefs accolements la rassérénaient car ils lui donnaient à croire que son époux, tôt retourné aux caprices de ses favoris, lui gardait une part d'affection.

Languissant de ses enfants, elle demanda à Louis la permission de revenir à Saint-Cloud. Une atmosphère de deuil l'y attendait. Le petit duc de Valois était au plus mal. Et l'on doutait de pouvoir le sauver.

Elle se précipita au chevet d'Alexandre et batailla pour éloigner les médecins. L'enfant souffrait de fièvre et de continuels flux de ventre vidaient son pauvre petit corps. Se reprochant vivement de l'avoir abandonné le temps de la chasse, elle songea aussi que le Ciel tenait sa revanche : n'ayant pu emporter la mère qui avait défié la mort, il réclamait maintenant la vie de son enfant. Cependant, elle était décidée à lutter. Alexandre avait à peine fini de rendre ce qu'il venait de manger que Liselotte le nourrissait à nouveau. Puis c'étaient les bains frais pour vaincre la fièvre et les frictions au camphre afin de vivifier son corps souffreteux.

Élisabeth-Charlotte se persuadait alors qu'un peu de son énergie se transvaserait dans la chair de son fils. Et parfois, baisant son visage, elle se surprenait à chercher ses petites lèvres afin de lui insuffler sa propre vie.

On la crut folle. Tant d'enfançons mouraient en bas âge qu'il fallait en prendre son parti et abandonner à la mort quelques-uns d'entre eux. Tel était le tribut que la Faucheuse exigeait. Mais les soins de Liselotte parvinrent à tenir à distance le spectre et même à l'éloigner. À la fin de l'année 1675, le duc de Valois parut sauvé. Et au même moment, la Palatine sentit qu'au tréfonds de ses entrailles une nouvelle vie était en train de poindre.

*

La rechute fut soudaine. Alexandre ne tarda pas être emporté. Il rendit son dernier soupir une nuit de mars, alors que pluie et vent ne cessaient de gifler les croisées du Palais-Royal.

Élisabeth-Charlotte cria à l'injustice. Pourquoi ne lui avait-on pas pris cet avorton qui s'agitait dans son giron plutôt que ce bel enfant de trois ans qui regorgeait de vie ? Longtemps, elle crut elle-même mourir de chagrin et pleurait à tout instant.

Même les douleurs de son troisième accouchement

n'eurent pas raison de ce tourment qui la brisait jour et nuit. Il lui fallut pourtant jeter les yeux sur cette fille qui lui était donnée mais dont elle doutait déjà qu'elle pût un jour lui faire oublier Alexandre.

Mlle de Chartres fut baptisée Élisabeth-Charlotte comme sa mère, de même que Philippe avait reçu le prénom de son père. Le Roi, sensible à l'affliction de sa belle-sœur, voulut amoindrir sa tristesse en donnant une splendide collation à l'occasion du double baptême des enfants de son frère. Un divertissement suivit à l'Opéra. Monsieur y parut, poudré à frimas et orné de mille rubans. Sa cohorte habituelle l'accompagnait. Et le cœur de la Palatine se serra lorsqu'elle le vit rire aux impertinences du chevalier de Lorraine et du marquis d'Effiat.

La naissance d'Élisabeth-Charlotte introduisit aussi un profond changement dans la vie conjugale du couple. La Palatine était à peine relevée de ses couches que son époux l'entretint de son désir de faire désormais chambre à part. Madame accueillit avec empressement son propos.

« Mon ami, il vous est sans doute apparu que le commerce des corps m'était peu appétissant. En outre, puisque vous avez eu la bonté de me pourvoir déjà d'enfants, il ne me soucie guère de ne plus donner le jour… »

Mais elle n'osa lui dire que, délivrée de la présence à ses côtés d'un mari remuant et encombrant qui menaçait toujours de la faire choir dans la ruelle, elle n'en dormirait que mieux. Toutefois, elle crut bon d'ajouter :

« J'en serai donc très contente pourvu que vous

ne me haïssiez point et continuiez à me montrer des marques de votre affection. »

Ainsi fut-il décidé. Et Liselotte se garda bien de jamais prier Philippe de revenir dans son lit.

Vingt ans plus tard, elle pourrait écrire que jamais femme mariée, ayant mis au monde trois enfants, ne fut plus vierge qu'elle-même !

III

Un amour d'enfance

1677-1683

Monsieur était à la guerre depuis le mois de mars et Madame ne laissait pas d'être inquiète tant elle craignait l'impétuosité de son époux dès qu'il fallait rivaliser de bravoure.

Par le passé, il avait maintes fois donné des preuves de son courage mais aussi de ses dons de stratège. Et il était résolu à poursuivre dans cette voie tant que son frère lui accorderait sa confiance.

La campagne de Flandres avait brillamment commencé. Le maréchal de Luxembourg s'était déjà emparé de Valenciennes tandis que Louis XIV en personne assiégeait Cambrai. Monsieur se vit commander de prendre Saint-Omer à la tête de vingt mille hommes. Mais le Roi, qui ne voulait surtout pas que l'ardeur guerrière de Philippe lui fît de l'ombre, le flanqua d'un vieux routier des bivouacs, le maréchal d'Humières. Toutefois la présence de ce barbon, qui n'était guère connu pour la vivacité de son esprit, était compensée par celle du chevalier de Lorraine dont chacun savait les vertus guerrières.

Son camp sitôt installé, Monsieur ordonna le creusement de deux tranchées et se promit d'emporter rapidement la ville. Mais ses plans ne tardèrent pas à être bousculés : Guillaume d'Orange, Stathouder de Hollande et instigateur de la coalition dressée contre la France, marchait sur Saint-Omer avec une armée forte de trente mille hommes. Abandonnant le siège à l'un de ses lieutenants généraux, Philippe décida immédiatement de se porter à sa rencontre, malgré les avis du vieux soldat qui lui remontra que Guillaume disposait d'une armée deux fois plus nombreuse. Il en fallait plus pour effrayer Monsieur. D'Humières obtint seulement qu'on fît appel à Luxembourg pour commander l'aile gauche de l'armée, lui-même conduisant la droite.

Le maréchal accourut en chaise de poste et arriva à la nuit. Philippe l'accueillit avec maintes marques d'amitié. Il estimait le génial bossu, l'un des plus grands chefs de guerre de son temps, qui, malgré un visage contourné, accumulait aussi les conquêtes féminines.

Luxembourg et Monsieur s'accordèrent à établir leurs troupes dans la plaine que dominait le mont Cassel. Le 10 avril, à la pointe du jour, les étendards du prince d'Orange apparurent. L'ennemi se lança aussitôt à l'assaut d'une colline surmontée d'une abbaye. Luxembourg comprit le danger : si Guillaume emportait cette position, il pourrait ensuite attaquer le flanc de l'armée de Monsieur et jeter ses troupes vers Saint-Omer.

Toute la journée, offensives et contre-offensives se succédèrent. Lorsque le soir vint, à l'heure où le repos s'imposait aux deux armées, les Hollandais tenaient toujours l'abbaye.

Encore plus acharnée, la bataille recommença dès l'aube. Les canons de Luxembourg firent merveille :

les occupants de l'abbaye durent se replier en abandonnant de nombreux morts et blessés. Le flanc droit de Guillaume avait cédé. Mais le prince d'Orange changea instantanément de plan de bataille. Il dégarnit son centre pour mieux attaquer sur sa gauche. Philippe, en grand capitaine, devina la manœuvre. Et tandis que les bataillons ennemis se coulaient en silence derrière les haies, il lança sa cavalerie au cœur du dispositif ennemi. Lui-même, épée à la main, chargea en tête. Ce fut une furieuse mêlée où, par instants, au milieu des nuages de poussière et de fumée, Monsieur apparaissait, frappant, estoquant et encourageant de la voix ses mousquetaires. Un cheval, blessé sous lui, l'obligea à changer de monture et deux balles s'écrasèrent sur sa cuirasse. Mais rien ne pouvait retenir sa témérité. Bientôt, les lignes hollandaises furent rompues et l'ennemi, poursuivi par les escadrons de Luxembourg, finit de se débander. Quant à Guillaume, il avait déjà fui, laissant sur place tous ses canons, cinquante-quatre drapeaux, six mille prisonniers et même sa vaisselle d'or. La victoire était totale. Elle revenait à Philippe.

Grand dans la bataille, Monsieur ne le fut pas moins dans la paix. Contrairement aux usages de la guerre, il interdit le pillage, se fit obéir et envoya chariots de vivres, médecins et chirurgiens pour soulager les tourments des ennemis survivants.

*

Madame exultait. Louis XIV venait de lui envoyer une lettre relatant la victoire de Philippe. Toute à sa joie, elle n'y lut aucun dépit.

Après tant de semaines d'anxiété, elle se sentait

enfin apaisée et même fière de ce petit mari efféminé qui devenait un lion dès qu'il commandait une armée et dont les louanges étaient désormais unanimement célébrées par toutes les classes de la société. Aussi, accompagnée du petit Philippe et des deux filles de son époux, se précipita-t-elle à Notre-Dame de Paris où, devant les drapeaux pris à l'ennemi, un *Te Deum* fut chanté en présence d'une nombreuse assistance. Et, en cet instant, en l'absence de Louis et de Philippe, encore retenus dans les Flandres, elle sentit qu'un peu de la gloire de Monsieur retombait sur sa propre personne. Un feu d'artifice donné dans les jardins du Palais-Royal clôtura ce jour de bonheur où Madame tint à instruire longuement son fils des exploits de son père.

Le petit duc hocha gravement la tête et, de toute la hauteur de ses trois ans, promit d'être aussi valeureux que Monsieur !

*

« Vive le Roi et Monsieur qui a gagné la bataille ! » Ces acclamations entendues tout au long de la route qui conduisit le cortège royal de Calais à Paris furent un véritable encens pour Philippe d'Orléans. On le célébrait à l'égal d'un Henri IV, son grand-père. Il y avait si longtemps qu'à la tête des troupes un fils de France n'avait emporté une victoire contre une armée étrangère. Même son père Louis XIII, pourtant fort assidu sur les champs de bataille, n'avait pas connu ce bonheur. Monsieur savait donc qu'en renouant avec la tradition guerrière des siens, il avait aussi conquis un peuple qui portait si haut les valeurs héroïques.

Tout occupé de sa nouvelle renommée, il ne prêta

que peu d'attention à son frère qui ne se départit pas d'un air maussade pendant tout le voyage.

Pour Louis, chaque ovation était une flèche qui s'enfonçait dans son cœur. Que n'avait-il lui-même commandé à Cassel ? Et pourquoi ne lui rendait-on pas justice, à lui qui commandait en toutes choses, d'avoir ordonné de porter le fer dans les Flandres contre l'ennemi ? Les hommages rendus à son frère lui étaient volés. Et dans cet esprit soupçonneux, marqué par les événements de la Fronde où, enfant, il avait dû fuir et coucher dans la paille pour échapper aux conjurés, naissait à nouveau la funeste idée qu'il lui faudrait bientôt abaisser Philippe avant que celui-ci ne vînt à concevoir quelque ambition politique !

L'accueil des Parisiens inclina encore davantage le monarque à penser en ce sens. L'enthousiasme excessif qu'ils manifestaient à l'égard de Monsieur ne sonnait-il pas comme un signe de défiance pour sa personne royale ? C'était Orléans qu'on applaudissait et Louis ne pouvait pas ne pas songer à cet autre Orléans, son oncle Gaston, qui, fêté par le petit peuple de Paris, avait pris le parti des frondeurs.

Philippe ne perça pas les sombres pensées de son aîné. Mais la Palatine, fine mouche, ne tarda pas à comprendre, dès son retour à Versailles, que les plus zélés courtisans considéraient à demi-mot que la victoire de Monsieur avait gâté un tant soit peu l'éclat du soleil royal. Et il se trouva même ce médiocre maréchal d'Humières pour colporter une méchante rumeur : il avait été obligé d'attaquer le premier car, sous sa tente, le duc d'Orléans s'attardait à coiffer et arranger sa perruque.

Cette cabale peina Élisabeth-Charlotte. Mais elle

n'en laissa rien paraître à Philippe qui n'en finissait pas de savourer son triomphe parmi cette Cour servile qui lui faisait fausse figure. Il ignorait encore que son frère ne lui permettrait plus jamais de commander une armée ni même de glaner quelques succès plus communs sur un champ de bataille. Désœuvré, Philippe serait désormais renvoyé à ses mignonneries. Il n'aurait plus à s'occuper que des aménagements de son château de Saint-Cloud et de se parer de longues heures devant son miroir.

Dans son for intérieur, la Palatine en éprouva encore plus de ressentiment que son époux. Non seulement parce que cette mesquinerie dépréciait un souverain qu'elle aimait mais parce qu'elle devinait que les grandes qualités de Philippe n'auraient plus jamais à s'exprimer. Il demeurerait donc – c'était sans doute l'obscur dessein de Louis – sous la domination de ses âmes damnées, Lorraine, d'Effiat et autres bougres qui, leurs charmes personnels étant dorénavant flétris, s'attacheraient à le fournir en chair fraîche.

*

La peur, toujours recommencée. Le petit duc de Chartres tomba gravement malade en octobre.

Monsieur, qui était occupé à ses travaux de Saint-Cloud où œuvraient Le Nôtre dans les jardins et Mansart dans les bâtiments, revint en hâte au Palais-Royal. Il trouva Madame dans le plus grand désespoir. Elle était si affligée qu'on dut la retenir quand, arrachant l'épée de l'un des favoris, elle fut sur le point de se tuer.

Alerté, Louis XIV vint aussitôt se recueillir devant

son neveu qui se mourait. Comme à l'accoutumée, le Roi pleura d'abondance puis s'en retourna.

Revenue un temps de son abattement, Madame prit sur elle et se souvint qu'on disait grand bien des pères capucins installés dans le palais du Louvre, de l'autre côté de la rue Saint-Honoré. Instruits en science médicale, ils y avaient même édifié un vaste laboratoire où ils distillaient des plantes et préparaient des poudres qui venaient du lointain Orient. En dépit du fait qu'ils n'étaient pas autorisés à exercer la médecine, ils recevaient en leur oratoire de pauvres gens du quartier sur lesquels ils expérimentaient leurs décoctions.

Honorés par la visite d'une si grande dame, les capucins acceptèrent de s'établir au chevet du petit duc. Ignorant les sarcasmes des médicastres qui avaient échoué à sauver leur patient, ils mirent en usage les ingrédients de leur mystérieuse pharmacopée.

Peu à peu, Philippe revint à la vie. Il était sauvé.

*

Élisabeth-Charlotte, dissimulée derrière un rideau au risque d'écorner sa dignité, ne perdait rien du spectacle. Au milieu du salon, armé d'une canne plus grande que lui, Philippe singeait le chevalier de Lorraine qui venait de passer quelques instants plus tôt. Il minaudait, grimaçait, se tortillait, lissait une moustache invisible, tapotait ses cheveux comme pour vérifier l'ordonnance de sa perruque, esquissait une courbette. Madame réprima un rire et se découvrit.

« Je devrais vous punir pour vous moquer ainsi des amis de monsieur votre père. »

Philippe, à peine confus, se retourna :

« Mais madame, ne l'ai-je point bien imité ?

— Il n'empêche que vous mériteriez une bonne fessade ! »

Philippe, malgré lui, recula. Non pas qu'il craignît vraiment la punition, encore que parfois Madame eût la main leste et ne laissât à personne le soin de corriger son fils, mais la faute était vénielle et le rire d'Élisabeth-Charlotte l'avait trahie. Le garçonnet courut jusqu'au fond de la pièce où, abandonnant sa canne, il s'empara de son tambour et de ses baguettes. Au premier ra-ta-plan, la Palatine soupira.

« Mes pauvres oreilles n'ont pas mérité un tel traitement ! »

Aussitôt Philippe fila par la porte-fenêtre qui ouvrait sur le jardin. Les roulements de tambour s'éloignèrent. Plus que tout autre, le petit duc de Chartres profitait des charmes de Saint-Cloud et ne cessait de parcourir ses labyrinthes, de se cacher dans ses grottes, d'escalader les rocailles et de jouer avec l'eau de ses fontaines. Avec sa jeune sœur ou son ami Louis de Rouvroy[1], ce n'étaient que jeux, pirouettes ou chansons. Il en revenait les genoux couronnés et la chemise trempée, ce qui contrariait fort Mme d'Effiat, sa gouvernante, qui le menaçait de mille châtiments. Mais rien ne pouvait avoir raison de sa pétulance.

Philippe était naturellement joyeux. Espiègle, il savait aussi se montrer affectueux. Et ce tempérament vif n'était jamais plus attentif que lorsque sa mère ouvrait pour lui son cabinet de médailles et sa librairie. Alors ses grands yeux brillaient d'intelligence et de soif de savoir.

1. Le futur duc de Saint-Simon.

Comme Liselotte aimait ce garçon qui lui avait été donné et lui rappelait les joies de sa propre enfance ! Pourtant, elle ne se départait pas d'un vague sentiment d'inquiétude. Son excessif bonheur de mère l'effrayait autant que le fait de voir son fils pourvu de si grandes qualités. Ne devrait-il pas un jour payer d'avoir reçu tant de dons ? Comme pour conjurer le malheur et prévenir de futurs chagrins, Madame lui avait conté l'histoire de la septième fée.

« Lors de votre venue au monde, ainsi que le veut la tradition, j'ai appelé autour de votre berceau quelques fées de ma connaissance. La première, sans barguigner, vous a accordé le privilège d'avoir une figure agréable. La deuxième vous a donné l'éloquence, la troisième le privilège d'aimer les arts. La quatrième a promis que vous seriez habile dans tous les exercices du corps et la cinquième que vous disposeriez de grandes qualités guerrières. Enfin, la sixième vous a pourvu de courage. »

La Palatine avait alors marqué un temps. Puis elle avait poursuivi avec une moue de regret :

« Mais, dans ma grande étourderie, j'avais oublié la septième fée qui m'en fit bien vite grief. Bien sûr, sa baguette ne pouvait effacer tous les bienfaits que ses sœurs vous avaient alloués. Aussi cette rancunière décida-t-elle de rendre inutiles tous les dons que vous avez trouvés dans votre berceau ! »

Philippe avait hoché la tête puis il avait rétorqué avec le plus grand sérieux :

« Alors même si je suis savant, ne pourrai-je point user de mes connaissances ? »

*

Madame pleura et avec elle tout le Palais-Royal : Mme de Gramont, princesse de Monaco, était subitement morte. Surintendante de la maison d'Orléans, elle était aussi l'une des amies les plus chères de Liselotte, bien qu'elles fussent dissemblables en de nombreux points. Coquette à l'excès, Catherine-Charlotte affichait une liberté de mœurs que rien ni personne ne pouvait entraver. Pourtant, et malgré le reste de religion réformée qui subsistait en Madame, celle-ci goûtait sa compagnie et sa bonne franchise. Ainsi, il leur était arrivé de sortir incognito du palais et, le visage dissimulé derrière un masque de velours noir, de courir les rues comme deux bourgeoises en goguette qui s'attardaient au spectacle de la ville et bayaient aux corneilles devant les étals des marchands. Et ce n'étaient que rires lorsque, pour franchir le ruisseau fangeux et malodorant qui stagnait au milieu de la chaussée, elles appelaient des passeurs qui les empoignaient à bras-le-corps et les transportaient sans façon sur l'autre rive. Mais c'était le Pont neuf qui avait leur préférence. Il s'y offrait tous les jours le spectacle le plus pittoresque. À l'ombre du cheval de bronze[1], un arracheur de dents opérait ses pratiques, entouré d'un cercle de badauds qui applaudissaient à chaque cri ou grimace du patient. Plus loin, près de la pompe de la Samaritaine, un libelliste faisait la réclame de quelques feuilles insolentes. Et il n'était pas rare d'y voir des comédiens qui donnaient leur texte avec des voix de stentor et mille pitreries. Mêlées à cette foule joyeuse, les deux femmes avançaient en se tenant la main comme deux sœurs sans se soucier de gâter leurs

1. La statue équestre d'Henri IV.

atours. Et comme elles étaient également bon public, elles ne craignaient pas de s'esclaffer à gorge déployée.

La Palatine ne s'était pas même froissée lorsqu'un jour la princesse de Monaco l'avait invitée tout de go à pratiquer les jeux de Lesbos ou encore avait tenté de lui donner un amant. Élisabeth-Charlotte avait refusé l'une et l'autre de ces propositions avec un gros rire :

« Vous savez bien que la galanterie m'indiffère ! »

Cependant, si Liselotte était impuissante à s'enrôler dans ces aventures amoureuses, elle prenait plaisir à écouter les piquantes confidences de sa favorite. Catherine-Charlotte, si caressante avec les dames, avait néanmoins éprouvé la virilité de nombreux grands seigneurs, à commencer par celle du Roi. Elle relatait ces fredaines avec un naturel et une sincérité qui ne manquaient pas d'ébaudir Madame dont les seuls souvenirs saillants en ce domaine restaient la promenade nocturne des médailles de Monsieur au-dessus de ses génitoires.

Le temps du chagrin passé, Madame élit une nouvelle surintendante, Lydie de Théobon, en qui elle reconnut aussitôt une coreligionnaire qui n'entendait point abjurer. Fraîche, modeste et fidèle, cette demoiselle devint bientôt une compagne indispensable qui permettait à Madame d'oublier les affronts de plus en plus fréquents que lui infligeaient les mignons de Monsieur.

Il s'ajoutait bien sûr, ainsi que les usages le dictaient pour la belle-sœur du Roi, une cour d'honneur composée d'un quadrille de filles qui faisaient voler leurs jupons dans les couloirs et les chambres du Palais-Royal à toute heure de la journée et parfois de la nuit. Elles étaient toutes également jolies mais il s'en distingua deux qui n'échappèrent point à la perspicacité du Roi qui venait souvent butiner dans ce collège du beau sexe, comme il en avait pris l'habitude du temps de la première Madame.

La première, Marie-Élisabeth de Ludres, éclaboussa de sa beauté toutes les femmes de la Cour. Appartenant à la maison d'Henriette d'Angleterre, elle passa ensuite dans celle de la Reine. Mais, avant même que le Roi ne portât le regard sur elle, la favorite officielle, Mme de Montespan, sentit le danger et exigea que la demoiselle fût reléguée dans la Cour de Madame. Pourtant, la « Belle Ludres », ainsi que tout le monde la nommait, fut tardivement remarquée de Louis un jour qu'il visitait Madame dans son appartement de Versailles. La Montespan avait donc échoué à la dissimuler aux yeux du Roi.

Les défenses de Marie-Élisabeth étaient aussi fragiles que sa beauté était unanimement célébrée. Elle céda, coucha et fut bientôt renvoyée car elle était affligée d'un défaut de prononciation qui irritait Louis XIV. Mais Élisabeth-Charlotte lui garda son affection et correspondit avec elle longtemps après son congé.

La seconde demoiselle d'honneur élue par le Roi chez Madame était une flamboyante rousse, aussi naïve que sotte, mais qui aimait la Palatine comme on aime une mère. Marie-Angélique de Fontanges, que son confesseur avait prévenue en vain des dangers de la Cour, ne tarda pas à tomber dans les filets du Roi. Un soir de 1678, alors qu'il résidait à Saint-Germain, Louis XIV fut pris de l'irrésistible désir de serrer dans ses bras la chair laiteuse de l'innocente. Abandonnant nuitamment épouse et maîtresse, il se lança au galop sur la route de Paris, seulement escorté de quelques cavaliers.

Son arrivée au Palais-Royal ne fut pas aussi discrète qu'il l'espérait. Mais Madame comprit aussitôt quel feu brûlait le souverain et fit appeler la Fontanges tandis qu'on préparait la meilleure chambre du gynécée pour cette première nuit d'amour.

Louis, qui tombait amoureux aussi facilement qu'il pleurait, fut cependant un long moment avant de se lasser. Marie-Angélique eut le temps d'être titrée duchesse et d'apparaître aux yeux de la Cour comme la maîtresse officielle pour la plus grande contrariété de la marquise de Montespan. Celle-ci eut-elle recours aux poudres et maléfices que lui procurait la Voisin, une vilaine sorcière qui tenait boutique à Paris ? En tout cas, la duchesse de Fontanges, qui était allée cacher sa grossesse au couvent de Port-Royal, fut bientôt malade après avoir été victime d'une fausse couche. Sa santé gravement gâtée, il lui devenait impossible de reconquérir son royal amant. Comme l'écrivit cette impénitente épistolaire de Mme de Sévigné, la Fontanges avait été « blessée dans le service » ! Elle finit par en mourir.

La Palatine avait-elle concouru à placer sur le chemin du Roi ces belles créatures ? À la Cour, d'aucuns le crurent. Madame qui avait souvent eu pour le Roi les yeux de Chimène, n'était peut-être pas aussi innocente qu'il y paraissait. Sachant qu'elle ne pouvait rivaliser en beauté avec une Montespan, n'avait-elle pas été tentée d'aimer Louis par procuration en lui présentant ses ravissantes filles d'honneur ? L'accusation était d'autant plus injuste que d'autres grands seigneurs ne se privaient pas de picorer dans cette basse-cour peuplée de si belles créatures.

*

La pluie menaçait. Mais il en aurait fallu plus pour gâcher la joie de Monsieur. Enfin, Louis XIV s'était décidé à visiter son cher Saint-Cloud dont les travaux étaient sur le point de s'achever.

Tous ceux qui avaient déjà eu le privilège de découvrir les derniers aménagements du Palais criaient au chef-d'œuvre. Au rebours de Versailles dont la géométrie classique et le gigantisme étaient conçus pour exalter la puissance royale, Saint-Cloud était tout en grâce et élégance. Les architectes Mansart et Girard avaient joué finement des pentes pour varier les perspectives et offrir un spectacle toujours renouvelé à ses hôtes. La décoration intérieure avait été confiée à Mignard, ennemi déclaré du peintre officiel du Roi, Le Brun. Sa touche délicate, empreinte d'italianisme, avait fait merveille. Sans être mièvres, ses figures témoignaient d'un goût nouveau et sensuel qui ravissait Philippe. Enfin, il avait été fait appel au sculpteur Cadène pour ériger huit statues allégoriques qui ornaient la cour d'honneur où, sur le fronton de la façade centrale, un cadran solaire figurait les quatre parties d'une terre où folâtraient des amours.

Il ne pleuvait pas encore lorsque le cortège royal apparut à la grille du parc. Une longue théorie de carrosses où, derrière le véhicule du souverain et de la Reine, avaient pris place le Grand Dauphin[1], la

1. Ainsi qu'on appelait le fils aîné de Louis XIV depuis la naissance de son fils, le duc de Bourgogne.

Grande Mademoiselle, les Condé et Conti, ainsi que les principaux personnages de la Cour.

Les Orléans les attendaient sous le vestibule à colonnade qui flanquait l'aile gauche du palais. Passé le temps des révérences et des salutations, Monsieur, impatient, invita son frère à visiter les appartements tandis que la pluie commençait à tomber à gros bouillons, noyant la vue sur le fleuve et les lointains de Paris.

Louis écouta avec une grande aménité les propos de Philippe qui commentait avec un luxe de détails les œuvres de Pierre Mignard. La galerie d'Apollon succédait au salon de Mars et ouvrait sur celui de Diane. Partout, sur les murs et les plafonds, des peintures mythologiques contaient les amours des Dieux et leurs incessantes querelles. Monsieur était intarissable. Pimploché comme à son habitude, le visage violemment fardé, il semblait être lui-même l'un de ces êtres olympiens que le peintre avait parés des couleurs les plus éclatantes. Enchanté que son aîné lui prêtât une telle attention, il multipliait les anecdotes et y glissait même, accompagnés d'un petit rire, quelques propos plus lestes sur les mœurs débridées de ces créatures célestes.

« Ne trouvez-vous pas admirable, monsieur mon frère, que lorsque Zeus séduit Léda, il choisisse d'être cygne ? Tandis qu'il se mue en aigle pour enlever Ganymède et le forcer ! »

Louis esquissa un sourire narquois.

« Voulez-vous me dire que ce dernier volatile a votre préférence ? »

À cette pointe, Philippe cilla comme une jouvencelle. Mais, nullement confus, il poursuivit ses savantes digressions sur les curiosités sexuelles des familiers de l'Olympe. Un peu plus loin, ils furent rejoints par la Palatine qui précédait le cortège des courtisans. Le Roi se tourna vers elle.

« Madame, je vous fais compliment de toutes ces peintures qui enjolivent votre logis. Et j'espère que celles qui orneront ma galerie de Versailles ne leur seront pas inférieures en beauté.

— M. Mignard, si on lui en donne l'ordre, servira Votre Majesté avec le même dévouement. »

Un instant, le visage de Louis se rembrunit. Madame comprit aussitôt son faux pas. Et elle ajouta :

« Et je ne doute pas que pour honorer votre personne royale, il se surpassera ! »

Il pleuvait toujours. Monsieur, pour sa plus grande déception, renonça à la visite de ses jardins dont il était si fier. Des tables de marbre avaient été disposées dans la galerie d'Apollon. On jouerait donc en attendant le souper qui serait servi dans l'antichambre voisine. Le Roi s'assit le premier. Il ne prisait guère le jeu mais aimait à voir les siens s'amuser. Philippe, encore enivré par l'admiration que les aménagements de son château avait suscitée, commença d'emblée à perdre gros avec la plus parfaite indifférence tandis que Madame tentait de distraire la Reine qui ne se départait que rarement de son air maussade.

Dans le brouhaha et la fièvre du jeu, personne ne prêta attention à deux enfants qui, après avoir assailli un plateau de friandises, s'esquivèrent par une porte dérobée. L'un était le petit duc de Chartres. L'autre, une garcelette rousse au teint de porcelaine, avait échappé un peu plus tôt à la surveillance d'une élégante quadragénaire dont les rondeurs appétissantes débordaient d'un généreux décolleté : Françoise d'Aubigné dont pas un courtisan n'oubliait de rappeler qu'elle avait été l'épouse de feu Scarron, poète aussi laid que scandaleux. Gouvernante des enfants de Mme de Montespan, après avoir élevé ceux-ci quasi clandestinement dans une petite maison de Vaugirard, elle apparaissait de plus en plus souvent à la Cour où le Roi lui témoignait beaucoup d'estime. La fillette qui avait trompé sa garde était Louise Françoise, titrée Mademoiselle de Nantes, l'aînée des bâtards royaux nés du lit de la favorite.

*

Main dans la main, les deux enfants gravirent en courant les degrés de l'escalier qui menaient au dernier étage. Un peu essoufflés, ils s'engagèrent dans un long couloir qui sentait encore le plâtre frais.

« Où m'emmenez-vous ? » demanda Louise Françoise.

Mais elle ne semblait pas le moins du monde effrayée. Philippe ne répondit pas et continua à avancer. Il poussa enfin une porte au bout de la galerie.

« Regardez ! »

Il souleva une tenture. À la lumière d'une médiocre lucarne, Louise Françoise vit d'abord un amoncellement d'objets les plus divers. Un cheval de bois voisinait avec la maquette d'un bateau, un tambour gisait à côté d'une épée à la pointe cassée. Plus loin, des coussins posés à même le plancher composaient un nid douillet. Il y avait encore des livres d'images, des récipients en verre emplis de liquides colorés, des morceaux de branches aux formes tourmentées, une fronde, des cailloux, une série de marionnettes pantelantes adossées au mur et un grand couteau à la lame rouillée.

« Ce sont mes trésors, dit fièrement le garçonnet. Personne ne sait que je les dissimule ici, sauf Louis de Rouvroy !

— Il me semble bien compter pour vous.

— C'est le meilleur de mes amis !

— En avez-vous tant que ça ? »

Le visage du garçon se figea un instant. Puis il ébaucha une grimace de dépit.

« C'est le seul ! »

Louise Françoise éclata de rire. Et, devant la mine chagrine de Philippe, elle lui prit la main.

« Dorénavant, je serai aussi votre amie !

— J'ai déjà ma sœur, rétorqua-t-il.

— Eh bien, si vous ne voulez pas de moi… »

Elle ébaucha un demi-tour en prenant bien soin de faire voler sa robe. Mais déjà Philippe l'avait retenue en posant une main sur son épaule.

« Restez ! »

Elle rit. Une petite cascade cristalline.

« Alors, monsieur, il vous faudra me montrer que vous m'aimez plus que les autres ! Mais si vous n'avez pas d'autres amis que ce Louis, ça ne vous sera pas trop malaisé. »

Et en même temps, elle se laissa tomber avec grâce au milieu des coussins, découvrant de fines chevilles gantées de bas blancs. Puis elle s'étira langoureusement et sa robe remonta encore un peu plus sur ses jambes. Philippe, s'agenouillant devant elle, ne manqua pas de jeter un œil sur l'indiscrétion qui lui était offerte.

Louise Françoise remarqua son regard mais tarda à se recouvrir.

« N'est-ce pas charmant de penser que nous sommes cousins ? demanda la fillette, faussement distraite.

— Nul n'ignore que vous êtes la fille de la Montespan.

— Mais d'abord la fille préférée du Roi ! Sa Majesté ne manque jamais de me prodiguer son affection. »

Philippe haussa les épaules.

« Mon oncle n'est pas avare de sentiment.

— Soit ! Mais il me tient dans une place toute particulière.

— Sans doute… Toutefois peut-il effacer la tache de vos origines ? »

Les yeux bleus de Louise Françoise lancèrent des éclairs.

« Que voulez-vous dire ?

— Vous êtes née bâtarde. Même le Roi le plus grand du monde ne peut réparer une telle imperfection ! »

La fillette renifla, comme si elle allait pleurer.

« Malgré que vous soyez mon cousin, vous êtes un méchant garçon. »

Décontenancé, Philippe regretta aussitôt son propos tandis que Louise Françoise essuyait une larme imaginaire. Il se pencha vers elle, posa un baiser timide sur sa joue. Elle ne se déroba point. Mais soudain, elle saisit la tête du garçon, la pressa avec violence contre sa poitrine. Philippe sentit son cœur qui battait très fort. Il ne bougea pas. Puis, l'empoignant par les cheveux, elle hissa son visage à hauteur du sien, écrasa sa bouche contre ses lèvres.

« C'est ainsi que se baisent les gens qui s'aiment ! »

Elle avait un goût de fruit. Le garçonnet n'eut guère

le temps de savourer ce bonheur inattendu. Louise Françoise s'était déjà relevée et courait vers la porte.

*

La jolie Lydie de Théobon pleurait et serrait son mouchoir dans ses petites mains.

« Oh, si Votre Dilection savait ! »

Et bien sûr elle brûlait de l'envie de raconter à Madame ce qu'elle faisait semblant de lui épargner. À la fin, elle n'y tint plus :

« Ils ne cessent de vous moquer… Tout leur est prétexte pour vous dénigrer. Vos vêtures simples, votre affection pour Monsieur et même vos bonnes et nobles manières… Et aussi… »

Elle hésita, avala sa salive et reprit en bredouillant :

« Ils osent brocarder votre apparence : la rougeur de votre visage, là où il n'y a à l'évidence que les signes d'une santé vigoureuse… »

Par devers elle, Élisabeth-Charlotte, amusée, songea que selon ce principe le teint de lys de Lydie devrait à rebours témoigner d'une grande débilité.

« Je les ai même entendus dauber… à propos du gros derrière de Votre Dilection… Oh ! pardonnez-moi, Madame, de vous rapporter de telles méchancetés ! »

Liselotte répliqua en pouffant :

« Mais ma fille, ne suis-je point la première à savoir que mon physique souffre de grands excès ? La graisse me menace sur tous les fronts. Surtout depuis que le Roi ne m'invite plus aussi assidûment à ses chasses…

— C'est que Sa Majesté prête trop souvent attention à ces médisants.

— Ainsi va la Cour. J'étais à la mode mais le vent

a tourné. Je dois en prendre mon parti… Merci, ma fille, pour votre franchise. Et, à l'avenir, ne prêtez plus attention à ces ragots qui blessent vos oreilles et ne font qu'effleurer les miennes. »

Lydie de Théobon se leva à regrets du tabouret disposé devant le fauteuil de la Palatine.

« Vous êtes trop accommodante, Madame. Mais méfiez-vous ! N'oubliez pas que ce sont les mêmes qui ont dépêché Henriette !

— Mon embonpoint me protège. Songez combien il leur faudrait de poudre pour m'occire ! »

Et elle éclata d'un gros rire tandis que la surintendante quittait la pièce de son pas menu. Toutefois, dès que Lydie eut refermé la porte, Élisabeth-Charlotte redevint sérieuse. Elle n'ignorait pas les méfaits de la cabale des mignons de son époux. C'était un subtil filet de venin que l'on tissait peu à peu autour d'elle.

Elle voyait clair. Mais que pouvait-elle faire ? Monsieur était sourd à ses récriminations. D'ailleurs les entendait-il ? Il était bien trop occupé à caresser les scélérats qui abusaient de ses bontés et ne songeaient qu'à le dépouiller. Quant au Roi à qui elle s'était ouverte du scandale permanent qui régissait sa maison, il s'était contenté de lui prêcher la patience : « Apaisez-vous et méprisez vos ennemis ! »

Cette soumission était au-dessus de ses forces. Cependant, lorsqu'il lui arrivait d'exploser, elle sentait bien qu'elle n'aboutissait qu'à provoquer rires et gausseries.

Peu à peu, son territoire se rétrécissait à mesure que sa tristesse augmentait. Même l'éducation de ses chers enfants avait failli lui échapper tant l'on se gardait de prendre ses avis lorsqu'il s'agissait de leur nommer précepteurs ou gouvernantes. La cabale prétendait avoir le pouvoir de dicter ses choix, aussitôt approuvés par Monsieur. C'était sans compter avec la pugnacité de la Palatine. Sa plus belle victoire, acquise de haute lutte, avait été d'écarter le marquis d'Effiat dont on voulait faire le gouverneur de Philippe. « Quels exemples affligeants ce dépravé pourrait-il donner à mon fils ? » Elle avait tempêté avec une si grande opiniâtreté que ce funeste projet avait fini par être abandonné et qu'un honnête diplomate, le marquis d'Arcy, fut appelé à exercer cette charge qui était par ailleurs surtout honorifique. Mais Liselotte ne voyait jamais sans épouvante le petit Philippe frayer avec les sémillants amis de son père.

IV

Un petit abbé

1683-1686

Elle était morte comme elle avait vécu : dans la plus grande discrétion. Marie-Thérèse d'Autriche, Reine de France mais corsetée à l'espagnole, c'est-à-dire pétrie de religiosité et de retenue. Élevée dans la sévérité des palais de sa patrie, l'infante avait subi son mariage comme elle avait ensuite subi les maîtresses de Louis, sans acrimonie, acceptant même parfois de partager son carrosse avec l'une ou l'autre de ces orgueilleuses.

La Reine tomba malade un lundi et mourut dès le vendredi. On ne pouvait mieux passer sans troubler davantage la vie de la Cour. Certes, comme à l'habitude, les médecins précipitèrent cette fin en lui appliquant quelques-uns de leurs soins, mais chacun se plut à souligner combien ce trépas avait été aussi modeste que digne.

On la pleura puisque l'usage le voulait. Mais sans verser de larmes excessives. Le Roi donna l'exemple en déclarant tout bonnement : « C'est le premier chagrin qu'elle m'ait donné ! » Et cet éloge funèbre à peine délivré, il se dépêcha de quitter Versailles pour aller chasser à Fontainebleau.

Seule ou presque, la Palatine fut sincèrement éplorée. Émue par cette Reine dont on faisait ordinairement si peu de cas, elle s'était assignée comme un devoir de s'entretenir avec elle en tête à tête dès qu'elle se trouvait à la Cour. Marie-Thérèse, tout comme elle, n'était-elle pas une exilée, étrangère aux mœurs de cette société aussi dissolue que venimeuse ? Cependant, malgré la bonne volonté d'Élisabeth-Charlotte, ces échanges donnaient lieu à de nombreux quiproquos tant le français de la Reine demeurait hésitant et toujours teinté de pittoresques espagnolismes qui rendaient souvent son propos incompréhensible. Toutefois, c'était dans le secret de ces conversations que Marie-Thérèse laissait percer son désarroi et même sa colère lorsqu'elle venait d'éprouver une nouvelle effronterie de la Montespan, cette « poute » qui lui avait volé l'affection du Roi.

Le trépas de la Reine ne tarda pas à se traduire au grand jour par l'élévation de Françoise d'Aubigné, faite marquise de Maintenon par la grâce du Roi. Les plus machiavéliques attribuèrent cette faveur au fait que la nouvelle favorite avait travaillé à éloigner de Louis une Montespan grasse et vieillissante sur laquelle couraient les plus méchants bruits. Assidue dans la boutique de la Voisin qui venait d'être brûlée comme sorcière et empoisonneuse, elle aurait aussi participé à des messes noires afin de reconquérir le cœur du Roi. Pis, il lui serait arrivé d'assaisonner les plats royaux de quelques poudres d'amour. Ce dont Louis n'avait d'ailleurs paru nullement incommodé.

La gouvernante des bâtards de la Montespan était

donc en passe de succéder à son ancienne maîtresse. Peut-être même avait-elle, malgré son âge avancé[1], déjà occupé dans le lit royal la place laissée chaude par la « poute » du Roi. Cependant, chacun s'accordait à observer que « Madame de Maintenant », ainsi que la nommaient les pamphlétaires, avançait à pas comptés et sans jamais se découvrir. Son maintien était modeste et les larmes qu'elle avait versées lors des obsèques de la Reine semblèrent de l'avis général admirables. Au reste, elle donnait jour après jour des preuves d'une piété exemplaire. Le parti de l'Église ne pouvait donc que se féliciter de voir son influence grandir auprès d'un souverain qui avait eu une existence si dissipée mais semblait désormais décidé à renoncer à ses débordements.

La Palatine, mais elle n'était pas la seule, soupçonnait que cet apparent effacement dissimulait une grande ambition. Et, dirigée par son esprit de caste – son vrai défaut –, elle se plaisait à souligner que la Maintenon demeurait à ses yeux la veuve Scarron ! Une flétrissure indélébile. Et lorsqu'on lui rapportait que le Roi se plaisait chaque soir à de longs conciliabules avec la marquise, Madame enrageait. Car elle devinait que la parvenue n'aurait de cesse d'éloigner de Louis XIV toutes celles qui pourraient lui faire de l'ombre. À commencer par elle-même.

Toutefois, la guerre se joua d'abord à fleurets mouchetés. La Palatine savait déjà que son ancienne connivence avec Louis ne renaîtrait jamais. Elle se vengea donc en semant dans ses nombreuses lettres

1. Elle avait trois ans de plus que Louis XIV. Soit quarante-huit ans en 1683.

les considérations les plus injurieuses (et parfois même ordurières) sur la favorite. Et peu lui importait que le cabinet noir du Roi décachetât sa correspondance ! « La vieille guenipe » apprendrait ainsi dans quel mépris la tenait Madame.

*

Face au soleil couchant, il clignait des yeux. Un poudroiement de poussières d'or embrasait le jet d'eau central du bassin. Des milliers de précieuses larmes qui retombaient en pluie d'orage et crépitaient à la surface.

Philippe était fasciné. Il lui semblait qu'il ne pourrait jamais s'arracher à ce spectacle toujours changeant. C'étaient maintenant des gouttes de rubis qui pleuvaient sur l'eau du bassin. Puis, à mesure que le soleil descendait au-dessus des frondaisons, elles devinrent améthystes avant de se fondre dans une pénombre verte.

Un léger crissement de graviers annonça son arrivée. Il se retourna. Ce fut un éblouissement de rose. Une silhouette magique de danseuse qui avançait dans l'allée en balançant ses hanches à chaque pas.

Depuis le baiser qu'elle lui avait donné dans la soupente du palais de Saint-Cloud, Louise Françoise partageait avec Philippe des rencontres discrètes, hors de la vue des adultes qui veillaient sur leur éducation et réglaient leurs existences. Lorsque Monsieur et Madame vivaient à la Cour, Versailles leur offrait un écrin de rêve. Ils avaient élu le bosquet de la Reine où, dans le fouillis des charmilles, ils pouvaient se dissimuler et chuchoter à l'infini.

La fillette avançait sur ses douze ans. Mais déjà, sous les gaucheries de l'adolescence, se dessinait un corps de femme qui promettait d'être aussi voluptueux que celui de sa mère. De la Montespan, Louise Françoise avait déjà hérité du port de tête orgueilleux et de la foisonnante chevelure de rousse si bien accordée à la carnation laiteuse de sa peau. Philippe, malgré ses onze ans, appréciait en connaisseur tant il avait l'habitude, lorsqu'il errait dans les couloirs du Palais-Royal, d'apercevoir des créatures en chemise, largement dépoitraillées, appelées au service des gredins qui peuplaient l'entourage de son père.

L'obscurité gagnait. Ils s'assirent sur un banc de pierre, toujours le même, qui était noyé dans la verdure. Elle posa aussitôt sa menotte dans sa main ouverte, d'un geste aussi naturel que confiant. Philippe aimait ces moments d'abandon où la hautaine et capricieuse Louise Françoise semblait s'oublier. Il leur arrivait alors de rêver et même d'imaginer qu'ils seraient un jour l'un à l'autre. La fièvre qui les enflammait à cet instant les poussait à s'étreindre et à échanger de chastes baisers. Et parfois, la main du garçon s'égarait sur la modeste gorge de la fillette, ce qui provoquait en lui des élancements inconnus.

Mais ce soir-là, le garçon sentit qu'un obscur souci agitait son amie. Toutefois, prudemment, il n'osa pas la questionner tant il la savait jalouse de ses émotions.

Elle frissonna. Il frictionna son cou et la naissance de son dos, s'attardant sur la douceur de sa peau, s'étourdissant du puissant parfum de son eau de muguet. Elle posa alors délicatement sa tête sur l'épaule de Philippe. Et après un gros soupir, elle avoua enfin son trouble :

« Le Roi et Mme de Maintenon veulent me marier ! »

Muet de saisissement, il ne sut que dire. Mais des larmes vinrent brouiller ses yeux. Se pouvait-il que leurs rêves s'évanouissent ainsi, sur une simple décision royale ? Louise Françoise perçut son affliction.

« Méchant ! C'est moi que vous devriez d'abord plaindre. On me destine à coucher avec le plus laid des hommes de la Cour ! »

Et soudain elle éclata en sanglots. Secouée par de violents hoquets, elle ne s'apaisa qu'au bout de longues minutes. Désemparé, impuissant, Philippe baisait ses mains, le bout de ses doigts, mêlait ses larmes aux siennes tandis que Louise Françoise finissait par livrer le nom de son futur époux : Louis de Condé[1], duc de Bourbon.

« Je n'ai jamais vu gringalet plus horrible ! se lamenta encore la petite Mlle de Nantes. Condé est contrefait, bossu et il louche. Et, comble de la laideur, une affreuse verrue poilue mange une partie de sa joue… »

Et comme pour effacer cette vision de cauchemar, elle prit le visage de Philippe entre ses mains et le couvrit de baisers.

« Alors que vous, mon petit homme, vous êtes si joli ! »

Ils pleurèrent encore longtemps jusqu'à la tombée de la nuit. Mais craignant l'un et l'autre un attrapage de leurs gouverneur et gouvernante, ils se faufilèrent comme des ombres jusqu'aux portes du château.

*

C'était un petit homme maigre au visage effilé. Sous la perruque blonde qui le coiffait en permanence, le

1. Fils du Grand Condé, premier prince du sang et vainqueur de Rocroi.

regard était vif et même aigu. Et la bouche, fendue d'un pli sarcastique, ajoutait à l'impression qu'il était sans cesse aux aguets.

Guillaume Dubois, fils d'un apothicaire de Brive-la-Gaillarde, avait, malgré son impécuniosité, gravi les marches de l'existence avec un bel appétit. Boursier, il était venu à Paris pour compléter ses connaissances en histoire et en théologie. Sans avoir reçu les ordres, il portait la calotte ecclésiastique et avait choisi le petit collet pour naviguer dans le monde et s'assurer de quelques influents soutiens. Le petit abbé était d'un naturel aimable et accommodant, savait briller en société, n'était jamais avare de compliments et avait conquis l'estime de personnages aussi considérables que Fénelon et le père de La Chaise, confesseur du Roi. Aussi avait-il été remarqué par Madame qui fit en sorte de le nommer sous-précepteur de son fils, afin d'éloigner les personnages douteux qui gravitaient dans l'entourage de son époux.

Dès l'âge de six ans, le petit duc de Chartres était passé des mains des femmes à celles des hommes. Ses trois premiers gouverneurs furent des ducs vieillis sous le harnois qui, ne tardant pas à trépasser l'un après l'autre, laissèrent peu d'impression à l'enfant dont ils étaient censés diriger l'éducation. M. de Saint-Laurent succéda à ces vieillards. Malgré qu'il fût lui aussi d'un grand âge et d'une santé chancelante, ce savant, qui était par ailleurs fort honnête homme, donna les meilleures leçons à son élève. Mieux, il parvint à s'en faire aimer.

Sous sa tendre férule, Philippe fut un élève exemplaire dont la facilité et la précocité ravissaient son maître. Mais Saint-Laurent, quoi qu'il en eût, montrait des signes de fatigue. Il fallut bientôt songer à soulager sa charge. Ce fut ainsi que Dubois, élu par Madame, arriva au Palais-Royal afin de seconder le vieil homme.

L'entente entre l'enfant et le petit abbé fut immédiate. Le sous-précepteur s'acquittait de sa tâche avec enthousiasme et excitait la curiosité de son élève qui en vint bientôt à préférer les leçons aux récréations. Sciences, mathématiques, géographie étaient son quotidien. Mais, s'évadant de ses livres d'études, il savait aussi converser. Sa langue était déliée, souvent espiègle et parfois même raisonneuse. Un défaut que son maître essayait vainement de contrecarrer.

Cependant Dubois s'attacha également à instruire Philippe de l'histoire des grandes dynasties européennes et de toutes les querelles guerrières, diplomatiques et religieuses qui avaient meurtri le continent. Et lorsqu'on s'étonnait qu'il fût donné un tel enseignement à un rejeton de la branche cadette, le sous-précepteur faisait observer que le duc de Chartres, même s'il n'était pas en première ligne dans l'ordre de succession, pouvait un jour être appelé à exercer les plus hautes fonctions. Philippe recevait donc une éducation de roi. Mais l'abbé, fidèle aux préceptes du curé de Meudon[1], ne négligeait pas pour autant les exercices du corps. Son élève tirait donc l'épée avec assiduité, apprenait toutes les finesses de l'art équestre et s'endurcissait au jeu de paume.

Toutefois l'influence de Dubois gagna bien au-delà du cabinet où il instruisait son élève des merveilles du monde et de la nature : intelligent et toujours de bon conseil, il devint vite indispensable. Madame le

1. Rabelais.

consultait sur les sujets les plus divers et se trouvait le mieux du monde lorsqu'elle conversait avec cet ecclésiastique qui parlait si peu de religion. Quant à Monsieur, il appréciait sa liberté de langage et son absence de préjugés. Même les mignons, qui veillaient pourtant à ce que nul ne vînt à contrarier l'emprise qu'ils avaient sur le duc d'Orléans, lui faisaient bonne figure.

Bref, Dubois régna bientôt sur l'immense ruche du Palais-Royal où son aimable autorité s'exerça sans qu'il y parût.

*

« La guenipe ! La vieille ordure ! La ripopée ! »

La Palatine était rouge de colère. Monsieur, pourtant habitué à ces éclats, baissa la tête, comme pour se protéger du courroux conjugal dont, pour une fois, il n'était pas l'objet.

La rumeur courait la Cour depuis plusieurs semaines : le Roi aurait épousé en grand secret la marquise de Maintenon. Aujourd'hui, il n'était plus possible de douter : le mariage avait bel et bien été célébré nuitamment dans le cabinet du Roi par Monseigneur Harlay-Champvallon, archevêque de Paris et le père de La Chaise, confesseur du Roi.

« Elle a bien manœuvré, l'ébreneuse[1]. Tout en filouterie et sournoiserie, elle a fini par faire tomber Louis dans ses rets ! A-t-il oublié qu'elle vient du ruisseau ?

1. De « brenne », excrément en vieux français. Mme de Maintenon avait élevé les jeunes enfants de la marquise de Montespan. Et donc aussi changé leurs couches.

— Elle est quand même née d'Aubigné, osa Philippe d'Orléans.

— Une gardienne d'oies ! Veuve d'un bossu graveleux et pornographe !

— Certes, mon frère a épousé mais il n'en a pas fait la Reine de France !

— Mais elle ne tardera pas à demander à être reconnue comme telle. Et vous, qui vous flattez de jouir de l'affection du Roi, vous n'avez rien vu venir ! »

Monsieur, gêné, toussota. Il n'était pas moins scandalisé qu'Élisabeth-Charlotte par ce mariage déshonorant, mais il pensait déjà aux avantages qu'il pourrait en retirer. Cependant, comme il adorait les ragots épicés, il dit d'une voix flûtée :

« Il m'est arrivé un soir de pénétrer chez le Roi sans être annoncé… Louis était dans un grand négligé et la posture de la Maintenon, à genoux devant mon frère, ne permettait pas de douter de la nature de la besogne dans laquelle elle était engagée. »

La Palatine haussa les épaules.

« En a-t-elle au moins manifesté de la confusion ?

— Elle s'est vivement relevée et a disparu dans le cabinet voisin.

— Et Louis ?

— Il n'a éprouvé aucune contrariété et m'a simplement dit : "À la manière dont vous avez vu Madame devant moi, vous savez désormais ce qu'elle m'est !"

— Une putain, oui ! Tout comme la Montespan dont elle a volé la place ! »

Monsieur soupira.

« Mais une putain qu'on épouse n'est plus tout à fait une putain ! »

*

Philippe n'avait pu revoir Louise Françoise en tête à tête. Emportée dans une sarabande de fêtes et de réceptions, la future petite mariée ne paraissait plus qu'escortée par un bataillon de dames d'honneur qui opposaient leurs corps mafflus à toute intrusion masculine, fût-ce celle d'un garçonnet.

Louis XIV avait décidé de donner un grand lustre aux épousailles de sa fille, comme s'il avait voulu effacer sa bâtardise et réduire à quia les médisances. Même Mme de Montespan, qui s'était pourtant si peu préoccupée de sa progéniture, fut mise à contribution et invitée à chaperonner les deux promis. Elle se montra d'autant plus empressée à tenir ce rôle que le mariage de sa fille allait lui permettre de reparaître à la Cour dans les premiers rangs. La marquise savait aussi qu'elle ne devait qu'à l'existence de ses enfants d'avoir échappé au déshonneur et peut-être même au bûcher.

La mère des enfants royaux ne peut être soupçonnée, avait tranché le Roi, lorsque M. de La Reynie, son lieutenant général de police, lui avait présenté des documents accablants sur la connivence de la Montespan avec la bande des empoisonneurs de la Voisin. Et, promptement, Louis avait prononcé la dissolution de la Chambre ardente qui enquêtait sur ces monstrueuses affaires, ordonnant même que les pièces les plus accablantes fussent brûlées.

La marquise invita donc en son château de Clagny les futurs époux. Encore enfants, ils jouèrent ensemble de façon charmante. De l'avis général, le vilain duc de Bourbon se montra fort galant tandis que la jolie petite princesse fit preuve d'une grande maîtrise d'elle-même, sans céder aux caprices qui étaient son ordinaire.

La veille du mariage, le Roi commanda un spectacle naval sur les eaux du Grand Canal. Louise Françoise et les dames de la famille royale embarquèrent avec Louis sur un bateau richement décoré, suivi d'une escadre de petits bâtiments qui n'étaient pas moins ornés. On navigua jusqu'à la tombée de la nuit. Puis on mit pied à terre à la lueur des flambeaux pour gagner le Trianon où le souper avait été servi. Tout au long de la soirée, le Roi distribua de nombreuses marques de prévenance à l'intention de Louise Françoise qui resplendissait dans une robe d'or et de taffetas noir sur laquelle étaient piqués des rangs de perles.

L'après-souper fut tout aussi délicieux : tandis que l'assistance rembarquait et que les rames commençaient à frapper les eaux lourdes du canal, un feu d'artifice tiré depuis les terrasses du château illumina la nuit de fleurs d'or et d'argent qui retombèrent avec grâce sur les parterres.

Le mariage fut célébré le lendemain en la chapelle royale par le premier aumônier de Sa Majesté. Philippe ne voulait pas y assister. Mais, tancé par ses parents, il y fut traîné malgré lui. Les larmes au bord des yeux, il vit arriver Louise Françoise serrée dans une robe de brocart d'argent constellée de rubis et d'émeraudes. Comme elle semblait pâle et même perdue dans son habit de Reine ! Son petit visage de biscuit disparaissait sous une imposante coiffe de perles. Lui jeta-t-elle un regard lorsqu'elle s'avança dans l'allée au bras du Roi ? Le garçonnet eut l'impression qu'un jet de métal porté au rouge le transperçait. Et il se trouva encore plus mal lorsque le duc de Bourbon parut derrière elle.

Le nabot arborait un sourire carnassier. Et sa figure tout entière transpirait de méchanceté.

Lorsque fut venu le moment des anneaux, Philippe observa non sans satisfaction le geste de recul de la princesse. Il eut alors envie de la voir se sauver à toutes jambes comme lorsqu'ils couraient tous les deux sur les pelouses du bosquet de la Reine. Mais Louise Françoise demeura figée tandis que le freluquet s'emparait de sa main et tentait maladroitement de glisser l'anneau à son doigt. Recula-t-elle encore ? Le bijou chut à terre, rebondit sur le marbre du chœur et roula sur les marches. Aux premiers rangs, princesses et duchesses se mordirent les lèvres tant le présage leur parut effrayant. Mais déjà, les enfants de chœur se précipitaient. L'un d'eux, plus leste, se saisit de l'anneau, le rendit au duc de Bourbon qui le fixa d'un geste brusque au doigt de Louise Françoise. Puis il glissa sa main sous la manche de dentelle de son épouse. La fillette étouffa un cri. Philippe comprit qu'il venait de la pincer pour la punir d'avoir laissé tomber son alliance.

La suite lui fut contée par la Palatine qui, protocole oblige, dut suivre le train royal de la noce jusqu'à la fin du jour.

Après avoir entendu un concert dans l'escalier des Ambassadeurs, les plus hauts personnages de la Cour furent conviés à un banquet dans la salle des gardes de la Dauphine. Puis vint la cérémonie du coucher des mariés.

Élisabeth-Charlotte devina-t-elle le trouble qui saisit son fils à ce moment de son récit ? Elle se força à rire et ajouta très vite :

« Bien entendu, en raison de l'âge de la petite bâtarde, il ne pouvait s'agir que d'un simulacre ! »

Blême, Philippe serra les poings. Il ne supportait pas le mépris dans lequel sa mère tenait la fille de l'ancienne favorite en raison de sa naissance illégitime. La Palatine poursuivit sur un ton faussement badin :

« L'affaire fut réglée comme une comédie de Monsieur Molière. Le Roi avait ordonné que fût dressé dans le grand appartement royal un lit d'une dimension exceptionnelle. Et tandis que l'on déshabillait la mariée sous l'œil de la Maintenon et des autres grandes dames dont moi-même, Louis assistait à la toilette du duc. Puis il se fit un devoir de le mener jusqu'au lit où l'épousée, en chemise, s'était déjà coulée sous les draps. Le jeune duc la rejoignit. Mais, de peur que le petit monstre n'en prît à son aise, on leur demanda bien vite de se relever et ils furent conduits dans leurs appartements respectifs… La cérémonie nuptiale était terminée ! »

Philippe, nullement rassuré, hocha la tête. Et il dit, comme pour lui-même :

« Mais il arrivera bien un jour où ils devront dormir ensemble…

— Parbleu, puisqu'ils sont mariés ! Il faudra bien qu'elle cède au désir de son époux, même si elle l'a visiblement en horreur. »

Elle se moucha bruyamment. Et serrant son mouchoir dans la manche de son habit, elle ajouta :

« Mais même la conquête d'un pucelage à demi royal n'effacera pas l'avilissement des Condé qui ont vendu leur honneur pour faire oublier la part qu'ils ont prise dans la Fronde. »

*

Madame ne feignait pas. Son visage n'était que désolation. Monsieur était au plus mal. Il était alité depuis plusieurs jours et souffrait, selon la gent médicale, d'une fièvre double-tierce[1]. L'issue serait forcément fatale.

La Palatine n'abandonna à personne le soin d'approcher son époux qui, enfoui au milieu de sa literie, ne cessait de faire de l'eau. Cette abondance était telle qu'on devait changer ses draps trempés plusieurs fois par jour.

Lorsque l'accès fébrile retombait, elle laissait sa victime si faible qu'il semblait à Élisabeth-Charlotte que Monsieur pouvait passer d'un instant à l'autre. Elle humectait alors ses lèvres d'eau sucrée, épongeait son front livide, l'obligeait à avaler des poudres sudorifiques et, si la nature l'exigeait, le conduisait elle-même à sa chaise percée.

Philippe fut à de nombreuses reprises admis à visiter son père. Témoin des services dévoués que sa mère rendait à son époux, le garçonnet ne put s'empêcher de penser qu'elle prenait ainsi une sorte de revanche en le traitant comme un enfant et surtout en écartant le chevalier de Lorraine et tous les parasites de sa suite. Cependant, jamais il ne douta de la sincérité du chagrin maternel. Et, par-devers lui, il s'étonnait que cette union si mal assortie et trop souvent tapageuse pût encore produire de telles marques d'affection.

Louis XIV s'enquit régulièrement de la santé de

1. Fièvre tierce : fièvre récurrente dont les accès apparaissent tous les trois jours. Vraisemblablement le paludisme.

son frère. Le Roi était d'autant plus impatient qu'il avait prévu de partir pour Chambord pour les chasses de septembre et qu'il n'entendait point différer son voyage.

Les soins attentionnés de Madame échouaient à vaincre la « grande maladie » de Philippe d'Orléans. Son empressement ne fit que redoubler. Et elle finit par mettre tous ses espoirs dans une potion que lui avait envoyée l'une de ses correspondantes anglaises, la comtesse de Kent. Cette poudre, préparée par un médecin londonien, mêlait dans du jus de pinces de langoustine une préparation de suc de quinquina extrait d'un arbre d'Amérique.

Le remède ne tarda pas à faire effet. Monsieur, encore dolent, fut déclaré guéri par ceux-là mêmes qui le promettaient à une mort certaine quelques jours plus tôt. Louis XIV avait déjà pris le chemin de Chambord.

*

Philippe étudiait tandis que Dubois lisait. Tous deux étaient installés dans une pièce adjacente à la chambre du garçon dont les larges fenêtres ouvraient sur les jardins du Palais-Royal. Les arbres dénudés semblaient des spectres au-dessus du tapis de neige fraîche qui recouvrait pelouses et parterres.

Soudain, le petit duc quitta son cahier des yeux.

« Monsieur l'abbé, pourquoi mon oncle a-t-il décidé de révoquer l'édit de mon grand-père ? »

Dubois posa son livre.

« Sa Majesté, dans sa grande sagesse, a considéré qu'il ne pouvait y avoir qu'une seule religion dans notre pays…

— Mais faut-il pour cela “dragonner” les provinces ou envoyer aux galères ceux qui en tiennent pour une autre croyance ? »

L’abbé toussa. Par nature, il était hostile à toute persécution religieuse. Mais son devoir consistait aussi à instruire son élève dans la vraie foi.

« Le Roi est l’élu de Dieu. Il ne peut donc se tromper !

— Mais on me dit qu’en cette affaire, il a d’abord voulu donner satisfaction à la marquise de Maintenon. »

Dubois ne put s’empêcher de rire.

« N’auriez-vous pas écouté Son Altesse votre mère ?

Le garçonnet sourit.

« Madame ma mère, malgré mon jeune âge, a parfois la bonté de m’entretenir des sujets les plus sérieux. Et je lui en sais gré.

— Et elle vous a fait part de sa détestation de Mme de Maintenon.

— Il est vrai qu’elle ne l’aime guère et l’accuse même de confiner le Roi dans une bigoterie qui lui était autrefois étrangère.

— Sa Majesté serait peinée de vous entendre parler ainsi.

— Toutefois, elle serait aussi chagrin de constater à quel point les méchancetés de la “vieille guenipe”, comme l’appelle ma mère, font enrager celle-ci !

— Philippe, c’en est trop ! »

Mais le garçonnet était lancé et continua :

« On lui a fait savoir que dorénavant elle ne serait plus autorisée à évoquer les affaires religieuses dans ses lettres ! C’est injuste ! N’a-t-elle pas depuis son mariage donné maintes et maintes preuves de son attachement à la foi catholique ?

— Cela ne peut se nier… Mais peut-être que Son Altesse garde en son cœur quelques souvenirs de la religion réformée.

— Quelle importance si rien ne permet de le deviner !

— Je ne vous savais pas un tel adepte de la dissimulation… »

Malgré lui, Philippe rougit. En son for intérieur, Dubois rit mais poursuivit sur un ton sévère :

« Et je ne serais pas étonné d'apprendre que vous-même avez recours à de nombreuses cachotteries. »

Il se leva.

« Je vous laisse à votre latin… Étudiez encore une bonne heure puis allez courir ! Votre esprit trop échauffé en a bien besoin. »

Dubois passait la porte lorsqu'il entendit encore :

« C'est à cause d'elle, la Maintenon !… La vieille femme ! Ma mère en est certaine ! »

*

Sous son fichu de batiste, elle s'efforçait de ressembler à une vendeuse de nouveautés. Mais rien n'y faisait : la duchesse de Bourbon transparaissait dans chacun de ses gestes. D'autant que la magnificence de son habit démentait sa feinte modestie.

Elle tenait boutique dans l'une des galeries de Marly où, autant pour se distraire que pour accomplir une œuvre de charité, les plus élégantes dames de la Cour jouaient à la marchande d'un jour au profit des pauvres de la paroisse Saint-Louis de Versailles. Elles avaient donc fouillé dans leurs coffres et leurs armoires d'où elles avaient sorti mille babioles et affiquets parfaitement inutiles que les chalands s'arrachaient pour avoir le plaisir de voir chavirer un instant leurs beaux yeux lorsque des pièces d'or tombaient en tintant sur leur étal.

Quand Philippe parut devant elle après l'avoir longuement observée à distance, Louise Françoise ne cilla pas. Le garçon songea que le mariage l'avait déjà changée. Elle n'était pas moins coquette qu'autrefois mais il lui sembla qu'elle s'était d'un coup dépouillée de ce qui lui restait d'enfance et avait fait sienne la morgue coutumière des Condé.

« Mon ami, j'ai bien soif. Un verre de citronnade sucrée serait le bienvenu. »

Le garçonnet n'osa pas se dérober. Il revint bientôt avec un verre dans lequel la petite princesse trempa ses lèvres avec délicatesse. Puis, après quelques gorgées, elle tendit le gobelet à Philippe.

« Il me suffit. »

Une seconde fois, il se plia à son ordre et rapporta le verre tandis que Louise Françoise s'efforçait avec moult grâces d'intéresser un vieux beau appuyé sur une canne aux merveilles de son éventaire. Le barbon négligea un colifichet, tâta le satin d'un petit gilet, huma le parfum d'une boîte à épices et choisit enfin une aumônière brodée qu'il comptait sans doute offrir à quelqu'une de ses maîtresses. Puis, grimaçant, il sortit une bourse de son gousset.

Philippe attendit le départ de l'importun.

« M'accorderez-vous une promenade ? »

Louise Françoise feignit de frissonner.

« Mais il gèle à pierre fendre. Et oubliez-vous que je suis dorénavant pourvue d'un mari ? »

Le garçon secoua la tête.

« Et vous-même avez-vous oublié notre amitié ? Ou avez-vous honte de vous produire avec un enfant, maintenant que vous êtes une grande dame ? »

Elle éclata de rire. Mais aussitôt, devant l'air dépité de Philippe, elle se reprit :

« Je ne voulais pas vous blesser. »

Un moment plus tard, échappant à la foule et aux dames de compagnie de la duchesse, ils prirent place sur une causeuse d'un salon voisin devant une cheminée où ronflait un feu revigorant. Louise Françoise ne tarit pas d'éloges sur sa belle-famille.

« Ma belle-mère est d'un naturel aimable et le Grand Condé, malgré son âge et les infirmités dont il est accablé, m'a accordé d'emblée son affection et veille sur moi comme si j'étais réellement sa petite-fille. Figurez-vous qu'il a demandé à M. de La Bruyère de me donner des leçons particulières. Ce cher homme savant est délicieux. C'est à peine s'il remarque mes défauts qui, à ce qu'il me semble, sont pourtant bien grands. »

Et ce fut de nouveau un rire aussi bref que cristallin. Elle lui conta encore bien des anecdotes sur sa nouvelle famille qui la choyait et la traitait en enfant gâtée. Cependant, malgré ses grands airs, Louise Françoise ne tarda pas à laisser percer son désarroi.

« Vous me manquez… Je ne puis sortir sans être suivie d'une nuée de filles d'atour toutes plus sottes l'une que l'autre et qui épient le moindre de mes gestes ! Et puis hélas, il y a mon mari. »

Elle marqua un temps d'arrêt, soupira et reprit, la gorge serrée et l'œil humide :

« C'est un méchant homme ! Comme il n'est pas encore autorisé à rejoindre ma couche, il ne cesse de me tourmenter. Et… »

Une larme coula sur sa joue. Philippe résista à l'envie de la cueillir du bout de la langue.

« L'autre jour, alors que j'étais à ma toilette, il a chassé mes femmes de chambre et entrepris de me violenter en arguant de ses droits d'époux. Mais j'ai tant crié que mes filles sont revenues et m'ont trouvée en pleurs et la chemise toute déchirée. Le malotru, la figure empourprée de rage, s'est rajusté et a vidé les lieux. Mais je suis sûre qu'il se saisira de la première occasion pour recommencer. »

Philippe songea qu'un jour prochain elle devrait pourtant consentir à subir les assauts de son rustre de mari. Et il regretta de n'être encore qu'un enfant.

Sur le visage de Louise Françoise, le chagrin laissa place à une soudaine colère tandis qu'elle poursuivait :

« J'ai narré à ma mère la violence qui m'a été faite. Eh bien, que croyez-vous qu'il arriva ? La marquise m'a reproché de m'être défendue ! J'aurais dû subir la brutalité des assauts du duc sans me plaindre : elle a si peur que les Condé ne rompent mon union avec leur grotesque rejeton tant que le mariage n'est pas consommé !

— Cela ne peut se faire, ma mie. C'est le Roi lui-même qui a présidé à vos épousailles ! »

La petite duchesse secoua la tête. Elle l'avait à peine écouté.

« Ma mère, il me faut bien l'avouer, est une putain ! Elle sait qu'elle doit son retour en grâce à mon mariage.

Et elle ne veut surtout pas y renoncer. Elle n'est préoccupée que d'elle-même et se moque bien de savoir ce que je peux éprouver. »

Elle se leva. Ses yeux étincelaient. Et les poings serrés, elle répéta :

« Une putain ! »

Et Philippe se rappela ce que sa propre mère lui avait dit des confidences de feue la Reine Marie-Thérèse qui, dans son privé, n'appelait jamais la Montespan autrement que « la poute du Roi » !

*

Ce fut interminable. Dans l'antichambre de l'appartement de Versailles qu'on venait de lui allouer, Philippe, vêtu d'un habit noir orné de simples dentelles blanches, avait longuement reçu les condoléances des ministres étrangers. À côté de lui, sa sœur, la petite Mademoiselle, se tenait droit comme un piquet et essayait de réprimer de continuels bâillements.

Le jeune duc de Chartres pensait qu'il était extraordinaire qu'il fût pour la première fois traité en adulte à l'occasion du trépas d'une grand-mère qu'il n'avait même jamais vue. L'Électrice Charlotte von Hessen, mère de Madame, s'était éteinte à Neuburg dans un couvent du Palatinat. Répudiée par son époux, séparée de ses enfants, elle avait d'abord trouvé refuge à la cour de Kassel où son fils Karl l'avait accueillie. Mais depuis la mort de ce dernier, elle vivait chichement au milieu des religieuses. Ce qui n'empêchait pas la hautaine princesse de maltraiter ses gens ou même de les battre quand ils tardaient à la servir.

Élisabeth-Charlotte, malgré qu'elle eût peu connu sa

mère, éprouva un chagrin sincère et partit cacher ses larmes dans son cher Saint-Cloud où elle se cloîtra. La Palatine était d'autant plus éplorée que ce décès intervenait seulement quelques mois après celui de son frère l'Électeur Karl. La disparition de ce dernier l'avait déjà alarmée au plus haut point : dépourvu d'héritier, il abandonnait le Palatinat aux convoitises de ses voisins. Louis XIV s'était déjà empressé, au nom de sa belle-sœur, de revendiquer un certain nombre de comtés de la rive gauche du Rhin tandis que la succession revenait à la branche catholique des Pfalz-Neuburg, cousins du défunt. Cette situation inspirait donc les plus grandes craintes à Madame : qu'adviendrait-il des raugraves réformés, ses demi-frères ? Et n'y avait-il pas là prétexte à de nouvelles guerres qui ravageraient la patrie de son enfance ?

À ces sombres perspectives s'ajoutait aussi le ressentiment d'avoir été oubliée dans les dernières volontés de son frère. Tapisseries, livres précieux, collections de médailles réunis autrefois par son père bien-aimé avaient été répartis par les exécuteurs testamentaires sans qu'un seul instant on pensât à elle.

Aussi, dès que la mort de l'Électrice fut connue à Versailles, Monsieur envoya-t-il un émissaire à Neuburg. À peine arrivé au couvent, il demanda l'ouverture des coffres de la princesse. Il y trouva les quelques souvenirs d'une existence ruinée : peu de bijoux, des portraits, de rares médailles d'or frappées à l'effigie de feu son époux adultère et, plus curieusement, la peinture d'une tête de mort ornée de petits diamants. Mais il fit également une découverte qui bouleversa Élisabeth-Charlotte quand elle lui fut rapportée : l'Électrice avait gardé par-devers elle des jouets et des vêtements qui avaient appartenu à ses enfants. Malgré l'éloignement qui lui avait été imposé par son mari, elle n'avait pas oublié les siens et vivait dans leur souvenir.

Conformément aux ordres qu'il avait reçus, l'émissaire vendit le tout pour quelques centaines de florins dont Monsieur s'empara aussitôt. Madame ne reçut donc aucun bien, aussi petit fût-il, qui provînt de sa mère. Elle en conçut une grande amertume et le reprocha en termes vifs à son époux qui lui rétorqua que, maître de la communauté, il disposait à sa guise de ses revenus. Et qu'il était même libre de les distribuer à ses favoris s'il le jugeait bon.

Pourtant, quelque temps plus tard, la Palatine se vit remettre une grosse somme en monnaie qui lui revenait de l'héritage de son père. Grand seigneur, Monsieur utilisa ce pécule pour lui acheter des pendants d'oreilles en diamants. Il savait cependant que son épouse dédaignait bijoux et pierres et leur préférait livres et médailles.

Philippe n'ignorait rien de la discorde qui régnait entre ses parents et était sans cesse aiguisée par les amis de Monsieur. Il en avait pris son parti depuis qu'il avait atteint l'âge de raison mais il tenait à distribuer ses marques d'affection avec équanimité même si, dans le tréfonds de son cœur, sa mère l'emportait. Bourrue, parfois sévère, Liselotte débordait de tendresse dès qu'il s'agissait de ses enfants et ne craignait pas d'en administrer la démonstration en toute occasion. Philippe, que l'on traitait désormais en adulte et en attendait de la considération, était souvent embarrassé par ses épanchements lorsqu'ils se produisaient en public. Toutefois il n'osait pas se soustraire aux effusions de sa mère lorsqu'elle le prenait contre sa généreuse gorge. Il en allait autrement dans le privé. Serrés l'un contre l'autre, mère et fils partageaient alors petits secrets et confidences. Liselotte était visiblement fière de cet enfant à l'intelligence si vive qui lui donnait tant de satisfactions. Quant à Philippe, il aimait par-dessus tout l'esprit caustique de sa mère, la vigueur de ses reparties et la bonne humeur qu'elle affichait en dépit de tous les chagrins qu'on lui causait.

Quelquefois, lorsqu'il se détachait d'elle, elle le regardait comme si elle ne le connaissait pas, admirant sa taille bien découplée, sa figure aux traits réguliers déjà débarbouillée des mièvreries de l'enfance, sa belle chevelure frisée qui n'avait point encore besoin de perruque.

« Je crains, monsieur mon fils, que vous ne me donniez bien du souci !

— Et en quoi, ma mère ?

— Votre appétit de vivre vous exposera à bien des dangers. Et d'abord à ceux de toutes ces caillettes qui ne tarderont pas à tourner autour de vous et à vous étourdir de mille façons.

— Et comment pourrais-je les craindre si elles ne me proposent que leurs bontés ?

— Que croyez-vous donc, petit nigaud ? Les femmes de notre monde ne paillardent jamais en vain. Elles sont plus redoutables que les filles folieuses des mauvaises rues car elles ont la méchanceté et la cupidité vissées au croupion.

— Alors me conseillez-vous d'aller voir les putains lorsque je serai en âge ? »

Élisabeth-Charlotte haussa les épaules. Cependant, elle ne put s'empêcher aussitôt après de rire. Et, posant une main affectueuse sur la tête de son fils, elle ajouta, soudain songeuse :

« Mais c'est au combat des armes et non des jupons que vous courrez les plus grands périls… Car je vous imagine au moins aussi brave que Monsieur ! Or je vois de nouveaux nuages envahir le ciel de nos États européens. À croire que notre grand Roi est déjà lassé de la paix ! »

V

Une initiation

1686-1688

On ne parlait plus que d'eux : les ambassadeurs siamois ! Leurs longues robes de soie, leurs coiffes extravagantes et leurs manières tout en sourires et modestie suscitaient l'insatiable curiosité des courtisans. Mais en même temps on s'étonnait : comment des créatures qui venaient de si loin pouvaient être si semblables aux peuples des régions civilisées, n'étaient leurs faces safranées, leurs yeux en amande et l'originalité de leurs coutumes religieuses.

Le petit duc de Chartres avait eu le privilège d'assister à leur réception et de suivre leurs déambulations à la Cour. Louis XIV, pour les honorer, avait ordonné que le plus grand faste fût déployé. Les ricaneurs y virent la main de Mme de Maintenon. N'avait-elle pas instillé dans l'esprit de Louis que la conversion de ces Orientaux ajouterait à Sa gloire et à celle de l'Église ? Pourtant elle dut vite déchanter : ces étrangers, malgré leur ineffable politesse, n'avaient nulle intention d'épouser la foi du Roi Très-Chrétien ! En réponse à l'invitation écrite qui lui avait été précédemment transmise d'embrasser la religion catholique, le souverain siamois avait chargé ses ambassadeurs de déclarer sans ambages mais avec une exquise courtoisie que Dieu n'aimait rien tant que la diversité. Et qu'il permettait qu'on L'adorât de manières différentes à travers le vaste monde. Ainsi, pour Lui plaire, les Siamois pouvaient demeurer bouddhistes tandis que les Français continueraient à Le vénérer comme leurs pères le leur avaient toujours appris.

Louis XIV accueillit ce refus avec une grande aménité et ne parut aucunement contrarié. Ce que la Cour trouva admirable de la part d'un monarque qui, seulement quelques mois plus tôt, avait révoqué l'édit de Nantes et engagé une répression féroce contre les réformés.

L'attitude du Roi pendant le séjour des Siamois fut un autre sujet d'émerveillement pour la Cour : nul n'y ignorait que Louis souffrait d'une tumeur qui avait dégénéré en fistule située entre le fondement et l'attache des bourses. Cette grave incommodité le malmenait depuis plusieurs semaines. Or ni la fatigue des réceptions ni la longueur des banquets ne purent lui arracher une seule grimace de douleur.

Pour la plus grande joie de la famille d'Orléans, les ambassadeurs du Siam répondirent ensuite à une invitation de Monsieur à visiter son château de Saint-Cloud. Ainsi le petit duc pourrait-il voir d'encore plus près ces représentants d'un peuple aussi exotique que tout le monde s'arrachait.

Les carrosses arrivèrent de Versailles sous une pluie battante. Sous la colonnade de l'entrée, le duc d'Orléans trépignait :

« Jamais, ils ne pourront voir mes jardins ! »

Madame essaya en vain de tempérer son anxiété tandis que les véhicules remontaient l'allée d'honneur noyée sous l'averse.

« L'excellence de votre table et le spectacle de toutes vos œuvres d'art atténueront leur déception. »

Ces bonnes paroles ne suffirent pas à tromper l'impatience de Monsieur. Depuis qu'il n'était plus appelé à commander aux armées, le frère du Roi se complaisait dans une paresse que seul pouvait rompre son appétit d'honneurs et de distinctions. C'était pourquoi il attachait une telle importance à la venue des ambassadeurs siamois. Leur visite en son château lui permettrait de paraître au premier rang. Petite consolation pour un homme qui avait abdiqué toute ambition et que les circonstances et la volonté royale avaient réduit à ce rôle de figurant, pâle copie efféminée de son frère, le grand monarque que l'Europe entière admirait.

Philippe, malgré qu'il n'eût que douze ans, observait son père avec lucidité. Bien qu'il l'aimât sincèrement, il ne pouvait s'empêcher d'éprouver à son égard un sentiment proche de la pitié. Surtout lorsqu'il se remémorait sa joie enfantine lorsque sa mère lui avait conté les exploits guerriers de son époux. Était-ce encore le même homme qui cédait au ridicule des fards et de la toilette et qui acceptait d'être maltraité par tous les rufians de sa maison ?

À peine descendus des carrosses que Monsieur leur avait envoyés, les ambassadeurs administrèrent la preuve de leur coutumière politesse. Non, la pluie ne pourrait contrarier le plaisir d'être reçu en la demeure d'un aussi grand prince. Il n'en fallait pas plus pour que le duc se rengorgeât et oubliât en un instant toutes ses alarmes. Puis, passant de salons en salons, les Siamois multiplièrent les remarques de bon aloi et les traits d'esprit. Ils firent ensuite honneur à la collation qui leur fut offerte et mangèrent de bon appétit. Philippe, admis à leur table, interrogea à plusieurs reprises le premier d'entre eux qui parlait un français châtié. Il lui fut répondu de façon précise à toutes ses curiosités. Le garçon en conçut une grande fierté et se promit de demander à l'abbé Dubois de continuer à l'instruire sur ces peuples lointains.

*

L'histoire était violente et scandalisa une partie de la Cour dès qu'elle fut connue.

Le petit duc de Bourbon était déjà réputé pour mener une vie dissolue à laquelle son mariage avec la fille de la Montespan n'avait pas mis fin. Et si, de l'avis général, il était parvenu à déflorer sa jeune épouse bien qu'elle fût impubère et malgré l'interdiction qui lui en avait été faite, il n'en continuait pas moins à courir les lieux les plus mal famés. Il se disait, car ses dépravations accomplies en bande avaient des témoins, que le jeune prince se plaisait à brutaliser les filles dont il achetait les faveurs. Il fouettait, mordait, griffait avec la plus grande cruauté. Bref, il aimait le sang.

Cependant il venait de franchir un pas supplémentaire dans l'atrocité. Visitant une maison de plaisirs du nouveau quartier d'Antin, il remarqua un joli brin de fille qui sortait à peine de l'adolescence. L'appareilleuse[1] lui fit l'article. Nubile depuis quelques jours, cette beauté, éduquée de la meilleure manière qui fût

1. La maquerelle.

dans l'art d'Éros, était déjà demandée par les plus grands seigneurs de sa pratique. Toutefois elle ne consentait à se donner qu'aux plus délicats d'entre eux et contre une bourse bien garnie.

Le duc, entouré de ses habituels compagnons de débauche, s'attarda à considérer la jeune hétaïre, flatta sa croupe et ses tétons découverts pour en éprouver la fermeté et débusquer d'éventuelles flétrissures. Enfin, conquis, il la choisit.

Abandonnant quelques pièces d'or à la matrone, il poussa la fille dans une chambrette attenante et commença aussitôt à la trousser. Quand son giron fut nu, il la pinça à plusieurs reprises. Elle cria. À l'extérieur de la pièce, on se méprit sur la nature de ces gémissements. Puis le duc dénoua sa culotte et la pénétra sans coup férir. Avait-il présumé de sa vigueur génésique ? Ou bien le vase de la belle était-il trop distendu par l'usage abondant qu'on en faisait ? Il monta bientôt de la chambre des hurlements de fureur, suivis de nouveaux cris de douleur. Puis le jeune homme en chemise, ivre de fureur, surgit sur le seuil et prit à partie la maquerelle :

« C'est une abominable tromperie… Le con de la fille est aussi vaste que le Grand Canal. Je m'y suis noyé ! »

À cette repartie, ses comparses se gaussèrent, l'un d'eux risquant même une plaisanterie sur la taille médiocre de son membre viril. Cela ne fit qu'exciter la rage du petit duc, tandis que dans l'entrebâillement de la porte, on voyait la pauvrette, affalée sur sa couchette, qui pleurait à grosses larmes.

« Je m'en vais donner une leçon à cette mauvaise ouvrière ! » rugit Condé.

Puis il dit un mot à l'oreille de l'un de ses compagnons de débauche qui disparut aussitôt. Quand il revint, le duc avait fini de se rajuster et la fille, toujours éplorée, serrait sa chemise contre son ventre.

« Aidez-moi, vous autres ! » ordonna Condé.

Ils saisirent les bras de la putain, maintinrent ses jambes écartées.

« Avec ce que je vais lui bailler, elle mettra plus d'application à sa besogne. »

Il prit des mains de celui qui était sorti un gros pétard qu'il ficha dans la charnière de la fille. Il approcha ensuite un chandelier où brûlait une bougie et enflamma la mèche. Au même instant, la malheureuse comprit enfin le méchant dessein du duc. Elle poussa de longs cris déchirants, se débattit. En vain. La fusée d'artifice explosa dans sa nature et éclaboussa de sang l'assistance.

Trois heures plus tard, elle était morte.

M. de La Reynie ne manqua pas d'être saisi de l'événement. Il en informa aussitôt le Roi, étant donné la qualité du coupable. Louis XIV, qui ne voulait pas mécontenter les Condé[1], décida de ne pas sévir. Il lui était aussi difficile d'oublier que ce pervers était aussi l'époux de sa fille chérie. Mais il se fit amener le monstre et le tança d'importance.

Quant à Louise Françoise, personne ne sut s'il lui fut conté cette vilaine affaire.

*

La Palatine faisait grand cas de l'éducation de son fils et questionnait sans cesse l'abbé Dubois afin de s'enquérir des progrès de son élève.

---

1. D'autant que sa marraine de baptême était une princesse de Condé.

« Ne le trouvez-vous point trop rêveur et dissipé ? »

Le précepteur la rassurait. Certes, il arrivait à Philippe de s'échapper dans des songes qui ne devaient rien au travail de réflexion que lui demandait l'abbé. Mais sa vivacité d'esprit était telle qu'il reprenait rapidement le cours de sa besogne. Plus préoccupant était pour Madame son goût affirmé pour les personnes du sexe. S'il était rassurant de constater que, malgré le climat délétère qui régnait au Palais-Royal, il ne montrait aucune inclination pour la bougrerie, la Palatine, qui était pourtant elle-même si étrangère à ces choses, constatait que son fils donnait la preuve d'une grande précocité. Ainsi, il lui était arrivé de recevoir les plaintes de telle ou telle soubrette dont il avait soulevé les cotillons et même chatouillé d'un doigt leste les parties impudiques.

Interrogé à ce sujet, Dubois, malgré son état, affirmait n'en concevoir aucune alarme. N'était-il pas l'arrière-petit-fils d'Henri IV dont les exploits amoureux avaient émerveillé le peuple de France ? Et son oncle Louis XIV, en dépit du fait que depuis son mariage secret avec la Maintenon il se fût résigné à être un époux fidèle, n'avait-il pas, au vu et au su de toute la Cour, donné maints et maints exemples de dévergondages ? Non, l'abbé, dans son infinie sagesse, considérait qu'un développement harmonieux devait autant concerner la tête que le corps.

Il en fallait quand même plus pour rasséréner la Palatine.

« Si nous n'y prenons pas garde, il sera bientôt en âge de peupler ma maison de petits bâtards ! »

Dubois sourit car il savait que l'humeur de Madame dissimulait d'abord une grande affection pour son fils.

Et peut-être même une certaine admiration. Au reste, il n'était pas sans être fasciné par l'attention que la Palatine apportait à l'éducation de Philippe, au rebours de la plupart des dames de la Cour qui se souciaient fort peu de leur progéniture et abandonnaient le soin de leur instruction aux précepteurs et autres gouverneurs.

« Ne pensez-vous pas, monsieur l'abbé, que sur le point très délicat que je viens d'aborder, il conviendrait de sermonner Philippe…

« Je crains, Votre Dilection, que mon prêche ne titille au contraire les esprits animaux de votre fils… La nature est ainsi faite qu'elle a une forte appétence pour le fruit défendu !

— Mais je croyais que votre autorité faisait merveille.

— Il en est ainsi dès qu'il s'agit de latin ou d'Histoire. Toutefois, dans le domaine très particulier qui nous occupe, mon manque d'expérience est patent !

— Vous ne me ferez jamais croire, monsieur l'abbé, qu'en votre jeunesse vous n'avez pas été ému par le charmant délié de quelques croupes ou tétons. Et, si j'en juge par la rumeur, vous n'êtes point suffisamment vieux pour avoir renoncé à ces spectacles frivoles… »

Le petit homme toussa, rougit. La Palatine éclata d'un gros rire.

« Allons, l'abbé, pardonnez-moi de vous avoir troublé. Et demeurez un bon maître pour mon fils qui le mérite bien ! »

Elle fit un pas vers la porte du cabinet d'études. Puis elle se retourna :

« Mais si les esprits animaux de mon fils, ainsi que vous les nommez, venaient à être trop exigeants, alertez-moi. Il se trouvera bien dans ce lupanar qu'est devenue la Cour quelque dame de bonne naissance pour mettre un terme à cette irritation. Mme de Beauvais en a-t-elle usé autrement avec le jeune Louis XIV ? »

Dès qu'elle regagna ses appartements, Élisabeth-Charlotte tomba pourtant à nouveau dans la maussaderie qui la tenait depuis plusieurs semaines. La mort de sa mère, le subit et inquiétant dévoiement[1] de sa fille, la santé de Monsieur restée chancelante depuis sa grande maladie de l'automne 1684 – il était de nouveau sujet à des accès de fièvre tierce qui le terrassaient plusieurs jours durant –, les réprimandes du Roi qui lui reprochait son franc-parler et, toujours, les méchancetés de la cabale qui avait même réussi à obtenir le renvoi de sa chère Théobon, avaient fini par gâter un caractère naturellement joyeux.

Il n'était jusqu'au destin de sa patrie natale pour lui inspirer les plus grandes inquiétudes. Depuis le décès de son père et de son frère, l'Électeur Karl, l'orage grondait sur le Palatinat. Au nom de son frère et de sa belle-sœur, Louis XIV avait revendiqué les possessions héréditaires de sa famille. Cette prétention avait aussitôt suscité une vive opposition des princes protestants allemands qui appréhendaient les appétits français. Leur hostilité avait été encore avivée par la funeste décision du Roi-Soleil d'abroger l'édit de Nantes. Il y avait donc fort à craindre que si Louis persistait dans ses intentions, ses ennemis ne se constituassent en une formidable coalition[2] qui réunirait les principaux États européens contre la France. Si, par malheur, une telle éventualité devait se concrétiser, il ne faisait nul doute

1. Diarrhée.
2. Ce sera la future ligue d'Augsbourg.

que sa patrie, une nouvelle fois, serait la première à subir les affres de la guerre. L'alliance que l'Électeur son père avait désiré nouer avec le royaume de France en la donnant en mariage à Philippe d'Orléans n'aurait donc servi de rien.

Son amertume était d'autant plus grande que le refroidissement que lui témoignait Louis lui interdisait de lui parler de bec à bec comme elle en avait autrefois coutume lors de leurs chevauchées à la chasse. N'ayant plus l'oreille du Roi, mise à l'écart, haïe par la « vieille guenipe », Élisabeth-Charlotte remâchait son chagrin de longues heures durant dans la solitude de son cabinet aux médailles. Et lorsque, sortant de son ermitage, il lui arrivait de croiser Monsieur, ce n'étaient que cris et vociférations. Exactement comme si leur rapprochement lors de la grande maladie n'avait pas existé. Leurs disputes, aussi fréquentes que bruyantes, épouvantaient leurs familiers, impuissants à calmer ces fureurs domestiques. Ces tempêtes devinrent même si violentes que le Roi lui-même tenta de s'entremettre entre les deux époux. Les obligeant à s'embrasser devant lui, il leur remontra combien leurs querelles étaient vaines. Mais la réconciliation fut de courte durée. Attisée par les perfidies de la cabale, la mésentente reprit de plus belle. Et les orages furent de nouveau le quotidien de leur vie conjugale.

*

Elle s'appelait Léonore. Son père, Clément Desparin, était concierge du garde-meubles du Palais-Royal.

Brune, l'œil effronté et la gorge bien remplie, elle promenait sa pimpante silhouette dans tous les aîtres où la domesticité était autorisée à vaquer. Quel âge pouvait-elle avoir ? Philippe lui donnait une quinzaine d'années. Mais la générosité de ses appas était peut-être trompeuse.

Lorsqu'il lui arrivait de la croiser dans un couloir du palais, elle s'effaçait au dernier instant en accompagnant sa dérobade d'une révérence trop accentuée pour être tout à fait honnête. Et plus d'une fois, il lui avait même semblé l'entendre pouffer dès qu'il avait tourné le dos.

Ce jour-là, avant même qu'elle eût ébauché son impertinente courbette, Philippe la saisit par le bras.

« Méchant, vous me faites mal ! »

Mais son demi-sourire démentit aussitôt son propos. Non sans provocation, elle planta ses yeux dans les siens.

« Que me veut Son Altesse ? »

Philippe ne répondit pas mais la tint toujours fermement. Son regard descendit vers son décolleté qui laissait sans vergogne deviner la naissance de ses tétons piquetée de minuscules taches de son. Elle tenta alors sans brusquerie de se dégager. Mais le garçon accrut sa pression sur son bras, humant avec avidité l'odeur musquée qui émanait de son intimité.

« Lâchez-moi, s'il vous plaît... »

Il consentit. Mais au lieu de se sauver, elle demeura devant lui, les joues rouges, la respiration légèrement accélérée et les mains sagement croisées sur le devant de sa robe. Il s'approcha d'elle. Elle ne bougea pas. Et, bien qu'elle fût un peu plus grande que lui, il parvint à lui voler un baiser à la commissure des lèvres.

Les yeux de Léonore pétillèrent à nouveau. Elle

battit plusieurs fois des cils. Puis elle fit sa révérence coutumière et s'enfuit en riant.

*

La nouvelle lui avait été communiquée par la Grande Mademoiselle.

La pauvre amazone, éperdument amoureuse de Lauzun, avait enfin obtenu la libération de son amant enfermé de longues années dans la forteresse de Pignerol. Mais, contre cet élargissement, Louis XIV avait exigé que la richissime fille de Gaston d'Orléans acceptât de consentir de considérables dotations à ses bâtards nés de la Montespan. Mlle de Montpensier, mue par la folie de sa passion, avait fini par accepter le marché. Mais hélas, le bellâtre, à peine libéré, s'était empressé de fuir cette vieille femme de soixante ans tant sa silhouette hommasse et disgracieuse lui inspirait de l'horreur. Même la promesse de jouir de sa fortune n'avait pu retenir le petit Gascon.

Elle en avait conçu un profond chagrin. L'ancienne virago de la Fronde, qui n'avait pas hésité à commander le feu contre les troupes royales, n'était plus que ruine. Écartée par la nuée des courtisans instruits de sa défaveur, Mademoiselle s'était rapprochée de son cousin d'Orléans. Celui-ci ne guignait pas moins que son royal frère l'immensité des biens de la princesse que les dotations aux bâtards de la Montespan[1] avaient tout juste écornés. Mais Louis XIV veillait. Et avec lui, la Maintenon, toujours prompte à servir les intérêts des enfants qu'elle avait

1. La duchesse de Nantes (déjà mariée au prince de Condé), le duc du Maine, la duchesse de Blois et le comte de Toulouse.

élevés et qui n'auraient pas reçu de meilleurs soins de sa part s'ils étaient sortis de son propre giron.

Le couple royal ourdit donc une affaire qui pouvait satisfaire les deux branches : Mlle de Montpensier testerait en faveur du duc du Maine et celui-ci épouserait Mlle de Chartres, fille de Philippe d'Orléans et de la Palatine. La fortune resterait donc dans la famille.

Dès que Madame reçut les confidences de la Grande Mademoiselle, elle poussa les hauts cris tant chez elle la détestation de la bâtardise l'emportait sur tout autre sentiment. Non, jamais elle ne donnerait sa fille chérie au fruit d'un double adultère. Mais avait-elle le pouvoir de s'opposer à la machination ? Car le complot était déjà bien mûr. Perfidement, la Maintenon avait circonvenu les meneurs de la cabale du Palais-Royal et les avait chargés d'arracher le consentement de Monsieur. La dévote n'avait pas craint de comploter avec ces sodomites et débauchés notoires qui ne tardèrent pas à recevoir par avance une récompense pour leurs bons offices. Au chevalier de Lorraine fut donné l'ordre du Saint-Esprit. Quant à son compère, le marquis d'Effiat, il se vit promettre de devenir le futur gouverneur de Philippe de Chartres quand la mort viendrait prendre celui qui occupait cette charge, Saint-Laurent.

Monsieur, qui ne pouvait rien refuser à ses favoris, acquiesça d'autant plus aisément que la Maintenon appuya cette nomination. Cela décupla la fureur de Madame qui avait déjà, une première fois, écarté d'Effiat.

Philippe d'Orléans, en dépit du soutien que lui apportait « l'Enrhumée[1] », recula lorsque la Palatine

---

1. La marquise de Maintenon ainsi que la nommait Mme de Sévigné.

lui fit savoir qu'elle était prête à accréditer dans toutes les Cours d'Europe la version criminelle de la mort d'Henriette d'Angleterre. Les empoisonneurs n'étaient-ils pas ses meilleurs amis ? Le soupçon, inévitablement, retomberait sur lui.

Toutefois, le complot du mariage demeurait à l'ordre du jour. Et le roi, si entiché de son bâtard de Maine, ne supporterait pas que l'on contrariât sa volonté s'il se décidait à donner corps à ce funeste projet.

*

Fluet, la voix haut perchée, le petit Saint-Simon portait l'orgueil de sa famille à sa boutonnière et ne cessait de se flatter que son père, le duc, fût pair de France. C'est-à-dire, placé dans l'ordre de préséance immédiatement après les hommes de la famille royale et les princes du sang. Philippe, qui n'avait jamais renié le compagnon de ses tendres années, ne manquait pas de moquer son ami lorsque celui-ci lui récitait par cœur la liste des ducs et pairs :

« Nous venons au treizième rang après les Richelieu mais devant les La Rochefoucauld, malgré la mauvaise querelle que ces derniers ont instruite contre mon père.

— Le Roi, dans sa grande sagesse, ne manquera certainement pas de vous donner raison ! Dès qu'il aura un moment pour y songer. »

Mais la désinvolture de la réponse et un brin d'ironie dans le regard de Philippe firent que l'adolescent monta aussitôt sur ses ergots et entonna son habituelle antienne.

« Hélas ! nous vivons dans un temps où l'on abaisse les Grands et où l'on élève les bourgeois. »

Philippe se garda de répliquer. Son ami était volontiers colérique et s'emportait en un instant. Fier de sa lignée (le duc de Saint-Simon avait été l'un des plus fidèles serviteurs de Louis XIII et entretenait son fils dans le souvenir de ce monarque), il se rengorgeait comme un petit coq dès qu'il était question des siens. Tout comme Madame qui avait coutume de dire : « Dès que j'aperçois un bâtard, cela me fait tourner le sang », il détestait les mésalliances. Et pour cette simple raison, il avait en horreur la marquise de Maintenon si fort attachée à pousser en avant les enfants de la Montespan qu'elle avait élevés.

La malice de l'Histoire voulait pourtant que Louis de Rouvroy, fils de Claude de Saint-Simon, était apparenté par sa mère aux Mortemart[1] et qu'il était même plus lointainement allié à Mme de Maintenon par le biais des L'Aubespine[2]. Le frère de l'épouse morganatique du Roi, Charles d'Aubigné, s'insinuait même dans le salon du duc d'où l'on n'osait renvoyer ce mauvais sujet à cause de sa puissante parentèle. Réputé pour courir les petites filles du jardin des Tuileries, ce douteux personnage colportait les histoires les plus salaces et ne craignait pas d'affirmer que sa prude sœur avait eu une jeunesse gaillarde et qu'elle avait rôti le balai au château de Villarceaux chez la belle et sulfureuse Ninon de Lenclos. Au reste, lorsqu'il avait abusé des flacons de pommard que les Saint-Simon tenaient à sa disposition, il parlait avec une telle familiarité du Roi qu'il l'appelait « mon beau-frère » ! Ce qui provoquait des froncements de sourcils chez le maître de maison,

1. La famille de la marquise de Montespan.
2. Mme de Maintenon était née Françoise d'Aubigné.

mais aussi, en dépit de la vénération que tous vouaient à la personne de Louis XIV, des demi-sourires chez les invités et une franche hilarité chez les quelques enfants présents.

La narine pincée, la bouche dédaigneuse, Louis, qui se targuait de détester par-dessus tout la vulgarité, rapportait volontiers à son ami les saillies du frère de la « vieille guenipe ». Philippe avait maintes fois observé que son compagnon excellait à remarquer les travers et les ridicules de ses contemporains. Il ne voulut pas demeurer en reste : « Ma mère, révulsée par les projets de mariage que l'on forme pour ma sœur, n'appelle plus la Maintenon que la "pantocrate". »

Les deux garçons rirent de conserve. Comme chaque fois que Saint-Simon venait visiter son ami au Palais-Royal, ils déambulaient dans la galerie des Illustres où le cardinal de Richelieu, premier habitant de ces lieux, avait rassemblé les portraits des personnages qui, à ses yeux, avaient contribué à la gloire du royaume. Ainsi le chevalier Bayard croisait pacifiquement les armes avec Dunois, Jeanne d'Arc côtoyait le féroce Simon de Montfort, Henri IV rendait un dernier hommage à son épouse Marie de Médicis et l'évêque Suger compagnonnait avec Du Guesclin. Richelieu, bien entendu, ne s'était pas oublié dans ce panégyrique pictural où il retrouvait son maître Louis XIII.

Exalté, le jeune Saint-Simon détaillait, commentait, admirait et serait resté des heures à s'enivrer de gloire. Mais Philippe ne tardait pas à le tirer par la manche. Non pas qu'il méprisât ce tableau illustré de l'Histoire de France dont Dubois, son précepteur, lui rebattait les oreilles à longueur de leçons, mais il préférait rôder dans les entrailles du théâtre où Molière avait joué la comédie et où Lully, aujourd'hui, donnait sa musique et ses ballets. Si c'était un jour de répétition, les deux garçons pourraient avec un peu de chance surprendre le déshabillé d'une actrice ou la toilette d'une autre.

Saint-Simon, dont la morgue dissimulait d'abord une grande timidité, regardait en coin ces spectacles voluptueux et se gardait bien, au rebours de son ami, d'avancer une main indiscrète vers les rondeurs qui étaient offertes sans vergogne à leur vue. Et lorsque l'une de ces comédiennes, pourtant nullement effarouchée, poussait un petit cri chatouillé, il se détournait.

Cette réserve amusait Philippe. Mais, sachant combien son ami était susceptible, il n'osait s'en gausser et respectait son quant-à-soi. Cela n'altérait en rien leur attachement. Entre l'enfant de vieux (le duc de Saint-Simon était déjà octogénaire et son épouse quadragénaire) et le rejeton d'un couple monstrueusement dépareillé, il s'était créé de secrètes affinités dont la moindre n'était pas le regard acéré qu'ils portaient tous deux sur leur entourage et la société de leur temps.

*

Léonore avait fini par céder. Mais elle n'était pas la première à emporter le pucelage de Philippe. Pour plaire à Madame, Dubois avait circonvenu une dame de qualité afin qu'elle instruisît le garçon des secrets de l'amour.

Malgré qu'elle fût quinquagénaire, Mme de Vieuville dissimulait sous ses amples robes des appas qui demeuraient appétissants et, si ce n'était sa denture gâtée, elle pouvait encore affrioler quelques galants. La coquette envisagea sa besogne avec le plus grand sérieux sans toutefois s'interdire de prendre du plaisir à déniaiser ce tendron.

Il s'avéra très vite que Philippe de Chartres, en cette matière comme en tant d'autres, serait un élève appliqué et corrigerait son inévitable maladresse par une appétence certaine pour le commerce charnel.

Il s'égara d'abord dans le fouillis des multiples jupons censés protéger la vertu de sa propriétaire. Mme de Vieuville se garda d'en rire, de peur d'émousser l'ardeur de l'adolescent. Mais quand il fut enfin débarrassé de tous ces chiffons qui gênaient sa quête, Philippe se montra si entreprenant que sa partenaire dut calmer son enthousiasme.

« Fi donc, mon bel ami, vous allez me meurtrir l'encoignure !

— Elle me semble pourtant fort large », répondit le petit impertinent qui fouaillait sans retenue ces territoires inconnus.

Mme de Vieuville jugea enfin bon de mettre fin à ces explorations hasardeuses qui n'épargnaient aucun de ses mystères. D'une main experte, elle libéra le membre du garçon et, sans façon, le ficha au cœur de son intimité. Philippe poussa un petit cri de ravissement et trouva naturellement l'allure qui convenait tandis qu'elle lui flattait la croupe.

« Mon petit cavalier, ralentissez, sinon vous allez trop vite vider les étriers ! »

Hélas, l'avertissement de Mme de Vieuville vint trop tard. Le garçon ne tarda pas à mourir en elle après avoir poussé un terrible gémissement. Elle le prit contre elle, lui caressa le front.

« Tout doux, mon ami… Votre impatience vous a trahi. Néanmoins vous avez donné une belle preuve de vigueur. Et sitôt que vous aurez recouvré votre ardeur, il ne tient qu'à vous que nous recommencions. »

Elle découvrit son haut, exposant une poitrine rebondie que les ans avaient respectée et dont elle était à l'évidence très fière. Il avala goulûment l'un de ses tétins, rendit le même service à son jumeau.

Puis, s'assurant de la main que la mentule de Philippe s'était raffermie, l'initiatrice se mit en devoir de l'employer derechef à son service.

Le soir même, Mme de Vieuville rendit compte à l'abbé Dubois.

« Votre élève me paraît être d'une constitution tout à fait remarquable. Il m'en a administré une double démonstration… très convaincante. »

Le précepteur étouffa un petit rire.

« Je n'ai jamais douté que vous fussiez capable de donner les leçons les plus capiteuses ! »

Elle répondit par un sourire aguicheur auquel le précepteur ne résista pas.

« Vous plairait-il, belle dame, de m'instruire plus précisément de la façon dont Philippe en a usé avec vous ? »

Puis, prenant familièrement son interlocutrice par le bras, il la conduisit vers sa chambre.

À la même heure, le duc de Chartres avait réussi à persuader Léonore de le rejoindre dans ses appartements. Enhardi par sa précédente expérience, le garçon brûla les étapes et ne tarda pas à vaincre les dernières résistances de la fillette. Au reste, celle-ci, une fois conquise, se donna avec une ferveur et une gaieté qui émerveillèrent son jeune amant.

Bien qu'il en eût, Philippe ne put s'empêcher de comparer la fraîche complexion de Léonore avec la flaccidité des chairs de Mme de Vieuville. Ému par ce corps juvénile aux membres graciles mais fermes, il renouvela ses assauts et la laissa rompue. Elle était encore dolente quand, après avoir passé sa chemise à la hâte, elle courut rejoindre pieds nus la loge paternelle en se gardant de réveiller ses parents.

*

Il semblait que ses larmes ne pourraient jamais plus s'arrêter de couler. Son cœur saignait comme saignaient les pierres des maisons de son petit Palatinat mises à bas par les armées du Roi de France.

La brutalité de Louis XIV la révulsait. Tout avait commencé au mois de septembre 1688 lorsque le monarque avait publié une déclaration dont le cynisme le disputait à l'impudence. Annonçant à la fois sa volonté de sécuriser les frontières orientales du royaume et d'obliger les princes de l'Empire à respecter les droits patrimoniaux de sa belle-sœur, le Roi avait ordonné à son armée de franchir le Rhin. Et pour que chacun en Europe ne pût douter de la fermeté de ses intentions, il avait confié au Grand Dauphin le soin de commander ses troupes.

Madame, éplorée, fut contrainte à l'impuissance et empêchée de plaider la cause de sa patrie. Pire, on lui remontra qu'elle devait au contraire se réjouir de constater que Louis se montrait si attaché à défendre ses intérêts.

Au fil des nouvelles qui parvenaient à Versailles, elle apprit donc que les troupes étaient entrées sans coup férir dans toutes les villes du Palatinat et y avaient établi des garnisons. Une occupation qui avait donné lieu à de nombreuses exactions et destructions effectuées par la soldatesque française sans que le Grand Dauphin intervînt. Mais le fils du Roi que, derrière son dos, on ne nommait plus que le « gros Dauphin » en raison de ses excès de table, ne quittait guère son cantonnement.

Quand, à la fin novembre, il revint de sa campagne, la Palatine dut, sur ordre de Louis, aller fêter le vainqueur en compagnie de la famille royale. Le « héros », parfaitement étranger à la science militaire et qui avait laissé à ses généraux le soin de conduire les opérations, crut bon de faire compliment à Madame de la qualité des produits gastronomiques du Palatinat.

« Quand vous disiez que vos lièvres et truites ne pouvaient se comparer aux nôtres, je vous croyais seulement animée par l'amour de votre patrie. Mais depuis que je les ai goûtés, je sais maintenant que vous aviez raison. »

Du gibier et du poisson, voilà donc les seuls souvenirs que ce prince débonnaire et gourmand garderait de son pays natal, oubliant les dragonnades et les outrages perpétrés par ses troupes. Mais le Palatinat n'en avait pas encore fini avec les horreurs de la guerre. Louis XIV et ses ministres réalisèrent assez vite que, face à la menace des armées de l'Empire, l'occupation de cet État ne serait que temporaire. Aussi acquiescèrent-ils à l'idée de Louvois, secrétaire à la Guerre : puisqu'on ne pouvait rester, il fallait faire du Palatinat un désert de ruines qui deviendrait un glacis entre l'Alsace et l'Allemagne. Il fut donc décidé d'achever la destruction systématique des cités, villages, églises, fortifications, places fortes et maisons. Heidelberg, incendiée, fut détruite pierre après pierre.

Même le palais, si cher au cœur de Madame qui y avait vécu son enfance, fut miné et rasé.

L'artisan de ces ravages, le maréchal de camp Ézéchiel de Mélac, y gagna pour longtemps une réputation de bourreau.

Comble de l'ignominie, les biens qui revenaient de l'héritage du père de Madame, tableaux, bijoux et vaisselles pillés dans le Palais, furent récupérés de droit par son époux et distribués par celui-ci à ses mignons. S'y ajoutèrent les sommes extorquées aux pauvres habitants de la principauté.

Mais à l'horreur suscitée par cette campagne de terreur s'ajoutait pour la Palatine la certitude que la population de sa patrie ne pourrait pas manquer de lui attribuer la responsabilité première de cette violence inouïe.

« C'est en mon nom qu'on a brûlé et violé ! » ne cessait-elle de gémir dans le silence de son cabinet. Et elle savait déjà que rien ne pourrait jamais effacer cette blessure.

VI

Un jeune héros

1689-1691

Madame était partagée : devait-elle rire ou se fâcher ?

En attendant que le coupable comparût devant elle, elle ordonna que l'on appelât Dubois. Le petit abbé ne tarda point. Aussi cauteleux que ceux de son espèce, il fit le gros dos dès qu'il comprit qu'un orage menaçait d'éclater.

« Je vous avais pourtant prévenu ! gronda la Palatine. La liberté que vous avez la faiblesse d'accorder à votre élève ne pouvait que nous apporter des désagréments et semer le désordre dans ma maison. »

Elle se leva, se moucha bruyamment, regagna son siège qui accueillit obligeamment sa vaste croupe. Puis elle reprit :

« Ici même, à votre place, je viens de recevoir un fâcheux qui m'a chanté pouilles avant que je lui rabaisse son caquet. »

La tête baissée, le regard en dessous, le précepteur se garda d'interroger Madame sur l'identité de l'importun.

Connaissant sa maîtresse, il savait qu'il fallait d'abord qu'elle dégorgeât sa bile.

« Aveuglée par votre suffisance, je croyais que vous auriez eu à cœur d'instruire Philippe de tous les mystères de la nature humaine et des particularités de la génération. »

Madame poussa un long soupir. Dubois comprit que l'orage était en train de passer.

« Bien que je sois moi-même peu expérimentée en la matière, je crois que dans l'acte génésique un peu de maîtrise de soi suffit à prévenir un épanchement malencontreux !

— Coïtus interruptus, Votre Dilection ! »

La Palatine ouvrit de grands yeux.

« Peu m'importe le jargon dont vous assaisonnez ce procédé, mais il n'empêche que votre élève a failli et qu'il a conçu !

— Il arrive parfois que les délices ressentis au cours de la copulation obscurcissent l'esprit du sujet et le conduisent à oublier toute précaution », dit sentencieusement Dubois.

Madame haussa les épaules.

« Je n'entends rien à votre verbiage et m'attache seulement aux conséquences de cette imprudence…

— Puis-je demander à Votre Altesse qui est la victime de ce trait un peu forcé ?

— Une fille de rien… L'enfant du concierge de notre garde-meubles. Son plaideur de père a osé me demander réparation !

— Et, sauf votre respect, quelle réponse lui avez-vous apportée ? »

La duchesse éclata d'un gros rire. Dubois observa avec soulagement qu'elle avait recouvré son naturel.

« Je lui ai remontré que j'étais fort heureuse que Philippe soit en capacité d'allouer de si jolis cadeaux aux filles de sa connaissance… Et comme le plaignant persistait à gémir, je lui ai dit tout à trac que la faute en revenait de prime abord à sa mijaurée qui n'avait pas su garder son abricot pour elle !

— Son abricot ! répéta le précepteur, haussant les sourcils, abasourdi par la verdeur de ce langage.

— Et c'est ainsi que j'ai cloué le bec de cet impudent ! Mais Philippe n'en saura rien car il mérite lui-même une sévère remontrance que je lui administrerai d'ici peu. Et je ne doute pas que vous approuverez ce dessein.

— Cela va de soi ! répliqua Dubois en reprenant ses esprits. Je veillerai moi-même à le menacer des verges.

— Il serait plus sage que vous l'instruisiez en la matière que je vous ai dite car je ne veux point que ce palais pullule de petits bâtards d'Orléans. »

Elle se leva à nouveau, signifiant que l'entretien était terminé. Mais, avant que le précepteur passât la porte, elle ajouta :

« Quant au fruit relevant de l'accident dû à ces délices qui me sont inconnus, j'aurai soin de le confier à une nourrice de nos provinces. Et il sera élevé ainsi qu'il convient à un surgeon de ma descendance, même s'il est issu de la main gauche !… »

*

Liselotte pleurait d'abondance. La Dauphine, Anne de Bavière, venait de passer après une terrible et longue agonie que les charlatans auxquels elle se confiait n'avaient pas même été capables d'abréger.

En cette Cour qui lui était dorénavant devenue hostile, la Palatine avait trouvé chez la petite princesse une amitié que leur commune origine allemande avait confortée. Dès la naissance de son troisième fils, le duc de Berry, Anne était tombée malade et vivait confinée dans son appartement où le gros Dauphin, trop occupé par la chasse et ses nombreuses passades, ne s'attardait guère.

Les visites de Liselotte étaient d'autant plus attendues. Les deux princesses qui haïssaient également la Maintenon assaisonnaient leurs propos de moqueries et même de commentaires orduriers sur « la vieille guenipe » ! C'étaient les seuls maigres rires qui venaient encore sur les lèvres de la pauvre Dauphine.

Le 20 avril, son aumônier, Bossuet, lui administra les sacrements. Puis elle demanda à parler au Roi et à son époux avant de bénir ses trois fils. Monsieur et Madame pénétrèrent à leur tour dans la chambre de la moribonde. Au pied du lit, Louis XIV priait et pleurait. Il y avait déjà longtemps que le Grand Dauphin s'était esquivé.

Vers les sept heures du soir, Anne fut prise de convulsions et s'éteignit.

L'enterrement à Saint-Denis eut lieu un mois et demi plus tard. Mais le temps n'avait pas encore asséché les larmes de Liselotte.

Le Grand Dauphin, à qui l'on avait donné le commandement de l'armée d'Allemagne, était absent. Mais toute la famille royale assista au service qui, conduit par soixante-dix évêques, dura six bonnes heures.

Philippe de Chartres, assis à côté du petit duc de Bourgogne qui n'avait que huit ans, essayait entre deux bâillements de consoler son petit-cousin qui pleurait à chaudes larmes. Quand vint enfin le bout de la cérémonie funèbre, il se produisit un grand tumulte dans le chœur. Philippe vit que sa mère en était indirectement la cause. Comme elle remettait à l'évêque de Meaux un cierge auquel étaient attachées des pièces d'or, les moines de Saint-Denis réclamèrent leur dû. Mais Bossuet entendait remettre le précieux objet aux prêtres de la chapelle du Roi qui avaient servi la messe. Une violente dispute s'ensuivit devant le catafalque de la défunte Dauphine. Bossuet, bousculé, manqua tomber de sa cathèdre tandis que la bataille redoublait et qu'un gros rire, bientôt imité par toute l'assistance, secouait Madame[1].

*

Philippe conçut un véritable chagrin lorsqu'il apprit que la petite Léonore avait été éloignée du Palais-Royal. Il avait pris goût à ces fraîches amours qui avaient encore le piquant de l'enfance. Au reste, se disait-il avec un solide bon sens, pourquoi devait-on désormais l'écarter puisque le mal était fait et qu'elle était grosse ?

Son affliction, qui était réelle, n'alla pourtant point jusqu'à le priver de jeter des regards gourmands sur les créatures affriolantes qui peuplaient les palais où il résidait au gré des déplacements incessants de la Cour et des déambulations de la famille royale à qui Louis XIV n'accordait guère la liberté de vaquer hors de sa présence. La Palatine, depuis qu'elle ne jouissait

1. Cette anecdote burlesque a fait l'objet de la première relation écrite du jeune Saint-Simon.

plus de la faveur du monarque, était horripilée par ces devoirs de représentation qu'on lui imposait. Suis-je donc un meuble que l'on transporte ici et là, sans que l'on s'enquière de ma volonté ? Et dès qu'elle le pouvait, elle se réfugiait dans son cher nid de verdure de Saint-Cloud.

Philippe, pour sa part, appréciait ce tohu-bohu qui lui permettait de se soustraire un tant soit peu au copieux programme d'études que Dubois avait dressé à son intention et qui devait tout autant faire de lui un honnête homme que juguler un tempérament trop ardent. Seule l'accablait, lorsqu'il se trouvait à la Cour, l'obligation d'assister au lever du Roi lorsque, la veille, il n'avait pas été de son souper. Aussi, pour tromper son ennui au cours de cette pesante cérémonie matinale, laissait-il libre cours à son tempérament moqueur et singeait-il derrière leur dos les courtisans qui, présentant la chemise ou le coton destiné à torcher le fondement royal, donnaient l'impression de porter le saint sacrement.

Dubois, qui connaissait les grandes aptitudes de son élève, se gardait de lui infliger des exercices trop fastidieux et, sans oublier les apprentissages nécessaires, préférait en appeler aux facultés de raisonnement du jeune homme dès qu'il sentait que son attention faiblissait. Il lui arrivait même, au milieu d'une leçon ardue, de s'interrompre et de prendre le temps de badiner. Ces distractions permettaient à Philippe, digne fils de sa mère, de faire assaut d'esprit et de connaissances avec son mentor. Puis à l'issue de ces joutes oratoires, il reprenait l'étude avec un entrain renouvelé.

Les méthodes d'éducation de Dubois suscitaient l'admiration de quelques beaux esprits du temps.

Fontenelle, Boileau, l'abbé de Saint-Pierre ne tarissaient pas d'éloges. Mais, sans amoindrir les vertus du précepteur, ils observaient aussi que l'élève était naturellement doué et que l'abbé cultivait un terreau fertile. Enfin, même s'ils n'osaient pas en convenir publiquement, il leur apparaissait que le jeune duc de Chartres était, parmi les princes de sang royal, celui qui, nourri de savoir et pourvu de raison, méritait d'être appelé aux plus hautes destinées.

Le petit abbé, qui avait une haute idée de lui-même et de la reconnaissance que ses œuvres appelaient, décida d'administrer une preuve spectaculaire de l'excellence de son disciple. Il démontra en l'occurrence une grande habileté. Afin de flatter les sentiments patriotiques de la Palatine, il instruisit préalablement Philippe de tous les détours de la politique allemande et de la généalogie des familles régnantes de ce pays. Et, parce qu'il était toujours attaché à valoriser son nom, Dubois composa même sur le sujet un livret qu'il donna à l'impression et dont quelques exemplaires ornèrent la bibliothèque de quelques grands personnages. À commencer par celle de Madame où cet opuscule figura en bonne place.

Quand l'élève n'ignora plus rien des subtilités des affaires tudesques, le précepteur organisa un examen public. Philippe comparut devant un jury où siégeaient diplomates et fins connaisseurs en matière allemande. Pour le plus grand contentement de Monsieur et Madame, leur fils répondit avec bonheur et clarté à toutes les questions qui lui furent posées par ces éminents spécialistes. L'exercice suscita une telle admiration chez les spectateurs que l'ambassadeur du Grand Électeur de Brandebourg, Ézechiel Spanheim, relatant l'épreuve pour son souverain, évoqua le « beau et heureux génie d'un jeune prince qui avait même dépassé les espoirs des personnes chargées de l'instruire ».

Si Philippe reçut sa part de gloire, son maître ne fut pas oublié. Sur-le-champ, le duc d'Orléans décida de doubler les appointements de Dubois. L'ambitieux précepteur pouvait dorénavant concevoir les plus grandes espérances. Elles n'allaient pas tarder à se concrétiser. Grâce à Monsieur, il lui échut d'abord un canonicat[1] honoraire à la collégiale Saint-Honoré. Une solide prébende accompagna cet honneur. Mais ce n'était qu'un début. Peu après, il fut nommé supérieur du collège Saint-Michel. Cependant, en raison de sa charge auprès de son élève, Dubois fut dispensé de résider dans cette institution sise à Paris rue de Bièvre. Quelques mois passèrent puis le petit duc de Chartres lui-même sollicita le Roi afin que son précepteur obtînt le bénéfice de l'abbaye d'Arvaux. Louis XIV, magnanime, accéda à la requête de son neveu. La fortune du petit abbé s'édifiait peu à peu avec le plus solide des mortiers : la confiance totale que lui accordait la maison d'Orléans !

*

Ses récents succès permirent à Philippe de s'affranchir de la discipline de mœurs qu'on voulait lui imposer. Monsieur eut beau tempêter, ses propres extravagances ne lui permettaient pas de faire durablement la leçon à son fils. La Palatine, pour sa part, accablait Philippe de prudents conseils mais se réjouissait en cachette de constater qu'il avait une belle santé et n'avait pas

1. Dignité de chanoine.

hérité de son père ce goût détestable pour les êtres de son propre sexe. Quant à Dubois, il fermait volontiers les yeux, d'autant que son élève avait percé le secret de quelques-unes de ses propres amours ancillaires, la dernière de ses conquêtes étant une soubrette attachée à son service dont Philippe avait préalablement ravi le pucelage. Une préséance qui amusait fort ce dernier mais avait contrarié le précepteur le jour où le garçon lui avait confié en riant qu'il avait été le premier à fréquenter un lieu où son maître prenait ordinairement son plaisir. Cependant, l'abbé avait ravalé son dépit bien qu'il restât persuadé qu'en toutes choses l'élève ne devait jamais précéder le maître.

Fort de cette liberté de mœurs que ses talents et la faiblesse des siens lui avaient permis d'arracher, le duc de Chartres folâtrait parmi les comédiennes du théâtre du Palais-Royal et les danseuses de l'Académie royale de musique. Son état mais aussi la grâce qui émanait de sa personne, lui permettaient maintes privautés qui, parfois se terminaient dans la loge de l'une ou l'autre, à moins que l'empressement exagéré du jeune homme ne le conduisît à conclure dans quelque obscur corridor.

Dans cette société féminine et ces bras accueillants, Philippe n'eut guère de mal à oublier Mlle de Nantes et l'idylle enfantine qui les avait unis.

Veillant à distribuer ses faveurs avec un souci d'égalité qui l'honorait, il s'éprit cependant de l'une de ces théâtreuses, Mlle de Granval. Généreusement pourvue en gorge et en croupe, la comédienne était d'un tempérament brûlant qui exigeait de son amant des assauts répétés. Ces excès physiques ne tardèrent pas à produire leurs effets. Pendant ses leçons, le garçon bâillait à s'en décrocher la mâchoire et les cernes qui auréolaient ses yeux ne laissaient aucun doute sur leur origine. Dubois, puis Madame, durent intervenir. Philippe fut exilé quelque temps à Saint-Cloud et il fut signifié à la comédienne l'interdiction de reparaître auprès de son soupirant sous peine d'être envoyée à l'hôpital de la Salpêtrière où étaient reléguées les femmes de mauvaise vie. Mlle de Granval s'en accommoda aussitôt car elle ne manquait pas d'admirateurs. Mais Philippe, qui s'était accoutumé aux jeux pimentés que lui procurait son amante, renâcla avec tant de vigueur que l'industrieux Dubois fut obligé de trouver quelque tendron parmi la domesticité qui peuplait le palais de Saint-Cloud. Margot, joliette et rompue aux joutes amoureuses, apaisa rapidement les feux qui dévoraient le jeune duc de Chartres.

Dûment instruite par le petit abbé et secrètement rétribuée par la Palatine, la jeune servante remplit sa charge avec conscience et assiduité. Plusieurs semaines durant, elle donna tant de satisfactions que l'on put croire que les démangeaisons érotiques de Philippe avaient trouvé à se soulager dans le vase adéquat. Il fut même envisagé d'attacher Margot au service de Madame lorsque l'exil de Saint-Cloud prendrait fin. Mais dès le retour au Palais-Royal, puis lors des allées et venues du couple princier à Versailles, le prurit se réveilla. Le jeune homme, aiguillonné par les coquettes qui pullulaient à la Cour, recommença à papillonner et inspira les plus grandes inquiétudes à sa famille et son précepteur dès lors que ses études en souffrirent.

Monsieur, Madame et Dubois conférèrent. Philippe avait seize ans. Le duc d'Orléans, qui avait donné de si belles preuves de son tempérament guerrier et en concevait toujours de la nostalgie, suggéra que son fils fût initié à la vie militaire. L'Europe, plus que jamais, était à la veille de connaître de nouveaux troubles. Monsieur ne doutait pas que, l'hérédité aidant, Philippe saurait montrer sur un champ de bataille les qualités sur lesquelles il avait édifié lui-même sa propre gloire. Assurément, cet engagement dans les armées du Roi aurait raison des débordements amoureux du jeune homme. Et s'il lui arrivait toutefois de culbuter une cantinière ou l'une de ces filles qui traînaient dans les campements, personne n'y verrait malice.

La proposition de Monsieur suscita aussitôt les plus grandes alarmes chez son épouse. La Palatine imaginait déjà les dangers que rencontrerait Philippe. Ne risquait-il pas d'être blessé et même tué au feu ? Le prince se moqua :

« Il est temps que mon fils échappe aux mièvreries de l'enfance ! Sa robustesse, qu'il doit en partie à votre sang, fera merveille sur le terrain. Et s'il devait courir quelque péril, il ajouterait à la réputation de notre maison ! »

Nullement rassérénée, Madame chercha du secours du côté de l'abbé. À bout d'arguments, elle invoqua même le risque que Philippe contractât auprès de ces ribaudes à soldats quelque maladie fatale.

Mais Dubois se tint coi. La Palatine comprit qu'il approuvait peu ou prou le dessein du duc. Vaincue, elle ne rendit pas tout à fait les armes et interpella une dernière fois son époux :

« Alors, puisque vous êtes décidé à envoyer votre fils à la mort, je veux que M. Dubois l'accompagne et qu'il le suive pas à pas. Même sous la mitraille ! »

*

Louis XIV, informé du dessein de son frère quant à l'avenir militaire de Philippe, acquiesça aussitôt. Le monarque, qui avait si longtemps couru la prétentaine, était désormais converti aux vertus de la monogamie professées par Mme de Maintenon. Courtisans et espions n'avaient pas manqué de lui rapporter les trop nombreux écarts de Philippe. Il convenait donc de l'éloigner au plus tôt de Paris et de l'arracher à cette corruption féminine où il sombrait à l'envi.

Le royaume, une fois de plus, tenait tête à l'Europe. Irrités par les prétentions de Louis XIV sur le Palatinat et les destructions qui s'en étaient suivies, les États centraux s'étaient coalisés au sein de la ligue d'Augsbourg. Ils avaient été rejoints par l'Espagne, la Grande-Bretagne[1], la Savoie et les Provinces-Unies. La guerre était inévitable. Isolée, la France devait désormais se battre sur plusieurs fronts.

En 1690, première puissance militaire du continent, elle enregistra d'emblée de brillants succès, tant sur terre que sur mer. Mais la guerre ne faisait que commencer.

Philippe reçut l'ordre de gagner l'armée du maréchal Catinat qui devait châtier le duc Victor-Amédée de Savoie, coupable d'avoir rejoint la coalition des ennemis du Roi. Hélas, le jeune homme fit halte à Lyon. Malgré les remontrances de Dubois, il s'amouracha

1. Le renversement du Roi d'Angleterre Jacques II par son gendre Guillaume d'Orange (Guillaume III) aboutit à mettre fin à la rivalité traditionnelle entre l'Angleterre et les Provinces-Unies. Réfugié en France, Jacques II échoua ensuite à récupérer son trône au cours de la bataille de La Boyne, en Irlande.

d'une demoiselle Pinet de La Massonière, la séduisit et l'engrossa. Les délices de l'amour avaient eu raison des délices de la guerre auxquels, pourtant, Philippe avait décidé de se vouer corps et âme.

Ce fut l'occasion d'un nouveau scandale. Tout neveu du Roi qu'il fût, Chartres abandonna la place. Mais, poursuivant une correspondance secrète avec la future mère, il envisagea tout bonnement de lui proposer de se rendre à Paris où il ne tarderait pas à arriver lui-même. Le père de la jeune fille subornée, averti de ce projet, tempêta si fort qu'il en mourut, emporté par une attaque d'apoplexie. Délivrée de cet importun barbon, Mlle Pinet de La Massonière, accompagnée de sa mère, vint à Paris. Mais, trouvant le père de son enfant dans les bras d'une actrice, elle rebroussa chemin et retourna à Lyon dissimuler sa honte.

De toute évidence, il fallait que Philippe servît au plus vite !

*

Au début de l'année suivante, Louis XIV décida d'entrer lui-même en campagne. Il quitta Versailles avant même les beaux jours, rejoignit les troupes et se mit à la tête d'une formidable armée de cent mille hommes. Le jeune duc de Chartres l'accompagnait mais aussi deux de ses fils bâtards, le duc du Maine et le comte de Toulouse, pour lesquels il nourrissait les plus hautes ambitions dans l'art de la guerre.

Au premier jour du printemps, on assiégea par surprise la ville de Mons où s'était retranché le gouverneur de la cité, le prince de Berghes. Le camp fut bien vite établi et les officiers du génie se mirent à l'œuvre.

Le souverain, sans doute ravi d'échapper aux pesanteurs de la vie de la Cour, était d'humeur plaisante. Chacun savait que Louis aimait cette vie de bivouac où les rigueurs du campement étaient adoucies par le luxe des commodités royales : tapis, lustres de cristal et vaisselle d'argent ornaient la tente du Roi. Et les soupers qu'on y donnait n'étaient pas moins fastueux que ceux que l'on servait ordinairement à Versailles.

Tout à son plaisir, Louis se mit en devoir d'instruire ses fils et son neveu des subtilités de cette guerre de siège qu'il affectionnait tant. Ensemble, ils parcouraient les sapes et les fortifications et devaient parfois, lorsqu'ils s'approchaient au plus près de la première tranchée, se garer des mousquetades et canonnades que tirait l'ennemi dès qu'il apercevait le chapeau royal. Dans ces circonstances, le Roi montrait une si fière attitude que Chartres en fut tout émerveillé. Ne venait-il pas en outre de recevoir le baptême du feu aux côtés du plus grand souverain de la chrétienté ?

Louis XIV, bien qu'il ne le montrât point, apprécia le courage de son neveu qui semblait enivré par l'odeur de poudre. Son seul regret fut d'observer que son propre fils se gardait de donner la preuve d'une égale témérité. Sa disgrâce physique (Maine était affligé d'une boiterie) expliquait sans doute sa pusillanimité dès que le canon tonnait. Le Roi n'était pas moins décidé à le pousser dans la carrière des armes : consciencieux et méthodique, il avait toutes les qualités pour devenir un parfait stratège.

Mons ne tarda pas à se rendre. Le prince de Berghes tint à remettre lui-même les clefs de la ville à Louis XIV. Bientôt on apprit que Guillaume III, dépité, avait déjà repassé la Manche. La campagne était momentanément terminée. Le Roi donna l'ordre du retour. À son grand regret, Philippe, émoustillé par cette première expérience de la vie militaire, reprit le chemin de la Cour où Madame le reçut avec de grandes effusions, tant elle avait craint pour sa vie. Petite consolation, Louis lui fit tenir une invitation pour le rejoindre à Marly où il aimait à recevoir avec simplicité ceux qu'il estimait ou lui avaient donné d'éminentes preuves de fidélité.

*

Lui aurait-on vraiment pardonné ses intempérances ? Bien qu'il eût une immense admiration pour le grand Roi, Philippe était circonspect. Il devinait qu'un peu de la méfiance que Louis avait toujours ressentie à l'égard de son frère cadet rejaillissait sur lui. Il ne devait donc pas s'étonner si son oncle alternait les marques d'affection et les rebuffades. Mais Philippe avait surtout compris qu'il ne devait en aucun cas offrir au Roi l'occasion de comparer ses qualités avec celles de l'un ou l'autre de ses fils bâtards. Louis, et encore bien plus Mme de Maintenon, étaient si entichés d'eux qu'ils les voulaient toujours voir briller.

Philippe eut bientôt à connaître de cette alternance des sentiments du Roi. En même temps que le monarque lui montrait d'importants signes de considération – Chartres, en tant que « petit-fils de France » était placé au-dessus des princes du sang et l'on devait désormais lui donner de « l'Altesse royale » –, il exigea que son éducation militaire, tout juste ébauchée, fût la plus rigoureuse possible.

La tâche fut confiée au maréchal de Luxembourg,

disciple du Grand Condé, qui avait également la charge d'instruire le duc du Maine. Tandis que ce dernier devait être traité avec aménité, le vieux soldat reçut pour consigne de rudoyer Philippe et de lui imposer une stricte discipline. Ravalé au rang de simple volontaire, Chartres ne pouvait bénéficier d'aucun commandement ni responsabilité. Pis, si un combat advenait, le jeune homme serait éloigné et il lui serait refusé de s'engager. Son gouverneur, M. d'Arcy, devait veiller au respect de ces consignes.

La fougue de Philippe mais aussi la complicité qui le lia très vite au maréchal eurent raison de cette royale sévérité.

Aussitôt qu'il fut de retour sur le front de l'Est, échappant aux mentors chargés de le contraindre, il marcha à l'ennemi avec un entrain qui emporta l'enthousiasme de la troupe et de ses officiers. Même Luxembourg, qui, au cours de sa longue vie, avait déjà eu à former maints rejetons de la noblesse, en fut ébaubi. Et, malgré les ordres qu'il avait reçus, il permit à Philippe de se joindre à un détachement d'avant-garde qui, fondant à l'improviste sur la cavalerie ennemie, dissipa les menaces d'une imminente offensive de l'armée de la coalition.

Cet exploit ravit l'ami Saint-Simon qui avait rejoint lui aussi l'armée et lui dit en riant :

« Nul, plus que moi, ne chantera ta gloire !

— Alors, répondit Philippe, prends aussitôt la route de Versailles et souffle fort dans ta trompette de la renommée car il existe là-bas quelques sujets qui ne m'apprécient pas autant que toi ! »

Sans doute pensait-il d'abord à Louvois, ministre de la Guerre, qui, informé de la désobéissance du maréchal, l'avait tancé d'importance. Luxembourg, lui, n'y avait pas vu malice ; ce petit Chartres, si vaillant sous les armes, lui plaisait de plus en plus. Et, dans les lettres qu'il envoyait au Roi, il ne manquait jamais de souligner que son neveu faisait merveille et avait l'étoffe d'un grand capitaine. Il omettait toutefois d'avouer qu'il instruisait aussi Philippe en des matières étrangères à l'art de la guerre. Gai compagnon, amateur de bonnes fortunes et fameux débauché, ce bossu aimait autant les plaisirs de la table que les jolies femmes. À plusieurs reprises, il invita son jeune protégé à partager avec lui le butin féminin que les hasards de la campagne et le dévouement de ses ordonnances avaient placé sous sa tente. Gotons ou oies blanches, filles de ferme ou d'auberge, bourgeoises ou nobliautes, elles firent l'ordinaire des deux complices que ni la différence d'âge ni la disparité physique n'importunèrent dès lors qu'il se trouvait des créatures à lutiner et des flacons à vider. Il arriva même qu'au cours de ces voluptueuses agapes quelques restes fussent abandonnés à Dubois qui n'en demandait pas tant.

*

Malgré l'éloignement, les aigreurs de la Cour et ses remugles parvinrent jusqu'à l'armée. Une lettre de Madame alarma Philippe et son précepteur. Elle rapportait que des proches de son époux répandaient de méchantes rumeurs sur Dubois. Le petit abbé était accusé d'en user avec trop de familiarité avec son élève, au risque de compromettre la dignité de celui-ci.

Si le jeune homme finit par en rire, le précepteur, lui, fit grand cas de ce ragot : il savait que les fielleux chevaliers de la manchette (et de la cabale !) de l'entourage de Monsieur possédaient un incontestable pouvoir de nuisance. Ils avaient l'oreille des Grands et distillaient leur venin jusque dans le salon de Mme de Maintenon. La confirmation de leur malignité ne tarda pas. Le duc d'Orléans prit la plume : il ne convenait pas que l'abbé, oubliant la modestie de ses origines, traitât Philippe avec aussi peu de considération. Le Roi lui-même s'en était ému : d'où venait que le précepteur et son élève demeurassent si longtemps serrés sous la tente dans un commerce qui sentait la privauté alors même que son neveu avait été envoyé aux armées pour apprendre la guerre ?

Par retour, Dubois alerta ses protecteurs, Fénelon, le père de La Chaise et Madame qui lui restait fidèle. La Palatine, si vive à monter sur ses ergots dès lors qu'il s'agissait de contrarier la camarilla de son époux, lui recommanda de faire fi de ces calomnies. Dubois avait sa confiance, cela devait suffire à l'apaiser.

Au reste, ce méchant vent de médisance tomba aussi vite qu'il s'était levé : la guerre recommençait après une trompeuse accalmie qui vit les deux armées camper à seulement quelques lieues de distance l'une de l'autre sans même observer une escarmouche.

Cette apathie fut fatale au prince de Waldeck qui commandait la troupe ennemie et ne croyait plus à la reprise des combats. Le 19 septembre, alors que les soldats hollandais et anglais quittaient leur bivouac, le maréchal de Luxembourg, juché sur une colline de Leuze, proche de Tournai, ordonna une manœuvre particulièrement hardie : il lança la cavalerie de la maison du Roi et la gendarmerie sur l'arrière-garde de Waldeck au moment même où elle traversait une petite rivière. La surprise joua à fond. Sur un terrain malaisé, l'ennemi se débanda. Et bien qu'il comptât soixante-quinze escadrons, contre seulement vingt-huit du côté français, il céda vite devant l'impétuosité des troupes de Luxembourg. Après avoir mis pied à terre, ses dragons combattaient à l'arme blanche et affrontaient parfois victorieusement deux ou trois adversaires à la fois. Dagues et épées ruisselaient de sang quand le prince commanda que l'on sonnât la retraite. Les coalisés laissaient sur le champ de bataille mille cinq cents tués et quarante étendards. Luxembourg, qu'on n'appelait plus que « le tapissier de Notre-Dame » tant il excellait à orner la cathédrale parisienne de drapeaux pris à l'ennemi, avait de nouveau vaincu.

Philippe de Chartres avait pris sa part dans cette charge héroïque malgré le maréchal qui craignait encore de contrevenir aux ordres de Louis XIV. Mais il était impossible de retenir plus longtemps le jeune homme : s'échappant, il avait regroupé des soldats qui s'étaient éloignés de la bataille, les avait reformés en pelotons et à leur tête, il avait enfoncé l'ultime ligne ennemie.

Trempé de sueur, le visage maculé de poudre noire, l'habit déchiré, ce jeune duc qui avait à peine dix-sept ans exultait. Et lorsque Luxembourg le serra dans ses bras, il eut du mal à retenir ses larmes.

*

Il fallut revenir. Philippe, dont l'engouement pour la vie militaire était loin d'être épuisé, aurait voulu rester en Flandre afin de veiller lui-même à l'installation de la troupe dans ses quartiers d'hiver. Mais le Roi, Monsieur et Madame le réclamaient.

Les Orléans vinrent au-devant de leur héros de fils. On se fit mille caresses. Madame pleura et Monsieur oublia pour un temps de farder ses pommettes et friser sa moustache. Dubois, qui se tenait en retrait, fut également complimenté : la mauvaise querelle qu'on lui avait prodiguée, effacée par la gloire de Chartres, était donc définitivement passée de mode.

La joie de la Palatine fut toutefois assombrie quelques jours après le retour de son fils. Une lettre d'Allemagne lui apprit que l'un de ses demi-frères, le raugrave Karl August, était tombé lors de la bataille de Leuze, là même où Philippe venait de s'illustrer si brillamment. Sa peine ne fut atténuée que lorsque, ayant interrogé son fils, elle fut certaine que la balle qui avait fracassé la tête du raugrave n'avait pas été tirée par un soldat de son régiment.

En ce début d'automne, le Roi avait ouvert la grande saison des chasses à Fontainebleau. Il y attendit son neveu.

Dès qu'il fut arrivé, Louis, instruit très précisément des exploits du jeune soldat, l'accabla de marques d'amitié. Monsieur, qui assista à ces démonstrations, ne put s'empêcher de penser que lui-même, en de telles circonstances, n'avait jamais eu le plaisir d'être autant flatté. Mais comme cette royale prévenance s'adressait aussi à sa maison il se garda de se rebecquer.

Philippe fut au comble de la joie lorsque le Roi lui annonça qu'il lui donnait un régiment d'infanterie.

Seule, la Palatine y trouva à redire. La soudaine mansuétude de Louis dissimulait peut-être des desseins moins avouables. Et si le projet de mariage entre le duc du Maine et sa fille Élisabeth-Charlotte était aujourd'hui abandonné[1], la Palatine n'oubliait pas que le Roi cherchait un parti prestigieux pour sa bâtarde, Mlle de Blois. Sans nul doute, « la vieille Guenipe » devait y travailler. La jeune gloire de Philippe, en dépit de la réputation de débauche du jeune homme, pouvait exciter la convoitise de la Maintenon. Mais la Palatine se promit de faire échec à un tel funeste projet si jamais il voyait le jour.

Étranger à ces combinaisons, Chartres, sitôt revenu à Paris, avait replongé avec délices dans les dissipations. Le vivier des danseuses et comédiennes du Palais-Royal semblait inépuisable. Fanchon, Toinette et autres Rosine ou Suzanne ne demandaient qu'à tomber dans ses bras. Il les cueillait aimablement comme des fleurs des prés. Elles s'offraient d'autant plus volontiers qu'elles ne quittaient jamais sa couche sans qu'il leur fût donné quelques louis. Pourtant, jamais Philippe n'eut le sentiment qu'il achetait ces filles qui coquelinaient si joyeusement avec lui. Et s'il lui venait malgré tout quelque remords, il se consolait vite en songeant au plaisir qu'elles n'avaient pas feint de manifester au cours de leurs accordailles.

Toutefois, quand il dut repartir à la guerre, il éprouva un peu de chagrin à l'idée de quitter ces charmantes jouvencelles.

*

Madame ne le savait pas encore mais la conjuration était en marche. L'instigatrice était une jolie femme que l'âge, galamment, avait pris garde d'épargner. À

1. Maine fut marié à une petite-fille du Grand Condé.

quarante-neuf ans, la princesse des Ursins avait encore une taille fine et la complexion d'une jeune femme. Et c'est à peine si de fines ridules marquaient en un élégant éventail le coin de ses yeux de porcelaine bleue lorsqu'elle souriait. Née en Poitou Anne de La Trémoïlle, elle avait un talent certain pour arranger les mariages. Elle en avait usé ainsi avec sa sœur qu'elle avait donnée à un prince italien. Puis, répétant l'opération, elle unit une nièce de Mme de Montespan à un duc romain.

De fait, il n'y avait pas de meilleure main pour conduire les Grands à l'autel : en témoignait l'un des chefs-d'œuvre de sa carrière d'entremetteuse : le mariage de la charmante princesse Marie Louise, fille de Monsieur et d'Henriette d'Angleterre, avec le débile Charles II, Roi d'Espagne. Fille d'un enragé frondeur, Anne avait gardé de son enfance un goût inné pour l'intrigue. Mariée au comte de Chalais-Talleyrand qui, après s'être fourvoyé dans un duel, avait dû fuir la justice du Roi, elle avait ensuite connu l'exil en Espagne puis en Italie. Veuve, elle avait rencontré à Rome le comte Bracciano, prince Orsini. Travaillant pour une fois à son compte, elle épousa. Ayant fait une fin avec ce second et vieux mari, elle s'ennuya bientôt, en dépit de la fréquentation de quelques bellâtres italiens et des caresses d'un secrétaire, M. d'Aubigny, qui ne la quittait guère[1]. Abandonnant le fâcheux époux dans son palais romain, elle voyagea. Et comme elle aimait à estropier les noms, elle devint princesse des Ursins lors de l'un de ses séjours parisiens.

---

1. À propos de la princesse des Ursins, cette méchante langue de Saint-Simon évoque des « mœurs à l'escarpolette » !

À la Cour, cette maîtresse femme retrouva Mme de Maintenon qu'elle avait autrefois connue veuve Scarron. Une amitié naquit, sans doute encouragée par Louis XIV qui songeait que l'entregent de la princesse lui serait utile à démêler quelques affaires italiennes embrouillées.

Entremetteuse par vocation, l'ambitieuse n'oubliait jamais son propre intérêt dans ses intrigues matrimoniales. Instruite par sa nouvelle amie de l'intention de Louis de marier sa fille, elle imagina en parfait accord avec la Maintenon une combinaison qui la servirait au mieux : si elle était l'artisan de l'union de Mlle de Blois avec le fils de Monsieur, elle pourrait sans difficulté aspirer à devenir la dame d'honneur de la future duchesse de Chartres et obtenir ainsi une position à la cour de France.

Le complot mûrit en ces dernières semaines de l'année 1691. Main dans la main, la marquise de Maintenon et la princesse des Ursins travaillèrent à lever tous les obstacles.

Il fallait d'abord circonvenir Monsieur qui, à l'image de son épouse, haïssait la bâtardise. Les deux complices s'entremirent auprès de l'âme damnée de Philippe d'Orléans, le chevalier de Lorraine. Louis XIV donna lui-même de sa personne : si le favori réussissait à convaincre Monsieur, Lorraine et son frère seraient promus dans l'ordre du Saint-Esprit. Et si le cordon ne suffisait pas, le Roi y ajouterait un don de cent mille livres.

Philippe d'Orléans qui n'avait jamais pu rien refuser à Lorraine acquiesça. Ses défenses tombèrent d'autant plus vite qu'on en appela à sa vanité en lui laissant espérer qu'une princesse de haut lignage accepterait de devenir la dame d'honneur de sa future belle-fille.

La citadelle de la Palatine était autrement plus difficile à prendre. Il fallait emprunter un sentier de traverse.

De conserve, les conjurées pensèrent à l'abbé Dubois. Le précepteur de Philippe avait la faveur de Madame qui ne barguignait pas son admiration pour son talent d'éducateur. Mais le tonsuré aspirait aussi à édifier une fortune.

La princesse des Ursins ménagea une rencontre secrète entre la Maintenon et le petit abbé. Flatté de paraître devant l'épouse du Roi, Dubois se répandit en compliments. La moitié du chemin était déjà parcourue.

« Monsieur l'abbé, minauda Françoise, je sais l'influence heureuse que vous avez sur votre élève... Tout le monde m'en fait écho. »

Dubois, rougissant, baissa la tête. La marquise reprit :

« Dieu nous commande d'obéir en tous points à son représentant sur terre... Cependant le Roi, dans sa grande mansuétude, veut d'abord convaincre ses sujets avant d'imposer sa volonté. C'est pourquoi je vous ai mandé. Louis nourrit un grand projet pour sa fille très aimée, Mlle de Blois. Il la voudrait marier à votre disciple. Certes, il pourrait contraindre... Mais il préfère un bon et honnête acquiescement... »

Elle toussota dans un mouchoir de batiste, prit une pastille parfumée dans une boîte ouvragée posée sur un guéridon voisin. Et, suçotant, elle poursuivit :

« Il ne tient qu'à vous, monsieur l'abbé, d'être agréable au Roi. »

Dubois s'inclina à nouveau. Il devinait déjà ce qui allait suivre.

« Bien évidemment, Louis saura reconnaître les bons services que vous lui rendrez… »

Et tandis qu'il évaluait en prébendes et abbayes le montant de sa récompense, il montra pour la forme quelque hésitation :

« Vous n'ignorez pas que Philippe n'est pas un parangon de vertu. Et bien que je me sois efforcé de le remettre sur le droit chemin…

— Peu importe le passé ! le coupa la marquise. Il ne s'agit ici que de complaire au Roi !

— S'il n'y avait que mon élève… Mais je crains surtout le courroux de Madame. Votre petite protégée, aussi vertueuse fût-elle, est quand même le fruit d'un double adultère…

— Elle est avant tout la fille du Roi ! siffla la Maintenon. Cela devrait suffire à rasséréner cette princesse tudesque ! »

Un silence suivit. Dubois songea qu'il était peut-être allé trop loin. Aussi s'empressa-t-il de rebrousser chemin.

« Madame, je ferai de mon mieux pour servir le dessein du Roi ! Puisque tel est son bon plaisir. »

La marquise opina : l'abbé était désormais pris dans ses rets. Il n'en sortirait plus.

*

Cheminant sur l'étroit fil de la trahison, Dubois prit néanmoins quelques précautions. Avant de plaider dans la maison d'Orléans la cause du mariage, il consulta certains des beaux esprits de ce temps qui se trouvaient aussi compter parmi ses protecteurs. À Fénelon, au père de La Chaise, au duc de Chevreuse, il demanda conseil, feignant de ne pas être encore acquis au projet royal. À ces grands personnages, il objecta même qu'en conscience il hésitait à encourager un arrière-petit-fils d'Henri IV à contracter une mésalliance. Mais tous apaisèrent ses scrupules et ne contrarièrent donc pas son accession à la fortune.

Après ces visites, l'abbé se résolut à parler franchement à Philippe. Le jeune homme l'écouta d'abord avec distraction tant l'idée de mariage lui semblait étrangère. Cependant, lorsque le précepteur prononça le nom de Françoise Marie de Bourbon, dite Mlle de Blois, il se figea.

« Mais c'est une enfant !

— Elle a déjà quatorze ans. »

Dubois comprit aussitôt qu'il ne l'avait jamais regardée comme une femme. Aussi se lança-t-il dans la vaine entreprise de vanter les charmes de la fillette.

« Son teint est d'une remarquable fraîcheur et sa gorge rebondit ainsi qu'il plaît aux hommes. Quant à ses dents…

— … elles sont trop longues et elle a les sourcils tout pelés ! »

L'abbé soupira.

« Mais qu'allez-vous chercher ? Il ne s'agit pas de vous donner une maîtresse mais seulement une épouse !

— L'avez-vous seulement entendue parler ? rétorqua Philippe. Elle a la langue si embarrassée qu'on comprend à peine ce qu'elle dit. Et c'est tant mieux car il ne sort ordinairement de sa bouche que piques et méchancetés !

— Je sais que vous eussiez préféré son aînée,

Louise Françoise. Mais elle est déjà mariée et mère de deux enfants… »

Cette évocation suffit à radoucir Philippe qui gardait dans son tréfonds l'image radieuse de leurs amours enfantines. Mais Dubois ne le laissa pas aller à sa songerie.

« Le Roi vous accorde un insigne honneur en vous faisant son gendre. Il ne dépend que de vous qu'il soit suivi de grandes espérances.

— Et s'il me prenait de refuser ce parti ?

— Je puis vous dire qu'il vous sera interdit tout commandement dans les armées royales ! »

Malgré son ressentiment, le jeune homme ne put s'empêcher de rire.

« Me parlez-vous sur ordre du Roi ? Ou de la Maintenon ? »

*

Madame, si elle était espionnée par le cabinet noir du Roi, avait aussi ses mouches. Dès qu'elle fut informée pour la première fois de la rumeur du mariage, elle se précipita chez son fils. Goguenarde, ou feignant de l'être, elle lui lança :

« Alors, mon fils, il n'est bruit que de vos futures épousailles ! »

Philippe, embarrassé, ne répondit pas. Mais la Palatine n'était pas décidée à en rester là.

« S'il y a une once de vérité dans ces méchants ragots, je veux que me juriez solennellement que vous ne consentirez jamais à une telle indignité !

— Madame, qu'y puis-je si le Roi commande !

— Eh bien, moi, j'exige que vous obéissiez d'abord à vos parents ! Il y va de votre devoir de fils aimant ! »

Philippe courba le dos. Jamais encore dans sa jeune vie, il n'avait été autant déchiré. Car, bien sûr, il approuvait sa mère et avait lui-même en horreur les combinaisons qui se tramaient autour de lui. Non pas qu'il attachât autant que la Palatine une grande importance à la pureté du sang et à la flétrissure de la bâtardise, mais il devinait que ce projet de mariage ourdi dans le salon de la Maintenon dissimulait un dessein bien plus considérable. En voulant unir une fille de la Montespan à un petit-fils de France, l'épouse de Louis XIV travaillait à permettre un jour la légitimation de ces enfants de la main gauche qu'elle avait toujours protégés !

La bourrasque n'avait pas fini de passer. Madame, aussi rouge que les rubis de sa parure, poursuivit avec colère :

« Car cette petite Mlle de Blois est non seulement fille d'une "poute" mais elle est laide comme un cul ! »

Face à un tel emportement, Philippe ne put que jurer, aussi gravement qu'il le put. La Palatine le quitta avec satisfaction : ce serment qu'elle avait arraché serait désormais son arme secrète si la « vieille guenipe » persistait à vouloir lui voler son fils pour le donner à cette souillon dont elle avait autrefois lavé le derrière !

VII

Une union imposée

1692

Son cœur battait à tout rompre. Philippe, après avoir longé les hauts murs du Potager du Roi, galopait sur la grand route de Saint-Cyr. Le ciel, gros de nuages paresseux, moutonnait.

Derrière un escarpement, il découvrit le sentier qui conduisait au hameau de Satory. Sans hésiter, il y lança sa monture. L'air frais de ce petit matin d'hiver fouettait son visage. Sous sa chemise, il avait serré à même sa peau le billet qu'elle lui avait envoyé la veille. « Venez me visiter en ma petite maison de Satory. Je me languis de vous voir. Mais passez un masque afin de ne point être reconnu. » Quelques pattes de mouche couchées sur un papier parfumé…

Enfin, il atteignit le plateau. Parfois, une éclaircie dans la forêt laissait entrevoir la tache brune d'un labour ou un monticule coiffé d'un moulin à vent.

Malgré lui, le jeune homme s'émerveillait : il avait suffi de ces deux lignes pour recouvrer les premiers émois de son enfance. Effacés en un instant les vivandières des camps, les soubrettes, les filles de l'Opéra et même les charmes piquants des comédiennes du Palais-Royal. Et qu'importait qu'elle fût mariée à ce monstrueux nabot de Condé ! Puisqu'elle l'attendait et qu'elle ne l'avait pas oublié.

Il fit halte dans une clairière pour fixer un loup sur son visage. Puis il piqua des deux jusqu'à la porte à double battant qui s'ouvrait dans la clôture en pierres qui ceignait la demeure.

Il sauta de cheval, remit les rênes à un valet et se précipita. La « petite maison » était une coquette construction qui se donnait de faux airs de chaumière. Un autre laquais ne tarda pas à l'introduire dans le boudoir de sa maîtresse où brûlait un grand feu. En chemise, la duchesse de Bourbon était assise à sa table de toilette. Une femme de chambre peignait ses longs cheveux acajou. Ils se virent par le truchement du miroir. Et il sembla aussitôt à Philippe que renaissait leur intimité passée.

« Allez, ma fille, vous pouvez y aller… »

Sans un mot, la domestique sortit. Louise Françoise se tourna vers lui et ébaucha un sourire tandis qu'il se débarrassait de son masque.

« Je ne doutais pas que vous viendriez… Mais me pardonnerez-vous mon négligé ? »

Et en même temps, son mouvement fit que l'un des lacets supérieurs de sa chemise, lâchement attaché, se dénoua, laissant entrevoir un téton pommé.

Philippe s'approcha, prit la main de la petite duchesse dans la sienne, la porta à ses lèvres et la baisa longuement, effleurant même de sa langue le creux de sa paume.

« Hé, mon ami, voulez-vous aussi me dévorer ? »

Mais elle se garda bien de retirer sa main tandis que

le jeune homme, enhardi, respirait, humait et mordillait. Enfin, elle se leva, repoussa doucement Philippe.

« Il suffit… Mes gens, à qui j'ai donné congé, nous ont préparé une petite collation… »

Elle se dirigea vers une petite table ronde où le couvert était mis pour deux personnes.

« Je suis certaine qu'après cette chevauchée vous devez mourir de faim ! »

Il la rattrapa, passa ses mains autour de ses épaules, plongea son visage dans sa gorge.

« C'est de vous dont je suis affamé ! N'est-ce pas ce que vous attendiez ? »

Louise Françoise ne répondit pas. Philippe écrasa ses lèvres sur les siennes, la souleva et la coucha sur le divan qui occupait le fond de la pièce. Il l'effeuilla avec délicatesse, caressant et baisant la chair laiteuse qu'il découvrait peu à peu, puis s'enfouissant dans le toupet roux qui flamboyait au mitan de son corps. Elle soupirait et se mordait les lèvres. Enfin, elle n'y tint plus et l'attira. Quand il fut en elle, elle poussa un long cri qui le fit trembler de joie.

Encore à demi nue, elle le regarda, tout à la fois tendre et moqueuse :

« Vos excès dont on fait si grand cas à la Cour vous ont enseigné ce que mon rustre d'époux a toujours méconnu… Il entre et sort en un instant. Et la messe est dite !

— Si vous l'aimez si peu, cette brièveté devrait vous complaire.

— Malheureusement ce remuement, si fugace fût-il, suffit à me rendre grosse ! »

Elle rit. Mais Philippe vit aussi une larme perler sous son œil.

« Suivez-moi, dit-elle avec brusquerie, à cause de vous, il m'est venu un appétit d'ogre ! »

Assis devant la cheminée de part et d'autre du guéridon, ils mangèrent et burent. Sans façon, Louise Françoise s'était emparée d'un pilon de poulet qu'elle croquait à pleines dents. Puis elle avala un grand verre de vin avant de se saisir d'une pêche gorgée de sève et de la mordre avec avidité. Le jus coula aux commissures de ses lèvres, dégoulina jusque sur sa gorge nue. Philippe songeait que cette soudaine et charmante sauvagerie exprimait son être profond. Et il se réjouissait déjà à l'idée de nettoyer ces souillures avec sa bouche.

Ils étaient à nouveau allongés, bras et jambes entremêlés, quand elle lui dit :

« Vous allez donc épouser ma sœur.

— Je n'ai pas encore donné mon consentement. Et ma mère s'oppose à ce mariage avec la plus grande fermeté.

— Soit ! Mais ce que Maintenon veut s'impose à tous ! La Palatine devra rentrer ses ergots… Même Louis est dorénavant impuissant à contrarier la vieille sorcière…

— Je croyais pourtant que vous aimiez celle qui vous a élevée en votre tendre enfance.

— Moi ? Fi donc, je ne peux plus la souffrir… Elle voudrait encore en user avec moi comme si j'étais une agnelle au biberon, commandant ma maison et ordonnant mes plaisirs. Je sais qu'elle a prévenu contre moi Monsieur le prince[1] afin qu'il me surveillât et prévînt mes folies. Mais je la rebute dès que l'occasion se présente à moi… Et devant elle, je ne manque jamais

1. Le prince de Condé et par conséquent le beau-père de Louise Françoise.

d'étaler mes caprices, qui sont fort nombreux, car je suis certaine de la faire endêver ! »

Cette soudaine humeur avait rosi ses joues, son sein frémissait. Philippe y posa sa main, titillant l'un de ses tétins. Elle poursuivit :

« Libre à mes frères et à ma sœur de se laisser encore régenter par cette maritorne… Mais c'en est fini pour moi. »

Elle poussa un soupir d'aise. Philippe remplaça ses doigts par ses lèvres. Louise Françoise laissa échapper un gémissement.

« Vous n'êtes donc jamais las… »

Mais ce fut elle qui empoigna le membre du jeune homme et, après quelques caresses, l'introduisit en elle.

*

Dehors, la lumière déclinait. Ils étaient enfermés depuis six longues heures. Mais ni l'un ni l'autre n'avaient conscience du temps qui passait.

Elle se pencha au-dessus de lui, joua un instant avec son vit.

« Penseras-tu à moi lorsque tu besogneras ma sœur ? »

Cette idée la mit en gaieté. Elle pouffa et reprit :

« Françoise Marie est tant dolente qu'au déduit tu auras du mal à lui arracher un quelconque tressaillement… »

Abandonnant la verge du jeune homme à sa flaccidité, elle se nicha contre lui et reprit à mi-voix :

« Mon royal géniteur m'aime à sa façon, qui est ordinaire et peu empressée. Même s'il m'a donné récemment cette petite maison de Satory où je puis me réfugier et fuir mon horrible duc… Mais c'est ma sœur qui est sa préférée. Il la choie à tout propos et, sous l'influence de la vieille femme, il ne cesse de la couvrir de louanges.

— Es-tu jalouse ? »

Elle ne répondit pas mais, toujours enjouée, elle continua :

« Sais-tu le secret de sa conception ? »

Elle raconta. Il fut une époque où sa mère, la Montespan, n'eut plus la faveur du Roi. Son embonpoint et son humeur exécrable avaient fini par lasser Louis qui, pressé par Bossuet, avait cédé et consenti de bonne grâce à son éloignement. Mais la Maintenon, bien qu'elle fût la gouvernante de ses enfants, avait aussi conspiré pour obtenir l'exil de la favorite. Pourtant, lors du Jubilé de 1676, celle-ci fut autorisée à reparaître à la Cour. Toutefois, l'évêque de Meaux, méfiant à l'excès, veillait. À l'issue des fêtes, il recommanda que le Roi et son ancienne maîtresse ne se trouvassent jamais seuls. La Montespan fut donc dûment chaperonnée par quelques dames de la Cour lorsque le monarque vint la visiter dans son appartement de Saint-Germain. Cette compagnie ne put cependant empêcher Louis de s'entretenir à voix basse avec la Montespan, puis, d'un geste qui surprit tout le monde, de la prendre par la main et de l'entraîner dans un cabinet voisin.

« Quand elle ressortit, ma mère ne le savait pas encore, mais elle était grosse de Françoise Marie. Ta future épouse est donc la fille du Jubilé !... N'as-tu pas envie, toi aussi, de courir avec moi dans quelque cabinet secret ? »

Émoustillé par l'aventure qu'elle venait de lui conter, Philippe ne tarda pas à donner des signes éclatants de sa vigueur. Ce furent à nouveau des gémissements et des pâmoisons puis une longue plainte de louve qui mit fin à leurs ébats.

Soudain, Louise Françoise courut jusqu'à la croisée. Philippe, mollement étendu sur le désordre du divan, admira sa croupe nue.

« Mon Dieu, le soleil a déjà coulé derrière la ligne des arbres. »

Puis elle se retourna, vit qu'il l'observait.

« Canaille, ne regarde pas mon giron, il a été gâché par mes enfantements. »

Philippe rit.

« Même ces stigmates sont adorables. »

Également nu, il se leva à son tour, jeta une bûche dans la cheminée, alla jusqu'à la table, déboucha un nouveau flacon de vin tandis que la duchesse passait sa chemise et s'asseyait devant son miroir.

« Il est temps de partir, mon bel amant… On va bientôt venir. »

Il but à grandes gorgées à même le goulot, torcha ses lèvres avec un coin du linge qui recouvrait le guéridon où gisaient les reliefs de leur repas. Puis il vint vers elle, la serra dans ses bras.

« Quand te reverrai-je seul à seul ? »

Elle fit volte-face, posa un doigt sur ses lèvres.

« Je ne peux encore vous dire. Mais soyez prudent. Si mon avorton d'époux avait vent de quoi que ce fût, il serait capable de vous envoyer quelques rufians pour vous dépêcher… »

Ce ne fut qu'une fois sorti du parc de la petite maison qu'il s'étonna de ce brusque retour au voussoiement. Exactement comme si la petite duchesse avait voulu effacer en un instant leur intimité retrouvée.

*

Les membres délicieusement rompus, Philippe revint au petit trot vers Versailles.

Le soir tombait sur la futaie, brouillant les contours, amollissant les perspectives. Bercé par l'amble du cheval, enveloppé dans son manteau, il ferma les yeux.

Il avait cru renouer avec son enfance en répondant à l'invitation de Louise Françoise. Mais c'était une émotion violente qui l'avait saisi. Un torrent de voluptés telles qu'il n'en avait encore jamais connu.

Lui revenaient au fil de la route les images troublantes de leur commerce amoureux, la hardiesse dont Louise Françoise avait usé, l'impétuosité de son désir, la véhémence de son abandon lorsqu'elle se laissait aller à crier son plaisir.

Il en était encore pénétré lorsqu'il passa la grille de l'Orangerie. Philippe, qui se reprochait souvent d'être trop terre à terre, se sentait parfois à l'étroit dans ses rêveries. Mais il pensa qu'en cette longue journée il avait fait une ample moisson de songes à venir.

Quand il entra dans le vaste appartement que le Roi avait attribué à son frère et à sa famille, le jeune homme fut aussitôt abordé par Dubois qui lui jeta un regard suspicieux.

« Votre Altesse royale a sans doute été retenue par quelque affaire de première importance.

— Laissez là, Monsieur, j'aspire à prendre du repos. »

Mais le précepteur le retint par une basque de son vêtement.

« Cette affaire vous aurait-elle donc tant fatigué que vous ayez oublié vos devoirs envers la princesse des Ursins à qui vous aviez promis une visite vespérale ! »

Philippe haussa les épaules.

« Je me soucie peu de cette faiseuse de manigances. Et si j'ai promis, ce fut par étourderie.

— C'est un grand tort. La princesse a l'oreille de Mme de Maintenon. Et par conséquent celle du Roi ! »

Il tenta à nouveau de passer son chemin pour gagner sa chambre. Mais l'abbé insista :

« Et savez-vous qu'à cette heure Monsieur, sur les instances du Roi, est en train de plaider la cause de votre mariage avec Mlle de Blois auprès de Madame ? »

Philippe se figea.

« Ma mère ne cédera pas !

— Elle s'inclinera parce qu'elle ne pourra pas désobéir au Roi.

— Mais j'ai dû lui jurer… balbutia le jeune homme.

— Alors son courroux se retournera contre vous ! Et la querelle sera vidée ! »

*

Le lendemain matin, le jeune duc de Chartres fut donc appelé chez le Roi où se trouvait déjà son père. Tantôt semoncé, tantôt complimenté, le jeune homme finit par consentir. Monsieur s'empressa d'aller porter la nouvelle chez Madame. Il dut subir une scène encore plus tempétueuse que celle dont elle l'avait déjà accablé la veille. Mais le duc d'Orléans devina que la colère de son épouse, aussi injuste qu'elle fût, était maintenant dirigée tout entière contre Philippe qui, en obéissant au Roi, avait manqué à la parole qu'il avait donnée à sa mère.

Toutefois il fallut encore un soufflet, celui qu'elle distribua en public à son fils dans la galerie des Glaces, pour que la Palatine, contrainte et forcée, se résignât au mariage.

Le soir même, Louis, résolu à presser cette affaire, manda Monsieur, Madame et le duc de Chartres à souper chez la Maintenon. Lorsque les Orléans entrèrent dans la salle à manger de l'épouse du Roi, celle-ci conversait près de la cheminée avec une petite jeune fille qui montrait une figure chiffonnée et empreinte de tristesse, Mlle de Blois.

Lorsqu'elle releva la tête, Philippe vit qu'elle avait pleuré. Il comprit qu'elle n'avait pas plus envie que lui de se marier. Il en conclut assez cyniquement qu'ils auraient au moins en commun la détestation de l'union qu'on leur imposait.

Louis fit bonne figure à ses invités, Mme de Maintenon fut caressante et Mlle de Blois parfaitement muette. Monsieur, à son habitude, proféra quelques sentences aussi amusantes qu'insignifiantes qui ne provoquèrent que des sourires gênés. Quant à Madame, visage fermé, elle s'abstint de manger, refusant tous les plats, ce qui, chez elle, était la marque d'une forte contrariété.

Philippe, lui, s'attacha à observer sa « fiancée » ainsi que la nommait avec insistance la Maintenon chaque fois qu'elle parlait d'elle. S'il l'avait croisée à maintes reprises à la Cour, il ne l'avait jamais vraiment regardée, en dépit de ce qu'il avait dit à Dubois. Certes, ses sourcils étaient fort maigres et rougis par quelque pelade et ses dents, encore bien blanches, précédaient trop souvent ses lèvres. Mais, au reste, elle affichait un frais minois et une gorge qui emplissait sans vergogne un casaquin ourlé de dentelles.

Cependant, contemplant celle qui serait bientôt admise à entrer dans son lit, il ne pouvait s'empêcher de la comparer à sa sœur. En regard, ses traits étaient mous, ses yeux mornes, et son cou ramassé peinait à élever sa figure au-dessus de ses épaules. Il y avait aussi cette moue qui, Philippe le craignait, annonçait une nature vétilleuse et propice à l'insatisfaction.

Mme de Maintenon, esquissant un bâillement, exprima le désir muet qu'il fût mis fin à cette réunion. Elle fut aussitôt comprise et obéie. Et l'on présenta au Roi sa canne et son chapeau. Il fut néanmoins convenu que tous se retrouveraient le lendemain pour la déclaration solennelle de la dot.

*

La porte cochère était fermée. Se hissant sur son cheval et prenant appui sur le faîte du mur, il constata que les volets étaient clos.

Il redescendit. Depuis quelques jours, Louise Françoise ne paraissait plus à la Cour. Se trouvait-elle à Chantilly, apanage des Condé ? Et pourquoi ce silence après leur nuit d'amour ? Un seul billet aurait suffi à étancher son impatience.

Maussade, Philippe prit le chemin du retour. Il ne pouvait s'empêcher de penser qu'elle le fuyait. À moins que sa belle-famille, ayant eu vent de son incartade par la domesticité, n'eût décidé de la tenir serrée. Mais, en lui imaginant cette excuse, ne songeait-il pas d'abord à se rassurer ?

Le jeune homme se promit de découvrir la vérité, dût-il pour cela violer la bienséance et s'introduire dans le privé des Condé !

Dorénavant, il ne se passait plus de jour sans que fêtes ou cérémonies ne le réunissent à Mlle de Blois.

À la chapelle, à la table du Roi ou dans les soirées d'appartement, on veillait à ce que les deux fiancés fussent placés côte à côte. Mais, malgré cette proximité qui lui était imposée, la jouvencelle ne se départait pas de cet air renfrogné qu'on lui connaissait depuis l'annonce de leur futur mariage. Seule la déclaration publique de la dot, lue par M. de Pontchartrain, secrétaire d'État, en présence du Roi, l'avait arrachée un temps à sa morosité. Philippe avait observé que les six cent mille livres de pierreries promises par Louis XIV à sa fille avaient allumé des feux dans les yeux de Françoise Marie. Il s'y ajoutait un cadeau de deux millions tandis que lui-même, qui touchait déjà une pension de cent cinquante mille livres, recevrait une somme supplémentaire de deux cent mille lorsque le duc d'Orléans s'éteindrait.

Cette prodigalité qui mettrait à mal la cassette royale déjà fort écornée par les dépenses de la guerre n'émut guère le jeune duc de Chartres. Il en alla autrement pour son père qui ne dissimula pas son ravissement : récompensé pour la part qu'il avait prise dans la conclusion du mariage, Monsieur se vit remettre en toute propriété le Palais-Royal qu'il occupait depuis si longtemps.

« Je veux, avait dit le Roi, que votre postérité masculine jouisse d'un logement qui réponde à la grandeur de sa naissance. »

Et peu importait au monarque qu'il mît ainsi à mal le testament du cardinal de Richelieu qui avait légué son palais de façon inaliénable au souverain régnant[1].

Malgré l'imminence des épousailles, Philippe pensait toujours à Louise Françoise. Et la cruauté voulait

1. Le Palais-Royal, construit à l'initiative de Richelieu, s'était d'abord appelé le Palais-Cardinal.

qu'à chaque nouvelle rencontre avec sa future femme il cherchât malgré lui dans ses traits et sa silhouette quelque ressemblance avec sa sœur.

*

Les fiançailles à peine expédiées à grands frais le 17 février, il fallut se marier dès le lendemain, un lundi gras.

Le duc de Chartres parut au seuil de la chapelle royale dans un habit de velours noir brodé d'or et de diamants qui suscita une brève admiration chez des courtisans qui paraissaient cependant accablés tant ce mariage suscitait de réprobations.

Mince, visage avenant, la taille bien découplée, Philippe prit sur lui et avança dans la travée centrale comme s'il partait en guerre. À ses côtés, celle qui était encore Mlle de Blois était vêtue d'argent garni d'un point d'Espagne qui brillait de centaines de pierreries. Chacun remarqua qu'il semblait en être terminé provisoirement de sa bouderie et qu'en ce jour où elle tenait la première place, elle affichait une morgue que n'eût pas désavouée sa mère, la marquise de Montespan.

Les deux futurs époux précédèrent une compagnie menée par le Roi, habillé de brocart d'or brodé d'argent, et le Grand Dauphin, qui portait un justaucorps de velours noir piqué de diamants de la Couronne qui le boudinait. Monsieur, ruisselant de bijoux, et la Palatine, mise comme à son ordinaire, suivaient.

Arrivant près de l'autel où allait officier le cardinal de Bouillon, Philippe la vit ! Assise au premier rang parmi les princesses du sang. Elle se tenait les yeux baissés. Mais au moment où il passa à sa hauteur, elle releva la tête et il crut lire dans son regard une lueur de défi.

La suite passa sans qu'il y attachât beaucoup d'attention. Philippe se dit drôlement qu'il était spectateur de son propre mariage. Devant lui, le cardinal dans son habit rouge qui bouillonnait de dentelles citait les Saintes Écritures ou explicitait les joies et les devoirs de l'amour conjugal. Philippe n'écoutait pas.

Il se regarda ensuite adresser une révérence au Roi et à ses parents avant de dire « oui ». Puis il observa distraitement que Mlle de Blois ne daignait se prosterner que devant Louis.

Il ne fut pas plus présent lorsqu'on leur présenta à signer le registre paroissial. Sa main droite se saisit de la plume d'oie comme si elle était devenue indépendante de son corps.

Il fallut ensuite partir en un morne cortège jusque dans l'antichambre de la Dauphine où le souverain offrait à dîner. Placé au centre de la table à côté de son épouse, Philippe ne put s'échapper. Comme Louis XIV détestait déroger à son emploi du temps, il y eut « appartement » dès la fin du repas. Les courtisans s'égaillèrent dans les salons et nombreux furent ceux qui prirent place aux tables de jeu où l'on commença aussitôt à miser gros. Philippe profita de ce relâchement pour partir à la recherche de Louise Françoise. Il la trouva en grande conversation avec la princesse douairière de Conti. Celle-ci, bien qu'elle souffrît d'un gros orgelet qui déformait son œil droit, lui jeta un regard hostile et ne parut nullement décidée à lui céder la place.

« Madame, dit Chartres, puis-je vous parler en particulier ? »

La coquette ne répondit pas et se tourna avec ostentation vers son interlocutrice. Philippe crut devoir insister :

« Juste un instant et je vous rendrai aussitôt à Madame la princesse !

— Cessez, Monsieur ! siffla la duchesse. Vous me compromettez ! »

*

Le souper fut aussi brillant qu'assommant. Sous la lumière magique des girandoles, on y servit cent cinquante plats dans l'ancien appartement de la Reine au son de la musique de Lully. Philippe mangea et but plus que de raison.

Le corps lourd et l'esprit un peu embrumé, il fut mené en cortège avec son épouse jusqu'au vaste logement qui leur était désormais dévolu à Versailles. On s'extasia sur la toilette de vermeil offerte par Louis à sa fille bien-aimée. Puis on dut attendre le cardinal de Bouillon chargé de bénir la couche des époux. Enfin le prélat, qui s'était attardé à table, vint et vaqua à son office tandis qu'on déshabillait les mariés. La cérémonie de la chemise put commencer. Jacques II, souverain proscrit d'Angleterre, présenta au duc de Chartres la sienne tandis que Madame, visage absent, pratiquait de la même façon avec sa bru.

L'assemblée, le Roi en tête, ne quitta la chambre que lorsque les deux époux se furent glissés sous les draps dans l'immense lit dont le chevet était d'or.

« Madame, dit plaisamment Philippe, je sais que vous ne m'aimez pas puisque vous l'avez déclaré à vos familiers. Mais vous conviendrait-il que nous fassions semblant ?

— Il m'importe peu. Cependant, je tremble de froid et vous serais gré de me réchauffer…

— J'excelle à faire la bassinoire. Par où voulez-vous que je commence ?

— Si ma sœur était à ma place et vous demandait le même service, où porteriez-vous vos mains ou toute autre partie de votre nature ? »

Philippe éclata d'un rire un peu forcé. Puis, feignant la désinvolture, il remarqua :

« Je vois que dans votre héritage, vous avez reçu votre part d'esprit Mortemart[1] !

— Je suis avant tout la fille du Roi !

— Et moi, je ne suis que son neveu, pardon du peu ! »

Françoise Marie leva les yeux au ciel.

Soudain, se tournant vers elle, il la prit par les épaules, l'obligea à lui faire face.

« Cousine, vous avez le cerveau délié et, moi, je suis d'un naturel accommodant… Concluons un arrangement qui nous satisfera l'un et l'autre. Et si vous consentez, je m'emploierai à réchauffer d'abord vos pieds dont j'ai remarqué qu'ils étaient menus à ravir ! »

*

Dubois était de méchante humeur lorsqu'il revint du cabinet de Mme de Maintenon où le Roi l'avait convoqué. En pénétrant dans ce « saint des saints » où l'on n'appelait que les plus fidèles serviteurs, le fils de l'humble apothicaire de Brive imaginait pourtant être promu aux plus hautes destinées tant il avait pris une part active dans le projet de mariage de son élève.

1. La marquise de Montespan était née Mortemart.

N'était-ce pas ce que lui avaient promis Mme des Ursins puis la marquise de Maintenon en personne lorsqu'elles avaient requis ses bons offices ?

Assis dans un fauteuil, sans chapeau et l'habit ouvert, Louis XIV était en son familier, tel un bourgeois. Près de la cheminée, Mme de Maintenon, mise modestement, s'occupait à quelque besogne de broderie.

L'apercevant derrière le laquais qui l'introduisit, le Roi eut un bon sourire.

« Monsieur l'abbé, je suis fort aise de vous voir… »

Dubois s'inclina jusqu'à terre. Courtoisement, le Roi lui désigna un tabouret sur lequel le précepteur s'assit du bout des fesses.

« Vous m'avez bien servi, Dubois. Et Mme de Maintenon m'a fait compliment de votre entregent. »

Le souverain marqua un temps. Dubois retint sa respiration.

« Aussi, monsieur l'abbé, je vous le demande à la bonne franquette, que désirez-vous comme récompense ? »

Le regard du précepteur vacilla un moment. Vers quelles hauteurs pouvait-il s'élever ? Les cieux allaient-ils s'ouvrir devant lui ?

Ce fin manœuvrier céda alors à un instant de folie.

« S'il plaisait à Votre Altesse, un chapeau de cardinal… »

Il ne termina pas sa phrase. En un instant, le visage du Roi se glaça tandis que la marquise levait un sourcil réprobateur. Dubois comprit aussitôt son erreur et son impudence. Qui était-il, pour vouloir se hisser à l'altitude d'un Mazarin ?

Il ne lui restait plus qu'à prendre congé. Il se leva, marcha à reculons en multipliant les courbettes. Et, encore rouge de confusion, il disparut.

Dans le récit qu'il fit à son élève, il ménagea son orgueil et atténua sa confusion. Il n'en demeura pas moins que Philippe comprit sans tarder que Dubois s'était fourvoyé et avait dû provoquer chez son oncle l'une de ces froides colères dont il était coutumier. Et comme par-devers lui il gardait rancune à son précepteur d'avoir comploté pour son mariage, il ne dit rien qui pût l'apaiser malgré l'affection qu'il ressentait pour lui.

Cependant, comme l'abbé s'était découvert devant son élève, il essaya ensuite de se revancher en fendant l'armure de ce dernier. Chattemite, ainsi qu'il convenait à son état, il posa quelques questions qui n'étaient guère innocentes, même si elles feignaient de le paraître. À la vérité, Dubois était empressé de savoir comment il en allait du jeune ménage. Philippe, amusé, demanda avec détachement :

« Et d'où vient cette curiosité qui semble tenailler toute la Cour ?

— Chacun a observé que nul mariage ne fut plus embarrassé que le vôtre. Et que la duchesse de Chartres ne s'est guère départie de son air revêche tout au long de cette journée de noces…

— Et vous voulez savoir s'il en fut de même lorsque nous tirâmes sur nous la courtepointe ? »

Dubois, gêné, toussota et reprit :

« Je ne voudrais pas que Votre Altesse royale se méprenne… Mais je ne pense qu'à son bonheur ! »

Cette fois, Philippe éclata de rire.

« Et moi, monsieur l'abbé, il me semble que malgré votre petit collet, vous êtes un fripon ! Ce dont, d'ailleurs, vous m'avez donné maintes preuves lorsque nous étions ensemble aux armées. »

Dubois hésita. Comment devait-il prendre cette philippique qui n'avait jamais mieux mérité son nom ? Et ne devait-il pas craindre qu'un jour ou l'autre il ne fût mis fin à son office, en dépit de la protection que lui accordaient encore le duc et la duchesse d'Orléans ? Infatué de ses talents, accoutumé à côtoyer les Grands et habile à pénétrer les intrigues, le précepteur n'imaginait pas sans effroi de retourner à son état et de passer le restant de son existence à régenter quelque abbaye de province. Mais son élève, grandissant en âge et en autorité, n'aurait bientôt plus besoin de maître.

Philippe devina son trouble. Et en même temps qu'il avait pris un certain plaisir à exciter les alarmes de Dubois, il décida soudain de le rasséréner.

« Eh bien, soit ! Bien que je ne vous doive aucune confidence, je puis vous assurer que Madame la duchesse s'est conduite en tous points comme une honnête épouse se doit d'agir au soir de ses noces… Êtes-vous satisfait, monsieur l'abbé ? Ou faut-il que je vous instruise de quelque détail piquant ?

— Non, il suffit… Mais je nourrissais de légitimes craintes.

— Vous les avez vous-même suscitées puisque vous avez été l'un des artisans de cette union.

— Je n'y ai cependant pris qu'une part modeste.

— Brisons là ! Je suis moi-même devenu une victime consentante… Mais il me semble que la joue me cuit encore ! »

Et, prenant un air faussement dépité, il se frotta la figure comme pour effacer le souvenir du soufflet donné par la Palatine.

« Il faut encore, reprit Dubois, que je vous conte une affaire qui pourrait à l'avenir vous donner du souci. »

Philippe fronça les sourcils.

« Qu'est-ce encore ?

— Nul n'ignore plus que Madame la duchesse de Bourbon vous a dispensé quelques privautés dans l'intimité de sa petite maison.

— Condé menace-t-il de m'en demander raison ?

— Non, car comme tous les cocus, il sera sans doute le dernier à être informé de son infortune. Mais la duchesse, elle, est dorénavant passée dans le camp de vos ennemis.

— L'ingrate m'a pourtant donné le sentiment qu'elle avait apprécié mes services.

— Je ne doute pas de leurs qualités. Mais il ne s'agit pas de cela. Elle vous accuse d'avoir violé le secret de votre rencontre.

— C'est ridicule. Connaissant la nature violente de son époux, elle m'avait même mis en garde contre une indiscrétion qui pourrait m'être fatale. Pourquoi ne soupçonne-t-elle pas d'abord une indélicatesse de ses gens ? L'une ou l'un d'eux a pu me voir quitter la petite maison alors que dans ma hâte ou l'exaltation de mes sens j'avais commis l'imprudence de ne pas passer mon masque.

— Quoi qu'il en soit, il s'ajoute à ce vif reproche le ressentiment d'avoir été abaissée par sa cadette. En raison de votre mariage, elle paraît maintenant à la Cour au second plan dans l'ordre de préséance des enfants du Roi.

— Mais je n'en suis nullement la cause !

— Certes. Et je vous en donne volontiers acte. Cependant, si vous m'en croyez, le principal et vrai grief qu'on vous adresse est d'avoir été aimé et peut-être même de l'être encore ! Il n'est pire offense que celle-là pour une orgueilleuse ! »

VIII

Une guerre

1692-1693

Avec quelle joie le duc de Chartres retrouva-t-il son vieux soldat bossu ! Le maréchal de Luxembourg, à qui le poids des ans semblait avoir épargné tant les maux de la vieillesse que les excès de la vertu, lui donna une franche accolade dès qu'il l'aperçut.

Dubois reçut la même brassée qui sentait le tabac froid et le vieil alcool de prune.

« Ah ! l'abbé, vous êtes du bois dont on fait les mousquetaires ! » rugit Luxembourg qui ne reculait jamais devant une plaisanterie facile.

Passé de l'état de précepteur à celui de secrétaire, l'abbé ne quittait plus son maître et avait donc suivi une nouvelle fois celui-ci aux armées. Ils retrouvèrent sous les tentes du campement établi près de Mons la fine fleur de la noblesse qui, loin de Versailles et de la bigoterie instaurée par Mme de Maintenon, ne reculait devant aucun excès de bouche ou de chair. Philippe se coula résolument dans ce climat de paillardise que les effluves du printemps exaltaient. Chaque soir, on voyait arriver des troupes de grosses Flamandes déjà à demi dénudées qui vendaient leurs charmes pour une poignée de pistoles. Les bardaches, dont les deux Vendôme[1] étaient les porte-drapeaux, n'étaient pas en reste et puisaient sans compter dans le vivier des jeunes soldats.

Cependant, le jeune homme, s'il ne rechignait jamais à festoyer, s'enivrer ou trousser ces gotons à soldats, aspirait surtout à briller et se battre à la tête de son régiment. Mais la guerre tardait.

Louis XIV parut enfin aux armées. Il fut décidé d'organiser pour le Roi-Soleil la plus grande revue qu'on eût jamais observée. Par une belle journée de mai, cent vingt mille cavaliers et fantassins s'alignèrent dans la plaine du Hainaut. Revêtus de soubrevestes et de justaucorps bleu, rouge et blanc, ils firent impression et le monarque en conçut un grand orgueil. Tous comprirent que cette démonstration éclatante annonçait que l'armée allait se mettre en marche.

Les faubourgs de Namur furent bientôt atteints et la ville cernée. M. de Vauban, maître des fortifications, donna aussitôt la mesure de son talent à commander les sièges[2]. Il fut d'abord creusé un premier fossé destiné à prévenir une éventuelle sortie des assiégés. Puis un deuxième plus au large afin de se protéger de l'arrivée d'une troupe de secours. Ensuite, on édifia une véritable toile d'araignée de redoutes et de boyaux couverts de fascines qui reliaient entre elles les tran-

1. Petits-fils d'Henri IV issus de Gabrielle d'Estrées.

2. Un adage du temps illustre sa renommée : « Ville défendue par Vauban, ville imprenable ; ville investie par Vauban, ville prise ! »

chées et permettaient peu à peu d'approcher au plus près les défenses de la ville.

Dès le début du mois de juin, les édiles de Namur capitulèrent et remirent au Roi les clefs de leur cité. Mais la citadelle, défendue par l'*alter ego* hollandais de Vauban, M. de Cohorn, résistait encore tandis que l'armée de Guillaume d'Orange, forte de cent mille hommes, prenait position sur les rives de la Méhaigne, un affluent de la Meuse. Le prince allait-il venir à la rescousse des assiégés ? M. de Vauban hâta ses travaux et Philippe de Chartres fut chargé de traverser la Sambre avec un corps de réserve afin de contrarier une possible manœuvre de l'ennemi. Quelques jours plus tard, après un furieux assaut au cours duquel M. de Cohorn fut grièvement blessé, la citadelle se rendit.

Ravi d'avoir assisté à un si beau siège, Louis XIV décida de revenir à Versailles et commanda à ses peintres de le portraiturer en vainqueur de Namur. Cependant le départ du Roi ne mettait pas fin à la guerre. La formidable armée de Guillaume III était intacte et le maréchal de Luxembourg devrait l'affronter tôt ou tard lorsqu'il découvrirait un terrain d'action favorable.

Vers la fin juillet, les hostilités n'avaient toujours pas été engagées. L'armée française bivouaqua près du village de Steinkerque. Le maréchal n'entendait pas s'établir trop longtemps dans ce lieu hérissé de bois et de haies. Mais il savait pouvoir y demeurer en paix quelques jours durant. Il disposait en effet d'une mouche dans le camp ennemi qui ne manquerait pas de l'informer si Guillaume décidait de passer à l'attaque. Cependant, il ne pouvait pas prévoir que cet espion serait démasqué et sévèrement interrogé avant d'être pendu haut et court.

En cette nuit du 3 août, Luxembourg dormait donc paisiblement lorsqu'un officier vint le réveiller en toute hâte : un détachement de cavalerie se dirigeait vers les lignes françaises. Le vieux soldat le rassura : son espion l'avait informé que la troupe ennemie devait faire un « grand fourrage » afin de réapprovisionner ses râteliers. Cela expliquait le mouvement de ces cavaliers.

Le maréchal se rendormit. Mais à huit heures du matin, une nouvelle fois réveillé en sursaut, il lui fallut déchanter : l'armée de Guillaume, déployée sur toute la longueur du front, marchait en direction du campement français.

Luxembourg réagit avec promptitude, fit battre la générale et réunit son état-major auquel appartenait cette joyeuse compagnie de princes et de ducs qui bambochaient avec tant de belle humeur. Ensemble, ils gagnèrent une hauteur d'où ils découvrirent, massés dans la plaine, les cent mille soldats de l'armée confédérée. La gorge serrée, Philippe embrassa ce terrible spectacle. Ce n'étaient que chatoiements de drapeaux et d'oriflammes au milieu desquels brillaient le métal des casques, cuirasses, mousquets et, encore plus menaçant, l'or brun des canons.

Un instant, le jeune homme pensa qu'il était vain d'imaginer vaincre une telle machine de guerre. Où trouver une faille pour y porter le fer ? Et comment ne pas succomber devant une muraille armée aussi homogène ? Mais en même temps, malgré son effroi, il était saisi par le violent désir de piquer des deux et d'aller affronter l'ennemi.

Au même moment, une estafette à cheval survint dans un nuage de poussière. L'homme mit pied à terre devant le maréchal et, haletant, annonça que la brigade du Bourbonnais qui occupait un poste avancé venait d'être surprise par un détachement anglais alors qu'elle levait son camp. Chartres se précipita aussitôt.

« Monsieur le maréchal, permettez que je lui porte secours ! »

Mais Luxembourg secoua la tête. Et il répondit sur le ton calme qui lui était coutumier :

« Non point, Monsieur le duc, je vous garde à mes côtés et je gage que vous ne tarderez pas à avoir l'occasion de briller ! »

Cependant, le jeune homme insista tant et plus que le vieux maréchal finit par céder.

*

À la tête de ses gardes-françaises, l'épée à la main, Philippe galopa vers l'ennemi. La brigade bourbonnaise, bien qu'elle eût été prise au dépourvu, résistait fièrement aux assauts des Anglais. L'arrivée de cette troupe de secours enflamma les soldats qui prirent l'offensive.

Philippe se lança dans la mêlée tandis que claquaient de part et d'autre les mousquets. Bravement, Dubois ne quittait guère son maître, pendant que le paisible marquis d'Arcy, qui suivait à grand-peine, exhortait vainement Chartres à la prudence. Entre deux corps à corps, celui-ci se retourna et, exhibant sa rapière rouge de sang, lança gaiement à son gouverneur :

« Monsieur le marquis, je ne connais ici de gouverneur que mon épée ! »

Et sans attendre la réponse de son mentor, il cingla du plat de son arme le visage d'un cavalier ennemi qui venait à lui. Le soldat, désarçonné, vida ses étriers. Philippe rugit de joie et éperonna sa monture.

Un peu plus tard, frappant de taille et d'estoc dans les rangs des fantassins, il sentit un choc à l'épaule. Une balle l'avait frappé. D'instinct, il passa une main sous son harnachement, palpa et découvrit un trou dans son justaucorps. Mais il n'y avait pas de sang. Derrière lui, on s'était arrêté.

« Je suis sauf ! Suivez-moi ! »

Et il s'engagea derechef dans la bataille confuse qui mêlait les soldats des deux camps. Des canons tonnaient, des chevaux hennissaient. Autant de bruits qui couvraient les hurlements de douleur des blessés qui gisaient à terre. L'odeur du sang montait peu à peu du sol. Il s'y mêlait des remugles d'excréments qui émanaient des boyaux crevés des hommes et des montures et, partout, encore plus puissant, régnait le fumet enivrant de la poudre.

Philippe était à peine reparti combattre qu'il fut atteint par un deuxième coup de mousquet. La balle avait touché son bras. Relevant les dentelles de sa manche, il vit que le sang coulait à grosses gouttes. Dubois, le premier, s'approcha et, saisissant les brides du cheval de son maître, il fit mouvement vers l'arrière. Chartres esquissa un mouvement de protestation mais l'abbé ne l'écouta pas. Dès qu'ils furent à couvert, il souleva le tissu sanguinolent que pressait le jeune homme sur sa blessure.

« La navrure semble légère mais il vous faut être pansé au plus vite pour éviter un trop grand épanchement.

— Alors allons quérir au plus vite un chirurgien. Mon épée me démange déjà ! »

Puis, posant à nouveau sa main à l'endroit où il avait été touché, il reprit :

« Il y a une grosseur là-dessous… La balle est restée dans mon bras. Donnez-moi un couteau, l'abbé !

— Ne serait-il pas plus prudent… ?

— Un couteau, vous dis-je… Je sens le plomb à fleur de peau. »

*

Le maréchal de Luxembourg se montra inflexible et s'opposa en personne à ce que le duc de Chartres retournât sur le champ de bataille. Bouillant d'impatience, le jeune homme observa de loin les combats qui continuèrent d'ensanglanter les champs du Hainaut pendant de longues heures. Mais il eut le bonheur de constater que, malgré une audacieuse contre-attaque du duc de Wurtemberg, les troupes françaises triomphaient et obligeaient l'ennemi à se replier en abandonnant morts, blessés, canons et drapeaux.

La victoire était éclatante mais rarement bataille n'avait été aussi cruelle ! L'armée de Guillaume III avait perdu douze mille hommes et mille deux cents étaient prisonniers. Du côté français, pas moins de huit mille soldats avaient été sacrifiés et, toute la nuit, les chariots vinrent ramasser les blessés qui gisaient encore dans la plaine. En cette occasion, le duc de Chartres se signala à nouveau en décidant que tous ces malheureux, à quelque camp qu'ils appartinssent, seraient soignés à ses frais. Son geste généreux rappela celui qu'avait autrefois ordonné son père après le carnage de la bataille du mont Cassel.

Toutefois, ce succès militaire n'influa guère sur l'issue de la guerre. Défait, le Roi d'Angleterre et prince d'Orange avait néanmoins pu regrouper ses forces au-dessous de Bruxelles tandis que le maréchal de Luxembourg avait été contraint de s'établir à Courtrai. La Flandre n'était toujours pas conquise.

À la Cour, le nom de Steinkerque fit merveille. Il n'était bruit que de la bravoure du fils de Monsieur et de l'habileté du maréchal de Luxembourg. Ce dernier, demeuré à la guerre, avait écrit à Louis XIV une lettre dans laquelle, en prenant soin de ne pas comparer les mérites respectifs des ducs qui avaient pris part à la bataille – Maine n'ayant pas quitté les arrières – il écrivit cependant que Philippe « avait été d'un grand cœur » !

La Palatine avait vécu ces premiers jours du mois d'août dans les affres. Le 4, lendemain de la bataille, Monsieur avait surgi à minuit dans sa chambre alors qu'elle allait se coucher. Il tenait une lettre à la main.

« Madame, votre fils a été blessé. Mais ne vous alarmez pas, il n'a été que légèrement meurtri… On me dit dans cette missive qu'il y a eu hier une furieuse bataille dans les Flandres et beaucoup de morts. Je n'en sais pas plus. »

Liselotte n'avait plus envie de dormir. Sans nul doute, Philippe lui ferait tenir une lettre au plus vite. Malgré la fraîcheur de la nuit, elle demeura sur son balcon, guettant un éventuel courrier. Mais quand l'aube vint, elle comprit que son attente avait été vaine. Cependant, au lieu de gagner son lit, elle s'installa à son écritoire.

Sa plume courait sur la feuille sans même qu'elle s'en rendît compte. Madame, épuisée par cette nuit sans sommeil, se trouvait dans un état second, quasi somnambulique. Elle déversa dans sa longue lettre des flots d'amour maternel. Aux mises en garde succédaient de grandes déclarations. Elle avait peur, tellement peur… Mais elle était également si fière… Et pourtant, elle le savait, il ne cesserait pas de s'éloigner d'elle. Le service du Roi, l'armée et cette petite mijaurée qu'on lui avait donnée comme épouse contribueraient à augmenter les distances entre eux… Mais ce qu'elle craignait par-dessus tout, c'étaient ces débordements auxquels il ne savait pas résister… « Mon cher fils, vous êtes trop vivant. Mais faites que vos faiblesses vous quittent avec l'enfance… Et pour l'amour de moi, finissez-en avec ces familiarités qui vous abaissent. Vous êtes pétri de tant de qualités… Devenez ce prince parfait qui habite en vous. Et si la fortune n'a pas fait de vous un maître du monde, confondez-la en montrant à toute la terre que vous méritiez de l'être ! Régnez sur les cœurs à défaut de régner sur les hommes ! C'est le plus beau des règnes ici-bas… »

Dix, vingt feuilles furent couvertes par la grande écriture nerveuse de Madame. Sa plume volait toujours. Les mots, ses pauvres mots qui empruntaient parfois à l'allemand, pouvaient-ils dire la tendresse infinie qu'elle éprouvait pour son enfant ? Qu'il était loin le temps du soufflet et de ce mauvais hiver qui l'avait tant tourmentée ! Et que n'était-elle sa maudite épouse pour lui prodiguer les soins les plus accomplis !

Son exaltation retomba. Elle laissa choir sa plume dans l'encrier, éternua dans un grand bruit de forge. Puis elle alla s'allonger. Mais le sommeil tarda.

Il lui fallut attendre encore un jour entier pour avoir des détails sur la blessure de Philippe de la bouche de M. de Bertière, le sous-gouverneur de son fils qui était revenu des Flandres à brides abattues. Elle l'étourdit de questions. Tout lui fut conté : la hardiesse de Chartres, sa blessure, la balle qu'il avait extraite lui-même, sa bonté envers les blessés… Chaque réponse lui arrachait des exclamations, la submergeait de fierté. Elle croyait défaillir. Philippe était définitivement un héros ! Mais déjà, elle s'inquiétait à l'idée que la guerre pût recommencer. Plût au ciel que Guillaume se décidât enfin à repasser la Manche.

*

Lorsque le duc de Chartres revint à Versailles, Françoise Marie relevait de couches. Elle avait donné naissance à une fille chétive que les médecins ne tarderaient pas à expédier si l'enfant restait trop longtemps entre leurs mains. En dépit de cette alarme, Philippe ressentit une grande joie de se savoir père.

Après avoir embrassé sa mère, il se fit annoncer chez son épouse.

La duchesse reposait dans sa chambre, tout or et satin blanc. Dolente, elle était couchée. Il s'empressa, félicita, risqua même un baiser sur son front. Françoise Marie réagit à peine, invoquant une migraine qui ne cessait de l'accabler depuis sa délivrance.

Néanmoins, Philippe approcha un siège et prit place dans la ruelle à côté de son épouse.

« Ma mie, souffririez-vous que je vous fisse la conversation ?

— Il m'importe peu tant la tête me pèse.

— Vous devriez vous lever, sortir, goûter l'air vivifiant de ce début d'automne…

— Je ne suis pas conformée comme vous qui avez toujours le nez au vent. »

Elle exhala un long et lent soupir. Philippe l'observa. Si la maternité avait cerné ses beaux yeux, elle n'avait pas gâté son teint de biscuit qui avait l'éclat de celui de sa sœur, en dépit de quelques marques de petite vérole. Ses lèvres, lorsqu'elles ne découvraient pas ses dents un peu trop longues, étaient aussi pulpeuses que des cerises et son abondante poitrine de jeune mère saillait sans pudeur hors de son haut. Il se pencha au-dessus d'elle. Cependant, devinant son intention, elle le repoussa de la main.

« Cessez, je ne me sens pas céans d'appétit pour le commerce amoureux… »

Dépité, il s'écarta. Elle le fixa. Et il y avait un air de défi dans son regard.

« Mais je ne vous interdis pas de baguenauder à votre guise parmi les écervelées qui peuplent la Cour. Elles seront tellement flattées de céder au champion de nos armées !

— Et si cela se faisait, vous ne seriez point jalouse ? »

Elle émit un petit rire grinçant.

« Se peut-il qu'une fille de Roi soit accessible à un sentiment aussi médiocre ? »

*

Liselotte était toute au bonheur d'avoir retrouvé son fils. Et si elle déplorait de le voir derechef papillonner et se débaucher chez les comédiennes et les filles de l'Opéra, elle se hâtait de lui trouver des excuses tant elle avait sa belle-fille en détestation. Au regret persistant d'avoir dû consentir à ce mariage infâme s'ajoutait maintenant l'observation du caractère capricieux et ombrageux de Françoise Marie que Philippe, dans son privé, n'appelait plus que Madame Lucifer !

Mais surtout, il lui paraissait miraculeux que son fils fût revenu vivant d'un si grand carnage. Même Monsieur, qui était pourtant fort occupé à étrenner de nouveaux mignons recrutés par l'infâme Lorraine, s'attachait à adresser à Philippe mille compliments et ne manquait jamais de le placer au plus haut lorsqu'il en parlait à la Cour.

Il semblait même à Philippe que son retour avait permis de renouer quelques fils distendus entre la duchesse et le duc d'Orléans. Ainsi il avait constaté que la Palatine avait été fort émue quand Monsieur fut atteint par une nouvelle attaque de fièvre tierce et, à son chevet, elle avait donné la mesure de son habituel dévouement.

Il arrivait même aux époux de veiller ensemble après le souper en compagnie de leurs deux enfants, Philippe et Élisabeth-Charlotte, tel un couple de bourgeois. Il régnait alors entre eux quatre une franche familiarité qui les distrayait de l'atmosphère corsetée de la Cour et des usages préconisés par la Maintenon. On devisait, on jouait gaiement. Il arriva même une certaine soirée du début de l'année 1693 que le divertissement prît un aspect encore plus primesautier. Le silence s'était soudain installé lorsque Monsieur, distraitement, lâcha un grand vent qui les fit sursauter puis rire. Madame ne voulut pas être en reste et lui fit écho en pétant à son tour. Toutefois ce fut Philippe qui conclut cette compétition venteuse d'une façon aussi tonitruante que modulée qui, reconnut Liselotte, honorait ses géniteurs. Seule, la douce Élisabeth-Charlotte n'avait pas osé participer. Mais son hilarité prouva qu'elle était en harmonie avec les siens.

Toutefois ces quelques récréations familiales ne suffisaient point à apaiser la Palatine qui se lamentait de voir Monsieur gâter sa santé et sa fortune avec les gitons qui hantaient le Palais-Royal. Elle n'avait même plus le cœur de lui en faire reproche depuis qu'il lui avait dit tout de go :

« Madame, la vieillesse me guette. Il n'est plus temps de me restreindre. J'entends profiter de tous les plaisirs de la vie jusqu'à satiété. Et il m'importe peu de savoir que des esprits aigris ou confits en dévotion désapprouvent mes mœurs. Cependant je vous serai gré de ne pas entrer dans cette détestable cohorte ! »

En même temps, conséquence de son attristement conjugal ou de ses excès de table, Liselotte ne cessait de grossir. Les contraintes alimentaires qu'elle s'imposait désormais semblaient impuissantes à réduire un embonpoint qui gagnait toutes les parties de son corps. Elle s'en désolait avec une admirable lucidité et jugeait sans aménité le double menton qui lui était venu et la taille démesurée de son derrière. Pourtant, malgré ces incommodités qui l'affligeaient dans ses déplacements, la Palatine n'avait pas renoncé à chasser. Mais elle devait monter de grands chevaux qui, seuls, pouvaient encore supporter son poids.

À la fin du mois de mars, il ne fut plus question à la Cour que de la maladie de la Grande Mademoiselle. La vieille fille au long nez était prise par les reins. Les médecins doutaient qu'elle pût atteindre les premiers jours d'avril.

Louis XIV ordonna que toute la famille royale rendît une dernière visite à sa cousine en son palais du Luxembourg. Tous, quoi qu'ils en eussent, obéirent. Monsieur ne fut pas le moins empressé : l'immensité des biens de la moribonde ne devait pas lui échapper. Et, en compagnie de son épouse, il s'attacha à demeurer auprès de la mourante tant qu'elle eut ses esprits.

La Grande Mademoiselle souffrit le martyre. Mais elle eut la bonté de ne pas prolonger son agonie et s'éteignit bientôt, assistée par le père Bourdaloue.

Dès le lendemain, le 6 avril, son testament fut ouvert. Le duc d'Orléans, cousin germain, était fait légataire universel et, à l'exception de quelques gros morceaux qui allaient au duc du Maine et au Grand Dauphin, il héritait du tout. Il était désormais le plus riche propriétaire du royaume.

Les obsèques, célébrées dans la chapelle du palais, furent à la hauteur de la renommée et de la richesse de la princesse. Il se produisit pourtant un incident qui épouvanta l'assistance. Soudain, posée sur une crédence, une urne contenant les entrailles de la défunte éclata sous la pression des gaz, bascula dans le vide et se fracassa. Les boyaux putréfiés de la Grande Mademoiselle répandus sur le carrelage dégagèrent aussitôt une abominable puanteur qui chassa à l'extérieur dans la plus grande confusion la foule et les officiants. Et les plus anciens de se souvenir, au milieu de ce tumulte, des coups de canon de la Bastille que l'intrépide princesse avait autrefois commandés contre les troupes royales au temps de la Fronde !

*

Les plus funestes appréhensions de Madame se concrétisèrent bientôt : la guerre couvait à nouveau dans les Flandres. Le Roi s'y porterait en personne après la Pentecôte.

Ce 10 mai 1693, Philippe de Chartres reçut des mains de son oncle l'ordre de Saint-Louis nouvellement créé et destiné à récompenser les militaires les plus valeureux. Puis Louis XIV lui annonça qu'il avait décidé de lui confier le commandement de la cavalerie de sa maison au cours de la campagne qui n'allait pas tarder à s'engager.

Nanti de ces brevets de bravoure, Philippe rejoignit au plus vite l'armée du maréchal de Luxembourg tandis que la Cour, désertant Versailles, nomadisa jusqu'au Quesnoy, un bourg fortifié qui n'était ni trop près ni trop loin des plaines où s'affronteraient les troupes ennemies. Ainsi, les dames pourraient respirer les fumets de la guerre sans en être incommodées.

Luxembourg, qui n'avait pas oublié sa mésaventure de l'an passé, n'entendait pas être à nouveau surpris. Lorsque le Roi s'en vint prendre la tête de l'armée de Flandre, le maréchal lui exposa en détail son plan. Le Roi d'Angleterre et prince d'Orange, s'étant imprudemment cantonné près de Gembloux, était à la merci des deux corps d'armée français qui pouvaient l'attaquer simultanément sur ses flancs. On était à la veille d'un grand succès.

Cependant, Louis XIV, de façon inattendue, se lassa, décida de surseoir à l'offensive puis s'en retourna à Versailles. Le maréchal fut fort dépité. D'autant que le souverain avait aussi soustrait à son commandement deux détachements qui partirent, l'un vers l'Allemagne et l'autre vers l'Italie, où des renforts s'avéraient nécessaires.

Guillaume était sauvé. Il en profita pour amorcer sa retraite vers une place plus sûre et s'établit sous Louvain.

Philippe, à l'égal de tous les officiers généraux qui servaient sous Luxembourg, cacha mal sa déception. Les bruits les plus offensants pour le Roi coururent à mi-voix dans l'état-major. Louis ne se serait retiré que sous l'insistance de Mme de Maintenon qui le protégeait ainsi qu'un enfançon et craignait toujours qu'il ne courût quelque danger à la guerre. D'autres, plus indulgents, en tenaient pour une nouvelle maladie royale, coliques persistantes ou violents accès de goutte. En témoignait selon eux l'usage fréquent par le Roi, lorsqu'il ne pouvait monter à cheval, d'un fauteuil à roulettes tout exprès fabriqué pour lui.

Luxembourg ne remâcha pas longtemps sa déception et imagina un stratagème afin de vaincre les coalisés. Il feignit d'abord d'attaquer les magasins de Liège où le prince d'Orange avait établi son ravitaillement. L'ennemi envoya aussitôt deux détachements pour protéger la ville. Puis Guillaume, faisant mouvement dans la même direction, alla au-devant des espérances du maréchal français. Mais quand Luxembourg arriva le 28 juillet au contact de l'armée ennemie, ce fut pour constater que le Prince avait deviné ses intentions et avait eu le temps d'édifier en un temps record de solides retranchements derrière le village de Neerwinden.

Le maréchal ne tergiversa point. Il fallait attaquer. Tout au long de la nuit, le vieux soldat peaufina ses plans. Il lancerait d'abord l'assaut sur le village, obligeant ainsi Guillaume à dégarnir son centre. Puis la cavalerie du maréchal de Villeroy fondrait sur cette brèche ouverte dans le front ennemi tandis qu'une fausse attaque sur la droite fixerait le restant des troupes confédérées.

Le duc de Chartres, malgré qu'il eût une grande admiration pour Luxembourg, ne put s'empêcher de protester : dans le dispositif imaginé par le maréchal, la cavalerie de la maison du Roi n'avait aucune part.

« Votre Altesse royale n'agira qu'en cas de nécessité… »

Et Luxembourg, malicieux, ajouta :

« Ainsi, si d'aucuns sont conduits à faillir, vous aurez à la fois le mérite de les sauver et celui de triompher ! »

Dès le lendemain, le soleil étant à peine levé, les batteries françaises ouvrirent le feu de toutes leurs bouches. Neerwinden disparut sous un nuage de fumée. Alors Luxembourg donna l'ordre à l'infanterie de charger. À côté de lui, Philippe rongeait son frein. Il suivit à la lorgnette le furieux corps à corps qui s'engagea dans les ruines du village. Une première fois, Neerwinden fut pris. Mais l'ennemi s'arc-bouta, revint au contact. Les rues ruisselaient de sang. Dans la chaleur accablante de cette matinée, il lui semblait même qu'une vapeur rouge montait du sol où gisaient les cadavres.

En même temps, sur le côté droit, les brigades du prince de Conti subissaient héroïquement la canonnade ennemie, pauvrement protégées par de simples haies qui furent bientôt déchiquetées par les boulets des confédérés. Néanmoins, malgré le carnage qui creusait de grands trous dans ses rangs, Conti résistait.

Au centre, il fallait reprendre Neerwinden. Villeroy fut enfin lancé. On se battait déjà depuis six heures.

Luxembourg pestait. La cavalerie, insuffisamment commandée, tardait à pénétrer dans le village et s'éparpillait. La situation devenait périlleuse. Luxembourg réunit en toute hâte ses officiers d'état-major à l'abri d'un vallon et quêta leur avis. Conti, durement éprouvé, était partisan de cesser le combat. Mais le maréchal et Chartres opinèrent de conserve qu'il fallait au contraire poursuivre l'attaque en utilisant la réserve. Ils emportèrent la conviction des autres. Tous deux partirent au galop rejoindre l'infanterie et la cavalerie de la maison du Roi.

Luxembourg, qui se savait aimé de la troupe, harangua les soldats :

« Héros de Steinkerque, il vous revient encore de sauver l'honneur de la France ! »

Des acclamations lui répondirent. Philippe pouvait enfin se battre.

À la tête de ses cavaliers, il s'élança au centre du front ennemi, là même où l'inepte Villeroy avait échoué. Non sans effroi, Luxembourg le vit s'enfoncer avec témérité dans la défense confédérée, suivi par Dubois, le marquis d'Arcy et le petit Saint-Simon qui faisait preuve d'une rare ardeur. Les cavaliers de la maison du Roi bousculèrent un rang de chariots d'artillerie disposés pour leur barrer la route. Neerwinden était sur le point d'être repris. Chartres avait déjà commandé quatre assauts. Brusquement, dans un chemin creux, Philippe se sentit tiré en arrière. Un fantassin avait saisi son justaucorps. Le jeune homme vida ses étriers. L'épée à la main, il se redressa. Il était environné d'ennemis. Certains, blessés, étaient couchés dans le fossé. Mais d'autres, bien vivants, s'avançaient vers lui. Le reconnurent-ils comme étant le neveu du Roi ou, à tout le moins, un personnage d'importance ? Un grand officier s'apprêtait déjà à en faire son prisonnier. De la main gauche, Philippe dégaina son sabre, balafra son adversaire et tint les autres à distance. Déjà, venant de l'arrière, on lui venait en aide… Il remonta sur son cheval. Un cinquième assaut l'attendait. Il fut décisif.

Une nouvelle fois vaincu, le Roi d'Angleterre ordonna la retraite. Elle s'effectua dans le plus grand désordre. Tentes, fourniments, pièces d'artillerie durent être abandonnés tandis que les hommes de troupe se précipitaient sur les bords de la rivière qui arrosait Neerwinden. Sept ponts étroits permettaient de la franchir. On s'y bouscula pour passer de l'autre côté. Et plus d'un fantassin tomba dans les eaux fangeuses grossies par les derniers orages qui emportaient déjà nombre de cadavres d'hommes et de chevaux.

*

La victoire était aussi totale qu'effrayante : trente mille soldats avaient succombé dont un bon tiers de Français. La bataille la plus meurtrière qu'on eût jamais connue ! Mais, oubliant vite le carnage qui avait aussi fauché quelques-uns des plus beaux fleurons de la noblesse, on fanfaronnait dans le camp français et on se gargarisait du mot de Guillaume qui, contemplant le champ de bataille au moment de se retirer, avait dit : « Ah ! L'insolente nation ! »

Cependant Luxembourg ne put parachever son succès, faute de vivres et de matériaux pour remonter dans cette région creusée de cours d'eau et de canaux les innombrables ponts détruits par l'ennemi. Aussi le maréchal dut-il se contenter de prendre Charleroi au terme d'un siège que M. de Vauban conduisit avec excellence ainsi qu'il avait coutume de le faire.

L'automne approchait, la campagne se terminait.

Luxembourg, au faîte de la gloire, avait écrit au Roi : « Vos ennemis ont fait des merveilles, vos troupes encore mieux. Les princes de votre sang s'y sont surpassés. Pour moi, Sire, je n'ai d'autre mérite que d'avoir exécuté vos ordres. Vous m'aviez dit d'attaquer une ville et de donner une bataille. J'ai pris l'une et j'ai gagné l'autre. »

Philippe de Chartres reçut son lot de félicitations et de flatteries, bien qu'on lui reprochât parfois son excessive témérité. Il était particulièrement fier d'une lettre que lui avait fait tenir le Roi : « On chante vos louanges partout et je sens une grande joie de la justice qu'on vous rend. On ne peut être plus satisfait que je le suis ; travaillez et agissez de manière que je ne change jamais ; vous ne sauriez me faire un plus grand plaisir. »

Avait-il enfin gagné la confiance et l'affection de son oncle, qui était aussi son beau-père ? Il put légitimement le croire et, fidèle à lui-même, se lança avec frénésie dans une nouvelle saison de ripailles et de fouteries. Il fut toutefois alarmé par la nouvelle que sa mère avait été frappée de petite vérole. Contrainte à une sévère quarantaine, Madame avait renvoyé ses filles d'honneur. Mais ses dames d'atour refusèrent de la quitter et l'accompagnèrent dans une petite maison de Colombes dont Monsieur lui fit cadeau. Écartant les médecins qui la voulaient purger et saigner d'importance, elle se soigna elle-même « à l'allemande », ce qui signifiait que tout en avalant des poudres sudorifiques elle mangea comme à l'accoutumée. Au bout de quelques jours, les boutons qui avaient surgi partout sur son abondante personne disparurent. Toutefois, en séchant, ils creusèrent d'abominables cicatrices. Guérie, la Palatine constata que la maladie lui laissait un étrange visage et s'en ouvrit à ses nombreux correspondants dont Philippe qu'elle prit soin de rassurer. Liselotte s'était déjà résolue à accepter sa nouvelle laideur.

Charleroi enlevée, l'armée prit ses quartiers d'hiver. Le duc de Chartres fut autorisé à rendre son commandement. Chevauchant dans le nord du royaume, Philippe, qui venait tout juste de quitter le fastueux bivouac de M. de Luxembourg, ne manqua pas d'être frappé par le dénuement des paysans dont beaucoup mouraient de faim. À une récolte calamiteuse s'étaient ajoutées une augmentation sans précédent des prix et la charge toujours plus importante de l'impôt qui devait financer la guerre du Roi. Le jeune homme garda longtemps le souvenir de cette misère. Et il n'en éprouva que plus de honte lorsqu'il retrouva le faste du Palais-Royal puis celui de Versailles.

Madame Lucifer – il ne l'appelait plus autrement, même quand elle lui faisait bonne figure – était à nouveau grosse et devait accoucher au bout de l'an. Elle se plaignit de sa sœur qui l'accablait de chicaneries tant elle jalousait son rang. Philippe prêta peu attention à ces futiles récriminations. Mais il savait que la fureur de la duchesse de Bourbon était d'abord dirigée contre sa personne et qu'elle ne cessait d'user de son influence pour le diminuer auprès du Roi, son père.

Devait-il la froideur que lui manifesta Louis XIV aux intrigues de Madame la duchesse ? Bonne nature, il n'osait l'imaginer. Mais il s'offusqua de constater que la faveur du Roi fut injustement distribuée. Luxembourg, maître d'œuvre de la victoire, ne reçut aucune récompense alors que Villeroy, qui avait si piètrement figuré dans la bataille de Neerwinden, fut chaudement accueilli. Le prince de Conti, qui n'avait pas démérité sous la mitraille, dut se contenter de quelques compliments tandis que le duc du Maine, qui s'était tenu à l'arrière, se vit offrir la charge de grand-maître de l'artillerie. Quant à lui, duc de Chartres, il n'obtint rien.

Seule satisfaction, plaidant avec vigueur pour son cher Dubois qui avait chevauché si gaillardement à ses côtés, il parvint à le faire nommer abbé de Saint-Just-en-Chaussée, ce qui lui conférait un bénéfice de dix mille livres.

Pour sa part, la Palatine ne doutait pas que son fils payait d'abord la rancœur de la Maintenon. La « vieille guenipe » (elle l'appelait aussi de temps à autre la « pantocrate ») était rebutée par les débordements de Philippe qui manquait à sa protégée, Françoise Marie, en la trompant avec autant d'allant et sans jamais craindre de l'humilier au su de tous.

Plus finement, le jeune homme, qui ne détestait pas moins que sa mère l'épouse de Louis depuis qu'il lui devait son mariage, pensait en son for intérieur que sa défaveur et celle de Luxembourg s'expliquaient d'abord par la jalousie du Roi. Comme autrefois, lorsque Monsieur, victorieux, avait été fêté avant lui par le peuple, Louis XIV avait conçu du ressentiment quand il lui fut rapporté que les Parisiens les avaient tous deux accueillis en héros. N'avait-on pas chanté dans les rues :

Toute la France repose
Sur la bosse de Luxembourg !

L'amertume du monarque avait été augmentée par le fait qu'il avait renoncé de lui-même à commander l'armée à l'orée de la campagne. Ainsi pouvait-il penser que la gloire lui avait été volée, même s'il était le seul responsable du larcin qui lui avait été fait. Il convenait donc d'abaisser les vainqueurs.

Philippe en conçut un vif sentiment d'injustice. Mais les grâces et les appas des filles de l'Opéra eurent tôt fait de l'apaiser. Il n'avait que dix-neuf ans. La sagesse lui commandait, non point de diminuer ses ambitions, mais de prendre patience et de considérer les honneurs avec la plus grande circonspection. Louis XIV, pris d'un remords tardif, ne lui avait-il pas aussi promis que, si un gouvernement de province venait à vaquer, il en deviendrait le titulaire ?

IX

Une désillusion

1694-1696

Elle s'appelait Florence et était fille de cabaretier. Pourquoi elle et pas une autre fille de l'Académie royale ? Philippe n'aurait su le dire. Elles étaient toutes également jolies et prêtes à bailler leur mistigri contre pécunes sonnantes et trébuchantes.

Florence, qui n'avait que quinze ans, était entrée très tôt dans la carrière de la galanterie comme nombre de ses compagnes du corps de ballet. Entretenue par un greffier de l'hôtel de ville de Paris qui l'avait mise dans ses meubles, son air mutin avait d'emblée ravi le jeune duc de Chartres. C'était sûrement ce reste d'enfance sur sa figure qui l'avait distinguée à ses yeux.

Songeait-il encore à ses vertes amours avec Louise Françoise lorsqu'il l'avait élue ? Était-ce l'image de la petite Mlle de Nantes qu'il cherchait dans les frais minois de ces filles qui se donnaient sans vergogne ?

Bien qu'il n'eût que vingt ans, Philippe était persuadé qu'il n'aimerait plus. Aussi, philosophe sans le savoir, le jeune homme aspirait-il d'abord à des liaisons paisibles qui le détournaient des coups de griffe incessants de Madame Lucifer à laquelle, malgré tout, il offrait ses devoirs d'époux quand elle était disposée à le recevoir. À la fin de l'année 1693, Françoise Marie avait mis au monde une deuxième fille qui, ainsi que son aînée, était destinée tôt ou tard à trépasser. À nouveau grosse, elle affichait désormais cet air morne et dédaigneux qui ne la quittait guère quand, chaque jour, il s'appliquait à paraître devant elle. Mais il savait que, dès qu'elle abandonnait le lit où elle reposait une grande partie de la journée, elle jouait des parties de cartes endiablées avec sa meilleure amie, la duchesse Sforza, au cours desquelles les deux femmes fumaient la pipe, vidaient maints flacons et tombaient ordinairement en ivresse avant la nuit.

Cependant, Philippe devait reconnaître que son épouse, en dépit de ses défauts, ne lui faisait jamais grief des cornes dont il ne cessait de l'affubler.

Conquis par la fausse innocence de Florence, il l'enleva tout à la fois à son greffier et à l'Opéra et l'établit dans une demeure de la rue des Petits-Champs qui se situait à peu de distance du Palais-Royal. Il y trouvait ses aises, loin des aigreurs de son épouse et des médisances de la Cour. Il se surprenait même à apprécier l'esprit simple de sa maîtresse qui ne songeait qu'à le servir et le distraire.

Au mitan de l'année, Chartres se mit en devoir de rejoindre la Flandre où commençait une nouvelle campagne. Mais à l'étape de Maubeuge M. d'Arcy perdit subitement la vie. Philippe pleura cet homme qui avait si souvent surmonté les affronts de l'âge pour le suivre au combat. Il réalisa aussi combien son sous-gouverneur avait été de bon conseil même si sa pruderie naturelle confinait parfois à l'ennui.

Après avoir rendu honneur au marquis, il se remit en route en compagnie de Dubois et retrouva avec joie Luxembourg. Ce fut pour observer avec le génial bossu que l'épuisement des finances royales avait amoindri l'armée. En face, tout au contraire, Guillaume avait renforcé ses troupes.

Conscient de l'infériorité des siens, Louis XIV avait esquissé des manœuvres diplomatiques et même fait porter des paroles de paix aux alliés de la ligue d'Augsbourg. Mais, chattemite, le Roi d'Angleterre acceptait d'une oreille ce qu'il refusait de l'autre.

Cependant, le Roi-Soleil, pour dissimuler tout à la fois la faiblesse de son armée et ménager une possibilité de paix, donna pour instruction de ne conduire qu'une guerre défensive. C'était sans compter sur le caractère entreprenant de Luxembourg. Si le Grand Dauphin commandait en titre l'armée, le vieux maréchal en dirigeait les mouvements et il n'avait nulle intention de se laisser gouverner par Guillaume.

Déguisant son insuffisance, le bossu lança plusieurs opérations audacieuses qui désarçonnèrent l'ennemi et le tinrent dans une permanente inquiétude. Mieux, il bouleversa les plans de l'adversaire qui voulait s'assurer des villes maritimes. En ordonnant une marche de quarante lieues qui fut couverte en seulement quatre jours malgré le franchissement de cinq rivières, il réussit à établir son armée sur l'Escaut, là même où Guillaume entendait se cantonner avant de passer à l'attaque.

Philippe n'en éprouva que plus d'admiration pour le

vieux soldat qui, en enfreignant les ordres du Roi, lui apportait en même temps un nouveau succès.

*

Il revint à Paris au début du mois d'octobre, juste à temps pour voir mourir son deuxième enfant. Ce décès l'affecta plus qu'il ne le pensait. Mais il se désola d'observer que Madame ne semblait nullement affligée de la perte de sa petite-fille et avait reporté sur ce poupon mort à l'âge de dix mois la hargne qu'elle éprouvait pour sa mère.

Au reste, en cet automne, la Palatine était de fort méchante humeur. Elle houspillait ses gens plus que d'habitude et ne supportait plus les marques d'irrespect à son égard dont les familiers de la Cour étaient coutumiers. Il lui arrivait même d'obliger de hauts personnages, hommes ou femmes, à se relever s'ils avaient eu l'impudence de s'asseoir devant elle sans avoir quêté sa permission.

Il n'allait jusqu'aux aspects les plus triviaux pour susciter le courroux de la Palatine. Étant à la chasse à Fontainebleau, elle se plaignit de l'incommodité des lieux où elle logeait et de l'obligation qui lui était faite d'aller se soulager dehors. Philippe avait déjà eu connaissance de ces récriminations que Liselotte ne craignait pas d'exprimer en termes aussi vifs que crus :

« Tout le monde peut nous voir chier ! Il y passe des hommes, des femmes, des filles, des garçons, des abbés et des Suisses ! »

À quoi elle ajoutait cette remarque de bon sens :

« D'autant que je ne chie pas à mon aise quand mon cul ne porte sur rien ! »

La Palatine s'était ouverte de ce sujet à sa chère Sophie de Hanovre à laquelle elle écrivit une longue lettre stercorale dont plusieurs copies circulèrent bientôt dans les Cours européennes[1]. Liselotte, avec esprit, dissertait sur cet inconvénient quotidien qui obligeait les humains, même les plus grands, même les plus délicats, à satisfaire aux nécessités de la nature. Il lui fut répondu par sa tante sur un ton égal et primesautier que dans son « plaisant raisonnement de merde » elle ignorait le plaisir qu'il y avait à déféquer !

Pourtant, ce qui minait par-dessus tout le caractère de Liselotte était la froideur du Roi. Toujours prompte à incriminer sa vieille ennemie, elle était certaine que la Maintenon travaillait à monter Louis contre elle en prenant prétexte des écarts licencieux de Philippe. Pourtant la « pantocrate », si éprise de religion, tolérait d'autres excès jusque dans le plus proche entourage du Roi. Il en allait ainsi du concubinage notoire du Grand Dauphin avec Mlle Choin, une ancienne comédienne qui ne devait son succès qu'à l'extravagante abondance de ses tétons sur lesquels, disait l'héritier du trône, « je peux frapper comme sur des timbales ». Ensemble, ils donnaient de petits soupers au cours desquels les convives se laissaient aller aux gestes les plus inconvenants. Mais, plutôt que d'exiger du souverain qu'il mît fin à ce scandale familial, la Maintenon conseilla au Dauphin d'épouser secrètement, comme elle-même quelques années plus tôt s'était unie à Louis XIV. Quand la nouvelle du mariage fut connue du Roi, celui-

1. L'indiscrétion en revint à la duchesse de Celle, Sophie Dorothée, à qui cette correspondance avait été communiquée par sa belle-mère, Sophie de Hanovre.

ci entra dans une forte colère. Toutefois, la « vieille guenipe » n'eut aucune difficulté à lui remontrer que cette union devant Dieu effaçait la tache du concubinage.

Pour sa part, le duc de Chartres, s'il avait retrouvé sa piquante Florence, dut vider quelques querelles domestiques et amoureuses. Suzanne, une jolie et rusée comédienne avait eu, avant le départ de Philippe à la guerre, quelque raison de penser qu'elle pourrait être distinguée parmi ses autres maîtresses. Émoustillée par la réputation héroïque de son ancien amant – à moins qu'elle ne fût en peine de protecteur –, elle tenta de revenir au premier plan. Aussi employa-t-elle un vilain stratagème pour éloigner Florence. Elle l'accusa d'avoir eu pendant l'absence du prince des bontés pour ce greffier qui l'avait autrefois entretenue. Chartres, qui se souciait peu d'être trompé, ne voulut rien entendre. Mais, puisque Charlotte reparaissait devant lui, il ne manqua pas de la coucher à nouveau dans son lit.

Quant à Florence, qui prenait à l'évidence tant de plaisir à mentir, elle ne fut l'objet d'aucune réprimande et reçut à l'égal de la dénonciatrice son lot de consolations et de caresses.

Cependant, la fin de l'année apporta à Philippe une cruelle nouvelle : le génial bossu, frappé par une attaque d'apoplexie et pris par les poumons, trépassa en quelques jours. Louis XIV, qui ne l'aimait guère, eut pourtant la bonté de faire exception à la règle et autorisa que sa dépouille restât une journée entière dans sa chambre de Versailles avant d'être transportée à Paris pour y être inhumée.

Avec Luxembourg, ce fut une partie de sa glorieuse

jeunesse que Philippe pleura. Le vieux soldat avait été son maître, tant en science militaire qu'en plaisirs !

*

Louis XIV ne dissimulait plus que la conduite tapageuse de son neveu l'irritait au plus haut point. Père bafoué par les mauvaises manières de son gendre, il exprima d'abord sa désapprobation en tardant à nommer un successeur à M. d'Arcy. Puis quand il se décida enfin, il choisit un obscur gentilhomme, le comte de Cayeux, qui n'avait aucun mérite pour veiller sur un fils de France.

Toutefois, le duc de Chartres espérait encore que son oncle respecterait sa promesse de lui donner un gouvernement de province. Le siège de Flandre fut un instant vacant. Philippe, qui avait donné là-bas de si éclatants signes de bravoure, put croire qu'il allait être élu. Il n'en fut rien.

À dire vrai, le plus impatient était Monsieur. Toujours avide d'honneurs, il estimait que la nomination de son fils à une importante charge augmenterait sa propre personne. Aussi, quand on dit que le gouverneur de Bretagne, M. de Chaulnes, devenait trop vieux pour exercer son emploi, le duc d'Orléans se précipita-t-il chez son frère. Rappelant Louis à sa promesse, il lui fit valoir que Philippe était prêt à partir pour Rennes. Mais le monarque avait déjà d'autres vues. Aiguillonné par Mme de Maintenon, il avait décidé de donner ce gouvernement à son fils, le comte de Toulouse, qui était par ailleurs, en dépit de son âge tendre, grand amiral de France depuis fort longtemps.

La colère de Monsieur fut à la hauteur de sa déconvenue. Il tempêta, trépigna et ne s'apaisa que lorsque Louis, de guerre lasse, lui accorda quelques faveurs pour le chevalier de Lorraine et des pécunes pour embellir son domaine de Saint-Cloud.

Philippe, s'il fut déçu, n'en montra rien. Esprit curieux, il se lança à corps perdu dans l'exercice des arts. Déjà rompu à la pratique de la flûte, du clavecin et de la guitare, il apprit à composer sous la direction des meilleurs maîtres dont Marc Antoine Charpentier qui partageait avec lui une prédilection pour l'italianisme. Il donna ainsi au Palais-Royal trois représentations d'un opéra écrit de sa main, *Philomèle*, qui obtint plus qu'un succès d'estime. Mais, résolu à ne point tomber dans l'oisiveté à laquelle on le voulait contraindre, il étudia aussi l'art de la miniature avec Antoine Arlaud et le dessin avec Antoine Coypel à qui il commanda de décorer la grande galerie d'Énée dans la partie du palais qui longeait la rue de Richelieu.

Épris de sciences, Philippe se découvrit également une passion pour la chimie et sa sœur adultérine, l'alchimie. Ce sceptique était paradoxalement attiré par les matières occultes. Il se trouva un guide en la personne du marquis de Feuquières, un cousin du maréchal de Luxembourg. Comme le génial bossu, cet officier avait eu à connaître des geôles de la Bastille au moment de l'affaire des poisons. Mais la Chambre ardente l'avait innocenté. Il n'empêchait que Feuquières était toujours précédé d'une réputation sulfureuse car il était censé avoir encore des accointances avec le monde obscur de la sorcellerie. Il n'en fallait pas plus pour exciter l'imagination de Philippe.

Pressé par ce dernier, le marquis consentit à lui présenter un devin, Borderie de Vennejou, qui affirmait pouvoir communiquer avec les esprits et même parler au Diable.

Sans se rendre compte des dangers qu'il y avait à fréquenter des personnages qui risquaient un jour ou l'autre d'avoir à nouveau affaire à la justice du Roi, le duc de Chartres entreprit de visiter l'antre des sorciers et enchanteurs. Marchands de philtres, guérisseurs, vendeurs d'illusion, ils amusèrent un temps le jeune homme qui, la plupart du temps, voyait clair dans leur charlatanisme. Mais il vint un jour où Borderie de Vennejou lui annonça que le temps était venu d'en appeler à Satan.

La nuit était déjà tombée lorsque Chartres et Feuquières, enveloppés dans de grandes capes noires et coiffés de chapeaux dont le rebord pouvait masquer leurs visages, montèrent dans une calèche dépourvue d'armoiries. Il leur fallut rouler jusqu'aux portes de Paris puis emprunter la route de Vaugirard. Le devin les attendait dans un infâme bouge peuplé de filles et de tire-laines où ils se gardèrent de s'attarder. Ensemble, ils repartirent, le magicien prenant place sur le banc du cocher afin de le guider. Le vent s'était levé et grondait dans les arbres qui bordaient le sentier cahoteux où ils roulaient maintenant. L'unique falot de la voiture projetait des ombres fantastiques sur les frondaisons. Philippe, quoi qu'il en eût, se sentit frissonner. Même s'il ne croyait guère au Diable, il lui semblait qu'il était malgré tout imprudent de le provoquer et sa main se serra plus fort sur le pommeau de son épée.

La calèche s'arrêta en pleine campagne. Borderie de Vennejou les invita à descendre. Malgré la quasi-obscurité où ils étaient plongés, Philippe devina une ouverture sombre dans la paroi rocheuse qui bordait le chemin. À côté gisaient des blocs blanchâtres qui paraissaient avoir été sciés ou taillés. Il comprit qu'il se trouvait à l'orée d'une carrière d'où l'on extrayait de la pierre à plâtre.

Le devin battit le briquet, alluma un flambeau pour chacun d'entre eux et les précéda dans l'entrée qui s'ouvrait dans le roc. Mais, avant de pénétrer plus avant, il se retourna et tendit la main. Philippe sortit de sa manche une bourse bien ronde. Sans un mot, l'autre l'empocha et ils s'avancèrent dans une galerie creusée dans le caillou.

Ils débouchèrent bientôt dans une immense salle éclairée par la lumière tremblotante de plusieurs torches. Au milieu, sur un bloc de pierre, tel un gisant, une forme féminine était allongée. Dès qu'ils s'approchèrent, la silhouette s'anima et se dépouilla du linceul qui la couvrait des pieds à la tête. Elle était désormais nue mais son visage était masqué. Elle avait repris sa pose hiératique. Qui était-elle ? Ses formes lourdes, ses seins opulents portaient les marques de la maturité.

Philippe ne put s'empêcher de penser qu'autrefois la Montespan avait été convaincue de participer à de semblables cérémonies au cours desquelles un prêtre débauché célébrait des messes à rebours sur son giron dénudé. Il avait même été prétendu que des enfançons tout juste nés avaient été sacrifiés… Mais le Roi avait préféré oublier et demandé à son lieutenant de police de clore l'enquête.

Borderie de Vennejou, maintenant revêtu d'une cape étoilée d'argent, se plaça de l'autre côté de cet autel vivant. Et, plaçant une main sur la toison de la femme, le visage dressé vers le plafond, il invoqua Satan dans un galimatias de latin de cuisine et de mots obscurs.

Philippe, debout à côté de Feuquières, eut du mal à réprimer un petit rire tandis que le devin, imperturbable, continuait à presser le Diable de se manifester.

Enfin, du fond de la grotte parvint un bruit. Comme une cascade de cailloux qui ricochaient les uns sur les autres. Puis, toujours à cette extrémité, un feu rougeoya et crépita en projetant des étincelles d'or pendant qu'une odeur de soufre se répandait dans la salle. Borderie s'était agenouillé et arborait la plus grande frayeur. Feuquières, livide, l'avait imité. Alors soudain, il sembla qu'un vent soufflât de mille bouches invisibles. Les flammes des flambeaux s'éteignirent en un instant. Puis ce fut le silence.

« Allons, venez vite ! » murmura le devin.

Ils retournèrent en tâtonnant vers l'entrée de la carrière. L'air vif de la nuit les saisit dès qu'ils sortirent.

« Avez-vous senti son haleine de bouc ? demanda Feuquières en tremblant.

— Certes, répondit Philippe, il pue comme un honnête Diable. Mais il n'est point bavard !

— Son Altesse royale doit comprendre que monseigneur Belzébuth aime à prendre son temps, reprit le devin. Si nous lui faisons l'honneur d'une deuxième visite, je suis certain qu'il s'exprimera à haute et intelligible voix. »

« À condition de te bailler une nouvelle bourse ! » se dit Philippe *in petto*. Et il éclata d'un grand rire qui fit sursauter ses deux compagnons.

*

La guerre l'appelait à nouveau. Mais Luxembourg n'était plus.

Chartres reçut comme l'an passé le commandement de la cavalerie. Toutefois, il conçut les plus grandes alarmes quand il apprit que Villeroy dirigerait l'armée du Nord et qu'il serait secondé par le frileux duc du Maine, nommé lieutenant-général. Louis XIV ne désespérait toujours pas de faire de son fils un grand capitaine bien qu'il eût peu d'aptitude pour le métier des armes. Mais il pensait sans doute que dans le feu de l'action le sang d'Henri IV qui coulait dans ses veines finirait par bouillonner.

Cependant, Philippe n'eut guère le temps de s'inquiéter. À peine arrivé, il fut pris d'une grosse fièvre et dut s'aliter. Madame, alertée par un courrier de l'abbé Dubois, décida de partir sur-le-champ en chaise de poste pour aller soigner elle-même son fils. Toutefois, Monsieur lui remontra qu'il convenait d'attendre qu'on eût des nouvelles supplémentaires avant d'entreprendre ce voyage. Et pour apaiser Liselotte, il envoya à l'armée son premier médecin, Duchesnay.

Le corps envahi de rougeurs et la tête languissante, Philippe se morfondait sous sa tente. La fièvre pourpre[1] avait été décelée. Sur la recommandation de Duchesnay, il lui fut administré des décoctions d'écorce de quinquina. Assez rapidement, et en dépit des éruptions rougeâtres qui marbraient toujours sa peau, le jeune homme ressentit un bien-être et exigea aussitôt de reprendre son service. Les médicastres, arguant de sa trop grande faiblesse, le lui refusèrent.

À Versailles, Madame ne fut qu'à demi rassurée par les nouvelles qu'elle reçut. La fièvre pouvait à

1. La scarlatine.

tout moment réapparaître, une rechute serait à coup sûr fatale. Elle fit irruption dans le cabinet du Roi :

« Sire, je vous en conjure, faites que Philippe soit rappelé !

— Mais êtes-vous certaine, Madame, que votre fils consente à quitter mes armées ? Assurez-vous d'abord de sa volonté et je ferai ensuite tout ce qui pourra vous être agréable ! »

En réalité, Louis savait déjà que Philippe aspirait à reprendre le combat au plus tôt et qu'il avait même pris ses dispositions pour échapper à une éventuelle ambassade de sa mère.

Au début du mois de septembre, Chartres obtint du maréchal Villeroy de commander un escadron qui mit en pièces un corps de dragons autrichiens. Une vingtaine d'officiers ennemis fut contrainte à la reddition et Philippe moissonna du même coup une gerbe d'étendards frappés de l'aigle impériale.

Las, ce nouvel acte de bravoure fut vite oublié. Aux armées, il n'était plus question que de la couardise du duc du Maine qui n'avait pas osé commander une offensive décisive susceptible d'écraser l'ennemi. Ainsi qu'un cheval rétif ou apeuré, il avait au dernier moment refusé l'obstacle. Le fils de la Montespan, s'il jouissait de qualités certaines pour administrer et organiser, n'était décidément pas taillé pour le combat. Toutefois, dans le camp français, personne n'osa informer le Roi de la caponnade de ce prince pour lequel il avait conçu de si grandes espérances. Néanmoins des gazettes hollandaises firent écho à sa mésaventure et la nouvelle courut jusqu'à Versailles.

Louis XIV en tira une singulière leçon : certes, il n'enverrait plus le duc du Maine commander à ses armées mais il empêcherait aussi les autres membres de la famille royale de s'élever plus haut dans la carrière militaire. Il en résultait que Philippe paierait à l'avenir pour la poltronnerie de son beau-frère.

*

D'autres nuages vinrent assombrir le ciel du duc de Chartres. À son retour de l'armée, Feuquières lui apprit que Borderie de Vennejou avait été serré à la Bastille sur ordre du lieutenant de police. Le devin, soumis à la question ordinaire, avait déjà beaucoup parlé et livré à la curiosité des magistrats nombre de sorcières et fabricants de philtres de sa connaissance. Beaucoup d'entre eux avaient été arrêtés et placés au secret.

Était-ce le début d'une nouvelle affaire des poisons ?

La Cour bruissait. Mais Louis XIV gardait le silence. Il se disait pourtant, comme quinze ans plus tôt, que des personnes de qualité entretenaient un commerce coupable avec cette obscure société et que certaines d'entre elles auraient même tenté par ce biais d'attenter à la personne du Roi en empoisonnant ses vêtements.

L'inquiétude gagna le Palais-Royal. Monsieur revint affolé de Marly où séjournait son frère. Sur une lettre saisie chez une sorcière, il était fait mention du duc de Chartres. La rumeur allant bon train, on prétendit même un peu plus tard que des courriers portant la signature du fils du duc d'Orléans avaient été trouvés chez cette magicienne.

La Palatine, hors d'elle, s'arrachait les cheveux. Son fils était compromis, son fils était perdu !

Fallait-il implorer le Roi ? Mais, rétorqua aussitôt

Monsieur, ce serait reconnaître par là même la culpabilité de Philippe. Pour sa part, il faisait confiance à la sagesse de son frère. Jamais Louis ne pourrait accepter qu'un fils de France, son propre neveu, fût entendu par la justice. Quant à une mise en accusation, elle était tout simplement inimaginable tant le Roi s'appliquait à préserver l'honneur de sa famille.

Cela ne suffit point à effacer les alarmes de Madame. Certes Philippe ne serait jamais conduit à s'asseoir sur la sellette mais il en était fini de ses rêves de grandeur. Aux yeux de Louis, le duc de Chartres serait pour l'éternité affligé de cette tache d'infamie. Et la Maintenon ne serait pas la dernière à convaincre son royal époux que son neveu devait désormais être écarté des affaires de l'État et relégué à des emplois subalternes.

Philippe, instruit des soupçons qui pesaient contre lui, feignit d'abord de s'en moquer. Il savait bien, lui, qu'il n'était aucunement coupable. Certes, son insatiable curiosité l'avait poussé à fréquenter des maisons douteuses. Mais il n'avait donné dans aucun complot et n'avait jamais imaginé se procurer ces philtres d'amour et de mort dont on faisait si grand cas à la Cour. Et si, par une nuit venteuse, il s'était aventuré à rencontrer le Diable, il n'avait retiré de cette expérience qu'une intense envie de rire tant la charlatanerie lui avait paru patente.

Toutefois, peu à peu, il comprit que l'affaire était plus sérieuse qu'il ne le pensait. On s'écartait sur son passage, on semblait ne pas le voir. Et même sur le visage de ses plus proches amis, il lisait des marques de défiance ou de reproche. Il s'en était ouvert franchement à Saint-Simon qui lui avait dit tout de go qu'il avait eu grand tort d'avoir des attaches avec M. de Feuquières.

« C'est le plus méchant homme qui soit sous le ciel. Il se plaît au mal pour le mal ! »

Philippe devait pourtant reconnaître que le cousin du génial bossu lui était surtout apparu comme un personnage crédule dont les esprits étaient quelque peu embrouillés. Naïf, avait-il été lui-même le jouet de cet illuminé ?

Mais sa grande inquiétude vint d'un terrible mot du Roi qu'on lui rapporta : « Monsieur mon neveu est un fanfaron de crimes[1] ! »

La conséquence ne se fit pas attendre. Alors que se préparait la prochaine campagne, le duc de Chartres fut informé qu'il ne jouirait d'aucun commandement.

Il se rappela alors le conte de la septième fée que lui avait narré autrefois sa mère. Ainsi, il ne lui servait de rien de se conduire avec bravoure sur les champs de bataille, d'accumuler plus de connaissances qu'aucun autre enfant de France n'en eût jamais, puisque la septième fée s'appliquait à ruiner le bénéfice de toutes ses qualités.

En ces temps difficiles, sa consolation vint d'une charmante enfant qu'il rencontra au théâtre. Mais il n'agit pas seulement par dépit. Pour la première fois de sa vie d'homme, il fut touché par la flèche de l'amour. Elle s'appelait Charlotte Desmares et, actrice elle-même, elle était la nièce de la grande tragédienne Champmeslé, maîtresse de Racine et son interprète favorite.

---

1. « Crime », dans l'acception du XVIIe siècle, signifie seulement un acte offensant contraire à la morale commune.

Délicate et savante, Charlotte était aussi d'une grande beauté. Philippe tomba aussitôt sous son charme dès qu'il la connut. Mais, au rebours de la plupart de ses camarades de scène, elle passait pour vertueuse. Cependant pourrait-elle résister longtemps aux avances d'un « petit-fils de France » ?

Elle succomba donc. Mais elle ne rendit pas tout à fait les armes. Orgueilleuse et réservée, la jeune actrice n'était pas de celles qui se vendent. Et si elle se donna, la cupidité n'y eut aucune part, mais bien plutôt un tendre sentiment qui ressemblait à l'amour.

Charlotte en offrit une preuve charmante un jour où Philippe voulut lui acheter une magnifique parure de diamants.

« Donnez-moi moitié moins, dit-elle à son amant. Cela me suffira pour acheter une petite maison lorsque vous cesserez de m'aimer ! »

Il n'en fallut pas plus pour que le cœur de Chartres fondît.

*

Louis XIV, si respectueux de l'étiquette et des convenances, veilla cependant à ce que son neveu fût tenu de participer à la vie de la Cour sans qu'il y parût. Ainsi, comme par le passé, Philippe continuait à être admis à la table du Roi et à occuper son rang dans toutes les cérémonies officielles. Mais dorénavant, il lui semblait que Louis, même quand il portait les yeux sur lui, ne le voyait pas.

Cette attitude avait forcément rejailli sur Madame. Alors que Philippe affichait une belle indifférence tant il méprisait l'esprit de Cour et quittait cette société dès qu'il le pouvait, sa mère ressentait chaque manquement comme une nouvelle épine plantée dans son séant. Toute à son ressentiment, elle s'en ouvrit à Monsieur qui n'y pouvait pourtant mais :

« On me traite de façon impolie et on me fait attendre une demi-heure à la porte de l'appartement du Roi alors que les bâtards et vous-même y êtes déjà assemblés ! Et quand enfin, on me donne l'entrée, Madame Conne[1] quitte aussitôt les lieux.

— C'est qu'elle vient sans doute d'avoir communication de l'une de vos charmantes lettres à votre tante où vous l'épicez à votre façon ! » répondit le duc d'Orléans en riant.

Liselotte fronça les sourcils.

« Il me semble que lorsqu'on diminue votre épouse, votre dignité est aussi écornée ! »

Cette philippique ne sembla guère l'atteindre. Liselotte en savait la raison. Monsieur avait reçu les confidences de son frère qui, besognant pour conclure une paix honorable avec les conjurés de la ligue d'Augsbourg, avait préalablement entrepris de se rapprocher de la maison de Savoie afin de l'en détacher de ses ennemis. Pour parfaire cette nouvelle alliance, Louis XIV, fervent partisan de la politique matrimoniale comme tous ses contemporains, avait envisagé une union entre le fils du Grand Dauphin, le duc de Bourgogne, et la princesse Marie-Adélaïde de Savoie.

Ce projet occupait le duc d'Orléans et le ravissait : l'élue n'était autre que sa petite-fille, issue de son premier mariage avec Henriette d'Angleterre. Lui, si attaché aux vertus lignagères, y voyait une raison de

1. La marquise de Maintenon.

se dithyramber. Si cette union se réalisait, la branche cadette qu'il représentait reviendrait au premier plan dans l'ordre de succession et la petite Marie-Adélaïde serait peut-être un jour Reine de France.

*

Philippe ne refusait jamais à Charlotte ce qu'il offrait par ailleurs à Florence. Épris de paix, il espérait ainsi tenir à distance ses maîtresses qui étaient aussi batailleuses l'une que l'autre. Cet esprit de justice ne tarda pas à donner des fruits : il advint que les deux femmes furent simultanément grosses. Entre-temps, Madame Lucifer avait mis au monde Marie Louise Élisabeth.

Le duc de Chartres fut vite entiché de ce poupon rose qui montra d'emblée un vif appétit de vivre. Lorsqu'il visitait son épouse, il ne manquait jamais de s'attarder près du berceau de sa fille et adressait maints compliments aux nourrices qui la veillaient.

Nullement amolli par la paternité, il usait de son oisiveté forcée pour se perfectionner dans les arts. On le voyait ainsi planter son chevalet dans les jardins de Versailles ou de Saint-Cloud où il travaillait sur le motif les paysages qui serviraient plus tard à orner les scènes mythologiques qu'il affectionnait.

Il arrivait parfois à Dubois de l'accompagner dans ces déplacements bucoliques. L'abbé, plus que son ancien pupille, souffrait de la retraite qui avait été imposée à Chartres et limitait donc ses propres prétentions. Philippe savait qu'il balançait et s'amusait à le piquer :

« Monsieur l'abbé, pourquoi vous obstinez-vous à demeurer auprès d'un prince en disgrâce ? Vos qualités, qui ne sont pas menues, ne devraient-elles pas s'illustrer au service d'un puissant personnage ?

— Il se trouve, Votre Altesse royale, que j'ai la faiblesse de vous aimer…

— Allons l'abbé, je n'entends point ce langage qui sent la sacristie. Vous êtes taillé pour les plus grandes ambitions.

— Mais qui vous dit qu'en restant auprès de vous, je ne pourrais point les satisfaire un jour ou l'autre ?

— Vous flagornez, Dubois. Je suis au plus bas et seul Louis pourrait redorer mon blason.

— Le Roi ne vous hait point.

— Je vous crois. Mais il y a dans son entourage des personnes dont la haine est contagieuse. Je connais mes ennemis. Jamais ils ne me lâcheront. »

Philippe trempa son pinceau dans un jaune vif, le mélangea sur la palette avec un blanc de céruse. Devant lui, sur un piédestal, une Diane bandant son arc dorait sa nudité sous les feux d'un soleil matinal.

« Éloignez-vous de moi, Dubois, je sens le fagot. Ne vous accuse-t-on pas déjà de me pourvoir en filles légères ? Et même de partager avec moi les charmes de ces créatures !

— Si c'est arrivé, je n'en ai point usé avant que vous n'ayez vous-même été servi… »

Philippe éclata de rire.

« Je reconnais bien là vos manières de chattemite… Mais votre devoir n'aurait-il pas été de goûter les plats avant moi, afin de m'éviter tout désagrément ? »

L'abbé ébaucha un sourire. Chartres reprit avec une grimace :

« L'action me manque, l'abbé. Il me semble que l'Histoire s'écrit sans moi. »

Dubois toussota, se pinça le bout du nez qu'il avait fort long et dit à voix basse, comme s'il avait peur d'être entendu :

« Monseigneur, si je voulais donner une bonne raison de continuer à vous servir, je vous parlerais de l'Espagne… »

Interloqué, Philippe reposa son pinceau tandis que l'abbé poursuivit :

« Le Roi Charles II menace de mourir…

— Il était à peine né qu'on le disait mourant. Mais jusqu'ici, sa mauvaise santé a eu raison de toutes les médecines.

— Soit ! Cependant, d'après ce que je sais, la fin approche.

— Auriez-vous des mouches à la cour d'Espagne ?

— Mme des Ursins, qui m'honore de sa confiance, se tient très informée des affaires espagnoles. Depuis qu'elle a renoncé à devenir la première dame de votre épouse, elle a des vues sur Madrid où elle s'est accommodée avec le cardinal Portocarrero. »

Chartres n'ignorait rien de la question espagnole. Bien qu'il ne fût âgé que d'une petite trentaine d'années, Charles II affichait déjà tous les signes de la sénilité et, selon toute vraisemblance, n'aurait jamais de descendant.

« Quand il viendra à trépasser, sa succession fera l'objet des plus grandes convoitises… Votre père, fils d'Anne d'Autriche, et vous-même son petit-fils, pourriez autant que d'autres aspirer à monter sur le trône espagnol.

— Il faudrait que Louis y consente…

— … Ou que d'autres Grands de ce monde acquiescent à ce projet. Si c'était le cas, il ne serait pas indifférent à ces monarques de considérer que vous êtes en butte à la désaffection de votre oncle !

— Et pourquoi donc ?

— Parce qu'ils sont hantés par l'idée de voir un jour le royaume de France s'unir à celui d'Espagne sous l'autorité d'un seul monarque. »

Philippe sourit.

« Vous me conseillez donc d'agir en sorte de prolonger ma disgrâce… Et même d'en exagérer les effets ! »

L'abbé ne répondit pas. Chartres, rêveur, ajouta :

« Et si cet important projet venait à prendre quelque consistance, sauriez-vous être mon ambassadeur auprès de ces souverains ?

— Depuis que je sers Votre Altesse, je me suis toujours attaché à lui être utile dans les petites comme dans les grandes choses ! »

*

Philippe, instruit de façon si subtile par l'abbé Dubois, ne négligea aucun moyen pour exacerber le ressentiment de Louis XIV et donc la détestation de Mme de Maintenon à son égard. Aussi décida-t-il de ne paraître à Versailles qu'en fonction de son bon vouloir. Il savait que son oncle, si attaché à montrer en toute occasion que sa famille était rassemblée autour de lui, ne manquerait pas d'être irrité par ses absences. Si Chartres ne se trouvait pas à sa table ou dédaignait d'être présent à son lever ou son coucher, c'était qu'il était encore occupé à quelque saturnale.

Madame, elle-même, s'affligeait de voir son fils ruiner avec tant d'application sa réputation en compagnie de drôlesses qui sentaient encore le ruisseau.

« Vous allez chez les filles, comme on va à la chaise percée.

— Eh quoi ! Madame, voudriez-vous aussi que je les aime ? Et que je perde mon temps en galanteries ? Ces créatures sont de franches ribaudes qui, sans cérémonie, vendent leur cul pour ce qu'il vaut !

— Brisons là ! Je ne désire pas en savoir plus. »

Mais Philippe était lancé et continua gaiement :

« Et peu m'importe leur figure ! Il leur faut pour me plaire qu'elles mangent et boivent bravement. Et surtout qu'elles soient bien effrontées !

— Il suffit, Philippe ! »

Il la regarda, moqueur.

« Préféreriez-vous que mes goûts fussent du genre italien, comme on en use dans cette maison ? »

Cette allusion aux mœurs de Monsieur laissa Liselotte un instant coite. Mais elle ne tarda pas à répliquer :

« Cet exemple détestable ne doit pas vous servir de prétexte pour vous livrer à ces débauches qui excèdent le Roi et nuisent à votre renommée !

— Il me semble que mon oncle oublie bien vite qu'il fut un temps où lui-même troussait toutes les femmes qui avaient l'heur de lui plaire… »

Malgré son habituelle faconde, la Palatine ne sut que répondre. Si, en son for intérieur, elle désapprouvait la conduite tapageuse de son fils, elle ne pouvait que se réjouir des humiliations qu'il infligeait à son épouse tant parce qu'elle était une bâtarde que parce qu'elle jouissait de la protection de la « pantocrate ». Cependant, elle ne pouvait le confesser aussi crûment à son fils. Même si ce dernier n'ignorait rien de la haine qu'elle vouait à l'épouse morganatique de Louis XIV.

N'avait-il pas vu sa mère rire aux éclats lorsqu'on lui avait chanté un petit couplet de Noël qui circulait clandestinement à Versailles et figurait le Roi pénétrant dans la crèche :

Le Grand Louis s'avance
Avec la Maintenon,
Faisant la révérence.
Il a dit au poupon :
« Avec la Montespan,
J'ai commis des offenses,
J'ai péché tout de bon,
Don, don
Mais avec celle-là
La la
Je fais ma pénitence ! »

L'ami Saint-Simon trouva aussi à redire aux mœurs débridées de son ami. Ce petit duc, toujours prompt à défendre l'ordre établi et la hiérarchie sociale, regrettait que Philippe s'encanaillât avec une telle assiduité. Mais pour lui, volontiers confit en dévotion, il y avait peut-être pire : son ami d'enfance n'hésitait plus à se ranger du côté des « esprits forts » qui raillaient la religion et se moquaient ouvertement des grandes querelles théologiques qui agitaient le monde ecclésiastique. Foin de quiétisme ou de jansénisme, pensaient ceux-là, la vraie vie ne s'embarrasse pas de ces vaines controverses !

Toutefois, Philippe feignait et s'amusait à donner le change. Ainsi, à Noël, Saint-Simon fut étonné d'observer la piété de son ami qui, au côté du Roi, le visage plongé dans son livre de prières, subit sans sourciller les trois messes de minuit. Et comme il demandait ensuite à Chartres s'il avait été soudainement touché par la foi, celui-ci éclata de rire : il avait dissimulé dans son bréviaire un tome du *Quart Livre* de Rabelais dont l'excitante lecture lui avait épargné l'ennui des trois offices consécutifs.

Pour autant, il y avait dans le comportement de Philippe une part d'artifice. Ses débordements n'empêchaient pas qu'il se penchât souvent avec sérieux sur les affaires de la succession d'Espagne. En compagnie de Dubois, il lisait des traités et démêlait l'écheveau des arbres généalogiques des lignées autrichiennes, espagnoles et françaises. Louis XIV et l'Empereur Léopold avaient tous deux épousé des Infantes, filles de Philippe IV[1]. Mais à la génération précédente, il en avait été de même pour Louis XIII et l'Empereur Ferdinand qui s'étaient chacun unis à une fille de Philippe II. Par sa grand-mère Anne d'Autriche, Chartres se trouvait donc être l'arrière-petit-fils de ce monarque et, selon l'abbé, n'avait pas moins de droits que d'autres à revendiquer le fabuleux héritage des Habsbourg d'Espagne qui, depuis Madrid, régnaient aussi sur les Pays-Bas espagnols, les Deux-Siciles, le Milanais, le Pérou, le Mexique et les Grandes Indes.

Rêvait-il ? Philippe, sans jamais se départir d'un maintien modeste qui ne laissait aucune part à la vanité, sentait en lui la capacité d'occuper un jour la première place. Mais seul Dubois avait pénétré l'intensité de cette ambition.

1. Et donc sœurs du Roi d'Espagne Charles II.

X

Une grande espérance

1697-1700

C'était une petite personne gracieuse qui enchanta la Cour dès qu'elle y parut. À commencer par le Roi qui fut tout de suite entiché de cette princesse de douze ans.

Marie-Adélaïde de Savoie, fiancée du duc de Bourgogne, était arrivée en France plusieurs mois avant son mariage qui devait être célébré en septembre. Il avait été en effet décidé que la petite-fille de Monsieur aurait ainsi le temps de s'acclimater aux mœurs françaises et d'apprendre les usages de la Cour.

Les Orléans espérèrent un instant que cet apprentissage leur reviendrait. Mais rapidement, Mme de Maintenon s'imposa. Cela lui fut d'autant plus aisé que Louis XIV, affriolé par cette poupée tout en fraîcheur et vivacité, se plut à découvrir l'art d'être grand-père, usurpant par là même le rôle de son frère. Liselotte en conçut d'emblée une grande contrariété et rageait de constater que le Roi accordait les plus grandes privautés à la fiancée de son petit-fils. Ainsi Marie-Adélaïde pouvait à tout moment sauter sur ses genoux, pénétrer dans son cabinet où elle fouillait sans vergogne dans ses papiers et jouer à la poupée dans les jupes de la Maintenon qui l'accablait de cajoleries.

Les mois passant, la petite duchesse de Bourgogne, qui ne craignait pas le courroux du Roi, en prit encore plus à son aise. On la vit sauter sur sa chaise ou les tables comme une guenon, produire des grimaces plus hideuses les unes que les autres et arracher des mains des convives des morceaux de faisan ou de poulet avant de tremper ses doigts dans les sauces.

Mais la contrariété de Madame venait d'encore plus loin. Dès que le mariage serait célébré, la Palatine perdrait le premier rang qui était le sien depuis la mort de la Dauphine. L'idée de devoir passer derrière cette petite mijaurée lui était insupportable. Et Monsieur, bien que Marie-Adélaïde fût sa petite-fille, n'était pas loin de partager la rancœur de son épouse.

Philippe, qui se moquait bien de ces affaires de préséance et trouvait que l'espiègle gamine contribuait à égayer une Cour bien compassée, observait d'abord que la politique de Louis XIV portait ses fruits. La Savoie, grâce à ce mariage et l'octroi d'une dot considérable, avait rompu avec les conjurés de la ligue d'Augsbourg. Cette désertion augurait de la signature prochaine de la paix. De part et d'autre, après neuf années de guerre, les armées étaient épuisées et les caisses vides. Et si l'on se battait encore dans les Flandres, c'était presque par désœuvrement. Il en allait autrement au Sud. Vendôme, à l'égal de son aïeul Henri IV, se couvrit de gloire en s'emparant de Barcelone. Chartres, bien qu'il ne fût pas accessible à la jalousie, fut dépité : que n'avait-il été envoyé combattre là-bas avec sa cavalerie ? Sous le drapeau royal, il aurait lui aussi prouvé une nouvelle fois sa bravoure et son intrépidité.

Ce dernier événement précipita la conclusion des pourparlers de paix. La négociation finale se tint en septembre à Ryswick en Hollande sous les auspices de la Suède. Grâce à la prise de Barcelone, les envoyés de Louis XIV se trouvaient en position de force. Contre la restitution de la capitale de la Catalogne et de la Lorraine, la France garda Strasbourg. En revanche, Guillaume III fut définitivement reconnu comme Roi d'Angleterre et Madrid obtint de recouvrer quelques-unes de ses places des Pays-Bas. Quant à l'Empereur, qui signa le traité un mois et demi plus tard, il régnerait à nouveau sur les villes du Palatinat.

Mais dans toutes les Cours européennes, on savait cette paix fragile tant que la question de la succession d'Espagne ne serait pas tranchée. Chacun s'y préparait. Alors qu'à Madrid, Charles II, terrifié par sa fin prochaine et persuadé d'être possédé par des légions de démons, s'entourait d'exorcistes et d'inquisiteurs fanatiques, émissaires, espions et ambassadeurs travaillaient à recruter parmi les Grands d'Espagne des partisans susceptibles de soutenir la candidature de leur champion.

À Versailles, on oublia quelques jours cette affaire lancinante afin de procéder au mariage de Marie-Adélaïde de Savoie avec le Petit Dauphin. Louis XIV, qui venait de gagner la paix, voulut que la célébration de cette union fût d'abord une manifestation éclatante de sa grandeur. Il exigea donc de ses parents et des familiers de la Cour qu'ils fussent vêtus de la façon la plus somptueuse. Ce fut un ruissellement de broderies d'or et d'argent au milieu desquelles diamants et pierres précieuses jetèrent leurs feux.

Philippe, habillé d'un justaucorps de velours gris rehaussé de perles, traîna son ennui dans cette société dont la magnificence lui sembla aussi futile que vaine. Cependant, quatre jours après la cérémonie, il ne put s'abstenir de paraître au bal qui, selon la volonté du Roi, devait être le plus fastueux de son règne. Il fut donné dans la Grande Galerie du château qui, pour l'occasion, était illuminée par soixante-quatre girandoles montées sur des guéridons dorés et huit grandes pyramides hérissées chacune de cent cinquante bougies plantées dans des flambeaux d'argent.

Les violons avaient à peine commencé à jouer qu'elle se présenta devant lui et lui tendit sa main. Madame la duchesse, comme on l'appelait à la Cour. La petite Mlle de Nantes d'antan qui avait enchanté son enfance et qui, plus tard, en se donnant à lui au cours d'une unique journée, lui avait procuré d'ineffables voluptés. Il y avait du défi dans le regard de la jeune femme. Philippe savait qu'il avait devant lui sa plus grande ennemie.

On les observait avec une curiosité malsaine. Il ne put ignorer plus longtemps la main qui lui était offerte. Il entraîna Louise Françoise dans un menuet. Malgré lui, il frissonna lorsque les premières figures les conduisirent à se frôler. Il n'était jusqu'à la pression de sa main dans la sienne pour l'émouvoir. La duchesse, dans sa jeune maturité, n'avait rien perdu de son charme. Et d'après ce qu'il pouvait en juger, son corps, qui n'avait guère souffert de ses maternités, semblait toujours aussi appétissant. En témoignaient les deux globes blancs de ses tétons qui ne demandaient qu'à s'échapper de son décolleté.

« Monsieur, siffla la belle lorsqu'ils se croisèrent, il

m'est revenu que vos continuelles dissipations exaspèrent au plus haut point le Roi.

— Est-il plus magnanime quand on lui rapporte vos fredaines avec le prince de Conti ? »

Les yeux de Louise Françoise devinrent des fentes. Une chatte prête à griffer. Elle n'en était que plus désirable, songea Philippe à regret. Au mouvement suivant, elle approcha son visage du sien.

« Ma sœur sait que lors de vos débordements vous ne l'appelez que “Madame Lucifer”…

— Le Diable vous est donc apparenté. Mais je n'en ai jamais douté. »

Une nouvelle fois, la danse les éloigna l'un de l'autre. Quand ils se retrouvèrent face à face, elle lui lança :

« Il me semble pourtant que c'est vous qui aspirez à fréquenter Belzébuth au cours de cérémonies honteuses.

— Et j'ai rêvé, je l'avoue, que vous étiez cette femme nue et masquée qui m'est apparue cette nuit-là sur un autel de pierre ! »

De colère, elle lâcha sa main. Et, avant qu'elle ne lui tournât le dos, il eut encore le temps de lui dire en souriant :

« Après tout, vous n'auriez eu qu'à suivre l'exemple de madame votre mère ! »

*

L'époque était décidément matrimoniale. Il était désormais question de marier la sœur de Philippe, Mademoiselle. Élisabeth-Charlotte allait sur ses vingt et un ans et Madame redoutait de la voir un jour coiffer sainte Catherine. Ses craintes étaient d'autant plus réelles que le nombre des partis honorables diminuait dangereusement. Le Roi d'Angleterre, en qui elle avait vu un instant un gendre prestigieux, avait choisi d'épouser une princesse danoise. Le Roi des Romains, fils de Léopold et futur Joseph Ier, devait s'unir à la seconde princesse de Savoie tandis que le duc de Lorraine, qui venait tout juste de rentrer dans ses États à la suite de la paix de Ryswick, était promis à une fille de l'Empereur. Mais ce dont avait surtout peur la Palatine était que le Roi, imposant une nouvelle fois sa volonté à son frère, décidât de donner Mademoiselle au cadet de ses bâtards, le comte de Toulouse, qu'elle n'appelait jamais dans ses lettres que « crotte de souris » ou « le petit puant » !

Toutefois, il advint que le projet de mariage du duc de Lorraine avec la fille de l'Empereur fut abandonné. Certes, une union avec ce prince serait moins glorieuse qu'une alliance avec un souverain, mais il n'y avait aucune bâtardise dans l'ascendance du duc. Madame ne fit donc pas très longtemps la fine bouche. Et lorsque le comte de Couvonges, après avoir été reçu en audience par le Roi, vint demander au nom de son maître, Léopold, duc de Lorraine et de Bar, la main de Mademoiselle, tant Monsieur que Madame acquiescèrent au plus vite. Le danger Toulouse était écarté. Cependant, il fut décidé que le mariage ne serait célébré qu'à la fin de l'été 1698 car le duc devait auparavant procéder à la restauration de son palais de Nancy, dévasté par la guerre.

La Palatine était rassurée. Mais son cœur de mère s'alarmait : ce Lorraine, dont on lui avait présenté un portrait, n'était guère séduisant. En outre, il se disait que le duc, malgré ses dix-huit ans, était exagérément membré. Élisabeth-Charlotte supporterait-elle de subir une aussi monstrueuse effraction[1] ? Ses organes de la génération ne risquaient-ils pas d'être estropiés ? Monsieur mais aussi Philippe tentèrent de l'apaiser en lui remontrant que la nature était inventive et que les vases les plus étroits trouvaient à s'adapter aux instruments les plus volumineux. Mais la pauvre et naïve Liselotte trembla pour sa fille jusqu'au moment où celle-ci lui confia dans une première lettre envoyée de Lorraine que sa nuit de noces n'avait produit que d'heureux effets tant dans son corps que dans son esprit.

*

Florence donna naissance à un fils au mois d'avril 1698. Louis XIV, qui ne tarda pas à en être informé, refusa par égard pour sa fille que le petit Charles soit légitimé par Chartres. Aussi le garçon fut-il confié à un vieux serviteur de la maison d'Orléans qui l'éleva comme son enfant[2]. Quatre mois plus tard, Françoise Marie accoucha à son tour et mit au monde la deuxième fille de Philippe, Louise Adélaïde.

Le jeune homme dissimula sa déception de ne pas avoir un enfant mâle et, bravement, entreprit à nouveau de partager la couche de « Madame Lucifer » qui

---

1. Si la particularité ithyphallique du duc de Lorraine est avérée, il semble que la fille de Madame n'en ait nullement souffert et qu'elle ait au contraire trouvé beaucoup d'agrément dans la fréquentation physique de son époux. Élisabeth-Charlotte et Léopold donnèrent même l'exemple assez rare d'un couple princier uni et amoureux.

2. Futur cardinal Saint-Albin.

montrait pourtant toujours aussi peu d'appétence au commerce amoureux et abusait de ses prétendus états migraineux pour se soustraire au devoir dynastique.

Philippe n'en éprouva que peu de contrariété car il n'avait désormais d'yeux que pour une nouvelle venue parmi les filles d'honneur de Madame.

Marie Louise de La Bussière de Séry était la fille d'un marquis et ancien diplomate établi à Rouen. D'emblée, l'arrivée au Palais-Royal de cette jolie brune au visage mutin avait piqué la curiosité de Chartres. Comme il aimait à badiner parmi le bouquet de charmantes personnes du sexe qui servaient sa mère, il afficha aussitôt un vif intérêt pour Mlle de Séry. Mais, lorsqu'il se fit pressant, elle le repoussa avec fermeté : la rose cachait de redoutables épines. Liselotte, qui avait suivi le manège de son fils, s'en amusa.

Philippe, accoutumé à butiner dans une tribu de comédiennes où l'on n'était guère farouches, éprouva de l'humeur à se voir ainsi repoussé. Il n'en montra que plus d'ardeur à tenter de vaincre les défenses de la belle. Elle se moqua. Il insista. Elle résistait toujours.

Cette guerre de siège dura plusieurs mois. L'entourage de Madame ne manqua pas de s'étonner. La persévérance de Philippe, habitué aux assauts les plus rapides, ne lui ressemblait point. Le jeune homme en vint même, tel un tourtereau tout juste éclos, à composer des vers pour son inaccessible donzelle.

Quand on a dépeint la beauté,
On n'a jamais représenté
Que vous, Philis.

Bientôt, un terrible soupçon courut dans cette société galante : Chartres était amoureux !

Liselotte, qui savait pourtant de quels feux son fils avait autrefois brûlé pour Mlle de Nantes, fut elle-même décontenancée. Philippe, tout à sa belle attaché, en négligeait de visiter ses autres maîtresses. Florence ne le voyait plus qu'à la dérobée. Et c'était à peine s'il daignait encore distribuer quelques caresses distraites à Charlotte.

D'un naturel inquiet, la Palatine balançait : devait-elle renvoyer Mlle de Séry qui prenait dorénavant une si grande place dans le cœur de Philippe ? Ou devait-elle au contraire se réjouir de constater que l'amour avait enfin assagi son fils ? Elle s'interrogeait aussi sur le jeu de sa demoiselle d'honneur. Fine mouche, ne se dérobait-elle que pour mieux hameçonner Philippe et tirer ensuite durablement profit de sa conquête ?

Dans l'indécision, Madame se résolut à demeurer vigilante.

*

Chartres, aussi énamouré qu'il fût, n'en oubliait pas pour autant la grande affaire qui occupait l'essentiel de ses conversations avec l'abbé Dubois. Malgré l'éloignement que lui imposait Louis XIV, il s'efforçait à décrypter les desseins secrets de son oncle. Son ancien précepteur l'y aidait. Depuis qu'il avait joué un si grand rôle dans la conclusion de son mariage avec Mlle de Blois, Dubois avait gardé l'oreille du Roi et la confiance de la Maintenon.

Louis XIV était d'abord attaché à sauvegarder la paix. Il fallait donc éviter à tout prix que la question de la succession d'Espagne ne débouchât sur une nouvelle guerre qui embraserait le continent. La sagesse n'imposait-elle pas que, pour satisfaire les convoitises des uns et des autres, on convînt d'un partage de l'héritage espagnol au lendemain de la mort de Charles II ?

La clef d'un tel arrangement se trouvait peut-être à Londres. Guillaume III, enfin reconnu comme Roi d'Angleterre, serait le meilleur avocat d'une telle solution. Désirant ne point contribuer à un accroissement excessif de son ancien allié, la maison d'Autriche, il serait tout autant hostile à un agrandissement de la France. Ne pouvait-il, en conséquence, être l'arbitre qui présiderait au dépeçage de l'Empire madrilène ?

Louis XIV avait donc décidé de se concilier Guillaume. Et pour commencer, il entreprit d'envoyer une ambassade à Londres. Il confia cette mission au maréchal Tallard. Cependant, Dubois, qui avait fait valoir ses talents de négociateur auprès de la Maintenon, obtint d'accompagner le diplomate. Quand il apprit la nouvelle de la bouche même de l'abbé, Philippe se prit à espérer : son oncle s'était sans doute enfin résolu à plaider la cause de la maison d'Orléans dans l'accession au trône d'Espagne.

Il s'en ouvrit à son père. Monsieur se trouvait alors sous la férule d'un nouveau favori qui le dépouillait avec application. S'arrachant un instant aux charmes ambigus de son amant, il prêta toutefois l'oreille à son fils. Mais ce fut aussitôt pour le dessiller : Louis feignait. Et si, lors de la signature du traité de Ryswick, il avait promis de renoncer personnellement à l'héritage espagnol auquel il aurait pu légitimement prétendre, Monsieur était persuadé qu'il pousserait l'un de ses descendants directs, vraisemblablement l'un ou l'autre de ses petits-fils. Mais il n'entreprendrait rien en faveur des Orléans.

Néanmoins, Philippe ne douta pas que l'habile Dubois travaillerait à instiller auprès des Anglais l'idée que la branche cadette de France saurait fournir une solution à l'épineuse question espagnole.

*

Enfin elle se rendit.

Marie Louise, si elle était encore pucelle lorsqu'il la prit, s'abandonna avec volupté et usa même avec esprit de quelques-uns des artifices d'une amante avertie pour le satisfaire. Mais elle prit soin de mêler à ces attentions une grâce d'ingénue qui ravit Philippe.

Son corps, dont il se languissait depuis si longtemps, ne déçut aucune de ses promesses. Gracile mais adorablement charnu quant à ses principaux appas, il était paré du plus délicat des ivoires sur lequel ses tétins rouge carmin se détachaient comme des rubis. Sa toison, très brune, semblait un nid à la fourche de ses cuisses. Philippe, enivré, y respira les parfums les plus exaltants.

Après une première nuit qui ravit ses sens et débrida ceux de son amante, Chartres fut étonné plus tard de retrouver en Mlle de Séry une jeune fille du plus grand romanesque qui parlait une langue ornée et entendait encore qu'on lui fît la cour, comme si elle était toujours à conquérir. Philippe, quoi qu'il en eût, se plia aux caprices de la belle, composa de nouveaux poèmes et se résigna à jouer les soupirants énamourés. Il s'y plia d'autant plus aisément qu'il savait que le soir lui promettait de solides épanchements où toute mièvrerie serait absente. Gémissant dans ses bras, Marie Louise s'abandonnait bien vite. Et les seules sérénades qu'elle dispensait encore ressemblaient à des miaulements de chatte.

Il fut toutefois un temps où Chartres, malgré le profond sentiment qu'il ressentait pour Marie Louise, fut las de se complaire au jeu du berger et de la bergère. Curieusement, il quêta l'avis de sa mère. Avec son gros bon sens, Liselotte lui remontra que la jeune femme pensait ainsi s'attacher Philippe. Il ne tenait qu'à ce dernier de rompre avec ces minauderies.

« Mais ne risquerai-je pas de la perdre ?

— Ce sera au contraire une excellente manière de savoir si elle vous aime d'un amour sincère ! »

Le jeune homme suivit le conseil de sa mère et exprima un peu durement son impatience. Finaude, Marie Louise comprit qu'en persistant dans cette voie elle choisissait un chemin dangereux. Tout à rebours, elle se montra dorénavant telle qu'en elle-même : impérieuse, parfois capricieuse, mais plus souvent caressante. Quoi qu'il en fût, Philippe n'était plus obligé de feindre et goûta le doux plaisir de se laisser gouverner par sa maîtresse. Mieux, il décida de rompre avec ses amantes habituelles et se coula dans une paisible fidélité.

Enfin, il pressa Mlle de Séry d'abandonner le service de sa mère et l'établit dans un charmant hôtel de la rue des Bons-Enfants, à un jet de pierre du Palais-Royal. Il reproduisait ainsi, mais sur un plus grand pied, l'arrangement quasi conjugal qu'il avait autrefois conclu avec la petite Florence.

*

Lettre après lettre, Dubois contait à son ancien élève les épisodes de son séjour londonien. Le petit abbé faisait merveille. Introduit par Saint-Évremond[1] dans la meilleure société, il brillait tant qu'on s'arrachait sa présence. Son esprit, son intelligence et l'élégance de sa conversation lui avaient ouvert les salons les plus prestigieux. Des Lords fameux lui accordaient leurs faveurs tandis que les femmes les plus distinguées raffolaient de ses badinages qu'il n'hésitait pas à pimenter de pointes épicées.

Philippe, qui connaissait bien son homme, lisait entre les lignes. Il ne doutait pas que l'abbé, ne se contentant pas d'émoustiller ces assemblées féminines, devait aussi honorer de sa personne des cérémonies plus intimes que goûtaient les aristocrates d'outre-Manche.

Plus sérieusement, Dubois informait Chartres de ses manœuvres diplomatiques au bénéfice de la maison d'Orléans. Il s'était rapproché du général Stanhope dont l'influence ne cessait de grandir au sein du cabinet anglais. Mais il ne cachait pas que la tâche était immense. Malgré la bienveillance qu'on lui témoignait, il ne pouvait éviter que l'on considérât les Orléans trop proches de Louis XIV pour leur confier le trône espagnol. Guillaume III, à qui il s'était ouvert très franchement, ne lui avait pas dissimulé sa réserve.

En outre, Dubois était paradoxalement victime de sa

1. Écrivain et polémiste, Charles de Saint-Évremond, après une belle carrière militaire, avait dû s'exiler à Londres pour échapper à la vindicte de Mazarin auquel il avait consacré plusieurs libelles frondeurs. Malgré la grâce que lui avait octroyée Louis XIV, il était resté en Angleterre où ce libertin composa une œuvre littéraire monumentale dont l'audace annonçait les Lumières.

nouvelle célébrité. Les ennemis de la France, représentants de l'Autriche ou huguenots réfugiés à Londres, s'interrogeaient : quelle était la véritable mission de ce petit abbé que l'on voyait partout et en toute occasion ?

Au reste, les monarchistes anglais les plus hostiles à la France soulignaient que Louis XIV, en dépit de l'amitié qu'il désirait dorénavant accorder à Guillaume III, continuait à accueillir à la cour de France Jacques II, le Roi déchu. Dubois n'était-il pas un espion du Stuart chargé de rallier les catholiques et les jacobites[1] et de les pousser à conspirer contre la nouvelle dynastie ?

Ces soupçons ne tardèrent pas à irriter le maréchal Tallard qui accusa l'abbé d'entraver ses propres travaux en faveur d'un accord franco-anglais sur la question espagnole. L'ambassadeur le fit savoir à Versailles et demanda le renvoi de l'ancien précepteur du duc de Chartres. Toutefois, le Roi qui, décidément, estimait Dubois, ne se résolut pas tout de suite à rappeler ce dernier.

Fallait-il y voir un soutien de Louis à la cause des Orléans ? Philippe, une fois de plus, eut la faiblesse de le croire.

*

Dubois revint enfin.

Chartres le reçut chez Mlle de Séry où il avait désormais l'habitude d'accueillir ses amis les plus proches. Si l'abbé avait charmé la gentry anglaise, il montra à son retour qu'il avait été lui-même favorablement

1. Les partisans de Jacques II.

influencé par les coutumes londoniennes et les idées nouvelles qui circulaient de l'autre côté de la Manche. Et, après avoir narré par le menu combien il avait besogné à Londres en faveur de ses protecteurs, Dubois dit tout à trac :

« Ne trouvez-vous pas admirable que le Roi d'Angleterre ne puisse lever un impôt sans avoir l'agrément du Parlement ?

— Les citoyens de ce pays sont-ils plus riches pour autant ? » ironisa Philippe.

Et Dubois, saisi par sa passion anglaise, de citer aussi l'inexistence des lettres de cachet ou encore le fait que le philosophe John Locke pût impunément écrire que le droit naturel était supérieur au droit divin des dynasties.

« Vous voilà bien entiché des mœurs pratiquées en cette perfide Albion ! se moqua à nouveau Philippe.

— Je pense simplement qu'on peut trouver dans ce royaume et son système de gouvernement matière à réflexion. Un jour viendra où il faudra nous inspirer de ces exemples.

— Seriez-vous devenu séditieux, monsieur l'abbé ?

— La Manche n'arrêtera pas toujours le vent de liberté qui souffle d'Angleterre… Mais que Votre Altesse royale se rassure, j'omettrai de parler de ce sujet lorsque je ferai mon rapport à Louis XIV.

— Je ne m'inquiétais pas au point de vous croire capable d'une telle imprudence ! »

Dubois esquissa un sourire qui ressemblait à une grimace. Il regarda autour de lui. Ce salon douillet était meublé et décoré avec un goût exquis qui témoignait du talent de décoratrice de la maîtresse des lieux. Toutefois l'abbé était certain que les tableaux accrochés aux murs avaient été choisis par Chartres qui ajoutait à sa dilection pour la peinture un véritable engouement de collectionneur.

« Pourrais-je présenter mes hommages à Mlle de Séry ? » demanda Dubois, doucereux.

Ce fut au tour de Philippe de sourire. Il n'ignorait pas que sa jeune amante était l'objet de toutes les curiosités depuis qu'il avait en quelque façon officialisé sa liaison avec Marie Louise. L'abbé, fin connaisseur, voulait-il juger par lui-même du bon choix de son ancien disciple ?

« Céans, Mlle de Séry n'est point visible. Mais je vous promets de vous convier au plus tôt à un souper fin qui vous permettra de l'admirer !

— Alors permettez déjà que je lui transmette mon compliment par votre truchement ! »

L'abbé se retira sur ces mots. Impatient, Philippe courut au boudoir où Marie Louise devait finir de s'apprêter. Lorsqu'il l'avait quittée pour s'entretenir avec Dubois, elle paressait dans sa baignoire où elle avait coutume de passer de longs moments dans une atmosphère d'étuve. Contrairement aux usages du temps, elle professait que l'eau, loin de gâter la peau, raffermissait les chairs et les débarrassait de ses impuretés.

Aidée par sa femme de chambre, elle sortait de l'eau quand il parut dans son cabinet de toilette. Une nouvelle fois, il fut ébloui par la perfection de son corps éburnéen. Avant même que la servante lui jetât un linge, il la reçut dans ses bras. Ébrouant sa longue chevelure brune, elle aspergea en riant la figure et le haut de l'habit de son amant.

Il enfouit son visage au creux de son cou humide, respira le parfum d'eau de rose qui émanait de sa peau tandis qu'il palpait ses frais tétons. Discrète, la servante avait déjà disparu.

Feignant d'être fâchée, Marie Louise essaya de repousser Philippe.

« Laissez-moi, gredin. »

Mais il la tenait fermement. Et elle ne put empêcher que, se laissant glisser le long de son corps, la tête de son amant descendît jusqu'à sa toison et que sa bouche, enhardie, vînt baiser sa vénusté.

*

La compagnie de Mlle de Séry produisait les meilleurs effets sur la personne de Chartres. Non seulement le jeune homme menait une existence plus régulière, mais il était ordinairement d'humeur égale et même folâtre. Non point qu'il eût renoncé à son grand dessein espagnol et qu'il ne se désolât toujours de ne pas servir le royaume, mais il avait acquis dans les bras de Marie Louise une nouvelle et joyeuse sérénité.

En cette soirée de février 1699, Louis XIV, passant outre aux préventions de la marquise de Maintenon envers les plaisirs vulgaires, donnait un bal masqué dans son cher Marly. Les courtisans avaient été invités à s'inspirer des personnages de la *commedia dell'arte*.

Une imposante chaise à porteurs fendit la foule jusqu'au fauteuil du Roi. Un gros rire souleva l'assistance quand on reconnut dans l'un des quatre laquais le Grand Dauphin. Monseigneur et ses trois compères posèrent leur encombrant véhicule devant Louis assis au côté de Monsieur et Madame. Un majestueux marquis de Mascarille, tout enrubanné, coiffé d'une énorme perruque et portant une canne plus haute que lui, en sortit. C'était Philippe de Chartres, tant grimé qu'on devinait à peine ses traits. Il s'avança vers le Roi, se contorsionna en révérences de Polichinelle qui fit s'esclaffer les courtisans. Puis il s'inclina au plus près de ses parents et secoua vigoureusement la tête. Il s'échappa de sa perruque un abondant nuage de poudre qui recouvrit sous les rires tant Monsieur que Madame.

Plus tard, il laissa pourtant pointer son amertume en confiant à son ami Saint-Simon :

« Puisqu'il ne m'est plus donné de commander aux armées, autant faire le pitre ! »

*

Dans le secret des chancelleries, Louis XIV avait consenti à signer un traité de partage de l'Empire espagnol avec Guillaume III. La couronne d'Espagne reviendrait à l'archiduc Karl, fils cadet de Léopold Ier. Mais il lui échoirait aussi les Indes orientales et occidentales ainsi que les Pays-Bas espagnols. Les Habsbourg d'Autriche engloutiraient donc la plus grande part du gâteau. L'Empereur, qui s'enorgueillissait de ses récentes victoires sur l'Ottoman, s'était montré intraitable. En comparaison, les gains de la France seraient modestes. Le duc de Lorraine, qui venait de se marier avec la fille de Monsieur et Madame, abandonnerait ses terres pour le riche Milanais dont les bénéfices étaient six fois plus importants. Son duché reviendrait au Dauphin qui hériterait également des Deux-Siciles.

Instruits des principaux articles de ce traité, Philippe d'Orléans et son fils furent fort dépités. Leur branche était oubliée et leurs grandes espérances réduites à néant. Mais Chartres, moins impétueux que son père, fit observer que cet accord ne tenait nullement compte de la volonté de Charles II. Exactement comme s'il était déjà dans la tombe. Le Roi d'Espagne, tout cacochyme qu'il fût, avait encore la possibilité de rédiger un testament et donc de désigner lui-même son héritier. Peut-être même l'avait-il déjà écrit.

Sur-le-champ, le père et le fils envoyèrent une missive à don Manuel Arias, président du Conseil de Castille, qui était un ardent partisan de leur cause à Madrid. Était-il encore temps de ruiner ce funeste projet de partage ?

Les nouvelles qu'ils reçurent en retour n'étaient guère encourageantes. Autour du Roi agonisant, les émissaires venus de toute l'Europe multipliaient les intrigues et tentaient de peser sur le choix du monarque dont on pouvait douter qu'il eût encore toute sa tête.

Au début du mois d'octobre 1700, sans doute sous l'emprise du cardinal Portocarrero et après avoir consulté le pape, le moribond se décida à rédiger un testament, non sans avoir auparavant fait ouvrir le tombeau de sa première épouse[1] afin de puiser dans la contemplation de cette dépouille putréfiée on ne savait quelle résolution.

Le secret fut vite éventé et provoqua un vif émoi à la cour de Madrid dès qu'on eut connaissance des dispositions prises par le souverain. Refusant tout partage de ces possessions territoriales, Charles II instituait comme héritier unique le duc d'Anjou ou à défaut le

1. Marie Louise, morte en 1689, fille de Philippe d'Orléans et d'Henriette d'Angleterre. Et donc demi-sœur de Philippe de Chartres.

duc de Berry, tous deux fils du Grand Dauphin de France. Venait ensuite, et seulement après, l'archiduc Karl dans le cas où les petits-fils de Louis XIV se seraient désistés. Espagnol plus que Habsbourg, il récusait donc le fils de l'Empereur et, de fait, n'excluait pas la possibilité que fussent réunies un jour sous une même tête les couronnes de France et d'Espagne.

La fièvre gagna bientôt toutes les Cours européennes.

Louis XIV se trouvait à Fontainebleau lorsque la nouvelle lui parvint. Il était désormais le maître du jeu. Mais il aurait à prendre à coup sûr la décision la plus difficile de son règne. Acceptant au nom de son petit-fils Anjou l'héritage espagnol, il rayerait d'un trait de plume le traité qu'il venait de signer avec le Roi d'Angleterre. La guerre ne manquerait pas d'éclater car l'Autrichien ne pourrait jamais accepter qu'un jour l'Espagne fût unie à la France.

Charles II s'éteignit le jour de la Toussaint. Louis XIV, toujours à Fontainebleau, l'apprit le 9 novembre alors qu'il présidait au Conseil des Finances. Il leva aussitôt la séance, annula la chasse de l'après-midi et convoqua ses ministres chez Mme de Maintenon.

*

Chartres le constata dès son arrivée à Fontainebleau : la Cour vivait dans une excitation à nulle autre pareille. Le premier Conseil des ministres s'était prolongé quatre longues heures. Un deuxième, tout aussi interminable, avait suivi le lendemain. À l'évidence, le Roi hésitait.

Le cœur de Philippe battait la chamade.

Se pouvait-il que Louis XIV, redoutant la guerre, proposât au concert des puissances européennes sa candidature au trône d'Espagne ? Ni Monsieur ni Dubois n'y croyaient.

Enfiévré, Philippe continuait malgré tout de rêver. Si Louis, comme il l'espérait, refusait l'héritage au nom de la paix, il fallait tout tenter pour éviter que le Habsbourg ne s'emparât de l'Espagne ! Pourquoi, dans la tradition de ses aïeux, ne pas se lancer dans l'aventure ? Prendre d'assaut la citadelle espagnole comme on conquiert une femme ! Se présenter aux Espagnols comme un sauveur. Exciper des légitimes droits de sa famille pour s'imposer sur le trône. Soulever la ferveur populaire contre l'Autrichien qui ne tarderait pas à envoyer des troupes. Se battre. Régner enfin !

Il pensait déjà à l'accomplissement de son exploit. Galoper en force jusqu'à Lyon, payer une gabarre pour descendre le Rhône au plus vite. Chevaucher ensuite à toutes brides dans la plaine du Roussillon, franchir les Pyrénées, convaincre les Catalans de marcher avec lui sur Madrid…

Mlle de Séry le rejoindrait plus tard car il n'imaginait pas de vivre sans elle. Elle venait de lui révéler qu'elle portait un enfant de lui. Roi, il le légitimerait. Et si « Madame Lucifer » refusait de le suivre, il l'abandonnerait à sa paresse.

Après une nuit tumultueuse, peuplée de songes aventureux, Philippe se réveilla pour apprendre que son oncle le mandait.

Monsieur, le Grand Dauphin et ses fils, les princes du sang et l'ambassadeur espagnol étaient déjà réunis dans le cabinet du Roi quand il y pénétra.

Le moment était solennel. Le visage grave, Louis XIV fut bref : il acceptait le testament de Charles II. Cependant, il demanda à tous de garder le secret pendant quelques jours.

À cet instant, et malgré l'anéantissement qui le saisit aussitôt, Philippe observa la triste figure de son petit-cousin : Anjou paraissait accablé par la charge qui venait de lui échoir. Les yeux baissés, ce grand adolescent de dix-sept ans s'attachait à regarder la pointe de ses souliers. Chartres ne put s'empêcher de penser à la joie qui l'aurait transporté si lui-même s'était trouvé dans sa situation.

*

Les Orléans, père et fils, furent d'abord assommés. Cependant Monsieur, tout à son ressentiment, se ressaisit. Aiguillonné par la Palatine qui montait sur ses ergots dès que les droits des siens étaient en jeu, il décida d'élever une protestation solennelle. Non pas qu'il osât mettre en cause l'avènement du duc d'Anjou mais il n'admettait pas que le testament de Charles II omît sa maison dans l'ordre successoral. Alors même qu'elle aurait dû figurer tout juste après Anjou et Berry. Et donc avant l'archiduc Karl.

Tatillon, Philippe d'Orléans fit consigner sa contestation par deux notaires du Châtelet. Puis il porta officiellement le document chez son petit-neveu Anjou qui ne devait pourtant devenir Philippe V que deux jours plus tard.

Louis XIV attendit d'être de retour à Versailles pour introniser son petit-fils par une journée venteuse encombrée de nuages menaçants.

Le cabinet royal fut ouvert à deux battants pour permettre, après l'entrée des Grands, celle des courtisans. Philippe d'Anjou, embarrassé de sa personne, se tenait à côté du Roi :

« Messieurs, dit Louis XIV, d'une voix forte qui dissimulait son émotion, voilà le Roi d'Espagne ! »

Il y eut quelques applaudissements convenus car la nouvelle avait depuis longtemps transpiré. Le nouveau Philippe V, point de mire de toute l'assistance, ébaucha un sourire timide. Le Roi poursuivit :

« La naissance l'appelait à cette couronne. Toute la nation l'a souhaité et me l'a demandé instamment, ce que je leur ai accordé avec plaisir. C'était l'ordre du Ciel. »

Chartres, malgré son dépit, dut reconnaître la majesté du propos. Louis XIV se tourna ensuite vers son petit-fils :

« Monsieur, soyez bon Espagnol, c'est présentement votre premier devoir. Mais souvenez-vous que vous êtes né Français ! »

À ces mots, l'ambassadeur d'Espagne, le marquis de Castel dos Rios, fut saisi d'une sorte d'ivresse. Il se jeta aux pieds de son nouveau souverain et s'exclama sur un ton brouillé de larmes :

« Quelle joie ! Il n'y a plus de Pyrénées, nous ne sommes plus qu'un ! »

Le cabinet [illegible] [illegible] [illegible]

Monsieur, [illegible] Louis XIV, [illegible] d'Espagne [illegible]

[illegible]

[illegible] Louis XIV [illegible]

[illegible]

Après que [illegible]

[illegible]

XI

Une dispute fatale

1701

Comment allaient réagir les grandes puissances autrefois rassemblées dans la ligue d'Augsbourg ?

À Versailles, on attendait avec impatience. Philippe V avait rejoint son nouveau royaume non sans que d'abondants pleurs fussent répandus par le Roi et son petit-fils au moment de la séparation.

Guillaume III était entré dans une violente colère lorsqu'il avait appris la décision de Louis XIV. Ainsi le traité qu'ils avaient signé n'était plus qu'un chiffon de papier. Le Roi de France l'avait berné. Le Grand Pensionnaire hollandais Heinsius partageait cette opinion puisque les Provinces-Unies avaient été également signataires de ce pacte de partage. Cependant, dans chacun de ces pays, l'opinion rechignait à la guerre. L'Empereur Léopold Ier se trouva donc le seul souverain à contester l'intronisation de Philippe V.

La paix y gagna quelque répit.

Chartres, bien obligé, avait oublié ses rêves de grandeur. Il se replia près de Mlle de Séry dans une sorte de tranquillité bourgeoise. Mais ce vif esprit devait meubler ses loisirs forcés : sans négliger la musique et la peinture, il s'éprit de science grâce à un petit homme souriant et affable qui devint l'un de ses familiers.

Guillaume Homberg était déjà un savant reconnu lorsqu'il quitta la Hollande, son pays natal, pour la France. Après avoir voyagé dans les Indes orientales, il avait fréquenté les universités européennes les plus célèbres où il avait étudié la physique, la chimie et l'alchimie. Diplômé de médecine, il s'était ensuite passionné pour les sciences optiques et avait perfectionné un microscope de son invention.

Dès que l'abbé Dubois lui présenta cet érudit éclectique, Philippe, curieux de tous les savoirs, fut conquis. D'autant qu'il n'existait chez Homberg nul esprit de sérieux. Le petit homme, ordinairement joyeux, était le premier à rire de lui-même lorsqu'il élaborait quelque théorie fantasmagorique ou qu'il s'épuisait à rechercher en vain la pierre philosophale. Chartres lui offrit d'installer un laboratoire au Palais-Royal. Le savant avait-il compris qu'il n'existait chez le jeune prince ni esprit de mode ni cuistrerie ? Il accepta aussitôt. Mieux, il consentit que Philippe participât à ses travaux. Protégé par un masque de verre, il observait les expériences de Homberg qui pouvaient s'exercer dans les domaines les plus variés et mettaient en œuvre les matériaux les plus divers. Sous l'autorité du maître, il étudiait la fusion des métaux ou mélangeait avec passion et audace des poudres qu'il soumettait ensuite au feu de la forge.

Liselotte faisait grand cas des travaux de son fils. Elle s'émerveillait de le voir s'occuper à augmenter ses connaissances en toutes choses alors qu'elle ne voyait autour d'elle qu'ignorance et médiocrité. Mais, en ce début d'année 1701, c'était surtout la santé de son époux qui la souciait. Il avait exagérément grossi et, malgré les fards dont il ornait son visage, on devinait une peau boursouflée qui se teintait d'une vilaine couleur vineuse lorsqu'il était à table et continuait de s'empiffrer malgré le souffle qui lui manquait de plus en plus.

Malaisé lorsqu'il marchait, il joignait à ces désagréments physiques une complexion mélancolique qui ne lui ressemblait guère. Cet impénitent bavard pouvait même se montrer taiseux. Ce qui ne manquait pas d'inquiéter un peu plus Liselotte qui observait aussi que Monsieur, plus que jamais, s'astreignait à de longues pénitences sous l'autorité de son confesseur, le père du Trévou, et ne cessait de vaticiner à propos de l'Enfer auquel il était promis en raison de ses nombreux péchés.

Cependant cet affaiblissement et ces signes de sénescence avaient rapproché les deux époux. Madame ne songeait plus à se plaindre des débauches de Monsieur et n'attribuait ses défauts qu'à son manque de volonté qui avait permis qu'il se laissât gouverner par des êtres misérables. S'il n'était aussi faible, pensait-elle, il serait le meilleur des hommes.

Plus troublant encore, Philippe d'Orléans supportait les marques d'affection de son épouse sans s'insurger. Mieux, il compatissait aussi aux petits maux dont souffrait son épouse et qui l'accablaient plus que de raison. Chartres, amusé, remarquait que ce vieux couple en oubliait parfois de se chamailler.

*

La vieillesse était-elle aussi responsable des erreurs de jugement du Roi ?

Pourquoi, au risque de provoquer les grandes puissances, fit-il registrer au parlement la conservation des droits de Philippe V au trône de France ? Un tel acte donnait donc à l'ancien duc d'Anjou la possibilité théorique de régner de part et d'autre des Pyrénées s'il venait un jour à être placé au premier rang de la succession française.

Une seconde décision royale ébranla les chancelleries européennes : sous prétexte de soutenir les troupes de Philippe V, Louis XIV envoya des bataillons dans les Pays-Bas espagnols. Les soldats français prirent position dans quelques places essentielles non sans prendre en otage les garnisons hollandaises qui s'y trouvaient cantonnées depuis le traité de Ryswick.

En même temps, loin de retirer ses troupes, comme il s'y était engagé, le Roi-Soleil ordonna le creusement d'une ligne de défense qui courait de la Meuse à Ostende tandis qu'Anvers était renforcée.

Ces initiatives, aussi brutales qu'impromptues, donnèrent l'impression que Louis XIV, sous couvert de Philippe V, gouvernait aussi l'Espagne et que les intérêts de ce pays étaient désormais subordonnés aux ambitions françaises. Il en alla ainsi jusque dans les colonies espagnoles où les marchands français obtinrent de considérables privilèges.

Une odeur de poudre envahissait peu à peu l'Europe. Déjà l'Angleterre avait décidé d'augmenter sa marine militaire et d'envoyer des troupes dans les Flandres. Mais à Versailles, Louis XIV semblait s'enfermer dans une glorieuse et hautaine solitude. Il régissait ses armées et distribuait les commandements comme s'il se fut agi de soldats de plomb. Catinat obtint l'Italie, Boufflers la Flandre et Villeroy l'Allemagne tandis que les chers bâtards, Maine et Toulouse, étaient nommés lieutenants-généraux.

Seul Chartres n'obtint rien !

Courroucé, il échafauda les projets les plus échevelés. Après avoir songé à organiser un débarquement jacobite sur les côtes anglaises, il pensa à nouveau à l'Espagne. Dubois, qui ne manquait jamais d'encourager les ambitions de son ancien élève dès lors qu'elles lui paraissaient sensées, élabora un plan. Philippe, sous un prétexte quelconque, partirait à Madrid et demanderait à son petit-cousin un commandement digne de lui. Le faible Philippe V, qui ne manquerait d'être attaqué tôt ou tard par la soldatesque du Habsbourg, accueillerait avec faveur l'engagement d'un capitaine aussi valeureux.

Monsieur, qui n'était pas moins chagriné, acquiesça aussitôt tant il lui semblait que Louis maltraitait son fils. Il était même décidé à couvrir de son autorité les projets de Philippe, quitte à désobéir au Roi.

Chartres se prépara en secret et laissa courir sa folle imagination. Établi à Madrid, il serait le rempart du Roi et, tel un nouveau Cid Campeador, repousserait l'ennemi et se couvrirait de gloire. Ne viendrait-il pas un moment où l'Espagne préférerait à un Roi légitimé, mais peu apte à gouverner, un héros qui avait défendu le royaume les armes à la main et n'avait pas moins de droits que son cousin à prétendre à la couronne ?

Louis XIV, lui-même, finirait par se rendre à l'évidence et reconnaîtrait son neveu…

Toutefois, Chartres ne méconnaissait pas les aléas de cette entreprise. Épris de loyauté, comment se conduirait-il si Philippe V refusait de se démettre ?

Pouvait-il imaginer de devenir un félon ? Et comment s'accommoderait-il de ce cas de conscience ?

Il s'en ouvrit à Dubois qui, d'emblée, le rasséréna.

« La Providence pourvoira le moment venu à apaiser vos tourments.

— Et sous quelle forme m'apparaîtra-t-elle ? demanda Philippe, ironique.

— Je ne le sais encore. Mais si vous êtes destiné à régner, elle saura vous guider et vous inspirera.

— Allons, l'abbé. Vous n'êtes pas moins sceptique que moi. Alors, cessez d'assaisonner vos propos de considérations casuistiques ! Si mes chimères venaient à prendre forme, il me faudrait me résoudre à agir d'une manière qui me fait déjà horreur. »

Dubois sourit.

« Ces scrupules honorent Votre Altesse royale. Mais ne sont-ils pas prématurés ? »

*

Louis XIV était fort irrité. Monsieur, convié à dîner à Marly, le comprit aussitôt. Attablés avec une marquise de Maintenon maussade et une poignée de courtisans silencieux, ils mangèrent d'importance mais n'échangèrent que des propos insignifiants avant que le Roi, la bouche à peine torchée, n'invitât son frère à le rejoindre dans son cabinet.

Des fenêtres grandes ouvertes sur le parc, la nature exhalait de suaves odeurs. Le printemps était alors dans tout son éclat et le duc d'Orléans, qui espaçait dorénavant ses visites à Versailles afin de montrer son mécontentement, avait quitté à regret son cher Saint-Cloud.

Louis, sans même prendre le soin de s'asseoir, attaqua d'emblée.

« Mon frère, la conduite de votre fils m'insupporte. Ma fille, qui a trop longtemps fermé les yeux sur ses écarts, m'a remontré qu'elle était excédée de voir son époux s'afficher au bras de cette Mlle de Séry, femme de peu de naissance qui lui a même déjà donné un enfant.

— Il ne tient qu'à vous d'en faire une marquise. N'en avez-vous pas usé autrement avec la Vallière ou la Montespan ? Votre fille, qui est si fière, en serait moins rebutée.

— Il suffit. Oubliez-vous que je suis le Roi ? »

Les deux frères s'affrontèrent du regard. Monsieur, non moins emporté que Louis, se poussait du jabot afin de rehausser sa petite taille. Il poursuivit d'une voix étranglée par la colère :

« Je n'oublie rien et je sais que vous disposez à votre guise de nos existences. C'est pourquoi, après m'avoir rabaissé, vous confinez maintenant mon fils dans une oisiveté qui le contraint à se dissiper.

— C'est un mauvais sujet qui sème le désordre et donne le plus méchant exemple.

— Parlons d'exemple. Il me revient, Sire, qu'un monarque de ma connaissance n'hésitait pas à rouler carrosse avec ses deux favorites et une Reine qui pleurait de honte d'être ainsi véhiculée en une telle compagnie ! »

Louis, rageur, frappa le sol de sa canne.

« Il ne vous appartient pas de me juger. Chacun sait dans quels abominables péchés vous aimez à vous vautrer.

— À Dieu ne plaise, je ne suis pas le Roi de France.

— Mais vous êtes son frère !

— Devrais-je le regretter ?

— Vos effronteries dépassent l'entendement. Monsieur mon frère, vous ne m'avez jamais infligé de telles cinglures et je compte bien que vous allez rabaisser votre caquet.

— Non point, car je n'ai pas encore déballé tout mon paquet ! »

La figure empourprée, la respiration devenue difficile, il reprit néanmoins d'une voix rauque :

« Ainsi donc, il ne vous suffit pas d'avoir marié Philippe à l'une de vos bâtardes ! Vous le privez aussi de cueillir sur les champs de bataille les faits d'armes qui le grandiraient tandis que vous distribuez des grades à ses beaux-frères qui n'ont jusqu'alors guère brillé à la guerre !

— Je vous ferai rendre gorge de toutes vos vilenies. Et s'il le faut, je vous retrancherai vos pensions. »

Monsieur ébaucha un sourire dédaigneux. Mais, soudain, il porta la main à son cou, tituba, chercha à tâtons le bras d'un fauteuil, s'y laissa lourdement choir. En un instant, la colère du Roi tomba. Inquiet, il s'approcha de son frère. Quelques gouttes rouges perlèrent sur sa lèvre supérieure. Puis un filet de sang coula de son nez.

« Il faut vous faire saigner, incontinent ! »

Philippe d'Orléans secoua la tête et dit dans un souffle :

« Non, je veux rentrer à Saint-Cloud ! »

*

Quand il revint dans son palais, Monsieur avait recouvré son allant. Mais sa figure était toujours d'un rouge extrême. Liselotte, alarmée, lui conseilla en vain d'aller prendre quelque repos. Il voulait souper comme à l'habitude avec ses familiers. Son fils et son épouse ne lui avaient-ils pas accordé le plaisir de lui consacrer leur soirée ?

En dépit de la froideur de la duchesse de Chartres qui n'ouvrit pas la bouche, le repas fut animé. Toutefois aucun convive n'osa évoquer la violente scène qui avait opposé à Marly le Roi et son frère. Pourtant tous savaient. L'altercation avait été suffisamment bruyante pour que les courtisans agglutinés dans l'antichambre eussent pu entendre les éclats de voix et même surprendre quelques bribes de la diatribe de Monsieur. La nouvelle, extravagante, avait rapidement couru. Et, malgré l'éloignement, les convives attablés ce soir-là à Saint-Cloud avaient déjà été informés.

Philippe, bien qu'il ne connût pas le détail de la dispute, avait été enchanté d'apprendre que son père avait osé affronter Louis à son propos. Tout au long du repas, il fit assaut d'esprit et d'érudition, sous les yeux admiratifs de la Palatine, tandis que Monsieur goûtait de chaque plat et demandait sans cesse qu'on le resservît. Cependant, Liselotte, qui se sentait derechef fiévreuse, ne tarda pas à regagner ses appartements.

Vinrent les entremets. Monsieur, la lippe humide, considéra avec gourmandise l'assortiment de pâtisseries et de friandises qu'on lui présenta. Déjà, sa main se tendait vers un gâteau au chocolat lorsqu'il émit une sorte de hoquet. La bouche grande ouverte, il jeta des yeux étonnés sur les convives comme s'il ne comprenait pas ce qui lui advenait. Puis il s'affaissa sur l'épaule de son fils.

Le duc d'Orléans fut porté sur un petit lit dressé

dans son cabinet particulier. Les traits figés, la bouche crispée, il balbutia quelques mots que personne ne saisit. L'attaque d'apoplexie était évidente.

À genoux près de lui, Philippe avait pris sa main. Une menotte d'oiseau malgré les doigts boudinés chargés de bagues. Il songeait que c'était sa dispute avec le Roi qui avait sans nul doute précipité la crise. Une querelle à son sujet. Les yeux embués, il observait le petit homme efféminé qui gisait, inanimé, devant lui. Son père. Si brave et si ridicule. En dépit de ses travers et de son goût pour le futile, Monsieur ne lui avait jamais lésiné son affection et il avait sincèrement souffert de voir son fils aussi peu considéré.

Des laquais étaient déjà partis quérir médecins et chirurgiens tandis qu'un messager galopait vers Marly afin d'alerter le Roi.

Philippe d'Orléans ouvrit les yeux. Il vit son fils. Ses lèvres bougèrent à nouveau. Mais il n'en sortit aucun son. Il tressaillit. Puis ses paupières se refermèrent.

Les médecins, armés de lancettes, de bassins et de fioles, survinrent au moment où Madame, éveillée par sa dame d'honneur, Mme de Ventadour, parut. Malgré la détestation que lui inspirait la tribu des médicastres, éplorée, elle n'osa intervenir. L'un avait découvert le bras du prince, cherchait la veine, tandis que d'autres, soulevant le dos du patient, lui faisaient ingurgiter un émétique d'antimoine, réputé être le meilleur des vomitifs. Bientôt, secoué de spasmes, Monsieur rendit des restes de son abondant repas. Il n'avait pas fini qu'on lui inonda le gosier d'une liqueur incolore. Il toussa, cracha, reposa enfin la tête sur son oreiller. Un sang épais et noir coulait de son bras dans un bassin.

Chartres, un mouchoir devant la bouche, se tenait en retrait. Liselotte s'approcha de son époux.

« Comment vous sentez-vous à cette heure ?

— Un peu mieux… Et vous ? balbutia-t-il.

— Ne pensez qu'à vous, mon ami. Et je me porterai bien. »

Son visage érubescent était maintenant marbré de traces livides. Il tenta de se redresser, les veines de son cou se gonflèrent et il dit avec force :

« Vous êtes malade, regagnez votre chambre ! »

Sa tête retomba. Bouleversée par le fait qu'en cet instant il songeât encore à elle, Liselotte laissa échapper une larme et chercha la main de son fils. Monsieur, épuisé, avait à nouveau fermé les yeux. Un médecin porta à ses lèvres une fiole. Il détourna la bouche.

« Buvez, Monseigneur, Madame le veut. »

À ces mots, il consentit, avala quelques gouttes et ne bougea plus.

Peu après, il se fit un grand tumulte dans l'antichambre. On annonça le Roi. Il était trois heures du matin. Louis se précipita au chevet de son frère, contempla l'agonisant, pleura.

« A-t-il déjà passé ?

— Sire, j'ai encore un pouls », répondit Fagon, le médecin du souverain, qui avait rejoint ses confrères.

Le Roi contempla encore le mourant, et toujours en larmes, serra contre lui la Palatine d'un geste brusque. Puis il annonça son intention d'aller entendre la messe dans la chapelle du château.

Malgré les protestations de ses dames, Liselotte ne voulut point quitter la chambre. Chartres demeura auprès d'elle. Il dut batailler pour éloigner les courtisans qui avaient accompagné le Roi et menaçaient à tout instant de pénétrer dans le cabinet de Monsieur. Il laissa cependant l'entrée à quelques marmitons et serviteurs qui vouaient une affection sincère à leur maître.

La messe étant dite, Louis XIV revint, accompagné de Mme de Maintenon, de la duchesse de Bourgogne et du confesseur du duc d'Orléans, le père du Trévou, qui avait présidé l'office. L'ecclésiastique, rougeaud et bedonnant, courut vers le lit où l'agonisant était toujours inanimé. Il prit sans façon le bras de son pénitent, le secoua et cria d'une voix bonhomme :

« Monsieur, ne reconnaissez-vous point votre confesseur ? C'est le bon petit père du Trévou qui vous parle ! »

Malgré l'affliction générale, il y eut quelques sourires et même des rires étouffés. Déjà, le ridicule abbé reconnaissait son impuissance et reculait.

L'attente se poursuivit. Madame crut s'évanouir. On voulut la porter dans ses appartements. Elle refusa.

Vers les huit heures du matin, la marquise de Maintenon vint parler à l'oreille de Louis XIV qui pleurait toujours. Par-devers lui, Philippe songeait qu'il y avait aussi du remords dans ces larmes qui ne cessaient de couler.

Le Roi se leva, interrogea du regard Fagon.

« Sire, Monsieur est sans espérance.

— Qu'il fût mort ou qu'il allât mieux, je ne veux point que vous le quittiez ! »

Le médecin s'inclina. Le Roi, Mme de Maintenon et la duchesse de Bourgogne se dirigèrent vers la porte. Passant devant Chartres, Louis lui donna une grande brassée et l'oncle et le neveu mêlèrent leurs larmes. Philippe se laissa tomber jusqu'aux genoux du souverain, posa sa tête contre la cuisse du monarque.

« Sire, que deviendrai-je ? Je perds Monsieur et je sais que vous ne m'aimez point ! »

Louis XIV le releva, l'embrassa à nouveau.

« Je vous recevrai au plus tôt. Mon cœur n'oublie pas les siens. »

Il sortit. À cet instant, on entendit un grand cri.

« Point de couvent ! Je ne veux point de couvent ! »

C'était Madame qui croyait se rappeler qu'au terme de son contrat de mariage, devenue veuve, elle devait trouver refuge dans un couvent ou se retirer au château de Montargis.

Monsieur s'éteignit à midi. Louis XIV, de retour à Marly, l'apprit quand il vit venir à lui son médecin.

« Eh bien, monsieur Fagon, mon frère est mort ?

— Oui, Sire, nulle médecine n'a pu agir ! »

Le Roi pleura derechef. Il semblait que ses sanglots jaillissaient d'une source inépuisable.

*

Dans la fumée âcre des chandelles, Philippe veilla longuement la dépouille de Monsieur qu'on avait portée dans la chapelle. Se remémorant son enfance, il se rendait compte que ce père ne lui avait jamais causé nul chagrin et qu'il n'avait pour lui-même aucun reproche à lui adresser. Contraint à l'ennui et au désœuvrement, Philippe d'Orléans s'était réfugié dans les plaisirs, mais pouvait-on l'en accuser ? Et lui-même n'en usait-il pas autrement ?

Il méditait sur les vanités de la vie lorsque Dubois fit discrètement son entrée et vint s'agenouiller près de lui. Après quelques instants de recueillement, il murmura :

« Vous voilà désormais chef de la maison d'Orléans.

— Je n'en conçois nulle satisfaction car c'est au prix de la mort d'un père que j'affectionnais. »

Les deux hommes demeurèrent silencieux. Puis l'abbé reprit :

« Vous devez désormais penser à vous et consentir à cette élévation que vous ne souhaitiez pas.

— Qu'y puis-je ? rétorqua-t-il avec une violence contenue. Le Roi m'accablera de sa tendresse parce qu'il se sent coupable d'avoir provoqué la mort de son frère. Mais il ne m'en aimera pas plus pour autant.

— Certes. Toutefois, Votre Altesse royale pourrait profiter de cet accès de faiblesse.

— C'est indigne, monsieur l'abbé. Je ne me servirai pas du cadavre de mon père pour circonvenir le Roi !

— Loin de moi cette idée. Mais il est temps que justice vous soit rendue. Voyez votre oncle au plus tôt, je vous en supplie ! »

Un peu plus tard, Madame, qui était dans un état de grande agitation, lui exprima la même recommandation. Puis elle lui confia son désarroi :

« D'aucuns, dans l'entourage du Roi, ont envisagé de me conduire à Maubuisson chez ma bonne tante qui y est abbesse. Mais je n'accepterai jamais d'être nonne ! Plutôt mourir ! »

Philippe prit la main de sa mère.

« Je ne laisserai pas s'accomplir une telle vilenie… J'irai parler à Louis. »

*

Le Roi était encore au lit lorsque Chartres fut introduit dans sa chambre du château de Marly. En chemise, dépouillé de la majesté qui présidait quotidiennement à la cérémonie du lever, Louis lui apparut soudain comme le vieil homme qu'il était devenu. L'œil chassieux, les traits boursouflés de sommeil, le Roi tendit la main.

« Approchez-vous, mon neveu. »

Philippe songea que pour la première fois de sa vie le Roi ne lui inspirait point de crainte.

« La mort de mon cher frère m'a peiné au plus haut point. Et j'ai un grand regret de cette dispute qui nous a opposés. »

Louis reprit sa respiration et enchaîna :

« Désormais, vous devez me regarder comme votre père. J'ai déjà oublié tous les petits sujets de chagrin que vous m'avez donnés. Et je ne doute pas que pour votre part vous les oublierez aussi et ne m'en tiendrez pas rigueur. »

Philippe acquiesça d'un mouvement de tête. Le Roi, bonhomme, poursuivait déjà :

« Les avances d'amitié que je vous fais céans doivent vous persuader que je n'ai rien de plus cher que de vous attacher à moi. Ainsi, mon neveu, je vous redonne mon cœur tout autant, je l'espère, que vous me redonnez le vôtre.

— Sire, vos bonnes paroles auront contribué, autant faire qu'il se peut, à diminuer ma grande affliction. »

Louis sourit. Philippe continua :

« Il ne vous a pas échappé que ma mère vit un grand tourment. Elle craint de devoir…

— Madame est ma belle-sœur ! le coupa le Roi. Cela devrait suffire à la rasséréner. »

Après une révérence, Philippe esquissa le geste de se retirer. Le Roi le rappela :

« Monsieur le duc d'Orléans, il me serait agréable que vous signiez aussi la paix avec Mme de Maintenon qui, comme vous le savez, m'est très chère et ne vous aime pas moins que moi. »

Philippe s'inclina une nouvelle fois. En dépit de sa méfiance, il fut sensible au discours de Louis XIV, bien qu'il regrettât de devoir sa nouvelle faveur à la seule disparition de son père. Mais il n'avait pas manqué de noter que le Roi, avant même que l'on disposât du testament de son frère, l'avait honoré de son nouveau titre.

Un peu plus tard, le nouveau duc d'Orléans dirigea ses pas vers les appartements de la marquise de Maintenon. Derrière la porte, il entendit que l'on chantait et reconnut la voix de l'épouse du Roi. Songeant à son père qui était à peine froid, il passa son chemin.

*

La Palatine, à demi rassurée, s'était installée à Versailles où, résignée, elle subit maintes condoléances. Philippe, mais aussi quelques ambassades qui lui furent envoyées, surent la convaincre qu'elle devait au plus tôt se rapprocher de la Maintenon si elle ne voulait point être contrainte à se retirer.

Quoi qu'elle en eût, elle adressa donc un billet à la « vieille guenipe » afin de la prier de venir la visiter, elle-même étant empêchée de sortir à cause de son grand chagrin.

La marquise, toute de noir vêtue, ne tarda point et parut après son dîner, trois jours après la mort de Monsieur.

Sur les instances de Madame, les filles d'honneur

s'éclipsèrent à l'exception de la première d'entre elles, Mme de Ventadour. Les deux femmes se regardèrent sans aménité. Mais, au moins au début, il leur fallut feindre. Toutefois, la Palatine ne put s'empêcher de dire qu'elle avait souffert de l'indifférence du Roi lors de sa récente maladie dont elle se relevait à peine.

Les lèvres pincées, la marquise ne répondit pas. Madame soupira. Alors, après un silence qui sembla durer une éternité, la Maintenon prit la parole :

« Le Roi m'a ordonné de vous dire que notre perte commune efface tous ressentiments en son cœur. Cependant, il espère qu'en retour il pourra être content de votre personne et de celle de votre fils.

— S'il est vrai que Philippe, en raison de son tempérament trop généreux, a pu lui fournir quelques sujets d'insatisfaction dont il se repent aujourd'hui avec humilité, je n'ai pour ma part jamais manqué à Sa Majesté, se récria Madame. Et en aucune façon, je n'ai agi pour lui déplaire.

— Il est pourtant une cause qui justifie cette indifférence qui vous a si fort contrariée. »

En même temps, la marquise tira une lettre de sa poche et la plaça sous le nez de la Palatine.

« Connaissez-vous cette écriture, Madame ? »

Presque malgré elle, Liselotte prit les feuillets et constata d'emblée qu'il s'agissait de la dernière lettre qu'elle avait envoyée à sa chère tante Sophie de Hanovre. Son premier mouvement la porta à s'indigner :

« Mais comment se peut-il que cette correspondance soit arrivée dans vos mains ? »

Ensuite, toutefois, et sans même attendre la réponse de la Maintenon, elle blêmit en songeant au contenu de la missive. Dépitée tout autant que furieuse d'être tenue à l'écart par le Roi, Liselotte y développait en termes infamants une méchante philippique sur son épouse qu'elle ne nommait que « la veuve Scarron ». Mais il y avait sans doute pire aux yeux de Louis XIV : la Palatine décrivait avec une cruelle lucidité la misère du royaume et observait que la France aurait du mal à se relever de ce pitoyable état. De tels commentaires dans une lettre envoyée à l'étranger, chez un ennemi qui ne demandait qu'à redresser la tête, ressortissait à la félonie.

La Maintenon ne se priva pas de souligner combien ces écrits avaient offensé le Roi. Madame, qui eût voulu disparaître sous terre, demeura figée. Mme de Ventadour essaya bien de venir à son secours en verbiageant quelques propos insignifiants, il semblait à Liselotte que, de sa vie entière, elle n'avait jamais été autant humiliée.

Abandonnant fierté et superbe, elle avoua, pleura, se repentit. La « pantocrate » triomphait et ne dissimula guère son plaisir. Cependant, elle n'en avait pas fini. Glaciale, elle poursuivit :

« J'ai celé ce secret depuis la mort de la pauvre Dauphine… Elle m'honora de ses confidences après que nous nous fûmes raccommodées. Et bien qu'elle fît semblant d'être votre amie, elle me rapporta mot à mot et jour après jour les ordures que vous répandiez sur mon compte. Voulez-vous que je vous en livre quelques échantillons ? Ils sont de la plus belle eau tudesque ! »

Madame, encore plus blanche, secoua la tête. Ainsi, il ne suffisait pas du cabinet noir du Roi qui interceptait ses lettres : la douce princesse de Bavière l'avait aussi trahie.

Mme de Ventadour, qui se trémoussait sur sa chaise, toussa. La Maintenon esquissa un mince sourire. Empoignant les basques de sa robe, elle s'apprêtait à se lever. La Palatine se précipita, saisit les mains de la marquise :

« Par pitié, n'en dites jamais rien au Roi ! »

Puis, sentant à quel point elle s'était vergognée, elle dit tout à trac :

« Oublions tout et soyons amies.

— Oh oui ! s'exclama Mme de Ventadour. De grâce, embrassez-vous ! »

*

Le lendemain, en présence du Roi, de Madame et de son fils, le chancelier de Monsieur ouvrit avec solennité les cassettes où le défunt serrait ses bijoux et son testament.

Philippe, très ému, apprit qu'il héritait de tous les biens de son père mais aussi de ses droits, apanages, prérogatives et pensions. Le Palais-Royal, le château de Saint-Cloud et maintes autres maisons devenaient siens. Il s'y ajoutait la collection de peintures et de pierres précieuses de Monsieur. Le nouveau duc d'Orléans était désormais l'homme le plus riche de France. Louis XIV adjoignit à cette fortune colossale une pension de six cent cinquante mille livres. Et l'on comprit que par cette faveur le Roi entendait effacer le remords d'avoir été peu ou prou la cause de la mort de son frère.

Cette marque de considération fut augmentée du fait que, à l'égal de son père, Philippe serait désormais premier prince du sang. Ces honneurs, s'ils surprirent la Cour qui n'oubliait pas la récente disgrâce du neveu du Roi, ne tournèrent pas la tête de ce dernier car il y manquait ce à quoi il aspirait par-dessus tout : un commandement.

Avant le transport de la dépouille de Monsieur à Saint-Denis et les obsèques qui devaient être célébrées quarante jours après le décès, les principaux personnages de la Cour, vêtus de longs manteaux de deuil, furent invités à se rendre à Saint-Cloud afin de donner l'eau bénite. Une longue théorie de carrosses fut appelée à se former dans la cour d'honneur de Versailles. Mais dans quel ordre ? Les querelles de préséance, les chamailleries et les cris furent tels entre les duchesses et les marquises que le Roi dut intervenir. Et, dans sa grande sagesse, il décida que seules les princesses du sang seraient autorisées à bénir le corps de son frère.

Monsieur était mort depuis cinq jours. On s'appliquait déjà à l'oublier.

XII

Un espoir déçu

1701-1706

Philippe d'Orléans se coula avec aisance dans ses nouveaux habits princiers. Mais l'ordinaire de son existence ne changea guère. Chaque matin, il s'astreignait à des travaux de peinture ou de chimie avec Homberg. Il avait aussi entrepris l'écriture d'un opéra. Puis il allait visiter sa très chère Mlle de Séry dans son hôtel des Bons-Enfants. Il lui semblait qu'il était de plus en plus épris. La belle, si elle était capricieuse, savait rentrer ses épines lorsqu'il le fallait. Elle était alors tant caressante que son amant oubliait vite de lui faire grief de ses éclats et sombrait dans un plaisir charnel toujours renouvelé.

Ses assauts étaient si assidus que Marie Louise fut encore grosse. Philippe décida que sa future maternité ouvrirait à sa maîtresse les portes du Palais-Royal. Bon gré, mal gré, les femmes de son entourage durent s'accommoder de sa présence. Mme de Ventadour s'empressa auprès de la favorite mais la Palatine et la duchesse d'Orléans firent grise mine avant de s'incliner devant la volonté du nouveau maître des lieux.

Au reste, Philippe prit garde de ne pas davantage irriter le Roi. Si épris qu'il fût de Mlle de Séry, il s'efforçait de racheter son infidélité en entourant son épouse de mille soins et attentions. Il n'entrait nul calcul dans ce dévouement : Philippe était naturellement aimable et toujours prompt à considérer ses semblables selon leur meilleur visage.

Autant qu'il se pouvait, il prenait aussi la route de Versailles. Si Liselotte se trouvait au château, il allait ponctuellement la saluer à dix heures moins le quart. Parfois, « Madame Lucifer », si elle ne se plaignait pas de migraines, l'accompagnait. Ensuite, la mère et le fils se rendaient au souper du Roi. Puis il fallait encore assister au coucher royal, présenter la chemise ou le bougeoir. À onze heures et demie, chacun pouvait enfin regagner ses appartements.

Si Philippe, sans en rien montrer, souffrait de la monotonie de ce cérémonial, l'altière Palatine ne semblait pas en prendre ombrage. Depuis son horrible conversation avec la Maintenon, elle avait provisoirement rentré ses ergots. D'autant qu'elle avait obtenu du Roi de paraître à sa vue sans son grand accoutrement de veuve qui exigeait le port de la mante, du voile et du bandeau.

Saint-Simon avait mis un terme à sa carrière militaire. Il n'avait rien abandonné de sa raideur mais, jugeant que son camarade de jeunesse avait relativement rompu avec ses dissipations passées, il revint vers lui. Une nouvelle et fidèle amitié prospéra entre les deux hommes. Elle ne devait plus s'affadir. Le petit duc eut même à cœur de s'entremettre entre Philippe et son épouse chaque fois que le caractère ombrageux de « Madame Lucifer » soulevait une nouvelle tempête conjugale.

Pour autant, Saint-Simon ne partageait pas tous les

secrets de son ami. Seul Dubois, devenu maître en toutes choses au Palais-Royal, et qui avait été nommé secrétaire des commandements du duc[1], savait que le rêve espagnol n'avait point quitté son ancien pupille. Plus que jamais, Philippe désirait donc que ses droits à la succession fussent reconnus.

Deux mois après la mort de Monsieur, Philippe V décerna à ses héritiers français putatifs, le duc de Berry et le duc d'Orléans, l'ordre de la Toison d'or. Mais ce dernier n'eut guère le temps de se réjouir. Le Roi d'Espagne n'avait pas oublié le parti autrichien : le collier fut aussi attribué à l'archiduc Karl.

Dubois était peut-être encore plus attaché que son maître à cette affaire espagnole. Il s'en entretenait souvent avec Philippe qu'il pressait de partir à Madrid.

« Je ne puis sans l'autorisation du Roi, rétorquait son ancien élève. Déjà prompt à me soupçonner de comploter contre son petit-fils, il m'a interdit de me rendre en Espagne. Si j'enfreins ses ordres, je me condamne à l'exil tant que mon oncle vivra !

— Alors, si Votre Altesse royale le permet, je ferai le voyage à sa place. Philippe V ne pourra refuser de me donner audience. Et je saurai bien démêler les humeurs de cet esprit aussi tortueux qu'indécis. »

*

Philippe fut ému au plus haut point lorsqu'il découvrit le visage chiffonné de la petite Marie Louise Élisabeth[2]. Parmi les quatre filles que lui avait déjà

1. L'équivalent aujourd'hui de chef de cabinet.
2. Future duchesse de Berry.

données son épouse, elle était sa préférée. Espiègle et même impertinente, ce caractère vif réjouissait son père qui n'aimait rien tant que les tempéraments rebelles.

La fillette, qui avait six ans, se trouva subitement souffrante. Le mal inconnu qui l'avait frappée progressa si vite que les médecins accourus à Saint-Cloud la crurent condamnée. Sa mère, si peu imprégnée d'instinct maternel et qui ne faisait des enfants que par nécessité, s'était résignée à la perdre. À Versailles, on n'attendait plus que la nouvelle de sa mort. Tout à rebours, Philippe écarta les hippocrates et entreprit de soigner lui-même sa fille. Fort de l'enseignement de Homberg qui lui avait appris le secret des simples, il lui administra décoctions et macérations d'herbes et ne quitta plus le chevet de Marie Louise Élisabeth. Contre toute attente, celle-ci revint peu à peu à la vie. Il s'ensuivit une proximité entre la fille et le père qui ne devait jamais se démentir.

Le Roi fit compliment à son neveu de cette guérison miraculeuse. Et, en riant, il lui décerna le titre de « docteur de la famille ». Ce succès ne parvint pas toutefois à rehausser le prestige du prince. Quelques médisants rappelèrent opportunément que le duc d'Orléans demeurait précédé d'une réputation de sorcier. Ne disait-on pas qu'il fréquentait charlatans et alchimistes ? Et que penser de ces vapeurs noires et soufrées qui s'échappaient des cheminées du Palais-Royal lorsque Philippe s'adonnait à de mystérieuses besognes en compagnie de Homberg ?

La pierre philosophale ! Orléans, à l'imitation des plus grands savants de l'époque, dont le célèbre Newton, croyait à la transmutation des métaux et y travaillait avec acharnement. Il n'était jusqu'à certaines traditions ésotériques pour stimuler son imagination. Approché par un jésuite italien, le père Bonanni, il s'était ainsi intéressé à l'histoire des Templiers. Selon ce religieux, l'Ordre, désormais clandestin, n'avait jamais cessé d'exister. Et, malgré le supplice de Jacques de Molay, la chaîne de succession des grands maîtres n'avait pas été rompue. N'était-il pas temps de refonder le Temple ? Sans nul doute, le patronage d'un personnage aussi considérable que le duc d'Orléans permettrait sa renaissance.

Philippe, émoustillé, prêta une oreille attentive à cet ecclésiastique ultramontain. D'autant que Bonanni lui remontra qu'un tel engagement de sa part lui permettrait de tisser autour de lui, et dans toute l'Europe, un écheveau d'affidés qui ne pourrait que servir ses ambitions politiques.

Cependant la prudence l'emporta. Bien qu'il fût féru de mystères et de sociétés secrètes, Philippe déclina à regret l'offre qui lui était faite. Il y gagna en sagesse ce qu'il perdit en espérance.

*

Philippe, si attaché à Mlle de Séry, n'en visitait pas moins, toujours furtivement, son ancienne maîtresse, Charlotte Desmares. Au sévère Saint-Simon, qui s'indignait de le voir aussi tromper la favorite, il répliqua benoîtement :

« Ce changement de menu fait que je reviens vers Mlle de Séry avec encore plus d'appétit. »

Cependant, ces écarts ne tardèrent pas à porter un fruit. C'était la deuxième fille que la comédienne lui offrait. Mais Philippe récusa cette paternité. Sachant que Charlotte vivait dans un état de grande liberté et refusait rarement les hommages de ses admirateurs lorsqu'ils la pressaient de trop près, il assortit ainsi son propos :

« Non, Madame, cet enfant est trop arlequin. Il est fait de trop de pièces différentes. »

Charlotte ne lui en voulut guère. Elle savait que son amant, qu'il eût ou non reconnu ses enfants illégitimes, aurait à cœur de pourvoir à leur entretien et d'assurer leur avenir.

Jean Philippe, fils de Mlle de Séry, naquit peu après[1]. Orléans conçut une grande fierté de se voir ainsi doté d'un nouveau fils, même si ce dernier venu était encore issu de la main gauche. La favorite grandit encore en considération au Palais-Royal au grand dam de « Madame Lucifer » qui ne tarda pas à se plaindre auprès du Roi son père et de la Maintenon. Cependant, Louis, toujours ombragé d'avoir peu ou prou causé la mort de son frère, ne tança pas son neveu.

Dubois était revenu de Madrid sans avoir obtenu le succès escompté. Certes Philippe V, qui l'avait reçu avec courtoisie, reconnaissait que les droits du duc d'Orléans primaient sur ceux de l'archiduc autrichien mais le petit-fils de Louis XIV se gardait d'ordonner que cette préséance fût l'objet d'un acte écrit. Était-ce indolence ou mauvaise volonté ? L'abbé ne put le percer. Il avait pourtant retrouvé à la Cour espagnole son ancienne complice, la princesse des Ursins. Marieuse par vocation, l'intrigante venait d'apposer le point final à l'un de ses grands œuvres : l'union de Philippe V avec Marie Louise de Savoie, petite-fille de feu Monsieur. Habile entremetteuse, elle avait pu

1. Titré chevalier d'Orléans, il sera légitimé et deviendra général des Galères.

de cette façon s'insinuer dans l'entourage de la jeune Reine jusqu'à devenir *camerera mayor*. En même temps, entretenant une correspondance régulière avec son amie, la marquise de Maintenon, elle travaillait secrètement à ce que ne fussent pas distendus les liens entre la monarchie espagnole et les Bourbons de France.

La princesse des Ursins gardait de sa jeunesse aventureuse une propension à la galanterie. Dubois usa avec elle des sommets de son éloquence. Mais l'affaire en resta là. Au reste, Philippe V se disait fort occupé et partit en Italie où il voulait se faire reconnaître dans ses États avant même d'avoir revu l'abbé. Mme des Ursins ne pouvait plus le servir. Dubois prit le chemin de la France. Le rêve espagnol s'éloignait encore une fois.

*

La guerre, qui sommeillait depuis la décision de Louis XIV d'accepter l'héritage espagnol pour son petit-fils, devint une réalité au mois de mai 1702. L'Angleterre, la Hollande et l'Empire autrichien décidèrent ensemble de se liguer contre le royaume de France.

Guillaume III avait préparé la guerre. Mais, comme il décéda en mars, il revint à la Reine Anne Stuart, seconde fille de Jacques II, de présider à l'ouverture des hostilités. Elle confia son armée au duc de Marlborough qui se trouvait être aussi le mari de sa favorite et amante, Lady Churchill. Ce redoutable général allierait donc son talent militaire à celui du meilleur stratège de son temps, le prince Eugène[1], commandant des forces de l'Empire.

Devant un si grand danger, Louis XIV commit l'imprudence de confier l'administration de ses armées au marquis de Chamillart qui ne devait son élévation à la Cour qu'à son habileté à jouer au billard. Estimé au plus haut point par Mme de Maintenon, ce contrôleur général en vint très vite à cumuler la charge des finances et celle de la guerre. C'en était trop pour un esprit aussi faible. On ne tarderait pas à en mesurer les conséquences.

Philippe, écarté des grandes affaires qui décideraient de l'avenir de l'Europe, trompait son désœuvrement en participant assidûment aux audacieuses expériences de Homberg qui, en mêlant au-dessus du feu les métaux les plus divers, ne désespérait pas de découvrir la pierre philosophale. Il décida aussi d'enrichir la magnifique collection de peintures que lui avait léguée son père. Il se livra à cette entreprise avec passion et commença une véritable chasse aux chefs-d'œuvre. Financiers, marchands, diplomates furent sollicités et se mirent en quête dans les capitales du continent. Dubois lui-même fut attelé à ce service et acheta en Hollande *Les Sept Sacrements* de Nicolas Poussin. Un *Richelieu* de Philippe de Champaigne rejoignit ces tableaux dans la galerie du Palais-Royal. Lui succédèrent le *Charles Ier* de Van Dyck, le *Scipion* de Rubens, le *Charles-Quint* du Titien. Puis ce furent encore l'admirable *Vierge d'Orléans* de Raphaël, le *Moïse* de Véronèse et une

1. Eugène de Savoie-Carignan, fils du comte de Soissons et de la nièce de Mazarin, Olympe Mancini, n'obtenant pas de commandement en France, était passé au service de l'Empereur.

Léda d'Andrea del Sarto. Avec un goût sûr, Philippe rassemblait peu à peu une collection qui dépassa bientôt en splendeur toutes celles qui existaient.

Cependant, comme l'impatience ne le quittait guère, il se laissa aussi aller à des passe-temps plus hasardeux en essayant de forcer l'avenir. L'initiative en revint à Mlle de Séry qui avait eu connaissance de la venue à Paris d'un nouveau mage dont on chantait merveille. Bien qu'il n'eût pas oublié son aventure charlatanesque dans la carrière de Vaugirard, Philippe consentit à rencontrer ce magicien qui, prétendait-on, avait reçu du Ciel des dons de voyance. L'intercession d'une enfant innocente étant nécessaire à l'exercice de son art, la favorite y pourvut en invitant chez elle une fillette pour laquelle elle avait des bontés.

Ledit soir, le duc d'Orléans se présenta chez sa maîtresse. Le mage et l'enfant l'y attendaient dans le boudoir. L'homme, vêtu en bourgeois, n'avait rien qui sortît de l'ordinaire et ses manières étaient d'une simplicité de bon aloi. Il disposa sur un guéridon un simple verre empli d'eau où, dit-il, la fillette pourrait lire par son intermédiaire le présent et l'avenir. Il la fit asseoir. Puis il se tint derrière elle, une main posée sur son épaule afin, précisa-t-il, de lui communiquer son propre fluide.

Non sans une certaine réticence, Philippe interrogea l'enfant à propos de quelques personnes de sa connaissance. Le regard fixe, dans une sorte de transe qui donnait l'impression qu'elle s'était échappée de son propre corps, elle sut les représenter en détail et indiqua même quels traits de caractère les dominaient. Subjugué, il poursuivit, demanda à la drôlesse de décrire la chambre du Roi à Versailles. Elle s'en acquitta avec une grande clarté bien qu'à l'évidence elle n'eût jamais pénétré dans ce lieu. Enfin, la gorge serrée, il osa. Comme il lui semblait indécent de poser des questions sur la date de la mort de Louis, il questionna simplement :

« Que se passera-t-il lorsque le Roi viendra à disparaître ? »

Nullement effarouchée, elle répondit sur le ton monocorde dont elle usait depuis le début de la séance. Elle voyait un vieillard moribond couché sur un lit à baldaquins. Il bénissait un tout jeune enfant qui portait un cordon bleu en sautoir. Dans l'assistance recueillie qui guettait les derniers moments du souverain, elle apercevait un certain nombre de personnages parmi lesquels Philippe reconnut à coup sûr Mme de Maintenon, Madame et Fagon. Lui-même était présent. Mais la fillette ne décrivit dans cette assistance aucun familier qui eût pu ressembler au Grand Dauphin ou à ses fils, Bourgogne et Berry.

« Où sont-ils ? » demanda-t-il presque malgré lui.

La fillette ne répondit pas. Elle semblait lasse.

« S'il plaît à Monseigneur de poser une dernière question… »

Philippe déglutit. Il transpirait.

« Et qu'en sera-t-il de mon destin ? »

Le mage lâcha l'épaule de l'enfant, sortit de sa veste une étoffe de velours noir qu'il déploya et agita devant Orléans. Puis il traça dans l'air quelques signes cabalistiques. Et soudain, l'on vit apparaître sur l'un des murs du boudoir un halo de lumière au milieu duquel s'esquissa peu à peu un visage aux contours flous.

« Mais c'est moi ! » balbutia Philippe.

Toutefois, ce qui retint surtout son attention était l'ébauche de couronne qui surmontait la tête de ce portrait. Une couronne sans diadème et qui ne ressemblait à rien qu'il connût.

*

Philippe d'Orléans fut longtemps troublé. Soupçonnant quelque manipulation qui lui avait échappée, il ne pouvait néanmoins s'empêcher de songer que la petite fille disposait peut-être d'un véritable don. Ne lui en avait-elle pas apporté la preuve en décrivant avec une si évidente précision la chambre du Roi ? Alors que signifiait ce rêve éveillé au cours duquel elle avait observé l'absence des héritiers directs de Louis XIV ? Et que penser de cette figure fantomatique où lui-même apparaissait coiffé d'une étrange couronne ?

Il s'efforça de chasser autant qu'il le put ces images dérangeantes. La naissance de Louis, son premier fils légitime, lui en donna provisoirement l'occasion. L'enfançon donna très vite de grands signes d'inquiétude à ses parents. Il semblait tant fluet que les médecins opinèrent qu'il ne tarderait pas à passer. Ce petit être fragile éveilla pour la première fois des sentiments maternels chez Françoise Marie. Contrairement à tous les usages, elle exigea que le berceau ne quittât point sa chambre. Et, à tous moments, délaissant sa partie de lansquenet ou la surveillance de ses brodeuses, elle se penchait au-dessus de cet être malingre, comme si, par sa seule présence, elle pouvait repousser la mort qui lui était promise.

Philippe, à qui la seule idée de la maladie inspirait une profonde répulsion, ne s'attardait guère auprès du petit duc de Chartres ainsi qu'il avait été titré à sa naissance. À peine l'avait-il embrassé du bout des lèvres qu'il quittait l'appartement de son épouse et rejoignait la compagnie bruyante et turbulente de ses trois filles auxquelles, malgré les objurgations de leur gouvernante, il passait tous les caprices et apportait quantité de sucreries et friandises. Marie Louise Élisabeth, sa préférée, était devenue un joli brin de fillette qui, dès lors qu'elle posait ses beaux yeux noisette sur son père, obtenait tout ce qu'elle voulait.

Louis XIV, à qui l'esprit de famille n'avait jamais fait défaut, s'enorgueillit de la naissance de son nouveau petit-fils à qui, de surcroît, il avait été donné son prénom. Il en félicita son neveu et espéra en son for intérieur que l'arrivée de cet héritier conduirait Philippe à adopter une conduite plus vertueuse.

Mais bientôt, l'esprit de ce dernier fut surtout accaparé par les nouvelles préoccupantes de la guerre. Il y eut d'abord le désastre des flottes française et espagnole dans le port de Vigo. L'Anglais pouvait désormais régner en maître sur les mers et ne tarda pas à s'emparer de Gibraltar. Sur terre, le maréchal Villars et le duc de Vendôme bataillaient avec vaillance. Mais la défection du duc de Savoie et l'indécision de l'Électeur de Bavière, allié de la France, embarrassèrent leur stratégie. S'y ajoutèrent les insuffisances des maréchaux Villeroy et Tallard. Le 13 août 1704, l'armée fut écrasée à Bleinheim, au bord du Rhin. Trente mille hommes furent mis hors de combat, plusieurs officiers généraux périrent et Tallard lui-même dut se rendre à l'ennemi.

En Espagne, la situation était encore plus désespérée. L'archiduc Karl, prétendant au trône espagnol, avait débarqué en Catalogne et avait déjà conquis Barcelone tandis qu'une armée anglo-portugaise bousculait les Franco-Espagnols et parvenait à chasser Philippe V de Madrid. Aussitôt, Karl se fit proclamer Roi sous le nom de Charles III. Cette série catastrophique se poursuivit enfin dans les Flandres où Marlborough infligea une cuisante défaite à l'inepte Villeroy. Immédiatement, les Pays-Bas espagnols proclamèrent leur allégeance à Charles III.

Au fur et à mesure que ces nouvelles affligeantes parvenaient à Versailles, Philippe, qui bouillait d'impatience, sollicitait Louis et lui réclamait un commandement. Il était en mesure d'équiper de pied en cap les quatre régiments dont il disposait et pouvait partir sur-le-champ. Mais, imperturbablement, le Roi lui opposait un refus, arguant que son petit-fils, Philippe V, pourrait être contrarié par une initiative qui risquait de rogner ses royales prérogatives.

Il en eut bientôt la preuve. Une ambassade qu'il envoya auprès du souverain espagnol afin de proposer à ce dernier de prendre la tête de ses armées n'obtint aucune réponse.

Ses talents militaires étaient donc appelés à demeurer en jachère. Ce caractère naturellement aimable finit par s'aigrir. Il s'autorisa publiquement des impertinences qui étaient autant de critiques implicites de la politique de son oncle. Ainsi, lorsque Tallard, vaincu à Bleinheim, se vit remettre le gouvernement de Franche-Comté dès que l'Anglais le libéra, il persifla : « Il faut bien donner quelque chose à un homme qui a tout perdu. »

En vérité, déçu par le Roi et peut-être las d'une maîtresse qui ne satisfaisait plus son appétit de nouveauté, Philippe d'Orléans était sur le point de retomber dans ses pires errements. Déjà, il renouait avec l'intempérance qui lui avait été autrefois habituelle et il ne se passait plus de soirs sans qu'il s'enivrât.

Dubois, qui vouait une sincère affection à son ancien

élève, se désolait. Comment un prince pourvu de si belles qualités pouvait-il être abandonné à un si triste sort ?

Son affliction était d'autant plus réelle qu'il constatait que Philippe, malgré le ressentiment qui le minait, ne cessait d'aiguiser ses connaissances et de s'adonner au commerce des idées. Lecteur enthousiaste du philosophe Leibniz qui essayait de concilier la rigueur de la science et les exigences de la révélation divine, il venait même d'entamer une correspondance avec Fénelon à qui son inclination pour le quiétisme avait valu d'être relégué par le Roi dans son évêché de Cambrai.

Cette nouvelle curiosité intellectuelle n'avait pourtant en rien amoindri son scepticisme. S'il donnait l'impression de croire en l'immortalité de l'âme et en l'existence d'une entité divine, il récusait avec vigueur les rites de l'Église et l'empire absolu qu'elle exerçait sur ses contemporains. Il lui préférait le libre arbitre qui, selon lui, devrait être le propre de l'Homme. Mais dans le même temps, cet esprit contradictoire ne cessait pas d'être fasciné par le mysticisme que professaient Fénelon et ses fidèles. Toutefois, aucun de ses proches ne se serait hasardé à définir ses convictions profondes tant il excellait à les dissimuler.

*

L'humiliation fut cinglante. Philippe en jugea en connaisseur d'après les récits qui ne tardèrent pas à parvenir à Versailles.

Le malheureux maréchal de Villeroy avait sans nul doute voulu effacer en une seule victoire ses déboires passés. Au mois de mai 1706, chevauchant en Flandre à la tête d'une armée grosse de quatre-vingt mille hommes, il cherchait la bataille en dépit des avis qui lui avaient conseillé le repos et la défensive derrière les nouvelles lignes que les sapeurs venaient d'édifier le long de la rivière Dyle.

En l'absence d'un ennemi qui semblait se dérober, les troupes traversaient avec insouciance une campagne brabançonne que réchauffait un ardent soleil printanier. Les heures passant, le désordre augmenta et certains régiments se débandèrent. Ce fut alors que, longeant un petit cours d'eau, l'avant-garde aperçut l'adversaire sur la rive opposée. Si la surprise fut égale de part et d'autre, elle ne produisit pas les mêmes effets. Villeroy improvisa un plan de bataille qui se révéla désastreux aussitôt qu'il fut mis en œuvre. Pensant fixer l'ennemi en l'obligeant à user prématurément ses forces, il ordonna l'occupation du village de Ramillies sans se rendre compte que cette position, trop éloignée de ses premières lignes, ne permettrait pas de venir au secours des assiégés s'ils venaient à succomber sous le nombre.

D'une manière tout aussi inconséquente, il choisit pour sa gauche une position inexpugnable au milieu de marais proches de la rivière. Mais si l'ennemi était empêché d'attaquer il était tout aussi impossible à cette aile de passer à l'offensive. Marlborough, qui commandait à l'armée alliée, comprit en un instant combien cette disposition lui était favorable. Il fit passer toutes ses forces sur sa propre gauche sans que Villeroy réagît. L'assaut fut donné. Ramillies tomba presque aussitôt. Puis, en seulement un quart d'heure de combat, l'armée française fut mise en déroute et laissa sur le terrain plusieurs milliers de morts. Toutefois, la défaite n'eût pas été totale si la retraite avait été opérée dans l'ordre. Bien au contraire, la plus grande confusion présida à ce mouvement. L'ennemi, regroupé, tailla tant et si bien dans ces rangs disséminés que vingt mille nouveaux soldats périrent.

Le résultat fut que Villeroy dut abandonner aux alliés l'ensemble des Pays-Bas espagnols et ne trouva salut et repos que sous les murs de Lille.

À Versailles, l'incompétence du maréchal fut unanimement reconnue. Louis XIV, qui lui avait si obstinément conservé sa confiance en raison de leurs communes années de jeunesse, consentit enfin à son remplacement. Le duc de Vendôme, qui se battait vaillamment en Italie et avait même triomphé du prince Eugène à Cassano, fut appelé à le remplacer. À charge pour lui de repousser une éventuelle invasion du nord du royaume. Mais qui lui succéderait de l'autre côté des Alpes où la guerre faisait toujours rage et où l'armée française assiégeait Turin, capitale du déloyal duc de Savoie ? La Cour, comme à son habitude, bruissait des rumeurs les plus diverses et, malgré l'urgence, le Roi tardait à se prononcer. Il était pourtant à craindre que le découragement de la troupe, après la défaite de Ramillies, ne gagnât l'armée d'Italie.

Philippe d'Orléans ne croyait guère à ses chances. Il avait même cessé de donner son avis sur la conduite des opérations militaires tant il lui semblait qu'on le tenait en piètre estime.

Il ignorait donc qu'un mouvement se dessinait en sa faveur. Le contrôleur général Chamillart, qui portait une lourde responsabilité dans le désastre des Flandres, s'en ouvrit à sa protectrice, Mme de Maintenon, dans un rare accès de lucidité. Seul un prince de la famille royale saurait enflammer la troupe et la conduire à la victoire. Et nul, autour de Louis XIV, ne possédait autant de talents guerriers que son neveu. La marquise, bien qu'elle n'éprouvât que répugnance pour ce réprouvé qui se complaisait dans le péché, promit d'en parler au monarque.

Un soir de la fin du mois de juin où Louis goûtait la fraîcheur et le calme de Marly, il retint Philippe après le souper. Lorsque ce dernier ressortit du cabinet du Roi, il était devenu commandant en chef des armées d'Italie !

*

La Palatine, à cette nouvelle que Philippe tint à lui annoncer lui-même, balança entre la joie et l'inquiétude. Mais, comme elle ne voulait pas gâter le plaisir de son fils, elle lui dissimula l'angoisse qui lui vint en songeant aux dangers que son tempérament impétueux ne manquerait pas de lui faire courir.

Au reste, Philippe, tout occupé qu'il fût à organiser son départ, eut bientôt une autre raison de s'alarmer : Louis XIV, qui ne pouvait se départir à son égard d'un constant sentiment de méfiance, avait décidé de lui adjoindre la compagnie du maréchal de Marsin, un petit homme ambitieux surtout connu pour être un impénitent bavard.

« Sire, dit-il au Roi, je n'ai jamais eu besoin de chaperon lorsque je combattais en votre nom, épée à la main. »

Louis rasséréna son neveu autant qu'il le put :

« Marsin vous sera d'excellent conseil. Il joint à sa connaissance de la guerre d'éminentes qualités de diplomate. Nul doute qu'elles vous seront utiles en votre campagne d'Italie. »

Philippe s'inclina. Mais il décida sur-le-champ de profiter de cette avanie pour obtenir de son oncle la légitimation du fils que Mlle de Séry lui avait donné.

En dépit de l'offense que cette naissance avait causée à sa fille, Louis XIV consentit et dota même la maîtresse de son neveu d'une rente de vingt-cinq mille livres. Il y ajouta un titre de comtesse : l'impudente pourrait désormais s'appeler Mme d'Argenton.

En à peine une semaine, les préparatifs du départ furent achevés. Le duc d'Orléans fit ses adieux au Roi et à Madame qui le serra longuement sur sa forte poitrine. Puis il courut chez la nouvelle comtesse d'Argenton. Marie Louise, encore sous le coup de la bonne fortune qui venait de lui échoir, versa d'honnêtes larmes et se livra à maintes effusions. Mais dans sa tête, Philippe galopait déjà vers les portes de Paris et la route de Lyon.

Cinq voitures et vingt-huit chevaux suivaient. Dubois, Saint-Léger, premier valet de chambre, le chirurgien Lardy et quelques gentilshommes familiers du Palais-Royal étaient du voyage. À marche forcée, Lyon fut atteinte en seulement quatre jours. Brûlant d'impatience, Orléans ne s'y reposa que huit heures. Le lendemain, Chambéry était en vue. Et trois jours plus tard, Philippe mit pied à terre devant le quartier général de l'armée française établi à proximité de Turin.

Il demanda aussitôt à visiter les ouvrages du siège. Le duc de La Feuillade, gendre du contrôleur Chamillart, commandait sur ordre de Vendôme. Philippe comprit bien vite que ce pommadin qui s'abîmait devant lui en courbettes n'était rien moins qu'un chef de guerre. Non seulement, les fortifications étaient encore incomplètes mais leur édification avait été conduite en dépit du bon sens. La Feuillade, qui avait sottement repoussé les offres de service de Vauban, avait en effet choisi de concentrer ses efforts sur l'endroit le mieux défendu de la ville : sa citadelle. Ironie de l'histoire, cette imposante bastille avait été construite par ce même Vauban dont on avait refusé les conseils.

L'affaire était mal engagée. Mais, sous peine de désorganiser le dispositif, il était trop tard pour y remédier. Philippe ne put qu'ordonner à deux régiments, qui traquaient vainement le duc de Savoie dans ses retranchements alpins, de rejoindre au plus tôt le siège où leurs canons seraient les bienvenus. Enfin, il prescrivit quelques travaux de renforcement là où les contrevallations paraissaient les plus vulnérables.

Puis, sans tarder, il chevaucha vers Crémone où Vendôme devait lui remettre son bâton de commandement. Une nouvelle désillusion l'y attendait. Le gros et paresseux Vendôme, qui ne songeait qu'à s'empiffrer et à lutiner ses pages, se reposait sur ses succès passés. Mésestimant l'opiniâtreté du prince Eugène, il avait permis à l'armée de ce dernier de franchir l'Adige. Il demeurait malgré tout confiant.

« Jamais il ne sera en mesure de traverser le Pô », asséna-t-il avec conviction à Philippe d'Orléans.

Mais à peine avait-il prononcé cette sentence qu'une estafette annonça que les troupes impériales venaient de se jouer de cet obstacle naturel.

« Qu'importe ! grogna le ventripotent barbon. Le prince Eugène aura encore fort à faire avant d'atteindre le Piémont ! »

Ce fut son dernier mot. Un instant plus tard, on le hissa dans sa voiture qui prit la direction des Flandres.

*

La succession du duc de Vendôme pesa lourdement sur les épaules de Philippe d'Orléans. Ralliant le quartier général de l'armée de Lombardie établi à Volta, il découvrit une situation préoccupante : plutôt que de se retirer derrière le Mincio, un cours d'eau qui offrait sur sa rive droite des abris sûrs, le négligent Vendôme avait égaillé ses troupes sur une vaste ligne courant du lac de Garde à Mantoue. Si les régiments n'étaient pas regroupés, ils permettraient à l'ennemi de passer sans coup férir et de courir droit vers Turin afin de venir en aide aux assiégés.

Par ailleurs, Orléans constata qu'à la différence de l'armée qui assiégeait Turin, les soldats manquaient de munitions et d'artillerie. Il en fit aussitôt l'observation au maréchal de Marsin qui venait enfin de le rejoindre. Cependant ce dernier ne pipa mot. Toutefois, dans la lettre à Louis XIV qu'il dicta à l'abbé Dubois, Philippe omit d'accabler Vendôme pour lequel, malgré ses défauts, il gardait de l'amitié.

« Votre Altesse royale est trop bonne, railla l'ancien précepteur. Si l'affaire vient à mal tourner, vous serez jugé comme étant le seul coupable !

— Il n'est pas dans ma nature de charger les autres, répliqua fièrement Orléans. Le Roi m'a confié son armée. Je vaincrai malgré les vicissitudes. »

L'abbé soupira.

« Méfiez-vous. Je vois en Marsin et La Feuillade deux fieffés escobars qui n'auront de cesse de vous faire trébucher pour mieux se pousser du col auprès du Roi et garder pour eux la gloire d'une victoire ! »

En dépit de cet avertissement, Philippe décida de ne pas s'inquiéter plus avant. Son allant, sa témérité sauraient triompher de tous les obstacles. N'était-il pas le généralissime nommé par le Roi ?

Cependant, il dut vite déchanter. Tandis que l'armée

du prince Eugène progressait vers Turin, il fit ses comptes. Même en regroupant toutes les troupes que lui avait laissées Vendôme, il lui manquait dix mille hommes pour affronter l'ennemi à forces égales. Il écrivit à La Feuillade afin de lui ordonner de soustraire trente bataillons d'infanterie et autant d'escadrons de cavalerie de sa guerre de siège. Déjà, Orléans imaginait son plan de bataille. Plutôt que d'attendre le prince Eugène, il se porterait à sa rencontre et attaquerait. L'assaut, si l'ennemi acceptait le combat, serait déclenché sur la rive du Tanaro en un lieu qu'il avait repéré à cause des excellentes positions qu'il offrait. Les troupes impériales battues, il serait ensuite temps de rebrousser chemin vers Turin et d'en finir avec cet interminable siège.

Le duc de La Feuillade tardant à lui répondre, Orléans usa de son autorité et le convoqua à Mantoue. L'entrevue fut orageuse. Marsin, qui ne voulait pas déplaire au gendre de Chamillart, appuya ce dernier qui refusait de dégarnir son armée au moment, prétendait-il, où il allait venir à bout des assiégés.

La mort dans l'âme, Philippe dut s'incliner face à ces deux farouches oppositions. Il renonça à son plan initial[1]. Mais il ne put s'empêcher de penser que Dubois, une fois de plus, avait vu juste. Ses meilleurs ennemis se trouvaient dans son propre camp.

---

1. Dans une lettre chiffrée adressée à l'Empereur et qui ne fut connue que plus tard, le prince Eugène admit que si Orléans s'était porté sur le Tanaro, il eût été empêché de marcher vers Turin et se serait replié.

XIII

Une blessure

1706-1707

Un soleil impitoyable accablait la plaine du Pô. Rus et rivières étaient à sec. Assoiffée, l'armée de Lombardie refluait vers la capitale du duc de Savoie. Au fur et à mesure de sa progression, des sapeurs minaient les ponts tandis que des soldats s'emparaient du bétail : il fallait retarder les troupes impériales qui marchaient sur les talons des fantassins français et entendaient secourir les assiégés de Turin.

Orléans arriva sous les murs de la ville à la fin du mois de juillet. Bien loin d'avoir progressé, le siège donnait de nombreux signes de désolation. La troupe était dépenaillée, affamée et comptait de nombreux malades. En outre, contrairement aux ordres qu'il avait donnés un mois et demi plus tôt, Philippe découvrit des travaux qui n'avaient point encore été achevés. Pis, quelques ouvrages précédemment conquis avaient été repris par l'ennemi.

Cédant à une colère qui lui était peu familière, Orléans prit à partie le duc de La Feuillade :

« Auriez-vous reçu l'ordre de Versailles de vous abstenir de prendre Turin ? »

Sous le coup, le gendre de Chamillart blêmit.

« Il n'en est rien, balbutia-t-il.

— Alors je vous prie de vous appliquer à tout faire pour emporter cette cité ! »

Faisant fi de l'irritation de La Feuillade, Philippe s'attela lui-même à la tâche de corriger les défaillances les plus évidentes. De tranchées en tranchées, de bastions en bastions, il parcourut les fortifications, inspecta les défenses, commanda que l'on resserrât ici ou là des lignes trop distendues. Mais c'était avant tout vers l'horizon qu'il regardait.

Le jour vint où un nuage de poussière jaune signala l'arrivée de l'armée du prince Eugène aux abords de la ville. Orléans ne quittait plus sa lorgnette. Observant le déploiement des troupes impériales en un mouvement enveloppant autour de Turin, il réalisa soudain qu'un coup de boutoir en un point donné pourrait briser le front ennemi et semer un désordre fatal dans ses rangs.

À nouveau, un conseil de guerre réunit Marsin, La Feuillade mais aussi les lieutenants généraux qui seraient appelés à donner leur avis. Orléans plaida avec fougue et éloquence pour son plan : l'armée ennemie devait être épuisée après avoir couru une marche si éprouvante sous le soleil. Elle ne saurait résister trop longtemps si elle était attaquée par surprise.

Le premier, Marsin sembla d'abord se ranger aux arguments du prince. Mais ce fut ensuite pour mieux en dénoncer les dangers : l'offensive obligerait à dépouiller l'armée du siège de précieux bataillons et donc à retarder la reddition de Turin. La Feuillade, trop heureux de conserver ses troupes, opina dans le même sens. Quant aux lieutenants généraux, ils balançaient. Bientôt, les timorés l'emportèrent. Seul le comte d'Estaing se prononça pour l'attaque. Pourtant, Philippe d'Orléans ne s'estima pas encore défait.

« Une première fois, cédant aux objurgations de mes pairs, j'ai accepté la retraite alors que j'étais en mesure de vaincre sur le Tanaro... Je n'accepterai pas de plier à nouveau devant l'ennemi qui, si nous ne prenons pas d'initiative, ne tardera pas à nous enfermer dans un piège mortel... »

Il y eut des murmures et même quelques approbations. Le vent tournait. Orléans avait piqué l'orgueil de ces officiers si infatués d'eux-mêmes. Alors le maréchal de Marsin leva la main, poussa une cassette devant lui et fixa Philippe.

« J'ai là une instruction secrète du Roi qui vous ordonne de m'obéir ! »

Désemparé par cette trahison, Orléans resta coi quelques instants. Puis, en même temps que le sang refluait sur son visage, il s'exclama d'une voix forte :

« Puisqu'on me dénie la capacité de commander, je ne veux pas porter l'affront des malheurs qui ne manqueront pas de survenir. Je quitte le camp à l'instant. Que l'on prépare ma chaise de poste ! »

*

Retiré sous sa tente en compagnie de Dubois, Philippe écrivit une longue lettre au Roi où il dit à la fois sa déception et sa conviction que l'abandon de son plan conduirait à un échec fatal. Plus que l'affront qu'il avait subi, c'était la fausseté de Louis qui l'avait blessé. Ainsi savait-il désormais que son oncle feignait et ne lui accorderait jamais sa confiance. La brûlure de ce soufflet était telle qu'elle ne pourrait s'effacer.

En dépit de son éclat, Philippe d'Orléans accéda pourtant aux sollicitations de certains vétérans des campagnes de Flandre qui, en souvenir de son intrépidité passée, le pressèrent de rester aux armées. Toutefois, il n'entendit pas reprendre sa place.

« Soit ! concéda-t-il. Je demeure avec vous mais je ne serai plus qu'un volontaire parmi d'autres ! »

Toutefois cette ferme résolution fut bientôt ébranlée par les mauvaises nouvelles qui parvinrent au quartier général. Il y eut d'abord l'attaque catastrophique d'un convoi de ravitaillement. Puis un château proche de Turin et occupé par les Français fut pris par l'ennemi. Ce dernier assaut indiquait à coup sûr que le prince Eugène, qui avait été rejoint par le duc Victor-Amédée de Savoie, était sur le point de lancer une offensive d'importance. Philippe n'y tint plus. Il se rendit auprès de Marsin et lui remontra derechef qu'il fallait passer à l'action sans tarder et lever le siège. Mais le maréchal ne voulut rien entendre et prétendit même que ces escarmouches n'étaient que ruses de l'ennemi pour l'amener à diminuer ses positions là où elles étaient les plus fortes.

Le soir même, il fut observé que les troupes impériales opéraient un vaste mouvement. L'attaque était imminente. En hâte, Marsin commanda de creuser de nouveaux retranchements pour faire face à cette menace. Mais était-il encore temps ? Les officiers les plus avertis s'alarmèrent de constater que l'état-major, pris de fébrilité, multipliait les ordres contradictoires. Le maréchal lui-même affichait un air sombre et ne cessait de pronostiquer sa mort prochaine.

Ce désarroi gagna les hommes de troupe. Un simple soldat osa quitter les rangs pour interpeller Orléans :

« Monseigneur, est-il vrai que vous nous refuserez votre épée ? »

Un instant interloqué, Philippe répondit bravement :

« Je ne puis la refuser à qui me la demande ainsi ! »

Le mot fit florès. Cette apostrophe enchanta le duc et lui permit, sans se désavouer, de revenir au commandement dès que les hostilités seraient engagées. Et, s'il se pouvait, il sauverait Marsin malgré lui en corrigeant ses erreurs de jugement.

Le combat commença dès le lendemain matin. L'armée française n'alignait que huit mille hommes face aux trente-cinq mille soldats du prince Eugène et du duc de Savoie. Philippe fit donner ses quarante canons. Cela suffit à semer le désordre dans les rangs des grenadiers et fantassins prussiens qui montaient à l'assaut. Mais les impériaux ne manquaient pas de troupes fraîches. Orléans avait simplement gagné un répit. Dans l'impossibilité d'occuper tout le terrain, il lui fallait à tout prix le renfort des régiments qui assiégeaient Turin. Il envoya des estafettes vers La Feuillade. Toutefois, à deux reprises, le marquis lui refusa son soutien. Exaspéré, et craignant que l'esprit de désobéissance ne finît par se répandre, il cingla de son épée le visage d'un officier appartenant à La Feuillade qui voulait retourner au siège plutôt que de combattre à son côté.

Malgré leur infériorité en nombre, les Français repoussèrent plusieurs offensives. Mais Philippe comprit que ses troupes ne pourraient plus longtemps faire illusion. La prémonition de Marsin se révéla juste au mitan de la bataille. Le maréchal, sévèrement touché au ventre, tomba aux mains de l'ennemi et ne tarda pas à succomber.

Dans un sursaut désespéré, comme autrefois à Neerwinden ou Steinkerque, Philippe rallia à lui la cavalerie et courut droit sur le duc de Savoie qui menaçait de prendre à rebours l'infanterie. Il sabra un Allemand qui venait à lui. Mais au même moment, une mousquetade le frappa à la hanche. Indifférent au sang qui coulait d'abondance sur sa cuisse, il continua à charger. Mais un deuxième coup lui fracassa le bras, au-dessus du poignet gauche.

Contraint à se retirer vers l'arrière, il exigea de son chirurgien d'être pansé à la hâte afin de retourner au combat au plus vite. Cependant la douleur eut raison de ses dernières forces. Avant de défaillir, il tint toutefois à organiser dans l'ordre une retraite qui, désormais, paraissait inévitable.

*

Tandis que le prince Eugène entrait triomphalement dans Turin et que Victor-Amédée retrouvait sa capitale, Orléans, replié à quelques lieues de là dans la campagne lombarde, tint un conseil de guerre au débotté. Son bras le faisait terriblement souffrir. Mais plus encore que cette affliction, c'était la rage d'avoir dû abandonner le terrain à l'ennemi, qui le submergeait de chagrin.

La Feuillade, qui l'avait rejoint après avoir quitté son siège, avait perdu de sa superbe mais s'efforçait encore de faire bonne figure. Quoi qu'il en eût et malgré les recommandations de l'abbé Dubois qui pestait contre cet enfatué, Philippe se retint de l'accabler. Pourtant, sa responsabilité était entière et le bilan effrayant. Dans leur fuite, les deux armées avaient laissé à l'ennemi des équipages, des tentes, des dizaines de canons et même des centaines de quintaux de poudre. Il s'ajoutait à ce désastre la perte de quatre portraits du Roi, de nombreux drapeaux et toute la vaisselle d'argent des généraux.

En réalité, Orléans, en se gardant de fustiger l'insolent marquis, désirait d'abord conforter l'unité de ses troupes. Car, en dépit du naufrage, il croyait encore à la possibilité de renverser la situation. Certes, le prince Eugène avait vaincu mais il était désormais établi dans un pays désolé où les vivres manquaient. Une marche rapide vers le sud le couperait du riche Milanais indispensable à son approvisionnement.

Mais à peine avait-il exposé son plan que les lieutenants généraux, à l'exception du comte d'Estaing, se récrièrent. Sous le prétexte d'interdire à l'ennemi la route des Alpes qui, les montagnes une fois franchies, lui permettrait de secourir les camisards révoltés, ces officiers opinaient qu'il fallait au plus vite se rapprocher de la frontière. N'étaient-ils pas moins démunis que l'armée impériale ? Un repli vers le fort de Pignerol leur offrirait provisoirement le couvert et la certitude de pouvoir s'avitailler.

D'une voix ferme, Philippe balaya ces objections. Il devinait que ces bons apôtres aspiraient surtout à en finir avec cette campagne et, nantis des butins qu'ils avaient amassés, à recouvrer au plus tôt les plaisirs douillets de la Cour et le confort de leurs hôtels. Sans plus écouter leurs récriminations, il commanda le départ de l'armée, monta dans sa voiture et ordonna que l'on prît la route de Milan. Mais il ne pouvait savoir que la trahison avait déjà gagné ses rangs.

Sortant d'un pont qui franchissait le Pô, il fut arrêté par un lieutenant général :

« Monseigneur, n'allez pas plus avant, mes espions m'annoncent que l'ennemi a pris position sur la route.

— Il doit s'agir tout au plus de bandes de paysans affamés, répondit Orléans avec irritation.

— Non, Monseigneur, ce sont des troupes régulières fortes de six mille hommes qui sont rassemblées sous le commandement du duc de Savoie. La reconnaissance de mes mouches ne laisse aucune place au doute.

— Eh bien, qu'importe ! Nous les bousculerons ! »

Cependant, alors qu'il allait donner l'ordre de repartir, un autre officier s'interposa :

« Monseigneur, on vient de nous faire savoir que nos fourgons de ravitaillement ont malencontreusement pris le chemin de la France… »

Ce dernier coup terrassa Philippe. Fiévreux, souffrant mille douleurs, il prit conscience de l'inanité de son dessein et céda à l'abandon. La fortune des armes se dérobait, la gloire ne voulait plus de lui.

*

Bien plus tard, arrivant à la forteresse de Pignerol où il ne trouva d'ailleurs nul secours en vivres, Orléans apprit qu'il avait été joué. Jamais le duc de Savoie ne s'était trouvé sur la route du Milanais.

Cette félonie avait causé la perte de la plupart des places italiennes encore tenues par la France, à l'exception de quelques vallées savoyardes. Malgré sa blessure qui le taraudait, Philippe s'attacha à ce que la retraite vers le Val d'Aoste fût préparée sans que les soldats en souffrissent. Lui-même décida de refluer vers Grenoble en attendant de reprendre l'offensive.

L'état de sa plaie ne cessait de s'aggraver. L'os

avait été atteint et plusieurs tendons avaient été sectionnés. Même s'il guérissait, il perdrait sans doute l'usage de plusieurs doigts. Mais la gangrène menaçait de s'installer et inquiétait Lardy, son chirurgien, qui avait été rejoint par un praticien de haute volée, Pierre Chirac. Quelques autres médecins consultés optèrent pour l'amputation. Les deux chirurgiens s'y opposèrent et se firent fort de débarrasser la plaie de ses sanies grâce à une eau de leur connaissance.

Son amertume et ses douleurs furent quelque peu amoindries par les lettres louangeuses qu'il reçut. Non seulement on ne lui faisait pas grief d'avoir abandonné l'Italie mais on célébrait unanimement son courage. Madame, qui n'était jamais en manque de compliments dès qu'il s'agissait de son fils, lui dit sa fierté d'être la mère d'un tel héros et lui confia qu'elle souffrait à son égal de le savoir si sévèrement blessé. Le Roi, écrivit-elle encore dans une autre de ses nombreuses lettres, s'est repenti devant moi de vous avoir obligé à suivre les avis du maréchal de Marsin. Quant à son épouse, elle lui exprima sa tendresse. Philippe en fut touché.

Même la marquise de Maintenon y alla de son éloge. Et Philippe sourit en songeant combien cette missive laudative avait dû lui coûter.

Toutefois sa vraie consolation fut l'annonce, dès qu'il fut à Grenoble, de l'arrivée de la nouvelle Mme d'Argenton. Marie Louise avait sauté dans la malle-poste dès qu'elle avait appris que son amant ferait halte dans cette cité. Mais, pour ne pas le compromettre, elle s'était cachée dans une maison amie des environs de la ville. Philippe y accourut dès qu'il eut connaissance du lieu de sa retraite.

L'automne brillait alors de tous ses feux et les montagnes semblaient ruisseler d'or et de roux. Ce ne furent que promenades dans la campagne, embrassements passionnés sous la futaie et même, en dépit du bras blessé, accolements ardents sur les vertes prairies piquées de colchiques, à l'heure où la brume commençait à nimber les pentes.

Sur le sein de Marie Louise, Philippe oublia une semaine durant les affres de la guerre et les rebuffades qu'il avait subies.

Mais il dut mettre un terme à ces délices. L'idée de la revanche revint le hanter. Saisi à nouveau par la fièvre de l'action, il visita les casernes où l'armée s'était établie, harangua les soldats, houspilla les officiers, tenta d'enflammer les esprits. Partout, il ne rencontra que lassitude et résignation. La troupe n'aspirait qu'à prendre ses quartiers d'hiver.

Une lettre du Roi mit fin à ses espérances. Louis XIV refusait un nouvel engagement en Italie, face à une armée impériale que l'on jugeait supérieure en nombre et en artillerie. Et bien qu'il fût content de son neveu et de l'ardeur qu'il avait montrée au service du trône et au péril de sa vie, il lui ordonna de renoncer à son entreprise de reconquête. Ce que le monarque tut dans sa lettre fut qu'il avait éprouvé une vive contrariété en découvrant que Mme d'Argenton avait fait le voyage de Grenoble. Philippe ne tarda pas à l'apprendre de la bouche même du contrôleur général Chamillart, beau-père du sémillant et vain La Feuillade. La Cour, qui n'aimait rien tant que les commérages, avait longtemps clabaudé au sujet de ces retrouvailles amoureuses, la duchesse de Bourbon étant l'âme de la cabale.

Louise Françoise était donc toujours assidue à le

considérer comme son ennemi intime. Philippe en rit. Il savait qu'il n'entrait nullement dans cette volonté de lui nuire une intention de défendre une sœur qu'elle avait toujours jalousée. Et cette acrimonie ne signifiait-elle pas au rebours que la duchesse de Bourbon lui gardait quelque sentiment ? Puisque lui-même ne la croisait jamais dans les allées ou les couloirs de Versailles sans ressentir un pincement au cœur malgré la mauvaise figure qu'elle affichait aussitôt avec ostentation lorsqu'elle le découvrait.

*

L'hiver fut douillet. Philippe goûta aux joies familiales, tout entiché qu'il était de ses filles. Il n'en dispensa pas moins des soins tendres à Mme d'Argenton qui réclamait sa présence avec insistance. La « petite maison » de sa maîtresse était devenue une charmante demeure où Orléans avait demandé à Antoine Coypel une peinture digne de Raphaël, *Le Triomphe de l'Amour sur les Dieux*.

Mais il n'oublia pas non plus son cher Homberg qui, après avoir confectionné une lunette astronomique, venait de créer un système optique qui permettait de traquer les plus petits des animalcules qui peuplaient la terre et demeuraient d'ordinaire invisibles.

Grâce aux exercices physiques auxquels il s'astreignait, et surtout à la pratique du jeu de paume, il avait en partie récupéré l'usage de ses doigts et pouvait même jouer de sa flûte.

Peu à peu, ce bon vivant, qui avait retrouvé son appétence pour l'excellence de la chère et des spiritueux, pansait ses chagrins passés, bien qu'il s'en entretînt souvent avec Dubois dans le secret de son cabinet. En ayant remembrance des événements de sa campagne d'Italie, il se reprochait d'avoir été trop timoré. Lorsque Marsin, excipant un ordre royal, avait ruiné son plan offensif, n'aurait-il pas dû menacer de le mettre aux fers en vertu de sa qualité de généralissime ? Et plus tard, sur le chemin du Milanais, n'avait-il pas cédé trop facilement à ces officiers qui l'avaient abusé ?

« Votre Altesse royale saura en tirer des leçons utiles lors des prochaines campagnes qui s'annoncent… »

À cette seule idée, le cœur de Philippe s'emplit d'allégresse. Le Roi ne lui avait-il pas promis de lui confier de nouveaux commandements dès que l'hiver serait achevé ?

Devant lui, l'abbé pinça son long nez et ajouta, l'œil malicieux :

« Il vous faut en toutes choses considérer le bien qui résulte du mal. Vous en êtes un exemple vivant : le désastre de Turin n'a fait qu'ajouter à votre gloire ! »

Au début du mois de mars, Louis XIV convoqua son neveu. Le souverain semblait d'excellente humeur. La menue duchesse de Bourgogne venait de lui donner un arrière-petit-fils et la goutte qui ne cessait de le harceler depuis de longs mois le laissait enfin en paix. Ses médecins auguraient que la frugalité dont il faisait preuve en ce temps de carême en était la cause. Mais Philippe ne put s'empêcher d'observer que le Roi avait engraissé et que sa démarche était de plus en plus malaisée.

Sans tarder, le Roi en vint au sujet qui l'occupait à cette heure. Après l'échec des armées d'Italie, il avait décidé d'abandonner la péninsule à l'Empereur et lui avait même proposé la restitution des places qu'il tenait encore. Philippe ne saurait donc espérer se revancher sur le théâtre italien. Toutefois, opérant ce recul, Louis XIV envisageait désormais de porter tous ses efforts sur l'Espagne où son petit-fils, Philippe V, était en grand danger de perdre ses royaumes au profit de l'archiduc Karl qui s'était proclamé souverain. Certes, les impériaux s'étaient retirés de Madrid, mais la situation militaire ne laissait pas d'inquiéter.

« Eu égard à la bravoure dont vous avez donné une preuve éclatante à Turin, je vous nomme au commandement de l'armée d'Espagne. Vous aurez la lourde tâche de repousser hors de Catalogne les troupes de l'archiduc Karl qui s'y sont insinuées. »

Philippe ne dissimula pas sa joie. Paternel, Louis ajouta :

« Et je vous promets que nul fâcheux mentor ne viendra contrarier votre action. »

Toutefois, le Roi assortit son propos de quelques conseils qui étaient autant d'ordres.

« Votre cousin Philippe V, qui a déjà eu connaissance de ma décision, se réjouit de votre nomination. Mais il vous demande de limiter vos ambitions aux opérations strictement militaires et donc de ne vous mêler en rien des affaires du royaume. Vous devez m'en faire la promesse ici même. »

Louis XIV expliqua encore que certains Grands d'Espagne n'avaient pas oublié que Philippe avait réclamé à cor et à cri de figurer dans l'ordre de succession au trône. Ils nourrissaient par conséquent la crainte légitime que le duc d'Orléans ne s'ingérât dans le gouvernement de leur pays.

« C'est pourquoi, poursuivit le Roi, je ne souhaite

pas que l'abbé Dubois, dont tout le monde connaît le goût pour les intrigues, soit de votre compagnie.

— Sire, je regretterai ses bons conseils.

— Vous en trouverez d'autres à Madrid… Et des plus précieux ! La *camerera mayor*, Madame la princesse des Ursins, est informée de votre arrivée et s'en réjouit à l'avance. Elle vous accordera le meilleur accueil. »

Louis tourna son regard vers la porte de son cabinet. Et Philippe, amusé, comprit qu'il ne voulait pas être pris au dépourvu par la Maintenon.

« Mais, continua le Roi à voix basse, ne vous avisez pas de tomber dans ses rets. Car elle en a déjà gobé de plus roués que vous ! »

Et il rit d'un petit rire continu qui fit souvenir à son neveu du tempérament leste qui était autrefois le sien quand il s'empressait auprès des belles dames de la Cour.

Avant de se retirer, Philippe apprit encore que Louis lui avait choisi un adjoint en la personne du maréchal de Berwick. Il ne put que s'en féliciter tant cet illustre militaire, descendant d'Henri IV et fils naturel de Jacques II, avait déjà donné maintes preuves de sa fidélité et de ses qualités d'honnête homme.

Dubois, s'il fut déçu, n'en montra rien. Tout au plus exprima-t-il son regret de ne pas revoir la princesse des Ursins dont il avait beaucoup goûté la société et peut-être même un peu plus. Cependant, puisqu'il était empêché d'accompagner son ancien élève, il ne manqua pas de lui remontrer que, tout attaché qu'il serait à commander l'armée, il ne devait pas oublier pour autant de faire valoir ses droits à la couronne espagnole.

« Agissez avec circonspection. Votre cousin et neveu[1] Philippe est aussi embarrassé qu'ombrageux. Mais la princesse, dont on me dit qu'elle régente dorénavant toute la Cour et même le lit du Roi, saura sans doute vous donner la clef qui vous permettra de pénétrer cet esprit tortueux. »

*

Le 1er avril, Orléans et son cortège habituel de soldats, de membres de sa maison et de domestiques prirent la route des Pyrénées. Pour la première fois depuis son entrevue avec le Roi, il regretta l'absence de Dubois dont, sans nul doute, l'esprit délié lui manquerait cruellement.

Le duc voyageait dans une nouvelle voiture décorée de peintures précieuses et printanières. Non pas qu'il se souciât de partir en campagne dans un véhicule aussi orné, mais il désirait d'emblée frapper ces caractères espagnols que l'on disait si fiers.

Les troupes qu'on lui destinait devaient le rejoindre au-delà des montagnes car elles avaient été requises pour mater un soulèvement populaire en Périgord. Ce retard exaspéra Philippe qui était impatient d'arriver à Madrid. Une dépêche du maréchal de Berwick, qui se trouvait déjà en Espagne, lui avait en effet appris qu'une offensive décisive s'annonçait à Valence.

Il demanda à son cocher de mener un train si vif que sa voiture versa sur un mauvais chemin de mon-

1. Philippe V, petit-fils de Louis XIV et donc petit-cousin de Philippe d'Orléans, était aussi devenu son neveu par alliance depuis son mariage avec Marie Louise de Savoie, petite-fille de Monsieur.

tagne. Le véhicule s'abîma dans un petit ravin après plusieurs tonneaux. Orléans, à demi estourbi, en sortit sans grand dommage, à l'exception d'une plaie à la tête. Ses gens s'empressèrent. La jolie voiture était désormais hors d'usage. Philippe, hors de lui, réclama une monture. Il lui fut trouvé une mule qu'il enfourcha sans vergogne et il poursuivit sa route en ce piètre équipage jusqu'au prochain relais de poste.

Amelot, ambassadeur de France à la cour d'Espagne, vint à sa rencontre à quelques lieues de Madrid. Mettant fin à ses courbettes et faisant foin des convenances, Philippe l'invita à souper à la franche lippée dans la plus proche auberge.

Le lieu était modeste mais offrait un havre de fraîcheur sous l'ombrage de son patio. Les reins brisés par son long voyage, le duc s'étira sans façon et, après avoir vidé un flacon de vin du pays, se mit en demeure d'écouter le cérémonieux diplomate. Amelot, qui avait adopté à la mode d'Espagne une raideur d'hidalgo bien qu'il ne fût qu'un bourgeois, lui tint un discours de bon aloi. Philippe V faisait grand cas de l'arrivée de son cousin. Et, selon l'étiquette espagnole, il avait décidé de le recevoir avec une pompe qui n'était accordée qu'aux infants. Ainsi le duc d'Orléans serait-il d'emblée convaincu que ses droits à la succession étaient reconnus.

Le vin aidant, Philippe obtint des confidences plus épicées. La princesse des Ursins, ainsi qu'il en avait été averti, jouait un des rôles plus importants à la Cour. Artisan du mariage du Roi, cette habile entremetteuse avait jeté son dévolu sur Marie Louise de Savoie qui lui obéissait en toutes choses. Cela permettait à la *camerera mayor* d'influencer à sa guise Philippe V qui, élevé dans la plus rigoureuse bigoterie, avait découvert avec émerveillement les plaisirs de la chair dans le lit de sa jeune et charmante épouse. Cette passion était telle qu'il ne cessait de la mignoter et caresser et qu'il fallait parfois user de la sévérité du protocole pour l'arracher aux délices vénusiens que lui procurait sans retenue Marie Louise.

« Ainsi, dit plaisamment Amelot, le Roi est gouverné par la Reine qui est elle-même gouvernée par Mme des Ursins. Il en résulte que cette princesse a aujourd'hui la haute main sur les affaires du Royaume et que les Grands lui doivent obéissance. »

Dûment instruit de ces secrets, Philippe s'enquit aussi du particulier de la princesse. L'ambassadeur, enivré, ne se déroba point. Chacun à Madrid savait que Mme des Ursins prodiguait ses faveurs à qui lui plaisait, en dépit du fait qu'elle vivait en un douteux concubinage avec son secrétaire, l'écuyer d'Aubigny, qui passait en un instant de son encrier au lit de la coquette. Philippe s'étonna : comment une société aussi dévote, où la prêtraille allait jusqu'à fouiller dans la couche des fidèles, pouvait-elle s'accommoder d'un tel scandale ?

Amelot sourit en tirant sur sa moustache :

« L'Inquisition s'arrête parfois au seuil des chambres à coucher lorsque la raison d'État et les caprices de la Reine commandent. »

*

Même dans ses rêves les plus fous, Orléans n'aurait pu imaginer un tel accueil. Dès les faubourgs de Madrid, le carrosse que lui avait envoyé le Roi roula au milieu d'une haie enthousiaste. Le petit peuple auquel se mêlaient quelques Grands saluait par des vivats le héros de Turin. Avant même d'avoir agi, Philippe était déjà considéré comme le sauveur de l'Espagne.

Le taciturne Philippe V lui ouvrit ses bras sur les marches du palais d'été du Retiro. À côté de lui, la charmante Marie Louise, bien qu'elle fût embarrassée par sa prochaine grossesse, lui donna mille témoignages d'affection avec une grâce tout enfantine. Un peu en retrait se tenait la princesse des Ursins. Pimplochée comme si elle eût été dans sa trentaine, la sémillante sexagénaire ne lésina pas sur les compliments et lui annonça d'emblée qu'il serait logé à l'Alcazar dans son propre appartement qui communiquait par un escalier secret avec celui des souverains. Ainsi pourrait-il à toute heure s'entretenir avec son cousin des affaires de la guerre.

Malgré la pauvreté de la Couronne – le couple royal avait dû vendre ses bijoux – ce ne furent pendant plusieurs jours que fêtes, bals et comédies. Comme l'ambassadeur le lui avait annoncé, Philippe réalisa aussitôt que la princesse était la véritable régente du royaume. Son crédit auprès de la petite Reine semblait sans limites. Prétextant la fragilité de son état et la future naissance de ce fruit que l'Espagne attendait avec ferveur, elle avait tissé autour d'elle un cocon protecteur qui excluait toute autre influence. Même le Roi, tant amouraché de son épouse, devait en passer par la *camerera mayor* s'il voulait approcher Marie Louise.

Orléans, qui n'avait pas oublié les recommandations de Louis XIV, s'attacha donc à faire patte de velours et eut recours à toutes les ressources de son esprit pour charmer la princesse qui, par lettres, rendait compte presque chaque jour à Mme de Maintenon. Cependant, prudent, il prit garde à ne pas lui donner plus qu'elle n'espérait.

En réalité, si sensible qu'il fût aux honneurs qu'on ne cessait de lui rendre, il avait hâte de brûler la politesse au couple royal et à sa duègne afin de courir aux armées.

Enfin, il put mettre fin à ces réjouissances. Il partit à brides abattues, traversa un pays rude et aride et arriva le 25 avril à Albacete. Il y fut aussitôt rejoint par un messager du maréchal de Berwick. Celui-ci avait dû livrer bataille dans la plaine d'Almanza sans pouvoir attendre l'arrivée de son généralissime. L'ennemi avait en effet commis la faute de se précipiter dans son camp. La riposte avait été foudroyante : sans céder à la surprise, Berwick avait écrasé les impériaux sous les feux de ses canons. En moins de trois heures, les agresseurs avaient été défaits, fui vers les montagnes dans le plus grand désordre et abandonné plus de cinq mille morts sur le terrain.

Orléans ne pouvait que se féliciter de la bonne fortune de l'armée française. Elle lui laissait pourtant un goût amer. Que n'avait-il été sur place deux jours plus tôt pour combattre et jouir des fruits de la victoire ! Berwick avait précédé la désillusion de son chef. Dans son message d'une exquise politesse, il s'excusait d'avoir dû gagner. Cette attention alla droit au cœur de Philippe qui n'aurait désormais qu'affection pour « son gros mulet d'Anglais ».

Quoi qu'il en fût, ce chagrin ne put que fouetter son ardeur. Prenant la tête des troupes, et alors même que ses propres bataillons s'attardaient encore en Quercy, Orléans poursuivit au nom du Roi la reconquête du royaume de Valence à un train d'enfer. Il jouissait sans aucune commune mesure de la joie de commander seul sans qu'un fâcheux vînt contrarier ses plans.

Après avoir contraint à la reddition la place de Requena, il marcha sur Valence. La ville, pour éviter le pillage, ouvrit ses portes. Le 8 mai, toute la province était acquise aux Français qui goûtèrent aux délices d'une région embaumant le jasmin et abondamment pourvue en fruits. Mais ces quelques satisfactions ne suffirent pas à dissimuler la misère d'une armée qui manquait cruellement de vivres et de munitions. Dans ces conditions, était-il possible de poursuivre l'ennemi qui avait reflué vers le nord ? À contrecœur, Philippe se sépara de Berwick et retourna à Madrid où il escomptait plaider la cause de l'armée. Il y arriva pour apprendre que ses bataillons avaient enfin pénétré en Navarre. Désormais, il lui fallait assurer aussi les subsistances de ces derniers en même temps que ceux de Berwick.

Toutes affaires cessantes, il se rendit chez Mme des Ursins. La princesse se fit caressante, dit à Philippe combien elle regrettait que les réjouissances données en son honneur l'eussent empêché d'associer son nom à la victoire d'Almenza. Mais surtout, elle promit de faire diligence pour pourvoir aux approvisionnements des deux armées.

Précautionneux, le duc envoya aussi une lettre de remontrances au contrôleur général Chamillart dans laquelle il se plaignit de devoir faire métier d'intendant, de munitionnaire et même de trésorier, autant de charges qui n'étaient pas de sa compétence.

Deux jours plus tard, Orléans était à nouveau sur les routes. Il ne doutait pas que la gloire l'attendait. Nul ne saurait la lui voler.

XIV

Un libérateur

1707-1708

Avant son départ de Madrid, Orléans avait exposé son plan de bataille à Philippe V. Non pas qu'il espérât que ce dolent souverain comprît à quelles manœuvres audacieuses il allait se livrer, mais il voulait que son cousin obtînt de Versailles les avitaillements nécessaires à la campagne. Car il savait que Louis XIV vouait à son petit-fils une amitié toute particulière.

Il expliqua donc qu'il entendait pacifier l'Aragon avant de fondre sur la Catalogne où, grâce à la prise des places fortes de Tortosa et Lerida, il s'établirait en maître. Philippe V, en dépit de la complexion passive qu'il affichait en toutes circonstances, en fut fort ébaubi.

« Mais oubliez-vous, mon cousin, que même le Grand Condé a autrefois failli devant Lerida[1] ?

1. En 1647, le duc d'Enghien, devenu prince de Condé, voulut venger un précédent échec du comte d'Harcourt devant Lerida. Bien qu'en fanfaronnant il fît creuser une tranchée au son de ses violons, il subit un feu si terrible qu'il prit sagement le parti de la retraite.

— Il combattait les Espagnols. Moi, je fais la guerre au nom du Roi d'Espagne, mais avec la fureur française. Les plus grandes espérances me sont donc promises. »

Philippe V avait ri un peu sottement, malgré la solennité espagnole dans laquelle il s'était coulé dès son arrivée dans son royaume. Mais il ne s'était pas autrement préoccupé des arrangements militaires que son cousin allait prendre.

Orléans découvrit sa petite armée dans la deuxième quinzaine du mois de mai. Avec seulement treize bataillons et vingt-sept escadrons et sans le secours d'une artillerie, elle ne pouvait rivaliser avec les forces que Marlborough ou le prince Eugène mettaient habituellement en branle dans les plaines italiennes ou flamandes. Mais Philippe la jugeait suffisante pour la guerre qu'il entendait conduire et dans laquelle la ruse suppléerait la force.

Le 24 mai 1707, il campa à quelques lieues de Saragosse. Grâce à ses mouches, il apprit qu'une troupe deux fois plus nombreuse que la sienne avait trouvé refuge dans la capitale du royaume d'Aragon. Plus important encore, on lui dit que la population y vivait dans un état d'épouvante car, fanatisée par les prêtres, elle était persuadée que ces diables de Français disposaient de forces magiques.

Le lendemain, dès potron-minet, Philippe envoya trente hussards jusqu'aux portes de la ville. Ayant pour mission d'inspirer la plus grande terreur possible, ils sabrèrent impitoyablement officiers et grenadiers qui défendaient l'entrée. Ils répandirent tant de sang que les habitants, affolés par une telle démonstration de brutalité, ne tardèrent pas à exiger le départ des troupes d'occupation. Leur commandant, jugeant avec raison qu'une insurrection menaçait, écouta leurs prières. Deux mille fantassins et huit cents cavaliers quittèrent Saragosse pour rejoindre la citadelle de Lerida tandis que les bourgeois de la ville se présentaient humblement devant le duc d'Orléans pour présenter leur reddition. Au loin, les modestes régiments français avaient été habilement éparpillés de façon à donner l'apparence d'une force formidable.

Philippe, en conquérant Saragosse, avait réalisé la première partie de son plan : il était maître de l'Aragon. Encore lui fallait-il exploiter sa victoire.

Écornant la promesse qu'il avait faite à son oncle, il se mua en politique. Nanti pour la première fois de sa vie d'un véritable pouvoir, il se mit en devoir d'administrer la ville et les régions libérées. Sans en référer à Madrid, il commença par destituer tous les édiles et magistrats qui avaient été nommés par l'archiduc Karl et en investit de nouveaux. Mais en même temps, joignant la générosité à la fermeté, il accorda un pardon général aux habitants, en demandant toutefois que tous les possesseurs d'armes s'en dessaisissent au profit de ses propres soldats.

Orléans n'oublia pas pour autant d'assurer la subsistance de ses troupes. Il leva un impôt exceptionnel qui frappa en particulier les moines qui avaient soutenu les ambitions de l'archiduc et osa même autoriser les nouveaux alcades à battre monnaie à l'effigie de l'ancien Roi puisqu'il n'existait pas encore de moule représentant Philippe V.

Toujours dans le souci d'une bonne administration, il s'opposa aux envoyés du Roi qui désiraient se revancher en imposant leurs volontés et leurs lois aux populations des régions reconquises. Cette attitude de sagesse, en dépit du fait que sa troupe vivait sur l'habitant, lui valut une faveur immédiate des Aragonais. Philippe goûta sans modération sa popularité. N'y avait-il pas dans les acclamations qui saluaient son passage de quoi réveiller ses espérances espagnoles ? Il y trouva en tout cas une nouvelle énergie dans sa volonté de conquérir la Catalogne.

*

Du haut de sa colline, la citadelle de Lerida couronnée de son château semblait menacer toute la campagne alentour. Effectuant une reconnaissance, Philippe la contempla avec anxiété. Il avait l'intuition que son destin se jouerait là, sous ces murs inviolés qui, depuis l'échec du Grand Condé, avaient été encore renforcés.

Sous l'effet de la chaleur, il lui semblait que les remparts tremblaient. Dans sa lorgnette, il distingua les bouches à feu qui hérissaient le haut des murailles. Des sentinelles portant de longues piques allaient et venaient paisiblement sur le chemin de ronde.

À Saragosse, il avait triomphé par la ruse. Mais devant cette formidable forteresse, il en venait à douter. La ville, disait-on, regorgeait de ravitaillement et de richesses alors que lui-même se sentait singulièrement démuni. Un moment revigorées par les vivres trouvés dans la campagne aragonaise, ses troupes souffraient à nouveau de la faim. L'argent manquait. Mais aussi les canons et la poudre qui lui avaient été promis. Il écrivait, il suppliait. En vain. Ni Madrid ni Versailles ne semblaient décidés à répondre à ses incessantes sollicitations. Le désenchantement gagnait les rangs. De nombreux soldats, malades, rechignaient à entreprendre les travaux du siège.

Rejoint par Berwick, il avait d'abord pris trois petites places fortes avant de s'établir sous un soleil brûlant à une lieue de Lerida. Mais, depuis, il avait l'impression de tourner en rond et de perdre son temps. Même son « grand mulet d'Anglais » l'exaspérait tant il lui paraissait lent en toutes choses.

Une dépêche de Louis XIV ajouta à ses inquiétudes : le prince Eugène et le duc de Savoie venaient de pénétrer en Provence. Leurs armées, grosses de trente mille hommes, marchaient vers Toulon. Philippe devait soustraire d'urgence quelques-uns de ses meilleurs bataillons afin de s'opposer à cette invasion. Berwick commanderait cette troupe de secours.

Bien que son armée fût notablement affaiblie par ce départ, Orléans vit sans regret s'éloigner son adjoint. De toute façon, la chaleur était telle qu'elle épuisait ses soldats et ne lui laissait guère espérer de mener à bien le siège avant plusieurs semaines.

Heureusement, fin août, un incident fortuit vint ranimer la flamme des combattants. Alors que les troupes fourrageaient dans la plaine, elles se trouvèrent face à face avec un gros détachement anglais. Philippe se porta aussitôt à la tête de ses cavaliers. Après tant de jours d'inactivité, il sentit une soudaine impatience envahir tout son être. Il commanda la charge. Son impétuosité eut bientôt raison d'un ennemi qui était pourtant supérieur en nombre. Trois cents adversaires périrent au cours de ce furieux engagement.

À nouveau enhardi, Philippe ordonna un autre coup de main contre le cantonnement ennemi établi hors des murs. Puis il opéra une diversion vers la ville côtière de Tarragone, toujours afin de rehausser le moral de ses bataillons. Contrairement aux idées vertueuses qu'il avait toujours professées, il permit même aux hommes de se livrer à la maraude dans les fermes et les maisons bourgeoises. Il s'en expliqua peu après dans une lettre au Roi :

« Je n'ai pas cru devoir refuser cette petite douceur au soldat qui souffre et n'est point payé depuis longtemps. »

*

Avec les premiers jours de septembre vinrent des pluies torrentielles qui noyèrent le cantonnement et quelques ouvrages d'art. La rivière qui coulait à Lerida emporta même un pont construit par le génie. Sous ce déluge, l'humeur de Philippe s'assombrit. Victime d'accès de fièvre quarte, grelottant, il s'alita et se soigna en ingérant de la « poudre des pères jésuites » ainsi qu'on nommait ici le quinquina.

Le retour du soleil coïncida avec celui de Berwick, le danger en Provence ayant été écarté. Philippe décida de profiter de cette aubaine pour attaquer. Tant ses ingénieurs que le prudent maréchal anglais lui conseillèrent de tergiverser et d'attendre le renfort de nouveaux outils de siège. Mais, instruit par le déplorable précédent de Turin, Philippe ne voulut rien entendre. Il n'avait que trop lanterné devant cette place qui semblait le narguer.

Le 12 octobre au soir, les canons franco-espagnols ouvrirent le feu et signèrent le déclenchement de l'offensive. Les grenadiers bondirent de leur tranchée et, bientôt soutenus par plusieurs régiments, se ruèrent vers les fortifications sous une importante mousquetade, tandis qu'églises et couvents de Lerida sonnaient le tocsin à tout rompre. Quand la nuit tomba, les grenadiers avaient ouvert une brèche dans la deuxième enceinte. Tout au long de cet assaut meurtrier, Philippe s'était tenu au milieu de ses soldats.

Au lever du jour, les Français découvrirent que l'ennemi avait abandonné ses positions. La ville était ouverte. Le prince de Darmstadt, qui commandait les Impériaux, s'était retranché dans le château avec ses garnisons. Il envoya un tambour. Il demandait au duc d'Orléans d'épargner la population et les paysans qui avaient trouvé refuge dans la cité. « Qu'ils se rendent ou qu'ils s'enferment avec vous ! » lui répondit Philippe.

Les troupes franco-espagnoles se répandirent dans la ville où elles trouvèrent dans les églises et les monastères des vivres en abondance et des animaux de trait. Le siège du château pouvait commencer.

Berwick fit amende honorable et reconnut que son fougueux chef avait eu raison de commander l'assaut. Il resta tout de même que les rapports entre Orléans et son « grand mulet d'Anglais » ne furent plus aussi cordiaux que par le passé. Toutefois, Philippe, qui écrivait régulièrement à son oncle, rendit justice à l'extrême prudence de Berwick. Il alla même jusqu'à écouter ses conseils lorsqu'il s'abstint d'attaquer en force les assiégés du château de Lerida et se résolut provisoirement à laisser faire le temps tandis que ses sapeurs commenceraient à creuser le rocher pour y placer leurs mines.

Dans les lointains, les premiers frimas blanchissaient les sommets des Pyrénées. Le mois de novembre était déjà gros de dix jours. À bout de patience, Philippe ordonna aux artificiers d'allumer les mèches. Le feu courait sur l'amadou quand on entendit battre la chamade à l'intérieur du château. Peu après, une estafette franchit la porte de l'un des bastions et vint confirmer que le prince de Darmstadt demandait à capituler. L'invincible Lerida se rendait enfin en son entier !

*

Madrid accueillit Orléans en libérateur. Acclamé par la foule, chaudement complimenté par Philippe V, la Reine et la princesse des Ursins, le duc vécut quelques jours enchantés. Somptueusement logé dans un appartement de vingt pièces où résidait autrefois la princesse douairière, il reçut le Premier ministre, le cardinal Portocarrero, et les Grands qui vinrent lui adresser leurs hommages. Rien n'était trop beau pour le vainqueur de Lerida : on lui fit ainsi l'honneur de conduire à l'église le cortège du baptême de l'Infant qui était né à la fin du mois d'août.

Ces festivités ne lui firent pourtant pas oublier la guerre. Il n'était que temps de préparer la campagne de printemps. Philippe aspirait à finir de libérer la Catalogne où Tortosa ne s'était pas encore rendue et porter ensuite le fer au Portugal où les Anglais menaçaient toujours les marches occidentales du royaume. Il fut donc exceptionnellement convié à siéger aux Conseils du Roi. Il en profita pour remontrer au monarque et à ses ministres que le ravitaillement de son armée n'avait cessé d'être défectueux et qu'il avait dû largement piocher dans sa propre cassette pour pallier ces lacunes. Sans ses propres équipages qui avaient voituré les vivres, les soldats affamés auraient été incapables de combattre. À l'avenir, il fallait donc que l'État espagnol pourvût aux besoins de l'armée, tant en munitions et pain qu'en fourrage.

Philippe V reçut cette admonestation avec équanimité. Orléans parlait d'or et le souverain devait s'incliner devant ses exigences, quoi qu'il pût en coûter à ses maigres finances.

Fort de ces assurances, le duc organisa la prochaine campagne, commandant la fabrication de milliers de boulets et ordonnant que la frontière avec le Portugal fût garnie de magasins où la troupe pourrait s'avitailler en vivres et fournitures de guerre.

La princesse des Ursins le soutint en toutes ses entreprises bien qu'elle regrettât souvent que cet homme d'esprit ne lui parlât au cours de leurs bec-à-bec que boulets et canons. Aussi souscrivit-elle avec ardeur à l'une des espérances de son champion qui, pour une fois, s'abstint d'évoquer la guerre et exprima l'un de ses désirs les plus secrets : obtenir une charge de dame d'atour de la Reine d'Espagne pour sa favorite. La *camerera mayor* décida de s'engager résolument en cette tâche qui flattait ses talents d'entremetteuse. Philippe V consentit du bout des lèvres. Cependant, avant d'informer Orléans, la princesse, fine mouche, s'en ouvrit aussi à la marquise de Maintenon avec qui elle correspondait jour après jour.

La réponse fut aussi rapide que catégorique : il fallait opposer le refus le plus radical à cette prétention. Mlle de Séry, qui usurpait le titre de Mme d'Argenton, n'était qu'une intrigante qui ne méritait aucune considération et concourait à entretenir le duc d'Orléans dans le péché et la débauche. En témoignait cette coupable escapade grenobloise où Philippe et Mlle de Séry, au mépris de toutes les convenances, s'étaient enfermés pour filer le parfait amour.

À la réception de cette lettre, la princesse ne put s'empêcher de penser en son for intérieur que la veuve Scarron était bien oublieuse. Et d'abord de son propre passé. Mais il importait avant tout de lui obéir. La *camerera mayor* eut beau parer de fleurs ce bouquet d'épines, Philippe montra une vive contrariété à son endroit. D'autant que Mme des Ursins n'osa lui confier que le boulet avait été directement tiré par la marquise de Maintenon. Cette précaution ne servit de rien : il comprit vite que c'était l'épouse du Roi qui avait imposé son veto à cette promotion. Mais il en voulut néanmoins à la princesse d'avoir si mal défendu sa cause.

*

Le 18 décembre, Orléans en avait fini avec les préparatifs de sa campagne de printemps. Il décida à son tour de prendre ses quartiers d'hiver en regagnant la France, tant lui manquaient les espiègleries de ses filles et les caresses de sa maîtresse. Toutefois il y avait aussi la secrète envie de constater par lui-même quels effets avaient produits ses victoires sur le Roi et la Cour. Certes, Louis XIV lui avait témoigné par écrit son admiration. Mais il ne suffisait pas. Sa nouvelle renommée avait-elle eu raison des médisances qui l'accablaient depuis si longtemps ?

Sous un ciel de plomb, un écrin de neige parait Versailles. Dans la cour du château régnait déjà l'agitation du petit matin, mêlant nobliaux et bourgeois, domestiques et marmitons, marchands de colifichets et loueurs d'épées. Les mains glacées, les joues rougies par le froid, Philippe sortit de sa chaise de poste et, fendant la foule, gravit à grandes enjambées les degrés qui menaient à l'appartement du Roi. Dans sa hâte, il n'entendit pas même la rumeur louangeuse qui le suivit comme un feu qui courait sur sa mèche dès qu'il fut reconnu.

Les grandes bûches qui brûlaient dans la cheminée peinaient à dissiper la froidure de la pièce. Louis était à son lever. En camisole de nuit, il était assis sur sa chaise percée tandis que le premier valet de chambre ajustait sa perruque et que le grand chambellan lui versait à l'aide de son aiguière quelques gouttes d'esprit de vin sur les mains. Un grand sourire éclaira le visage parcheminé du monarque dès qu'il aperçut son neveu. D'instinct, les courtisans s'étaient écartés pour laisser passer Philippe. Celui-ci esquissa une courbette mais déjà Louis le relevait, le serrait dans ses bras et lui administrait deux gros baisers. Et, tout en évitant avec grâce le souffle pestilentiel du Roi, Orléans ébaucha un grand sourire.

« Mon neveu, vous m'avez donné bien du contentement.

— Sire, pour vous complaire et servir, je ne connais nul obstacle ! »

Un murmure flatteur parcourut les rangs des courtisans qui se pressaient dans la chambre. Par-devers lui, Philippe eut honte de cette flagornerie langagière qui lui ressemblait si peu. Il songea aussi que pour cette foule médisante et chicanière qui bruissait derrière lui, il n'était encore il y a peu qu'un « fanfaron de crimes » ainsi que l'avait nommé son oncle. Cependant, se retournant après avoir reçu les compliments du Roi, il croisa le regard glacial de la duchesse de Bourbon. Et il comprit aussitôt que Louise Françoise demeurait son ennemie la plus résolue et qu'elle ne rendrait jamais les armes.

*

La Palatine lui parut vieillie, mais non moins aimante qu'à son habitude tant elle était contente de retrouver son fils. Tout occupée de recevoir de la bouche de Philippe les récits de ses exploits, elle alla même jusqu'à négliger quelque peu sa volumineuse correspondance.

Elle babillait d'importance, contait avec esprit les menus faits qui avaient émaillé sa vie et celle de la Cour. Un mois avant le retour d'Orléans, elle avait connu le pire.

Revenant du dîner du Roi, elle s'était aussitôt installée à sa table pour lire une lettre qui venait de lui échoir. Mais la lassitude l'avait gagnée et elle s'était assoupie. Reposant malgré elle sa tête sur le plateau, elle n'avait pris garde à la chandelle qu'elle y avait disposée. Le feu ne tarda pas à atteindre sa cornette. La chaleur et la douleur la réveillèrent. Les cheveux de son front brûlaient. Elle y porta les mains pour éteindre l'incendie et se débarrassa en hâte de sa coiffure enflammée avant d'appeler du secours.

« Mes cils et mes sourcils étaient calcinés et je sentais abominablement le cochon brûlé. Toutefois rien ne m'aurait empêchée de paraître au souper du Roi, quelle que fût mon apparence ! »

Elle éclata d'un gros rire.

« On me dit que j'aurais pu périr brûlée vive. Mais il était écrit que mon heure n'était pas venue. Cependant, imaginez, grasse comme je suis, quel bon gros bûcher j'aurais fait ! »

Des cloques de ses mains ne restaient que des cicatrices rougeâtres et cils et sourcils avaient repoussé. Sa belle humeur, requinquée par les succès de son fils, n'en avait pas été affectée. Cependant, n'écoutant que son cœur de mère, elle ne put s'empêcher d'entretenir Philippe des contrariétés que lui causait son ménage avec Mme d'Argenton.

« Mon fils, vous perdez dans le lit de cette étourdie tout ce que vous gagnez sur les champs de bataille. »

Et comme Orléans demeurait silencieux, elle ajouta :

« Cette petite dame n'est pas même jolie ! »

Philippe songea qu'il était plaisant d'entendre cette grosse dame dauber sur la beauté de sa maîtresse. Mais Madame était sa mère et il l'aimait. Il jugea donc inutile de disputer avec elle des qualités physiques de Marie

Louise. Et il n'eut pas non plus la cruauté de lui remontrer que pour une fois elle partageait la même réprobation que son ennemie intime, la « vieille guenipe ».

Au reste, il n'eut qu'à se louer des tendresses que Mme d'Argenton lui prodigua dès son retour. La belle montra tant d'ardeur au déduit qu'il était à craindre qu'elle ne conçut à nouveau.

Les retrouvailles avec son épouse n'avaient pas été moins agréables. « Madame Lucifer » semblait avoir définitivement rentré ses griffes en dépit de la liaison de Philippe. Celui-ci goûta donc sans modération les délices familiaux, fit mille folies avec ses filles et ne se priva pas d'honorer la couche de Françoise Marie où il eut la surprise de découvrir une femme qui n'était plus insensible à la besogne amoureuse.

Cependant, il accorda encore plus de temps à conférer avec le Roi et le contrôleur général Chamillart. Mettant en avant le dénuement de son armée, il emporta une première victoire en obtenant que le financier Samuel Bernard lui livrât chaque mois par le biais de ses correspondants espagnols une dotation de six cent mille livres, un prêt garanti par le trésor royal. Louis XIV, plus que jamais, était donc décidé à tout faire pour consolider le trône de son petit-fils, Philippe V.

Orléans retrouva avec bonheur son cher Dubois. Empêché par le Roi de suivre son ancien élève en Espagne, l'abbé s'était retiré dans l'une de ses abbayes. La rumeur, toujours malveillante, lui attribuait une liaison avec une jeune et jolie paysanne dont il s'était épris et qu'il couvrait des attentions les plus charmantes, veillant à la baigner et à la parfumer lui-même, sans oublier de servir la jouvencelle à sa manière. Il fit tant et si bien que l'ingénue devint grosse. Dubois, aussi pingre qu'il fût, n'abandonna pas la mère de son enfant. Un paysan de sa connaissance eut la délicatesse d'endosser la paternité contre le versement de quelques pécunes sonnantes et trébuchantes.

Philippe, quand il revit l'abbé, eut garde d'évoquer cet épisode émoustillant dont les ragots de la Cour l'avaient averti. Les deux hommes, qui avaient échangé de longues lettres tout au long du séjour espagnol du duc, reprirent avec ardeur leurs conciliabules. Malgré sa joyeuse retraite, Dubois s'était tenu informé des mouvements et intrigues qui agitaient la famille royale et ses obligés. Deux camps s'étaient dessinés. Le premier était mené par le Grand Dauphin mais l'âme en était la duchesse de Bourbon qui gouvernait sans mesure l'esprit du fils de Louis XIV. Ceux-là, qui regroupaient quelques hommes de guerre, dont Vendôme, manifestaient à tout propos leur penchant pour une guerre à outrance contre les ennemis de la France. Ils plaidaient donc pour accorder un soutien à tous crins à Philippe V. Le Dauphin était d'autant plus enclin à prendre ce parti qu'il avait toujours éprouvé une vive affection pour son fils cadet alors qu'il n'en ressentait aucune pour son aîné, le duc de Bourgogne.

Tout à rebours, l'autre clan, imprégné de religiosité, prêchait la paix et même le renoncement. Son chef était Bourgogne, si mal aimé par son père. S'y joignaient aussi quelques grands seigneurs, toujours prompts à la critique, et même deux ministres. Inspirés par l'ancien mentor de Bourgogne, Fénelon[1], qui remâchait ses griefs dans son exil de Cambrai, ces mécontents réclamaient que Louis XIV s'en tînt au jugement de Dieu et acceptât la perte de la plupart de ses villes des Flandres. Ils

---

1. Fénelon a écrit son *Télémaque* pour édifier son élève, le duc de Bourgogne.

jugeaient même que la résistance de Philippe V, face à l'envahisseur tudesque, n'était rien moins que chrétienne. Son frère Bourgogne n'était pas le dernier à lui suggérer de se résigner et donc d'abdiquer.

Philippe, non sans affliction, apprit que son ami Saint-Simon, qui avait pourtant donné de nombreuses preuves de sa valeur militaire, avait rejoint ce mouvement défaitiste qui, par certains aspects, frôlait l'esprit de trahison. Dubois le consola en lui affirmant que l'ombrageux petit duc n'avait pris ce parti qu'en raison de l'hostilité grandissante qu'il nourrissait à l'égard de la politique du Roi.

Louis XIV, Philippe en avait eu la primeur dans le secret de son cabinet, opinait pour la plus grande fermeté. Il n'en allait pas de même pour Mme de Maintenon qui, tout attachée qu'elle était aux princes de l'Église, inclinait au découragement.

Par nature, le tempérament et l'opinion d'Orléans le portaient à adhérer au premier camp qui s'affichait au château de Meudon, demeure du Grand Dauphin. Mais Madame la duchesse[1], qui y régnait en maîtresse, lui fit savoir qu'elle lui en interdisait l'entrance.

Philippe se consola en pensant que seul le dépit amoureux pouvait expliquer une telle hostilité. Pourtant, malgré lui, il lui arrivait parfois de songer que son existence eût été transformée si le Roi lui avait donné à épouser la seule de ses filles dont il s'était épris et qui partageait son inclination, au lieu de la livrer prématurément à ce monstre de Condé. Marié à l'incomparable Mlle de Nantes, l'amour l'eût obligé à vivre plus sagement et lui aurait permis de gagner sans coup férir l'estime et l'affection de son oncle. Mais ce qu'il regrettait encore

1. La duchesse de Bourbon.

plus était les félicités que lui aurait offertes Louise Françoise, tant il semblait que leurs corps étaient accordés. En témoignaient ces inoubliables et voluptueuses heures passées dans la petite maison de Satory…

La voix rugueuse de Dubois le tira de son rêve.

« Il n'est peut-être pas inutile que vous restiez aux portes de Meudon… Ainsi, vous ne vous fourvoyez avec aucune de ces cabales… Car même si vous penchez pour le parti de la guerre, il vous faut penser que celui de la paix pourrait ne pas vous être tout à fait défavorable.

— Que signifie cette devinette qui sent à dix pas son jésuite ?

— Imaginez, Monseigneur, que le faible Philippe V cédât aux sirènes de la résignation propagées par son frère, à moins que ce ne fût par son confesseur. Le trône espagnol deviendrait vacant. Vos droits et votre gloire aidant, vous pourriez prétendre à coiffer cette couronne tant désirée. »

*

Par une matinée glaciale de février 1708, le duc d'Orléans se mit à nouveau en route en direction des Pyrénées. Il était rongé par l'inquiétude : sa mère était au plus mal depuis une dizaine de jours. Elle souffrait d'une fièvre sévère, ce qui ne l'empêchait pas de pousser les hauts cris dès qu'un médecin tentait de s'introduire dans sa chambre.

« Ne m'approchez pas ! Je ne veux ni saignée ni bouillon pointu[1] ! Qu'on me laisse mourir comme je l'entends ! »

1. Clystère.

Seule la vigueur de ses protestations réussit à rasséréner Philippe avant son départ. Mais il apprit un peu plus tard qu'un vieux médicastre tudesque avait réussi à la circonvenir. Usant de leur communauté de langue et la distrayant par ses pitreries, l'habile homme était parvenu à lui tirer trois pintes de sang sans qu'elle s'en rendît compte. La Palatine en avait éprouvé un vif soulagement.

Le cortège de Philippe s'avançait dans une campagne désolée sur laquelle un terrible hiver s'était abattu sans pitié. Il songea que le royaume, qui souffrait déjà mille morts à cause des sacrifices que la guerre imposait, n'aurait que plus de mal à se relever. Mais savait-on à Versailles combien le peuple était affligé ?

Tout au long de ce voyage morose, Philippe ne cessait de songer aux affres du pouvoir. Comment agirait-il lui-même si un jour il lui était donné de gouverner un État ? Si admiratif qu'il fût pour son oncle dont la grandeur s'était rarement démentie au cours des années passées, il ne pouvait se dissimuler que le Roi, affaibli par l'âge et la maladie, trop souvent soumis à sa vétilleuse épouse, accumulait les erreurs de jugement. Certes, il se montrait résolu dans l'affaire d'Espagne, mais que penser de sa décision de confier au duc de Bourgogne le commandement de son armée des Flandres ? Aucun prince n'était moins destiné à la carrière militaire que cet être taciturne dont l'esprit était embrumé de bigoterie et qui, de surcroît, avait ouvertement choisi le parti du renoncement face aux forces de l'Empire. Il n'était jusqu'à la désignation de son second, le scandaleux Vendôme, éminent chef de la coterie des boutefeux, pour douter de la lucidité du Roi.

Ces deux personnages, si différents de mœurs et de tempérament, ne sauraient jamais s'appareiller. Leurs prévisibles querelles diminueraient la cohésion du camp français et favoriseraient les entreprises de Marlborough et du prince Eugène. Si, comme on pouvait l'appréhender, le front des Flandres cédait, livrant le passage aux troupes ennemies dans le nord du royaume, il serait vain qu'Orléans triomphât en Espagne. Victorieux, les alliés imposeraient leur volonté et exigeraient que Philippe V s'effaçât devant l'archiduc. La paix serait enfin signée. Mais à quel prix ! Jamais depuis la guerre de Cent Ans, la France n'aurait été autant abaissée !

*

Ce ne fut que déception. Malgré les préparatifs qu'il avait engagés avant son départ pour la France, l'incurie et la négligence avaient prévalu.

Première déconvenue : les lettres de change émises par le financier Samuel Bernard avaient été protestées. Il en résultait que les munitionnaires et les entrepreneurs aux armées rechignaient à fournir les vivres, la poudre et les canons nécessaires pour la nouvelle campagne. Il s'ajouta à cette catastrophe une attaque meurtrière de la flotte anglaise contre six tartanes chargées de farine et de grains qui avaient appareillé à Sète et devaient rejoindre Valence.

Hors de lui, Philippe s'emporta, critiquant sans ménagement le gouvernement espagnol et celle qui l'inspirait à Madrid, la princesse des Ursins, englobant dans son acrimonie Mme de Maintenon qui gouvernait cette dernière depuis Versailles et à qui il n'avait toujours pas pardonné l'offense faite à Mme d'Argenton.

Un soir, pris de boisson, il se laissa même aller à des excès de langage devant ses officiers et quelques

Grands. Alors qu'une fois de plus on évoquait les difficultés militaires qui s'annonçaient, Philippe leva soudain son verre :

« Buvons au con capitaine et à son con lieutenant ! »

Et chacun, après un instant de surprise, de rire grassement. Tous avaient compris qu'Orléans désignait ainsi Mme de Maintenon et sa fidèle princesse des Ursins.

Dégrisé, eut-il conscience d'avoir ainsi dangereusement élargi le cercle de ses ennemis ? Tout occupé qu'il était à préparer la conquête de Tortosa, il n'en eut cure. Mais sans doute aurait-il à le regretter un jour ou l'autre.

Des nouvelles parvenues de Versailles augmentèrent sa rage. La duchesse de Bourbon glosait sur son impuissance à vaincre. D'ailleurs n'était-il pas revenu à Madrid dans le seul but de séduire la Reine dont il était tombé amoureux ?

*

Après des mois interminables de préparation, d'adjurations diverses et de contrariétés multiples, Orléans put enfin mettre le siège devant Tortosa.

Philippe constata d'emblée que la place, située sur la rive de l'Èbre, lui en remontrerait. Dotée de solides remparts, protégée par des tours imposantes, des bastions et des fossés, elle disposait en outre d'un ouvrage avancé sous la forme d'un couvent fortifié.

Plusieurs milliers de soldats l'occupaient, et Autrichiens et Anglais avaient positionné au nord une puissante armée qui pouvait à tout moment fondre sur les forces franco-espagnoles. De surcroît, la cavalerie impériale devait quitter ses quartiers de Milan pour prendre la mer en direction de la Catalogne.

Le duc ne sous-estima pas les efforts qui devraient être consentis pour s'emparer de la ville. Mais, économe de la vie de ses hommes, il jugea prudent d'user de la ruse plutôt que de risquer une attaque frontale qui eût exposé inutilement les assaillants à la canonnade.

Tandis que le génie construisait deux ponts sur le fleuve, il conduisit une double manœuvre parallèle. L'une, la plus voyante, consista à édifier une tranchée d'importance où les soldats accumulèrent fascines et gabions. L'autre fut opérée en catimini devant un autre secteur de remparts. Il s'agissait du creusement de la vraie tranchée qui pût être ouverte de nuit au nez et à la barbe des assiégés.

Le 4 juillet commencèrent les premiers assauts. Mais trois jours plus tard, les assiégés osèrent une sortie. Ils étaient si nombreux qu'avant de se retirer ils réussirent à détruire l'un des ponts jetés sur l'Èbre. Bien qu'il fût dépourvu de barques et de matériaux de réparation, Orléans obtint pourtant de ses hommes qu'ils parvinssent à rétablir l'ouvrage.

Philippe était partout, partageant la vie ordinaire et la pitance de ses soldats, encourageant les plus timorés, gratifiant les plus courageux et s'exposant sans crainte au danger des mousquetades quand il passait d'un ouvrage à l'autre en dépit de son chapeau galonné qui le signalait au feu des ennemis. Cette familiarité et le courage qu'il montrait en toutes occasions lui valurent l'estime de tous et lui permirent d'obtenir des soldats des exploits que jamais ils n'auraient pensé eux-mêmes être capables d'accomplir.

Cet acharnement fut tel qu'il finit par avoir raison de la pugnacité des assiégés. Et lorsque Philippe ordonna que l'on se précipitât en nombre dans la tranchée, sus aux remparts, ce fut comme une vague qui emporta la défense ennemie. Bientôt le feu nourri qui avait accueilli les assaillants s'éteignit. Un grand silence tomba sur la ville. Puis des cris de joie éclatèrent : deux bataillons français qui, prisonniers dans les Flandres, avaient été contraints de se battre aux côtés des alliés, ralliaient les troupes du duc d'Orléans.

Tortosa était prise. Philippe exultait. À cette grande joie se mêla aussi la satisfaction de deviner combien serait dépitée la cabale versaillaise qui l'avait jugé incapable de vaincre.

Magnanime, il permit que l'ennemi capitulât avec les honneurs et que les défenseurs survivants et leurs chefs quittassent la ville sans autre forme de procès. Et lui-même accepta de paraître sous un dais que lui dressèrent les édiles de Tortosa.

*

Une nouvelle fois, Orléans fut fêté à Madrid. Mais la célébration de son triomphe fut vite assombrie par les nouvelles en provenance de Versailles. Philippe avait vu juste : on ne marie pas l'eau et le feu. La discorde n'avait pas tardé à s'installer entre le duc de Bourgogne et Vendôme. Il en résulta une défaite de l'armée française du Nord sur l'Escaut puis une retraite qui se mua bientôt en une désastreuse déroute tandis que Marlborough, désormais libre de ses mouvements, ravageait les Flandres et l'Artois.

La querelle entre les deux hommes se poursuivit jusque dans Lille où les troupes s'étaient réfugiées. L'impétueux Vendôme voulait repasser à l'attaque. Bourgogne s'y opposa et gagna une réputation de poltron que les mignons de l'arrière-petit-fils d'Henri IV s'empressèrent malignement de propager. La dispute se transporta donc à la Cour où plus que jamais les deux coteries s'affrontèrent. Le Roi, embarrassé, balançait. Indigné par les critiques formulées contre Bourgogne, il ne voulait pas accabler son petit-fils dont il réprouvait pourtant la conduite face à l'ennemi. Pour cette même raison, il n'entendait pas non plus admonester Vendôme qui, en dépit de ses défauts, demeurait l'un de ses meilleurs capitaines lorsqu'il voulait s'en donner la peine.

Les événements de Flandres plongèrent la monarchie espagnole dans le plus grand désarroi. Quelques Grands opinèrent même que la tutelle française ne suffirait plus à protéger leur pays. Pour autant, ils ne désiraient pas se donner aux Habsbourg. Se pouvait-il qu'un autre prince surgît pour sauver l'Espagne ?

Philippe comprit l'appel qui lui était adressé mais feignit de ne pas l'entendre. Homme d'honneur, il lui était impossible de se dresser contre son neveu et de lui ravir son trône. Son seul espoir reposait donc sur une éventuelle abdication de Philippe V.

Fuyant ces chimères, Orléans se résolut à consolider ses conquêtes, tant en Catalogne que dans la province de Valence. Partout, il paraissait en vainqueur, accordant généreusement son pardon et signant ses proclamations d'un royal « Don Felipe, petit-fils de France et d'Espagne » qui ne trompait pas son monde.

Bien qu'il ne se souciât pas à l'excès de son apparence, il n'ignorait pas que son maintien et son air altier en imposaient à la population mais aussi à l'aristocratie. Et ceux qui avaient eu la faveur d'apercevoir le chétif Philippe V ne manquaient pas de procéder à une comparaison qui était toute à son avantage. Même ses ennemis lui rendaient grâce : Lord Stanhope, dont Dubois avait si vivement goûté la compagnie lors de son voyage à Londres, commandait maintenant les troupes anglaises présentes en Espagne. Les deux chefs de guerre, par-delà leurs retranchements respectifs, échangèrent des compliments. Et l'Anglais reçut avec une exquise courtoisie un aide de camp de Philippe, Joseph de Flotte, venu négocier un échange de prisonniers. Après lui avoir dit combien il était agréable de combattre un ennemi aussi distingué qu'Orléans, Stanhope lui remit copie d'un traité secret qui énumérait les conditions posées par les Hollandais et les Anglais avant de conclure une éventuelle paix. Mais Philippe, conscient que la possession d'un tel document pourrait donner lieu à des supputations de trahison s'il venait à tomber en de mauvaises mains, ne voulut pas le garder par-devers lui et le rendit à son aide de camp.

Conscient de l'influence qu'il exerçait dorénavant, Orléans se piqua aussi de politique et osa adresser au Roi des mémoires qui préconisaient des réformes et une administration moins rigoureuse dans les territoires qu'il avait reconquis. Cette prétention ne manqua pas de heurter la princesse des Ursins qui ne supporta pas que l'on mît en cause ses propres directives. Toutefois, la guerre se fit à fleurets mouchetés. L'intrigante ne pouvait livrer une bataille frontale contre un homme qui avait ravi le cœur des Espagnols. Mais elle fit en sorte d'instiller le soupçon chez le sombre Philippe V. Lorsque ce dernier se dressa pour la première fois contre lui à l'occasion d'une question militaire, Orléans comprit qu'il lui fallait rentrer en France. Cependant, il promit à tous ceux qui étaient de son parti de revenir mener campagne dès l'année prochaine afin de chasser l'étranger là où il se cramponnait encore, comme à Barcelone qui était toujours sous la coupe de l'archiduc.

Il avait à peine pris sa décision de partir que l'on apprit un nouveau désastre. La citadelle de Lille était tombée. Et avec elle, Bruges et Gand. Une brèche énorme béait désormais au nord de la France.

La *camerera mayor*, sans doute trop contente de le voir vider les lieux, lui fit amitiés et sourires. Mais Philippe ne fut pas dupe de ces mignardises : il savait que la princesse avait chargé l'ambassadeur Amelot de transmettre à Louis XIV une liste de toutes les bonnes raisons qu'il y avait ici à se plaindre de son neveu. Elle en concluait qu'il serait sage qu'Orléans ne revînt pas en Espagne tant sa présence y introduisait le désordre et la suspicion.

Fin novembre, Philippe prit la direction des Pyrénées. Nullement décidé à renoncer à ses ambitions espagnoles, il laissa derrière lui l'un de ses secrétaires, Pierre Regnault des Landes, à charge pour ce dernier de veiller à ses équipages et de l'instruire sur les intrigues de la Cour et les manigances qu'y tramait Mme des Ursins.

La route du retour ne fut pas moins morose qu'à l'aller. Un hiver précoce s'était abattu sur le royaume de France. Les cours d'eau étaient déjà gelés et les champs couronnés d'une neige cassante comme du cristal ne pourraient pas être travaillés avant le printemps. Même les semis qui y avaient déjà germé étaient désormais brûlés par le froid. Un peu partout sur le bord des chemins, des cadavres d'animaux étaient abandonnés et sur le seuil des chaumières, des femmes en haillons et des enfants grelottants et amaigris demandaient à manger à qui passait.

Il était à craindre qu'il s'ensuivît de ce désastre hivernal une grande disette et peut-être même de nouvelles jacqueries.

XV

Une rupture

1709-1710

Philippe était de retour. Jamais le royaume ne lui parut plus désolé. On mourait de faim à la campagne et Versailles s'enfonçait dans la résignation et l'amertume. Louis XIV lui-même semblait ne plus tenir les rênes. Impavide, il traversait galeries et appartements tel un fantôme silencieux.

Que pensait-il ? Et avait-il encore un cœur ? Des rapports de plus en plus alarmants arrivaient tous les jours en son cabinet, malgré la paralysie quasi générale de l'appareil d'État. Les armées se débandaient, des sentinelles périssaient sur place de froid et d'inanition, Paris n'avait plus de pain et grondait, des loups affamés sortaient des forêts pour attaquer les humains, des gueux battaient les grilles du château royal, le vin gelait dans le verre du Roi, les oliviers de Provence succombaient au froid, la Seine était obstruée par les glaces jusqu'à l'embouchure et la débâcle du printemps promettait d'être catastrophique.

Et le Trésor était vide !

Presque chaque jour, des banquiers et financiers étaient appelés à Versailles. Contre le prêt de quelques pécunes, ils posaient d'exorbitantes conditions. Les ministres cédaient. Le Roi ne tarderait pas à envoyer à la Monnaie sa vaisselle d'or afin de la faire fondre. Il inviterait les courtisans à suivre son exemple.

Le chœur des lamentations ne cessait de grossir. À quoi bon continuer la guerre puisque le royaume sombrait dans la misère et que la charité était impuissante à apaiser les maux des indigents ? Dans les campagnes et les faubourgs, des fanatiseurs annonçaient la fin du monde. Bientôt de nouveaux Ravaillac se lèveraient.

Apeurée, Mme de Maintenon finit par joindre sa voix à celles du camp de l'abandon que l'on n'appelait plus désormais que « le parti des Saints ». « Pitié pour les Français ! » implorait-on de toutes parts. Mais le Roi demeurait silencieux.

Philippe reçut néanmoins au début du mois de mars l'assurance qu'il retournerait en Espagne et qu'il devait s'y préparer en vue d'une nouvelle campagne. Louis lui conseilla même d'y envoyer préalablement l'un de ses fidèles afin de sauvegarder ses intérêts. Mais il ne put discerner le profond dessein du Roi. Avait-il déjà décidé, abandonnant Philippe V à son sort, de permettre à son neveu de tenter l'aventure et de briguer sa succession ? Et comment devait-il interpréter cette question que lui posa un soir le Roi ?

« Mon neveu, comment croyez-vous être avec Mme des Ursins ? »

Or Louis avait eu connaissance de la diatribe de la *camerera mayor* transmise par l'ambassadeur Amelot. Il n'ignorait donc rien des griefs formulés par la princesse à son encontre. Un peu décontenancé, Philippe répondit avec un détachement affecté :

« Sire, j'ai tout lieu de me persuader y être bien, n'ayant aucune raison d'y être mal. »

Néanmoins, Philippe décida de suivre le conseil de son oncle. Joseph de Flotte partit aussitôt. Il rejoindrait Regnault des Landes. Celui-ci avait déjà envoyé de nombreux messages au Palais-Royal. Infatigable, il plaidait secrètement la cause de son maître, tout en veillant à ne pas déplaire à la princesse des Ursins. L'habile secrétaire avait rallié plusieurs Grands qui aspiraient à démettre le faible Philippe V. Cependant, Orléans le mit en garde : tout soupçon de complot, s'il venait à filtrer, risquait de lui être fatal !

*

De semaine en semaine, le départ du duc d'Orléans était retardé. Son inquiétude allait grandissant d'autant que Louis XIV avait décidé d'envoyer aux Pays-Bas deux émissaires dont on murmurait qu'ils étaient chargés de négocier la capitulation de la France. Si le Roi agissait ainsi, il était à craindre qu'il se fût enfin rendu aux arguments du « parti des Saints », abdiquant par là même tout orgueil.

Philippe était tout autant révolté qu'attristé : le Roi-Soleil, âgé de soixante et onze ans, n'était plus que l'ombre de lui-même.

Les nouvelles qui arrivèrent de La Haye plongèrent Orléans dans le plus grand désarroi. Les alliés, forts de leurs victoires (à l'exception de l'Espagne où Philippe leur avait damé le pion), présentaient des revendications qui allaient au-delà de toute raison. L'Alsace, la Flandre et l'Artois devraient être abandonnés. Louis XIV serait contraint de chasser lui-même son petit-fils du trône d'Espagne en envoyant des troupes. Enfin, comble de l'arrogance, Anglais, Hollandais et Autrichiens accordaient tout juste deux mois au Roi de France pour se conformer à ces exigences. En cas de réponse négative ou même d'atermoiement, leurs troupes fondraient sur Paris.

Soumis à ces prétentions inacceptables, Louis se ressaisit d'un coup. Oubliant les gémissements du « parti des Saints » et ceux de sa propre épouse, il décréta que la France ne s'inclinerait point. Toutefois, il ne dissimula pas que, toutes les troupes étant désormais affectées à la défense du royaume, Philippe V ne devrait plus compter que sur lui-même et ses sujets s'il voulait sauver son trône.

Cette dernière décision troubla Philippe et l'exalta tout à la fois. Le temps était-il enfin venu où, arrivant en Espagne avec ses propres bataillons, il pourrait sous prétexte de secourir son neveu s'emparer du pouvoir ? Mais le Roi lui permettrait-il de quitter la France au moment où la résistance à l'ennemi requérait les efforts de tous ?

À son habitude, Dubois, dont la fortune était attachée à celle de son maître, conseilla le passage en force, au risque de se brouiller avec Louis XIV. Ensuite, remarqua-t-il, le Roi, taisant sa rancune, serait plus tard bien aise de savoir qu'un Bourbon avait remplacé un autre Bourbon à Madrid.

« Je conjure Votre Altesse royale de franchir le Rubicon ! Jamais le sort ne vous a été aussi favorable. »

Philippe n'eut guère le temps de réfléchir. Une cruelle et imprévisible tempête s'abattit soudain sur lui. En mars, des vents mauvais lui rapportèrent d'abord que Flotte n'avait pu entrevoir Regnault à Madrid. Le secrétaire semblait avoir disparu. Puis, peu de jours après, Orléans apprit que son aide de camp avait été conduit de force dans une prison où il avait retrouvé Regnault qui s'y morfondait depuis le mois précédent.

Il ne lui fallut pas longtemps pour obtenir une explication. Elle vint du Roi lui-même auprès duquel Philippe, indigné, alla se plaindre des mesures prises en Espagne à l'encontre des gens de sa maison.

Il était à peine introduit dans le cabinet royal que, visage fermé, le monarque lui désigna deux lettres posées sur sa table de travail. Philippe reconnut aussitôt le sceau et les armoiries du Roi d'Espagne.

« Il m'est venu de Madrid des nouvelles exécrables qui vous concernent au premier chef et me font repentir de vous avoir cru guéri de vos extravagances. »

Philippe blêmit. Malgré lui, il remarqua les taches rougeâtres qui marbraient les joues de Louis. Sans doute était-il à nouveau victime de ses « vapeurs[1] » qui, depuis l'âge de sa maturité, avaient coutume de l'assaillir.

« Mme des Ursins, Dieu la garde en vie, a jugé votre secrétaire Regnault suffisamment faux pour qu'elle demandât à la police de l'espionner. Ses lettres décachetées ont vérifié ses soupçons. Ce petit maître complotait contre le Roi d'Espagne et tentait de soudoyer quelques mauvais sujets de la Cour. »

Louis marqua un temps. Il prit sa tête dans ses mains, comme s'il n'en pouvait plus supporter le poids.

1. Les médecins du Roi évoquaient par périphrase des « fumées d'un sang échauffé qui montaient au cerveau ». Il s'agissait peut-être de maux de tête, d'étourdissements ou de vertiges.

« Sire, voulez-vous que j'appelle Fagon ? » Le Roi ne répondit pas et poursuivit d'une voix haletante :

« Les documents qui ont été saisis chez ce Regnault prouvent à l'évidence que vous n'ignoriez rien de la conjuration qui se tramait. Pire, ils attestent que vous étiez l'âme de ce noir dessein. Une lettre de Lord Stanhope établit même que vous étiez entré en intelligence avec l'Anglais dans le seul but de déposséder mon petit-fils. »

Philippe, abasourdi, resta d'abord coi. Puis il nia, essaya assez maladroitement de se défendre, invoqua les manèges et intrigues qui étaient les seuls instruments de gouvernement de la *camerera mayor*. Louis ne l'entendit pas. Épuisé, il laissa enfin tomber :

« Magnanime, Philippe V est résolu à étouffer cette affaire pour raison d'État. Mais il va de soi que vous ne pourrez plus jamais reparaître en son royaume. Quant à moi, je veux oublier au plus vite ce qui n'aurait dû rester qu'une querelle de famille. »

*

L'annonce de la disgrâce, sans doute colportée à l'origine par Mme de Maintenon, courut à travers Versailles à la vitesse d'un cheval au galop. Ceux qui étaient réputés pour être de sa société se bouchèrent le nez et s'éloignèrent à pas comptés et ceux qui étaient de ses ennemis se réjouirent bruyamment. Les autres ne balancèrent pas longtemps : un excès de gloire épuise l'admiration. Orléans avait reçu son lot, privant par là même tant de candidats qui y aspiraient et il n'était pas mauvais qu'il se retrouvât le nez dans le ruisseau.

Seul le peuple de Paris et quelques fidèles tels Dubois et Saint-Simon lui demeurèrent attachés.

Philippe, au plus bas, se recroquevilla au Palais-Royal et espaça même ses visites chez Mme d'Argenton tant le commerce amoureux lui semblait impuissant à apaiser sa désespérance.

Pourtant, il n'avait pas encore touché le fond. La cabale de Meudon, conduite avec opiniâtreté par la duchesse de Bourbon et le Grand Dauphin qui ne lui pardonnait pas d'avoir voulu évincer son fils du trône d'Espagne, fit feu de tout bois. Puisque son épouse, à nouveau grosse, souffrait d'une soudaine et mystérieuse fièvre, c'était qu'il l'avait empoisonnée ! La méthode ne rappelait-elle pas celle dont on avait usé contre Henriette d'Angleterre ? Tel père, tel fils : le poison était affaire de famille. Philippe, habile à confectionner des drogues mortelles depuis qu'il avait reçu les leçons de l'alchimiste Homberg, désirait se débarrasser de la duchesse d'Orléans pour convoler à nouveau. Ne lui prêtait-on pas l'intention de s'unir avec la richissime Marie-Anne de Neubourg, veuve du malheureux Charles II d'Espagne ? Une épouse qu'il ne tarderait pas à occire pour enfin se marier avec celle qui le dirigeait depuis si longtemps, Mme d'Argenton, dépitée de n'avoir pas été nommée dame d'atour de la Reine d'Espagne et, pour cette raison, véritable instigatrice de cette machination criminelle.

Le scandale grossit avec une telle ampleur que le Roi, quoi qu'il en eût, se vit bientôt dans l'obligation de diligenter un procès contre son neveu. Le Grand Dauphin l'y poussait, mais aussi Mme de Maintenon et la plupart de ses ministres. Le chancelier reçut l'ordre de préparer la mise en jugement.

Cependant, au dernier moment, Louis jugea que les inconvénients l'emporteraient sur les avantages. La mise en cause de Philippe rejaillirait forcément sur la Couronne. Un flot de boue nauséabonde se répandrait sur toute la famille royale, comme aux pires heures de l'affaire des poisons. Le Roi rappela donc la meute qui s'apprêtait avec gourmandise à planter ses crocs dans la chair du duc d'Orléans. Il lui suffit de lâcher quelques mots à son lever.

« Monsieur mon neveu n'est certes pas un parangon de vertu mais il ne mérite pas cet excès d'indignité. »

Et pour donner bonne mesure à cette manifestation de clémence, il réitéra son opinion à son grand couvert :

« Cette affaire est sans conséquence, n'en parlons plus ! »

L'incendie s'éteignit aussitôt et Françoise Marie recouvra la santé. Mais la rumeur, telle la tunique de Nessus, ne quitterait pas Philippe de sitôt.

*

Mme d'Argenton s'aigrissait et n'arrêtait pas de se plaindre de son amant. La délicieuse Marie Louise avait cédé la place à une maîtresse acariâtre qui ne cessait de demander faveurs et cadeaux et qui, lorsqu'elle n'obtenait pas satisfaction, se laissait aller à de furieux éclats au cours desquels il lui arrivait de griffer ou même de donner des coups de pied.

Débonnaire, Philippe subissait les tempêtes de sa favorite sans répliquer. La vérité était qu'il n'osait rompre et que le souvenir des félicités passées et le plaisir charnel qu'elle lui dispensait encore l'emportaient sur la lassitude qui le gagnait.

En novembre, il crut apaiser une nouvelle fois sa tigresse en lui offrant le premier rôle lors d'un déjeuner à Saint-Cloud donné en l'honneur de l'Électeur de Bavière. À cette occasion, Mme d'Argenton, vêtue d'une robe d'or ornée de pierreries, parut donc en maîtresse de maison sous les lambris du palais.

La nouvelle parvint rapidement à Versailles. Louis XIV et Mme de Maintenon s'offusquèrent de l'offense faite à la duchesse d'Orléans. Il ne servait donc de rien que l'on pardonnât à Philippe ses fautes puisqu'il persistait à bafouer son épouse légitime et, par ricochet, le Roi son père.

Le flot de calomnies, un instant refoulé, reprit son cours. Lorsque Philippe se risquait à apparaître à la Cour, les regards se détournaient et on évitait de le saluer. Il ne trouva consolation qu'auprès de sa fille Marie Louise Élisabeth. Mademoiselle avait alors quatorze ans. Jolie tout autant que primesautière, elle imposait sa volonté et ses caprices au Palais-Royal déserté par ses deux sœurs qu'on avait mises au couvent. Déjà son esprit délié rappelait celui de sa grand-mère, Mme de Montespan. Philippe l'aimait à la folie et se réjouissait d'être payé de retour.

Ensemble, le père et la fille s'entretenaient de longues heures, se rendaient au laboratoire de Homberg et vidaient parfois de conserve des flacons de liqueurs fortes auxquels, malgré son jeune âge, Marie Louise Élisabeth rendait gaillardement honneur.

Cette complicité inhabituelle entre un père et sa fille ne manquait pas d'étonner les familiers du Palais-Royal et de faire jaser. D'autant que la fillette était devenue femme avec précocité et que, déjà, la Cour bruissait de projets de mariage pour cette petite-fille du Roi.

Le 1er janvier 1710, Philippe ne put éviter de participer aux cérémonies du Nouvel An. Le regard de Louis XIV, distant et désapprobateur, se posa à peine sur lui. L'exemple royal fut aussitôt imité : on évita de le voir pour ne pas risquer de le reconnaître.

Il allait quitter les appartements royaux lorsque Saint-Simon, l'air grave, le retint et l'entraîna dans l'un de ces cabinets obscurs qui se dissimulaient derrière les pièces d'apparat où ils purent converser à leur aise.

Le petit duc attaqua d'emblée :

« Votre disgrâce actuelle me navre comme elle attriste tous ceux qui vous aiment.

— Qu'y puis-je ? » soupira Philippe.

Saint-Simon poursuivit avec la passion qui lui était coutumière dès qu'il s'agissait d'honneur ou de respectabilité.

« Vous savez mieux que moi que la bassesse des courtisans ne connaît point de limites et qu'ils sont d'abord attachés à régler leur pas sur celui qui les gouverne et leur distribue la pitance. Il vous convient donc de reconquérir l'estime de qui les oblige et les flatte…

— Il n'est plus temps, lâcha Philippe avec résignation. D'autres voix, plus puissantes ou aimables que la mienne, ont l'oreille du Roi. Et des fripons ont envenimé mon affaire d'Espagne. »

Il se mit à marcher de long en large dans cette petite pièce qui semblait trop étroite pour contenir son amertume. Saint-Simon, interdit, observa ce mouvement qui agitait son ami.

« Il serait pourtant un remède qui vous remettrait en selle, dit-il enfin.

— Êtes-vous donc en mesure de commander au Roi ? ricana Philippe.

— Je n'ose vous confier ce que j'ai en tête, de peur de vous fâcher. Et pourtant cela seul permettrait de vous ouvrir à nouveau la porte du Roi.

— Que Diable me celez-vous ? Je sens l'impatience me gagner. »

Un bruit de conversation dans le cabinet voisin alarma le duc.

« Cessons, on pourrait nous entendre. Voyons-nous après dîner dans le secret de votre appartement et je mettrai mon cœur à nu. »

Exaspéré par les mystères de son ami, Philippe se rendit chez sa mère. La Palatine était amère. Louis XIV, arguant de la grande misère du royaume, avait décidé de supprimer les étrennes qu'il distribuait ordinairement aux membres de la famille royale.

Malgré sa propre morosité, il s'amusa de cette contrariété. Madame eut assez d'esprit pour en rire.

« Mon médaillier se passera donc de quelques belles pièces que je voulais acquérir. Et j'ai déjà prévenu mon marchand : désormais, en raison de la pingrerie de Louis, j'achèterai court. »

Mais ce fut aussitôt pour reprocher à son fils en termes vifs son imprudence de Saint-Cloud.

« Votre petite brunette ne mérite pas cet excès d'égards que vous lui témoignez… Elle alimente le caractère naturellement malveillant de la "pantocrate" et vous coûte l'affection du Roi. C'est trop cher payé pour une mijaurée que vous auriez dû laisser dans son ruisseau. »

Philippe ne répliqua pas et songea par-devers lui qu'en cette occasion sa mère n'était pas moins médisante que sa vieille ennemie.

*

Saint-Simon ne vint pas seul. M. de Bezons, un rude soldat qui venait d'être promu maréchal, l'accompagnait. Blanchi sous le harnois, il faisait grand cas des qualités militaires du duc d'Orléans qu'il s'enorgueillissait d'avoir servi. Certes, il n'était pas pourvu d'un esprit très alerte mais le bon sens et l'honnêteté transpiraient sur sa grosse figure hérissée de sourcils charbonneux.

Philippe sourit en le découvrant au côté de son ami.

« Venez-vous livrer bataille pour être flanqué d'un aussi glorieux capitaine ? demanda-t-il au petit duc.

— Ne vous y trompez pas, notre ambassade est pacifique. Mais je voulais qu'un officier qui vous admire et aspire de tout son cœur de soldat à votre retour en grâce vous fît part avec franchise de son sentiment !

— Eh bien, soit, messieurs, je vous écoute », répondit-il, un peu désarçonné par cette entrée en matière.

Le verbe un peu embarrassé mais la voix claire, le maréchal monta en première ligne.

« Monseigneur, au nom de ce qui nous a unis hier sur les champs de bataille, j'ose vous dire… Oui, je l'ose, bien que ce ne soit pas aisé… Et même un peu impertinent de ma part…

— Au fait, Bezons, au fait !

— Alors voilà : il vous faut la quitter ! »

Comme après un gros effort, il s'essuya le front. Saint-Simon reprit en diplomate :

« Monsieur le maréchal vous l'a dit sans précautions excessives mais il a raison. Il suffirait que vous éloigniez Mme d'Argenton pour que la reconnaissance du Roi vous fût à nouveau acquise ! »

Philippe s'attendait à un assaut. Mais sa brutalité le surprit. Non pas qu'il n'ait songé lui-même à provoquer cette rupture. Mais ainsi présentée, elle lui semblait inutilement cruelle. Pouvait-il ainsi sacrifier un attachement qui durait depuis une dizaine d'années ? Et ne devrait-il pas se mépriser s'il cédait à cette demande dans le seul but de regagner la faveur du Roi ?

Le petit duc vit son trouble, devina les affres qui l'agitaient.

« Redevenez-vous même, Philippe. C'est l'ami qui vous en conjure. De ce grand déchirement naîtra un homme nouveau, lavé de toutes les salissures dont on l'accuse injustement. On louera votre courage, on admirera votre force d'âme. Et vous pourrez jouir d'une paix conjugale retrouvée… »

Malgré son accablement, Philippe dut esquisser une grimace car Saint-Simon s'empressa aussitôt :

« La duchesse d'Orléans est meilleure qu'on ne le prétend… Elle usera de tout son entregent pour réparer les accrocs qui ont été faits à votre réputation et se dévouera tant et plus à votre cause. En regard de vos infidélités, n'a-t-elle pas toujours usé d'une admirable patience ? »

Saint-Simon poursuivait avec éloquence sa plaidoirie. Mais il semblait à Philippe qu'il n'entendait plus. L'image de Marie Louise se dressait devant lui. Les cheveux en tempête, l'œil noir, elle l'accablait de reproches, se jetait sur lui, les ongles en avant… L'instant d'après, nue, elle paressait dans leur nid de la rue des Bons-Enfants. Telle une couleuvre, elle se lovait autour de lui, s'insinuait, épousait son propre corps… L'assouvissement jaillissait en une longue plainte. Comme un sanglot. Et soudain, un froid glacial s'emparait de lui. Il grelottait. Marie Louise s'était muée en une brume qui s'effilochait dans le ciel. Elle disparaissait. Il ne restait d'elle que le rire de gorge qui suivait toujours les cris qu'elle poussait lorsqu'elle cédait au plaisir.

« Monseigneur ! »

Bezons ! Alarmé par son absence. Philippe revint à lui. Mais après ce rêve éveillé, il savait avec certitude qu'il avait déjà quitté sa maîtresse. Las, il laissa pourtant son ami continuer. Et s'il avait eu encore une hésitation, ce dernier argument de Saint-Simon l'aurait emportée.

« Songez à votre fille que vous chérissez tant. Le Roi a déjà pensé à marier Mademoiselle à son petit-fils, Berry. Mais ce prestigieux projet d'accordailles ne se pouvait réaliser tant que votre conduite heurtait ses sentiments paternels. Si vous consentez à vous amender, il en jugera à coup sûr d'une autre manière. »

Marie Louise Élisabeth ! La chair de sa chair ! L'enfant qu'il avait arrachée à la mort quand elle avait six ans. Il ne pouvait lui voler son destin. Toutefois, la douleur revint avec la pensée de ses autres enfants. Ceux de sa maîtresse. Les verrait-il encore ? Il les aimait d'un amour sincère et n'avait pas failli à son devoir en les reconnaissant et en préparant leur avenir en dépit de leur illégitimité.

« Laissez-moi, je vous prie… »

Mais Saint-Simon planta une ultime épine.

« N'abandonnez pas la place à vos pires ennemis. Madame la duchesse a entrepris le Roi. Elle aspire au plus haut point à écarter Mademoiselle afin de donner sa propre fille au duc de Berry. »

Louise Françoise ! Une fois encore, elle se trouvait en travers de son chemin.

« Il suffit, j'aviserai… »

Et soudain, la grosse voix de Bezons :

« Monseigneur, de grâce, abstenez-vous… »

Le maréchal hésita. Puis il reprit avec brusquerie, comme s'il voulait chasser l'émotion qui l'étreignait :

« Ne la revoyez pas ! Un sourire, une caresse pourraient avoir raison de vos retranchements. »

Philippe hocha la tête. Il brûlait de l'envie d'être seul.

*

Il savait qu'il n'avait pas de plus grand adversaire que lui-même. Aussi, craignant de faillir, Philippe demanda-t-il audience au Roi et lui annonça tout de go sa résolution.

Louis XIV se garda de manifester un trop vif contentement. Mais, pragmatique, il s'attacha à rendre la rupture définitive.

« Mme d'Argenton doit quitter Paris au plus tôt… Je lui donnerai l'ordre de quitter votre Palais-Royal. Cependant, par amitié pour vous, je n'userai pas de la lettre de cachet. Votre maîtresse sera assez aimable pour feindre de prendre elle-même la décision de se retirer où elle le souhaitera, à l'exception des terres que vous lui avez données en apanage et dont j'ai permis qu'elle portât le nom. »

Il se fit un silence. Philippe songea que nul retour en arrière n'était désormais possible. Et, en même temps, il eut conscience de la lâcheté qui l'avait entraîné à demander à son oncle de rendre son choix irrémédiable.

« Il va de soi qu'il reviendra à votre seule bonté d'assurer à Mme d'Argenton une condition à la hauteur des dévouements qu'elle a eus pour vous. Mais, tant que ces libéralités ne portent pas atteinte aux intérêts de ma fille et de mes petits-enfants, je n'en veux rien savoir. »

Orléans, le cœur serré, s'apprêta à prendre congé. Mais Louis le retint.

« Votre sincère repentance me fait souvenir du projet de mariage que j'ai esquissé pour ma petite-fille. Je ne tarderai pas à vous faire part de ma décision. En attendant, veillez à vous raccommoder de la meilleure façon avec la duchesse d'Orléans à qui vous avez infligé d'insupportables affronts. »

*

Délivré mais vergogneux, Philippe s'empressa de doter sa maîtresse, en espérant, sans y croire, que son extrême générosité adoucirait quelque peu l'ordre d'exil qui lui fut signifié par le Roi. Mme d'Argenton eut la permission de garder par-devers elle ses pierreries qui valaient au bas mot plus de deux cent mille livres. Elle fut aussi grassement pensionnée et autorisée à vendre à son profit la maison des Bons-Enfants et les meubles qui s'y trouvaient.

La joie des siens l'insupporta. Madame exultait. Françoise Marie se félicitait et, faisant visiter avec ostentation Louise Élisabeth, la fille qui lui était née, elle prétendait que ce dernier fruit témoignait à l'envi de l'affection que lui avait toujours témoignée son époux. Rayonnante, elle affirmait même vivre une nouvelle lune de miel. Philippe ne pipait mot mais c'était chaque fois une aiguille que l'on fichait dans son cœur. Et quand le remords le tenaillait trop, il s'efforçait de penser qu'il avait d'abord agi pour le bien de sa fille chérie.

Instruite par la Maintenon des intentions du Roi de marier Mademoiselle avec le duc de Berry, Louise Françoise de Bourbon ouvrit aussitôt les hostilités. Sachant que le gros Dauphin était de son parti, elle n'eut aucun mal à le convaincre de plaider sa cause auprès du Roi. Berry n'était-il pas son fils ? Et n'avait-il pas le droit de décider de son destin ? Mais comme elle n'avait qu'une confiance limitée dans la résolution de ce balourd, la finaude décida aussi d'user d'autres armes. Débagoulant tant et plus à Meudon et à Versailles, elle commença par insinuer que la rupture entre Orléans et Mme d'Argenton n'était qu'illusion destinée à satisfaire le Roi et qu'à la première occasion ce libertin renouerait avec sa maîtresse. Cependant, cela ne suffisait pas : le neveu de Louis affichait une repentance qui ne souffrait aucun écart et s'était même rapproché de la religion. Louise Françoise n'y voyait que fausseté et entreprit de distiller un nouveau poison qui, à coup sûr, ébranlerait le couple royal.

Mademoiselle et l'affection que lui portait de façon immodérée son père lui fournirent l'argument de sa nouvelle campagne : que fallait-il penser de ces marques de tendresse qu'ils échangeaient à tout propos, sans même se soucier de leur entourage ? Comment n'avait-on pas songé plus tôt qu'il y avait là des liens que la nature n'autorisait pas ? Ne se conduisaient-ils pas comme des tourtereaux, indifférents au scandale qu'ils produisaient ? Et si le duc d'Orléans avait si aisément obéi aux ordres du Roi qui lui commandaient de rompre avec sa maîtresse, c'était qu'il avait trouvé en sa propre maison de quoi consoler ses esprits lubriques !

Le mot « inceste » ne tarda pas à surgir. Prudente, Madame la duchesse laissa le soin de le prononcer à ceux qui la suivaient. Mais elle dégusta avec gourmandise les premiers progrès de son initiative qui fit bientôt le principal des conversations de la Cour. Elle dut pourtant vite déchanter. Ni Louis XIV ni la prude marquise de Maintenon ne voulurent croire à cette abomination.

Le Roi, au rebours de demander raison à son neveu au sujet de cette perfide rumeur, morigéna son fils, coupable, en son palais de Meudon, de laisser croître la calomnie. Et, ajoutant à cette mercuriale, il lui dit d'un ton ferme :

« Je suis votre père, votre Roi et votre maître. Et j'ai décidé d'unir Mademoiselle au duc de Berry ! »

Le gros Dauphin n'osa se récrier et rongea son frein en silence. Mais, en son for intérieur, il regretta que la misère du royaume et la poursuite de la guerre n'eussent pas permis à son fils de conclure une alliance plus prestigieuse.

*

Philippe observait son gendre. Ce gros garçon blond, qui ne pensait qu'à la chasse et à la table, saurait-il apaiser les sens de sa voluptueuse fille ? Et pourrait-il satisfaire son insatiable curiosité, lui qui, disait-on, savait à peine lire et écrire tant son éducation avait été négligée ? Toutefois cet aimable jeune homme ne faisait pas mystère de son ignorance. Il en parlait avec bonhomie et regrettait à peine d'avoir été confiné dans cet état.

La cérémonie de mariage se déroula dans la nouvelle chapelle de Versailles qui venait tout juste d'être consacrée. Le duc de Berry arborait un justaucorps et un manteau noirs chamarrés de diamants. Marie Louise Élisabeth avait choisi une grande robe de moire d'argent qui mettait en évidence la fraîcheur de sa carnation. Ainsi vêtue, sa longue chevelure retombant en volutes élégantes sur son col, elle rappelait irrésistiblement sa grand-mère, la marquise de Montespan. Louis XIV y songeait-il en présidant à l'union de ses petits-enfants ?

Philippe lui-même craignait de voir sa fille s'éloigner. Sans nul doute, son mariage mettrait fin à ces doux épanchements au cours desquels le père et la fille échangeaient confidences et fous rires. Certes, depuis sa rupture avec Mme d'Argenton, la duchesse son épouse lui faisait bonne figure et s'efforçait même de lui complaire. « Madame Lucifer » avait cédé la place à une femme souriante et attentionnée qui usait de coquetterie lorsqu'elle désirait qu'il la rejoignît dans sa couche. Mais cela ne suffisait pas à son bonheur. Et en même temps, la religion qu'il avait embrassée avec ferveur au lendemain de sa repentance lui pesait déjà.

Le cardinal de Janson, grand aumônier de France, conclut son homélie. Charles de Berry et Marie Louise

Élisabeth d'Orléans étaient mariés. Il fallait être heureux. Philippe le fut.

Un souper de vingt-huit couverts attendait la famille royale dans le grand salon. Les portes étaient demeurées largement ouvertes et permirent aux curieux, petits nobles et bourgeois empêtrés dans leur épée de circonstance, de dévisager la petite duchesse et son rustaud de mari.

Philippe but. Marie Louise Élisabeth qui, pendant les semaines précédant ses noces, avait fait preuve de sobriété et recouvré sa taille de guêpe, l'imita tout en se gorgeant de sucreries. À mi-repas, chancelante, elle dut quitter la table pour aller vider son estomac surchargé. Son époux n'y vit pas malice car il s'empiffrait lui-même de belle manière. Seule Mme de Maintenon exprima son déplaisir par un froncement de sourcils.

Le corps lourd et l'esprit embrumé, Philippe suivit distraitement la suite du cérémonial. Le cortège accompagna les jeunes mariés jusqu'à leurs appartements. Dégrisée, Marie Louise Élisabeth montra une pudeur de bon aloi au moment de passer sa chemise de nuit. Et quand il fut l'heure de coucher les époux, Philippe nota avec amusement que le soin de porter le bougeoir avait été dévolu à un Saint-Simon qui frétillait de plaisir à devoir remplir cette tâche. Mais n'était-il pas rendu justice à celui qui avait été le principal artisan de ce mariage ?

XVI

Un empoisonneur

1710-1712

Le cerf venait de se rembucher. L'animal était lancé. Les trompes sonnèrent haut et clair. Bien qu'il ne fût pas aussi passionné de chasse que les membres de sa famille, Philippe sentit l'excitation le gagner. Le premier parmi les cavaliers de l'équipage, il se lança au galop dans un mauvais chemin semé de fondrières boueuses dissimulées sous un épais tapis de feuilles mortes. Derrière, les calèches du Roi et de la Palatine s'ébranlèrent.

L'air sentait l'humus et le champignon. Une odeur de monde pourrissant assortie à la couleur grisâtre du ciel balayé par des rafales tempétueuses. Devant, les récris de la meute étaient autant d'appels au sang. Entre deux arbres, il aperçut la robe fauve d'un renard qui se forlongeait prudemment vers le touffu d'un hallier. Il éperonna son hongre lorsqu'un sentier sableux et escarpé se présenta devant lui. Les dernières feuilles mortes arrachées par le vent voletaient encore. Une ramure basse le gifla et arracha son chapeau. Il ne ralentit pas. Il lui sembla que les aboiements se rapprochaient. Une trompe sonna la vue. Il s'engagea dans une descente vertigineuse. Sa monture fit un écart pour éviter une grosse branche brisée qui venait de choir au milieu du chemin. Déséquilibré, Philippe vida les étriers, culbuta et chuta lourdement.

Quand, à demi étourdi, il tenta de se relever, il grimaça de douleur. Son épaule lui cuisait. Déjà, d'autres cavaliers et les calèches arrivaient. La Palatine descendit de voiture et se précipita. Ses gémissements couvrirent bientôt le joyeux tumulte de la chasse.

« Seigneur, si votre tête avait porté… »

En dépit du fait que sa forte corpulence l'encombrait sur ce sol malaisé, elle tint à l'aider à se remettre debout et ne laissa à personne le soin de le transporter dans son véhicule au château de Marly.

Mareschal, premier chirurgien du Roi, fut aussitôt convoqué. Assis dans un fauteuil, torse nu, Philippe l'attendait et souffrait en silence en s'efforçant de ne pas entendre les jérémiades de sa mère auxquelles se joignirent bientôt celles de son épouse. L'homme d'art palpa, hocha savamment la tête et, brusquement, s'empara avec force de l'épaule blessée, pressa, tordit, élongea. Le patient poussa un cri, bientôt imité par les deux femmes. Le médecin recula d'un pas.

« La membrure de Monseigneur est remise en place. »

Philippe soupira. Françoise Marie lui prit la main. Mareschal sortit de sa besace un rouleau de tissu dont il commença à emmailloter le blessé. Puis, lui ayant passé sa chemise, il lui confectionna une écharpe dans laquelle il logea le bras atteint.

Soulagée, Madame se rencogna sur son siège.

« Je suis si rompue que j'ai l'impression d'avoir reçu cent coups de bâton. »

Le chirurgien fouilla à nouveau dans son sac, en sortit une lancette et une petite cuvette.

« Une saignée aidera à résorber l'encombrement de la navrure… »

Philippe n'eut pas le temps de protester. Déjà, le médecin avait entaillé son bras et le sang coulait.

« Trois palettes devraient suffire à dissiper ce dévoiement. »

Puis, se tournant vers la Palatine qui respirait bruyamment, il ajouta :

« Si j'osais, je proposerais à Votre Altesse royale le même remède car l'effroi vous a retourné les sangs. »

Mais, tandis que son fils riait, elle opposa la plus vive dénégation au chirurgien et fit mine de le repousser.

*

Le bras en écharpe, Philippe maudissait son oisiveté forcée et partageait son temps en longues conversations avec sa mère et en libations avec sa fille qui échappait à son époux dès qu'elle le pouvait. Cela était d'autant plus aisé à Marie Louise Élisabeth que Berry, follement épris, était enclin à lui passer tous ses caprices et supportait même avec équanimité les rebuffades dont elle l'abreuvait.

Il s'ajoutait à cet hiver morose des nouvelles d'Espagne qui, si elles réjouissaient le Roi, blessaient Philippe au plus profond de lui-même, même s'il affectait de n'en rien montrer. Vendôme lui avait succédé à la tête des troupes franco-espagnoles. Aussi paresseux qu'opportuniste, le gros maréchal avait profité de la retraite en deux corps d'armée des forces anglo-autrichiennes pour ordonner l'offensive. En obtenant une double victoire qui avait anéanti l'adversaire, il avait permis à Philippe V d'asseoir durablement son trône. La trop longue guerre de succession semblait enfin terminée. Mais il en était également fini des ambitions d'Orléans. Seul Dubois osait le déplorer comme il se désolait de voir son ancien élève sombrer dans une insondable mélancolie que dissipaient seulement ses travaux de chimie et la société de quelques débauchés avec lesquels il prit désormais l'habitude de souper chaque soir.

Philippe eut bientôt une nouvelle raison de s'affliger. Le tempérament de la duchesse de Berry devenait de plus en plus tapageur et il devint lui-même victime de son inconduite. Quand elle était prise de boisson – ce qui lui arrivait trop souvent – elle n'hésitait pas à l'injurier de la façon la plus grossière. Pourtant, il ne parvenait pas à se défaire de l'affection qu'il lui portait et le poussait à pardonner ses pires excès. Ainsi, lorsqu'un soir de beuverie elle se permit de reprocher à sa propre mère sa bâtardise, il resta sans voix.

Plus humiliant encore fut pour Philippe le rapprochement de sa fille avec la cabale de Meudon et donc avec sa pire ennemie, la duchesse de Bourbon, qui accueillit Marie Louise Élisabeth au sein de son cercle avec un empressement aussi faux que malveillant.

Le hasard fit que, peu après, Orléans se trouvât en tête à tête avec Louise Françoise au détour d'un couloir de Versailles. La duchesse arbora un sourire de supériorité. Soucieux d'éviter une méchante querelle, Philippe demeura impassible. Mais il ne put s'empêcher de détailler les traits de son amante d'un jour. Dans la maturité de la trentaine, elle était à peine marquée par les ans. Bien au contraire, il semblait que l'âge avait doucement patiné son visage et donné à sa carnation un nouvel éclat que seules trahissaient les ridules qui étoilaient le coin de ses yeux et la commissure de ses lèvres.

« Monsieur le fanfaron de crimes, n'avez-vous donc point de reproches à m'adresser ? »

Elle rit, découvrant une denture blanche et bien rangée, et poursuivit :

« À moins que vous ne soyez en peine de compliments. Il me semble pourtant que par le passé, vous étiez autrement entreprenant.

— Mais alors vous me donniez de vous-même le désir sincère de vous plaire.

— Cette époque est-elle donc révolue à tout jamais ? » minauda-t-elle.

Et, insistante, elle ajouta :

« Dois-je vous rappeler que mon époux est mort[1]...

— ... Et que l'on dit que vous avez renvoyé votre amant, le prince de Conti !

— Il est vrai. Ainsi me trouvé-je désormais libre de ma personne et de mes amours ! »

Elle lui tendit sa main menue. Un instant tenté de la prendre et de serrer contre lui ce corps épanoui, Philippe, néanmoins, prit sur lui et recula d'un pas. Saisie par cette dérobade, Louise Françoise abaissa son bras. Et, soudain, son regard parut flamboyer tandis qu'elle lâchait d'une voix blanche :

1. Le duc de Condé est décédé d'une tumeur au cerveau le jour du Mardi gras de 1710. Saint-Simon écrit sobrement en guise d'éloge funèbre : « Il n'y eut personne qui n'ait regardé sa mort comme le soulagement personnel de tout le monde. »

« Ne vous méprenez pas, je ne m'abaisserai pas à ramasser les restes d'une Mme d'Argenton ! Je vous laisse à ma sotte de sœur et aux catins de théâtre qui font votre quotidien. »

Puis, empoignant les pans de sa robe, elle marcha sur lui, le bouscula et passa son chemin. Mais elle se retourna au bout du couloir et lança :

« C'est de l'amour que naquit la haine ! Ne manquez pas de vous en souvenir ! »

*

Le duc de Berry attendait dans un salon du rez-de-chaussée. Il bouillait d'impatience, annonça le premier valet à un Philippe encore ensommeillé.

Le gendre du duc d'Orléans s'était présenté au Palais-Royal dès potron-minet et semblait dans un état de grande agitation. Orléans fit dire qu'il le recevrait sans tarder bien qu'il se fût couché fort tard après une nuit d'ivresse. En passant sa chemise, son justaucorps, ses bas et sa culotte, Philippe, l'esprit encore embrumé, essaya de se remémorer les événements de sa soirée passée. Ainsi qu'il en avait pris l'habitude, il avait convié à souper quelques amis qui fuyaient comme lui l'atmosphère compassée de la Cour. Nancré, Biron, Brancas ou Canillac faisaient l'ordinaire de cette société. Il s'y mêlait même parfois d'Effiat, un ancien favori de Monsieur dont l'esprit leste ornait ces joyeuses réunions. Naturellement, quelques jolies caillettes, danseuses et filles d'Opéra, pimentaient ces repas fins généreusement arrosés. Peu farouches et prodigues de leurs appas, elles ne terminaient pas ces soirées sans s'être dépouillées de leurs jupes, corsages et affiquets. Les domestiques ayant à cette heure abandonné le terrain aux convives, on pouvait alors se livrer à quelques franches ribauderies.

La minuit passée, Marie Louise Élisabeth avait soudain surgi au beau milieu de la bacchanale. Certaines belles étaient déjà dépoitraillées. Le petit Fronsac versait du champagne sur la gorge de l'une d'elles et léchait le vin sur son tétin tandis que Brancas fouillait sous la robe d'une autre et entreprenait de la lutiner. Autour de la table, ce n'étaient que gloussements, petits cris et soupirs. La jeune duchesse de Berry ne sembla nullement effarouchée par ce spectacle et demanda aussitôt à boire. Philippe, déjà ivre, emplit un verre et le lui tendit. Elle le vida sur-le-champ. Canillac la servit à nouveau et, sans façons, l'invita à s'asseoir sur ses genoux. Marie Louise Élisabeth éclata de rire mais ne se refusa pas.

Que se passa-t-il ensuite ? Rien qui ne déparât le cérémonial habituel de ces soirées qui voyaient des couples gagner les sofas et d'autres soupeurs continuer à s'enivrer en faisant assaut de mots d'esprit et de raides plaisanteries où la marquise de Maintenon, la religion et ses serviteurs tenaient souvent la place d'honneur. Philippe s'était assoupi un instant. Quand il s'était réveillé, Marie Louise Élisabeth avait disparu et l'assemblée s'égaillait.

Le valet de chambre lui présenta sa perruque. Il la chaussa et descendit rejoindre son visiteur.

Berry, rouge de colère, se leva. La main sur le pommeau de son épée, il apostropha d'emblée Orléans.

« Monsieur, si vous n'étiez pas mon beau-père, je vous demanderais raison sur-le-champ !

— Tout doux ! Que signifie cette irruption matinale ?

— Mon épouse a découché et je sais que vous l'avez mêlée cette nuit à vos débauches ! »

Philippe se laissa choir dans un fauteuil.

« Marie Louise Élisabeth agit comme elle l'entend. Et si vous n'en êtes point satisfait, il vous appartient de la gourmander.

— Vous n'avez de cesse de la pervertir. Et je vous demande qu'il soit mis fin à ces longs apartés qui font tant jaser.

— Me reprochez-vous d'aimer ma fille ?

— Il y a là des sortes d'affection qui sont insupportables à l'époux que je suis ! »

Orléans haussa les épaules. Berry tremblait. Mais la rage cédait peu à peu la place au chagrin. Le jeune homme étouffa un sanglot. Malgré lui, Philippe fut ému par la douleur de ce gros garçon. En son for intérieur, il s'émerveilla même de constater qu'un mariage de convenance avait donné naissance à un attachement aussi sincère. Pourquoi n'avait-il pas connu un bonheur semblable ?

Il se releva, passa un bras familier autour des épaules de son gendre.

« Marie Louise Élisabeth ne mérite pas un tel excès d'affliction. Nous l'aimons tous les deux à notre manière… Mais nous ne pourrons jamais mettre un terme à sa boulimie de vie. Par nature, elle est étrangère à toute tempérance.

— Son inconduite notoire suscite le courroux du Roi et accroît mes tourments. Vous seul pouvez lui faire entendre raison.

— Hélas, mon gendre, je suis parfois le premier

à subir ses chicanes… Ne s'est-elle pas acoquinée à mes pires détracteurs ? Et ceux-là mêmes, attachés à me calomnier, ne me rendent-ils pas responsable de ses débordements ? Toutefois, par amitié pour vous, je m'efforcerai de lui parler. »

*

La nouvelle tomba comme la foudre : Monseigneur le Grand Dauphin était au plus mal.

Son dérangement avait pourtant commencé de façon anodine : un matin d'avril 1711, ce bon vivant s'était réveillé anormalement abattu. La plantureuse Mme Choin, qui partageait ordinairement sa couche au château de Meudon, avait aussitôt convoqué ses médecins personnels. Au premier regard, ces derniers avaient jugé le tableau préoccupant mais pas encore alarmant. Le malade était certes fiévreux, son pouls embarrassé et ses traits bouffis portaient les signes d'une grande fatigue mais une saignée d'importance viendrait à bout de ces désagréments.

Il n'en fut rien comme on le constata dès le lendemain matin. Les plus pessimistes évoquèrent alors une atteinte de petite vérole dont beaucoup de cas venaient d'être signalés. Le Roi, aussitôt informé, interdit que des personnes qui n'avaient jamais contracté la maladie fussent autorisées à visiter son fils. Mais lui-même prit le chemin de Meudon dès qu'il eut entendu la messe. Accompagné de Mme de Maintenon, il décida de s'y établir.

Dans les premières heures de l'après-midi, le doute ne fut plus permis : des taches rouges apparurent sur le visage du Dauphin. Cependant, l'état du malade s'améliora le jour suivant. Las, ce ne fut qu'un répit. La tête du Dauphin se couvrit bientôt de pustules noirâtres et son corps fut secoué de terribles convulsions. Dans la nuit du 14 avril, il passa.

Le Roi pleura et revint à Versailles où régnait le plus grand désordre. Des duchesses en déshabillé assises à même le parquet passaient en un instant de la prostration aux hurlements de douleur. La Palatine, qui n'avait pourtant jamais été des familières du défunt, daigna mêler sa puissante voix à ce chœur de lamentations. Spectacle étrange d'une Cour qui feignait de pleurer un héritier que personne ne regrettait vraiment à l'exception de quelques harengères de Paris qui avaient commandé en vain un *Te Deum* pour le rétablissement de Monseigneur.

Dans un Meudon aussitôt déserté, il ne se trouva que six capucins pour veiller la dépouille du Dauphin qui se putréfia rapidement et dégagea une odeur tant épouvantable qu'il fut décidé de l'inhumer au plus vite à Saint-Denis sans s'embarrasser de cérémonial.

Le duc d'Orléans eût dû être parmi les premiers à se réjouir de la disparition d'un prince qui avait mené contre lui une si odieuse campagne de calomnie. Or, tout à rebours, lorsque Saint-Simon vint visiter son ami au lendemain de la mort du Dauphin, il le trouva en pleurs.

« Je verse des larmes sur un mien cousin et un prince qui n'avait de méchanceté que celle qu'on lui prêtait.

— Votre générosité est admirable. Mais je vous conseille néanmoins de sécher ces larmes lorsque vous vous présenterez chez le duc de Bourgogne[1], car on

1. Le nouveau Dauphin, fils du précédent et donc frère de Philippe V.

aura tôt fait de vous y accuser d'hypocrisie ! Et vous feriez mieux de songer qu'avec la mort du Grand Dauphin s'éteindra d'elle-même la cabale que Madame la duchesse conduisait avec tant d'ardeur sous la haute autorité de ce prince ! »

*

L'ambitieux Saint-Simon s'était assigné une grande tâche : obtenir la conclusion d'un véritable accord politique entre le futur Roi de France, le duc de Bourgogne, et son ami Philippe d'Orléans auquel, malgré ses faiblesses, il prêtait de grandes espérances.

La disparition du Grand Dauphin avait en effet aiguisé les appétits et nourri bien des supputations. Le clan belliciste de Meudon ayant été, sinon anéanti, du moins dispersé, le « parti des Saints » avait recouvré de sa superbe puisque Bourgogne, son héros, ne tarderait pas à hériter de la couronne d'un Louis XIV septuagénaire et physiquement affligé. C'était si vrai que, dès qu'il avait à faire plusieurs pas, le monarque, ravalant son orgueil, ne se déplaçait plus que dans une petite voiture à roulettes construite à son seul usage.

Fénelon, en dépit de son grand âge, demeurait l'inspirateur de ce clan et de son ancien élève, Bourgogne. Et déjà, on lui prédisait de recouvrir la pourpre cardinalice et de devenir le Premier ministre du futur souverain. En attendant, les zélateurs du Dauphin travaillaient à force de libelles et de mémoires à la conception d'une nouvelle forme de gouvernement qui répudierait l'absolutisme royal et les excès d'un système arbitraire. Ces adeptes de la restauration envisageaient de distribuer le pouvoir entre les régions qui seraient à l'avenir dirigées par des assemblées où l'évêque de chaque diocèse siégerait en majesté à côté des représentants des autres états. Grâce à cette rénovation, l'Église gallicane s'affranchirait de la tutelle temporelle que lui imposait le Roi et la noblesse, loin du lucre de la Cour, retrouverait sa vocation naturelle qui était de guider le peuple et d'œuvrer sur ses terres à l'enrichissement de la nation.

Il ne fut jusqu'à l'extinction progressive des conflits en Europe pour renforcer les convictions de ce camp. Ne devait-on pas cette résurrection à la sainteté du Dauphin qui avait toujours prêché la paix ? C'était bien sûr oublier que la seule constance du vieux Roi avait permis cette détente. Mais Fénelon et les siens n'en avaient cure et ralliaient à eux la nombreuse troupe des Français lassés de la guerre.

Saint-Simon, qui était attaché pour sa part à l'indispensable élévation de la haute noblesse, trop longtemps assujettie par le souverain, et à la mise à l'écart des ministres bourgeois que le Roi tenait trop aisément dans ses mains, jugeait néanmoins que la réalisation de son propre dessein gagnerait à une alliance provisoire avec ces partisans des idées nouvelles. Orléans, influencé de longue date par les réformateurs anglais, pouvait être l'artisan de ce rapprochement. Mais il restait l'obstacle de son impiété notoire et de son inconduite.

Le petit duc, secondé par l'habile Dubois qui n'avait jamais renoncé à besogner pour son maître, entreprit donc de persuader Orléans qu'il lui fallait mettre un terme au perpétuel scandale de son existence de libertin. Et qu'au moins, s'il n'avait pas la force d'y remédier, il voulût bien désormais se débaucher à huis clos.

Philippe écouta ces conseils avec amusement. Ce prude et rigide Saint-Simon ne changerait décidément jamais même s'il assortissait son propos d'une bonne dose de casuisme. Il n'en décida pas moins d'écouter son ami. Et on le vit de plus en plus souvent fréquenter chez le duc et la duchesse de Bourgogne où on lui réserva dorénavant le plus charmant accueil et les honneurs dus à un fils de France. Ces arrangements furent d'autant plus aisés que sa nièce, la jeune et délicieuse Marie-Adélaïde[1], lui avait toujours manifesté un réel attachement, même quand il fut la victime des pires calomnies. Orléans, qui n'était nullement insensible à ces douceurs, prit un réel plaisir à frayer avec cette société sur laquelle soufflait un vent nouveau. Quand on n'y parlait point de politique et de réforme, la petite duchesse égayait son monde de ses espiègleries et de son bel esprit qui avait ravi le cœur du Roi dès son arrivée à la Cour et même parfois réussi à dérider la sévère marquise de Maintenon.

*

Louis de Bourgogne s'était à peine installé dans ses habits de Dauphin que le malheur frappa sa maison.

Au début du mois de février 1712, Marie-Adélaïde de Bourgogne fut prise de frissons. Bientôt une forte fièvre se déclara. Épuisée, la duchesse dut s'aliter. Son premier médecin, Boudin, opina que sa patiente était victime d'une simple indigestion, conséquence

1. Marie-Adélaïde de Bourgogne était la fille d'Anne-Marie de Savoie, née de l'union de Monsieur et d'Henriette d'Angleterre et donc demi-sœur de Philippe.

de l'absorption la veille d'un repas trop copieux. Il n'en prescrivit pas moins émétique, opium et même tabac à mâcher.

Le lendemain, 6 février, la malade sembla soulagée. Mais le jour suivant elle se plaignit de fortes douleurs à la tête. Mareschal, premier chirurgien du Roi, fut appelé en toute hâte. Critiquant le diagnostic de son confère, il ordonna deux saignées et l'inhalation de fumée de tabac.

Les remèdes furent sans effet. Le 8 février, des plaques rougeâtres apparurent sur le visage de Marie-Adélaïde. Boudin, qui ne quittait point le chevet de la duchesse, osa évoquer une rougeole. Mais les taches s'effacèrent sans que l'état de la malade connût d'amélioration.

La désolation fut générale. Le Dauphin sanglotait tout le jour et le Roi, également éploré, décida de découvrir la châsse de Sainte-Geneviève et d'appeler les Parisiens à prier pour la Dauphine.

Le collège des médecins – le célèbre Fagon avait rejoint ses confrères – se prononça pour de nouvelles saignées et l'ingurgitation d'autres doses d'émétiques. En vain. Marie-Adélaïde sombrait maintenant dans de fréquents états d'inconscience. Le temps des prêtres vint. L'extrême-onction lui fut administrée. Au matin du 12 février, on l'entendit murmurer : « Aujourd'hui princesse ; demain rien ; dans deux jours oubliée. »

Ce furent ses dernières paroles. À huit heures du soir, la duchesse, âgée de seulement vingt-sept ans mais qui avait déjà mis au monde trois enfants et souffert six fausse-couches, expira.

Les médecins ne manquèrent pas de s'interroger sur la nature de la mystérieuse maladie de la duchesse.

Ils obtinrent de pouvoir autopsier le corps de la malheureuse. Ce fut l'occasion d'une grande dispute : le vieux Fagon, bien qu'il n'y vît plus guère, observa que le sang de la princesse semblait avoir été brûlé par une « substance maligne ». Boudin alla encore plus loin en estimant que la défunte avait été empoisonnée. Seul Mareschal, mettant en avant la supériorité de l'art chirurgical sur la médecine, s'opposa avec force à ces supputations dénuées de raison[1].

Louis XIV, rapidement instruit de cette querelle, exigea que l'on y mît fin et demanda le plus grand silence sur cette affaire. Mais la nouvelle de la controverse avait déjà filtré. Des courtisans qui avaient appartenu à l'ancienne coterie de Meudon s'empressèrent de répandre la nouvelle. Aiguillonnés par Madame la duchesse, ils rappelèrent opportunément que Philippe d'Orléans, expert en philtres et ingrédients chimiques, avait déjà été soupçonné d'avoir empoisonné son épouse. Certes, remarquèrent les plus sensés, mais pourquoi Orléans aurait-il attenté aux jours d'une nièce qui lui avait toujours distribué maintes preuves d'affection ?

La campagne de médisance redoubla pourtant lorsque le Dauphin parut à son tour atteint par le mal auquel avait succombé son épouse. Ne parvenant pas à vaincre son chagrin, le duc de Bourgogne avait accepté l'invitation de son grand-père à le rejoindre à Marly dès le lendemain de la mort de Marie-Adélaïde. Il était déjà souffrant lorsqu'il gagna la retraite favorite du Roi et tous remarquèrent les lividités qui marquaient son

1. On s'accorde aujourd'hui à dire que la duchesse de Bourgogne a été emportée par une fièvre pourprée, c'est-à-dire la scarlatine.

visage. Louis, alarmé, demanda qu'on lui prît le pouls. Celui-ci fut jugé mauvais. Bientôt le mal empira. Le Dauphin affirma être dévoré par un feu intérieur et tenta de trouver un secours dans la religion à laquelle il était soumis depuis son plus jeune âge. Des messes furent célébrées dans sa chambre, la communion lui fut donnée et l'extrême-onction ne tarda pas à suivre. Quatre jours après son arrivée à Marly, il trépassa. Et son valet courut partout en affirmant que son maître lui avait confié sa certitude d'avoir été empoisonné.

Il n'en fallut pas plus pour que les disciples du « parti des Saints », désespérés d'avoir perdu leur idole, rejoignissent les affidés des coteries qui criaient déjà au meurtre depuis la mort de la duchesse de Bourgogne. Ils furent en cela confortés par l'autopsie de la dépouille du Dauphin. Malgré Mareschal, Fagon et Boudin clamèrent qu'en ouvrant le corps ils avaient trouvé un organisme tout entier corrompu et puant qui, sous l'action d'un poison très subtil et violent, s'était consumé comme sous l'effet d'un feu ardent.

Le Roi, en dépit de son immense douleur, se garda pourtant d'ajouter foi à ces accusations d'empoisonnement car il n'ignorait pas qu'une épidémie courait tant à Paris qu'à Versailles et qu'elle avait déjà conduit au tombeau des centaines de personnes. Cependant, effrayé par l'hécatombe qui frappait sa descendance, il ordonna que les deux arrière-petits-enfants qui lui restaient, le duc de Bretagne, nouveau Dauphin, et le duc d'Anjou, son cadet, fussent l'objet de grandes précautions. Mme de Ventadour, leur gouvernante, reçut donc les consignes les plus strictes pour les protéger. Cela n'empêcha pourtant point que le premier succombât à son tour trois semaines après le duc de Bourgogne, son père. Louis, duc d'Anjou, à peine âgé de deux ans, demeurait par conséquent le dernier surgeon direct de la famille royale et le seul espoir du Roi. Car ce dernier n'avait jamais envisagé que son petit-fils Berry fût en capacité de lui succéder.

Restait le seul représentant de la branche collatérale, Philippe d'Orléans, qui pouvait prétendre à devenir Régent si Louis XIV venait à mourir. À cette seule idée, le clan de ses ennemis poussa les hauts cris. N'était-il pas le principal bénéficiaire de ces décès qui avaient décimé les Bourbons ? N'avait-il pas tenu la main des assassins ? Et ne s'attaquerait-il pas bientôt au seul survivant, le petit duc d'Anjou, afin de se frayer un chemin jusqu'au trône ?

Rien ne pouvait plus désormais contenir la calomnie.

*

Philippe vécut les jours les plus noirs de son existence. Il n'était jusqu'à la cour d'Espagne pour répandre les bruits les plus infâmes : Mme des Ursins prétendit avoir ordonné l'arrestation d'un cordelier français qui, sur ordre d'Orléans, s'apprêtait à attenter à la vie de Philippe V.

Même le peuple qui lui avait toujours été si favorable et l'avait souvent fêté en héros lorsqu'il était victorieux se retourna contre lui. Lorsqu'il vint jeter de l'eau bénite sur la dépouille de la petite duchesse de Bourgogne, la foule le conspua et les plus hardis menacèrent de lui faire un mauvais sort.

Une scène semblable se répéta le 23 février quand il mena la procession funèbre du duc et de la duchesse qui devait conduire les deux cercueils de Versailles à

Paris. Philippe ne dut qu'à la protection des chevau-légers et mousquetaires de ne pas être écharpé par la canaille qui tentait de renverser son carrosse et criait à l'assassin.

Cette violence le plongea dans un profond désarroi. Jamais il n'avait été encore confronté à une telle manifestation de haine. Il avait beau se persuader que cette détestation populaire n'était que l'aboutissement des ragots habilement colportés par ses ennemis, il prit peur. Non pas qu'il craignît pour sa vie mais il se sentait impuissant à lutter contre cette vague d'exécration tant il lui semblait qu'elle dépassait toute raison.

Même en sa propre maison où son épouse prétextait d'incessantes migraines pour ne point le voir, il ne trouva de secours qu'auprès de Madame qui opposa à ses alarmes son gros bon sens.

« À l'égal de votre mère, vous avez le cuir trop sensible. Mais n'oubliez pas que le fiel retombe toujours sur la tête de ceux qui l'ont engendré… Prenez patience, mon fils. »

Dans la cohorte de ses amis, seul Saint-Simon osa afficher sa fidélité et s'appliqua en toutes circonstances à la revendiquer. Cependant cette amitié, aussi précieuse qu'elle fût, ne suffit point à le rasséréner.

Orléans, l'empoisonneur ! L'absurde et insoutenable accusation le rongeait. Il la lisait dans tous les regards qu'il croisait. Même la plus humble des souillons du Palais-Royal paraissait lui adresser un reproche muet lorsqu'elle le servait.

Une nuit, des impudents vinrent même coller des placards sur les murs du Palais-Royal. On y lisait :

« Voici où se font les lotheries[1] et où se trouve le plus fin poison. »

Et le Roi ?

Bien qu'il n'ignorât point que Louis s'était toujours défié de lui, Philippe, en son for intérieur, ne pouvait croire qu'il ajoutât foi à ces allégations qui le poignardaient. Mais pourquoi ne parlait-il pas ? Lui seul avait le pouvoir de réduire au silence les calomniateurs. Fallait-il donc penser qu'il doutait ? Et Mme de Maintenon avait-elle instillé son venin jusque dans le cœur du Roi ?

Volontairement reclus à Paris, Orléans prit sur lui et décida de se rendre à Versailles.

Bravant l'hostilité de la Cour, il demanda à être introduit auprès de son oncle. Le Roi consentit à le recevoir en son particulier. Mais son accueil ne fut rien moins que chaleureux. Lèvres pincées, œil charbonneux, le vieillard laissa approcher son neveu sans un mot.

Un instant tenté de se jeter aux pieds du Roi, Philippe eut la fierté de renoncer et choisit d'exprimer d'une voix vibrante son indignation. Louis écouta sans ciller. Même un appel à l'affection filiale qui lui avait été promise à la mort de Monsieur ne put entamer son impassibilité. C'en fut trop.

« Sire, puisque vous me croyez coupable, je vous demande de m'envoyer incontinent à la Bastille en attendant le procès qui me rendra justice ! »

Après un long silence, le Roi parla enfin :

---

1. Allusion transparente aux prétendus rapports incestueux de Philippe d'Orléans et de la duchesse de Berry qui auraient couché ensemble comme Loth le fit avec ses filles.

« La place d'un fils de France n'est ni dans une geôle ni sur la sellette d'un tribunal, encore moins sur un échafaud.

— Alors, si vous me préférez innocent, donnez-moi la possibilité de me défendre contre la cabale qui me déshonore et rabaissez le caquet de mes calomniateurs. »

Louis XIV se garda de répondre.

Philippe s'en revint au Palais-Royal, le cœur lourd. Certes, le Roi ne l'avait pas accablé. Mais il avait d'abord paru attaché à ce que nulle flétrissure ne pût salir la famille royale. Pour autant, Orléans ne savait toujours pas si son oncle le croyait ou non coupable d'avoir empoisonné sa descendance.

Il eut pourtant bientôt l'occasion de saisir le profond sentiment du Roi quand il comprit que, d'ordre royal, on ne souhaitait pas qu'il approchât des appartements du petit Dauphin. Dès lors, Philippe vécut dans la hantise d'apprendre la mort de ce petit duc d'Anjou que l'on disait si souffreteux. Il prévint même son entourage que si l'enfant venait à mourir, il quitterait la France sur-le-champ.

XVII

Une si longue agonie

1713-1715

Enfin vint la paix d'Utrecht. Les ambassadeurs de France, de Grande-Bretagne, de Hollande, de Prusse, mais aussi du Portugal et de la Savoie avaient apposé leur griffe. L'Empereur renâclait encore et bataillait mais chacun inclinait à penser qu'il ne tarderait pas à rejoindre les signataires. Quant à Philippe V, irrité de devoir perdre toutes ses possessions européennes à l'exception de son royaume espagnol mais pressé par son grand-père, il s'était également résolu à accepter les termes du traité bien qu'on l'eût aussi obligé à renoncer définitivement à ses droits sur le trône de France. Toutefois, avant de s'incliner, ce vétilleux souverain avait exigé qu'en retour son frère cadet, le duc de Berry, et surtout son oncle, le duc d'Orléans, abdiquassent toute prétention espagnole. Ainsi manifestait-il avec morgue l'étendue de son ressentiment pour un parent qui, croyait-il, n'avait entrepris de sauver son royaume qu'avec la seule intention de le lui ravir.

Philippe, qui n'était toujours pas guéri de l'horrible

blessure qu'on lui avait infligée, ne fut pas même indigné. Amolli par ses excès, empâté et lourd de bonne chère et de vins capiteux, il sombrait dans une apparente indifférence qui exaspérait au plus haut point Saint-Simon. Son fidèle ami ne cessait pourtant de le mettre en garde.

« On a ruiné votre réputation mais on veut aussi attenter à vos droits légitimes ! Les bâtards poussent leurs pions et se montent du col. »

La bâtardise, antienne du petit duc, qui montait sur ses ergots dès qu'une souillure entachait la légitimité d'une famille ou d'une lignée. Orléans raillait parfois cette intransigeance qui confinait à l'obsession :

« Il en va des enfants comme des chiens de chasse… Les meilleurs ne sont pas toujours ceux qui arborent le plus grand nombre de quartiers de noblesse. »

Et s'il était éméché, il ajoutait, à la manière de la Palatine :

« Un greluchon conçu à la sauvette dans les draps gris d'une mauvaise auberge vaut souventes fois mieux qu'un merdaillon chié entre les cuisses d'une princesse ! »

Il n'empêchait que Philippe, en dépit de l'indolence qu'il affichait, considérait avec sérieux les propos de Saint-Simon et n'ignorait rien des insidieuses manœuvres des bâtards issus du lit de la Montespan. Le duc du Maine, leur chef de file, mettait à profit la désolation qui avait frappé la famille royale. Enveloppant et mielleux, il câlinait le Roi, se montrait attentionné en toutes occasions envers un vieil homme de plus en plus solitaire. Habile, Maine ne cédait toutefois pas à la flagornerie mais entretenait peu à peu son père dans l'idée qu'il était son disciple le plus accompli.

Cette entreprise était naturellement favorisée par la marquise de Maintenon qui, depuis qu'elle avait élevé les bâtards dès leur plus tendre enfance, leur vouait un attachement quasi maternel.

« Il ne leur suffit plus d'avoir été légitimés, grognait encore Saint-Simon, ils veulent être élevés au rang de princes du sang. Avec l'espoir de pouvoir ceindre la couronne si la branche légitime venait à s'éteindre. »

Par-devers lui, Philippe songea plaisamment que si le petit Dauphin succombait, Maine et sa fratrie auraient aussi droit à leur part de soupçons. Il savait également que cette grande espérance dynastique des enfants naturels de Louis XIV était encouragée jusque dans sa propre maison. La duchesse, plutôt que de travailler au retour en grâce de son époux auprès du Roi, avait pris le parti de son frère et confortait ses ambitions. Philippe pensait même que, sur l'ordre de Maine, Françoise Marie épiait les faits et gestes de son époux et rendait compte à ce dernier.

Il n'était jusqu'à cette étourdie de Marie Louise Élisabeth pour pousser sa propre descendance. Il lui était né en mars 1713 un fils aussitôt titré duc d'Alençon. Arrière-petit-fils de Louis XIV, il pouvait, le cas échéant, devenir un candidat de droit à la succession[1]. Petite-fille de Roi et future mère de Roi ! L'écervelée rêvait mais n'en oubliait pas pour autant, en dépit de son récent accouchement, de ripailler et se débaucher. Ainsi avait-elle pris pour amant régulier son écuyer, La Haye. Bien loin de dissimuler cette imprudence, la duchesse de Berry en faisait étalage et menaça même, un jour d'ivresse, de s'enfuir avec son rustaud.

---

1. Le petit duc d'Alençon ne vivra que trois semaines.

Tel père, telle fille, voilà où conduisaient inévitablement les « lotheries » du Palais-Royal ! La Cour, le peuple jasaient et vitupéraient ce couple infernal et incestueux. La prude Maintenon ajoutait son grain de fiel et même Madame jugeait avec la plus grande sévérité les débordements de sa petite-fille et l'indulgence dont faisait preuve Philippe à l'endroit de Marie Louise Élisabeth. S'y ajoutait le courroux du duc de Berry qui, pour dissiper sa vergogne d'être trompé, entreprit lui aussi de folâtrer à sa guise.

Orléans avait pris son parti d'être perpétuellement le mal-aimé. Il ne daigna donc pas essayer de corriger les excès de sa fille et continua comme par le passé de consacrer de longues heures de conversation alcoolisée à Marie Louise Élisabeth.

Cependant, Saint-Simon, son plus proche ami, ne manqua pas de remarquer que peu à peu l'aiguillon de l'ambition chatouillait à nouveau Philippe. Il attribua bien sûr ce réveil à ses propres efforts. Pourtant, il se trompait. C'était le retour de Dubois au Palais-Royal qui avait eu raison de la morosité de son ancien élève. Revenu de son abbaye après un long exil, il était suffisamment politique pour avoir deviné qu'en dépit de la calomnie et de tous les travers qu'on lui prêtait Orléans ne pourrait pas être absent de l'âpre partie qui se jouait déjà autour de la succession du grand Roi.

Personne n'en parlait à gueule ouverte mais tous y songeaient. Quand, malgré un cérémonial qui perdait insensiblement de sa superbe et de sa régularité, Louis XIV paraissait, chacun s'appliquait à observer ses faits et gestes, guettant les moindres signes de sénescence. Une faiblesse du genou : c'était le début d'une méchante inflammation qui risquait de se propager à tous les membres. Une flatulence puante qui lui échappait, c'était l'indication que son intérieur était en train de se corrompre.

Les plus avertis, forts d'une science médicale approximative, en tenaient pour une fin imminente. D'autres, les moins nombreux, plaidaient pour l'immortalité d'un Roi qui, sa vie durant, avait triomphé de maux qui auraient abattu n'importe quel homme ordinaire.

*

Dubois était entré en campagne.

Le subtil abbé, qui avait toujours eu soin d'entretenir les meilleures relations avec la duchesse d'Orléans, flatta son désir de briller. Alors qu'à Versailles la Cour s'enfonçait dans un ennui mortifère (même les tables de jeu y étaient désormais désertées), l'ancien précepteur suggéra à Françoise Marie de rassembler autour d'elle une société qui ne demandait qu'à s'amuser.

La duchesse n'y vit pas malice. Écartant le Palais-Royal où l'empreinte de Philippe et de ses turpitudes était trop prégnante, Saint-Cloud fut élu. L'élégant château de Monsieur deviendrait le nouveau temple du plaisir et des délices de ce temps.

Si les premières invitations ne rencontrèrent qu'un succès mitigé, la renommée du lieu ne tarda pas à croître. La chère et les vins qu'on y servait étaient délicats, les bals y étaient enjoués et les jeux toujours inattendus. Enfin, il y régnait un air de frivolité qui permettait d'exquises privautés qui trouvaient parfois leur accomplissement dans les bosquets du jardin.

Sur les conseils de Dubois, Philippe laissa libre

champ à son épouse qui s'amusait fort à être l'ordonnatrice de ces joyeux divertissements. Il se garda même de paraître trop assidûment à Saint-Cloud, bien qu'il en fût le maître.

Mais, petit à petit, il vint plus souvent, donnant chaque fois des témoignages de ses talents de causeur, d'esthète et de musicien. D'abord toléré, il fut bientôt réclamé. La reconquête était en marche. Dubois se frottait les mains.

Suprême habileté, mais en l'occurrence Dubois n'eut pas à forcer la nature débonnaire de son ancien élève, Philippe ne semblait nullement enclin à se venger de ses ennemis qui venaient aujourd'hui lui manger dans la main. Seul l'intransigeant Saint-Simon trouva à redire et reprocha à son ami sa trop grande magnanimité en laquelle il ne voyait que calcul :

« Vous tournez en vice la suprême vertu du pardon des ennemis.

— Vous me la baillez belle, répliqua vivement Orléans. Voudriez-vous donc que je soufflète tous ces pique-assiette qui viennent manger mes rôtis et boire mes meilleurs vins ? Ne voyez-vous pas la honte qui empourpre leur visage lorsqu'en me rendant hommage ils doivent ravaler leur vomi ? »

Le petit duc se redressa de toute sa taille et, ne voulant pas abandonner le champ à son interlocuteur, s'emporta :

« Il est plaisant de voir que si vous traitez bien vos ennemis vous en usez autrement avec vos serviteurs ! Mais votre colère me ravit : elle est signe que j'ai mis le doigt sur l'apostume ! Si cela était possible, je presserai encore un peu plus pour en faire sortir tout le pus. Alors vous deviendriez un autre homme ! »

L'apostrophe était aussi sincère qu'outrancière. Philippe choisit d'en sourire afin de ne pas froisser plus avant son ami d'enfance dont la susceptibilité n'avait d'égal que la fidélité. S'il demeurait encore à la Cour où, spectateur impénitent, il notait les travers des uns et des autres et rapportait avec gourmandise ragots et médisances, c'était parce qu'il croyait toujours au destin du duc d'Orléans dont il se targuait d'être le conseiller. Orphelin de ce « parti des Saints » mort en même temps que Bourgogne, il besognait à créer autour de Philippe un réseau d'illustres personnages que l'on commençait déjà à désigner à mi-mot d'orléanistes. Tous ceux-là, aristocrates de haute tige – infatué de noblesse, l'orgueilleux Saint-Simon n'aurait pas daigné y associer des bourgeois –, étaient partisans, le moment venu, de confier la Régence au duc d'Orléans.

De secrets conciliabules réunissaient à une portée de mousquet du Palais-Royal, chez le président de Maisons, ces intrigants parmi lesquels dominait la haute figure du duc de Noailles, pair de France, parent du cardinal-archevêque de Paris et neveu de Mme de Maintenon. Avec eux, Saint-Simon élaborait fiévreusement des projets de réforme et esquissait même l'architecture du futur gouvernement ou Conseil de Régence qui détiendrait tous les pouvoirs. Ce programme devint si élaboré qu'on se distribua les charges. Un jour, Orléans s'étonna de ne point voir le nom de son ami sur cette liste de futurs ministres.

« Quoi donc, interrogea-t-il Saint-Simon, vous proposez et ne prêchez point pour votre propre paroisse ?

— Je suis un homme de la coulisse et n'ai d'autre ambition que de servir le royaume et Votre Altesse au mieux de mes talents. »

Cet accès de modestie chez un homme toujours prompt à se hisser sur ses talons rouges[1] était plaisant. Il fit beaucoup rire Dubois qui, en dépit de sa roture, était parfois convié à assister, sans toutefois y participer, aux travaux de ces beaux messieurs.

Lorsque le Prince et son ancien précepteur regagnaient le Palais-Royal, le perspicace ecclésiastique prenait un malin plaisir à souligner les ridicules de tel ou tel. Il rejoignait ainsi Philippe qui n'était pas dupe des féroces ambitions qui gouvernaient ces grands personnages. Leur hauteur de vue dissimulait trop souvent de mesquines questions de préséance. Ainsi il avait été longuement disputé au sujet de l'affaire du bonnet. Depuis des dizaines d'années, le premier président du parlement usait du privilège de rester coiffé lorsqu'un duc ou un pair l'interpellait et ne se découvrait que pour répondre à un prince du sang. Cette étiquette horripilait les Grands qui y voyaient un signe d'abaissement devant la noblesse de robe. Saint-Simon le premier voulait en finir avec cette coutume afin de signifier aux membres de cette assemblée que la raison leur imposait de s'effacer devant la fine fleur de l'aristocratie.

Philippe n'avait cure de ces bouffonneries et omettait prudemment de donner son avis sur ce chapitre épineux. D'autant qu'il envisageait déjà de gagner la faveur du parlement en lui promettant de renforcer ses prérogatives. Mais, fine mouche, il n'en ferait l'annonce aux magistrats les plus influents que s'il estimait être en mesure de parvenir à ses fins.

---

1. Les talons rouges étaient traditionnellement arborés par les aristocrates.

Orléans se lassa bien vite de la compagnie de ces personnages imbus d'esprit de caste. Sans rompre, il constitua autour de lui un second cercle qui devint bientôt le premier sous la houlette de Dubois. Parmi eux, figurèrent quelques-uns de ses compagnons habituels de débauche, les Nocé, Effiat et Nancré, qui montrèrent en l'occasion une réelle aptitude à l'intrigue politique. Il s'y ajouta l'abbé Thésut, le marquis de Canillac, colonel du régiment de Rouergue, le savant Nicolas-François Rémond, le baron de Longepierre et une vieille fille, Marie-Thérèse de Chausseray, attachée depuis longtemps à la maison d'Orléans. Maîtresse éphémère de Louis XIV, elle jouissait depuis du privilège d'être tutoyée par le vieux Roi. Si Philippe l'avait choisie, c'était qu'elle n'avait pas son pareil pour connaître les petits et grands secrets de la Cour et du meilleur monde. L'ambitieux Noailles, qui ne partageait pas les préjugés de ses commensaux à l'égard du parlement, se joignait parfois à cette petite société. Bien introduit dans la sphère militaire grâce à son beau-frère, Guiche, qui commandait les gardes-françaises, il saurait être le moment venu une recrue de choix.

Enfin, Philippe, habilement conseillé par Dubois, ne dédaigna pas de se servir de la querelle religieuse qui opposait un clergé gallican, teinté de jansénisme, à l'absolutisme papal illustré par la bulle de Clément XI *Unigenitus*[1]. En cette affaire, le Roi et sa dévote épouse

1. Cette bulle fulminée par Clément XI en 1713 à la demande de Louis XIV était une violente condamnation du jansénisme. Elle fut contestée par le clergé français qui y voyait une atteinte intolérable aux prérogatives traditionnelles de l'Église gallicane.

avaient pris le parti de Rome. Mais les principaux prélats, à commencer par l'archevêque de Paris, renâclaient et pressaient le parlement de ne pas enregistrer la nouvelle constitution pontificale. Il suffit donc au duc d'Orléans de laisser entendre qu'il encourageait le clergé et les parlementaires à résister au pape et au Roi pour s'assurer de nouveaux soutiens.

Il se trouva par conséquent que ces manœuvres ourdies dans le plus grand secret réussirent par miracle à regrouper derrière un prince, qui était encore la veille l'être le plus vilipendé qui fût, un assemblage hétéroclite d'orgueilleux seigneurs, d'austères ecclésiastiques, de magistrats désireux de s'affranchir de la tutelle royale et de libertins qui aspiraient à en finir avec la bigoterie ambiante. Tous n'étaient unis que par une espérance : voir le duc d'Orléans accéder à la Régence dès la mort de Louis XIV !

*

En ce beau mois d'avril 1714, l'équipage du duc de Berry menait grand train dans les bois de Marly. On courrait un vieux cerf qui narguait depuis trop longtemps les chasseurs tant il était habile à donner le change en lançant sur la voie de la meute un plus jeune que lui. Le prince, rouge d'excitation, éperonna sa monture. Sans doute à cause de ses malheurs conjugaux, Berry qui, par ailleurs, était dénué de tout centre d'intérêt, n'avait jamais été aussi acharné à assouvir sa passion de la chasse.

Au détour d'un chemin, le cheval refusa un obstacle et se cabra. Tirant sur les rênes pour retenir sa monture, le duc, sur le point de vider ses étriers, heurta violemment du creux de l'estomac le pommeau de sa selle.

La douleur était vive mais Berry n'en continua pas moins à chasser. Quant il revint vers le château, la souffrance s'était encore accrue. Dès qu'il mit le pied à terre, de longs vomissements sanglants l'ébranlèrent. Seul un valet assista à ce douloureux épanchement. Berry lui interdit d'en parler et refusa que fût appelé un médecin. Trois jours plus tard, apparemment guéri, il retourna à la chasse et demeura douze heures à cheval.

Lors du souper qui suivit à la table du Roi, chacun s'étonna de la prodigieuse quantité de poisson qu'il engloutit. Puis il galopa à Versailles où, à la minuit, il retrouva la duchesse qui, enceinte, n'avait pas quitté son appartement. En sa compagnie, il mangea à nouveau et dévora autant de viande qu'il avait consommé de poisson à Marly. Toutefois, le lendemain matin, frissonnant, il fut incapable de repartir à la chasse comme il en avait eu l'intention. Son dévoiement sanguin se répéta. Il essaya d'y mettre fin en se gorgeant de chocolat. Mais se sentant de plus en plus mal, il se résigna à confier son sort aux mains des médecins. Sans surprise, ces derniers commencèrent par le saigner. Puis des émétiques lui furent administrés. Ils ne purent venir à bout des vomissements sanglants.

« Une veine de l'estomac s'est rompue, confia l'un de ses hippocrates, Boulduc, à Saint-Simon. Il ne reviendra pas. »

Cependant Berry ne semblait pas avoir conscience de la gravité de son cas. Le 3 mai, recevant Madame et sa bru, la duchesse d'Orléans, il opina même qu'il était sauvé. Mais soudain, un violent hoquet le secoua tout entier. Il respirait avec difficulté. Son confesseur fut appelé en toute hâte et le prépara aux derniers sacrements. Berry expira au petit matin. Il entrait dans sa vingt-huitième année.

Il ne fut pas longtemps avant que l'on parlât à nouveau de poison. Mais la rumeur fit long feu. Orléans était désormais le point de mire de la Cour et de tous ceux qui, pronostiquant la mort prochaine du vieux Roi, attendaient son élévation. Il était donc imprudent de lui déplaire.

Louis XIV, une nouvelle fois, fut atteint par ce trépas. C'était la cinquième fois qu'il perdait l'un de ses descendants. Après avoir réglé le deuil, il fit venir à lui son dernier héritier, le petit duc d'Anjou, alors âgé de quatre ans. Et, le visage baigné de larmes, il dit en sanglotant :

« Voilà ce qui me reste de toute ma famille ! »

C'était oublier Philippe V, son petit-fils. Le Roi d'Espagne, pour sa part, ne tarderait pas à rappeler son existence à son grand-père, en dépit des lettres de renonciation au trône de France qu'il avait consenti à signer.

*

Louis XIV n'attendit que deux mois avant de dévoiler son jeu.

Il commença par ordonner le rappel du cardinal del Giudice, ambassadeur extraordinaire du Roi d'Espagne. Ce personnage remuant ne cessait d'étourdir ministres et diplomates, plaidant la cause de son maître et remontrant à longueur de discours que Philippe V était en droit de devenir le tuteur de son neveu Anjou et donc le futur Régent.

Ce renvoi sonna agréablement aux oreilles d'Orléans et de tous ses partisans. Le Roi avait-il enfin décidé de confier les clefs du royaume à son neveu ?

Cette joie fut de courte durée. Soudain, dans la touffeur de la fin du mois de juillet, un véritable coup de tonnerre éclata dans le ciel de Versailles. Louis XIV venait de signer un édit solennel reconnaissant à ses enfants naturels la dignité de princes du sang et donc leur aptitude à coiffer la couronne royale après extinction de la branche légitime. Le monarque exigeait du parlement que cette proclamation fût enregistrée au plus vite.

Dans le camp orléaniste, ce fut le tollé. Saint-Simon, féru d'histoire dynastique, clama que c'était la première fois dans l'histoire de la royauté française qu'il était permis à des bâtards de monter sur le trône. Son indignation fut aussitôt partagée par la haute noblesse et les magistrats du parlement.

Philippe, atteint par ce coup qui lui faisait maintenant douter de jamais exercer la Régence, ne montra pourtant aucune acrimonie. Seuls ceux qui le connaissaient bien observèrent comme un voile de tristesse qui passa fugitivement sur son visage.

La déconvenue, si intense qu'elle eût été, n'empêcha pourtant point les orléanistes de songer à bâtir une défense. L'élévation des bâtards et particulièrement de leur aîné, le duc du Maine, si elle contrariait de prime abord Orléans, lésait aussi les deux autres branches collatérales de la maison de Bourbon, les Condés et les Conti[1] dont les chefs affichaient haut et fort leur

1. Il est plaisant de noter que ces orgueilleux aristocrates si hostiles aux bâtards n'en avaient pas moins accepté que leurs fils fussent mariés aux filles de Louis XIV et de la marquise de Montespan.

qualité de princes du sang. Une alliance ne pouvait-elle unir ces hauts seigneurs qui voyaient sans plaisir les enfants mâles de la Montespan devenir leurs égaux et jouir des mêmes honneurs ?

Philippe ne s'opposa pas à ce dessein mais résolut de ne s'en point mêler. Pourtant il lui paraissait singulier que le destin s'amusât à le rapprocher de sa plus grande ennemie, Louise Françoise de Bourbon, mère de Louis-Henri (Monsieur le duc, depuis la mort de son monstre de père) qui était désormais le premier des Condés.

Le second coup fut encore plus rude. À la fin du mois d'août, Louis XIV demanda à son lever M. de Mesmes, premier président du parlement, et le procureur général Daguesseau. Il s'enferma ensuite avec eux dans le secret de son cabinet et leur remit aussitôt un gros paquet scellé de sept cachets.

« Messieurs, dit-il, ceci est mon testament. Il n'y a que moi qui sache ce qu'il contient. Je vous le remets afin qu'il soit gardé au parlement. Il ne devra être ouvert qu'en présence des chambres réunies, des princes du sang et des pairs de France. »

Puis, après que M. de Mesmes se fut saisi du précieux objet, le Roi s'abandonna à d'inhabituelles confidences et dit d'une voix lasse :

« L'exemple de mes prédécesseurs et du Roi mon père ne me laisse pas ignorer ce que pourra devenir ce testament[1]. J'en connais donc l'impuissance et l'inutilité. Mais on l'a voulu, on m'a tourmenté... J'ai

1. Dans ces dernières dispositions, Louis XIII avait flanqué la Régente, Anne d'Autriche, d'un Conseil de Régence qui limitait son pouvoir. Mais, avec l'aide de Mazarin, la Reine ne tarda pas à supprimer ce Conseil afin d'exercer pleinement le pouvoir.

acheté mon repos. Advienne ce que pourra. Au moins, je n'en entendrai plus parler ! »

Cet aveu, relaté par les deux magistrats, ne laissa pas d'intriguer. Mais il fut très vite admis que Louis ne s'était résigné à écrire ce document qui organisait la future Régence que pour complaire à Mme de Maintenon et à son protégé, le duc du Maine. Il était donc à craindre que ce dernier ne fût le véritable bénéficiaire des dispositions prises par le Roi.

Orléans n'en devait par conséquent rien attendre. Si son oncle avait désiré qu'il devînt Régent, ainsi que la raison et l'ordre naturel le commandaient, il ne se serait pas donné la peine de coucher par écrit ses dernières volontés. Pourtant aucun de ses familiers ne parvint à lui arracher une plainte. Philippe opposait des traits impénétrables à tous ceux qui tentaient de deviner ses pensées les plus secrètes.

*

Louis XIV déclinait et l'Europe s'alarmait.

À Londres, un Hanovre, George Ier, avait succédé à la Reine Anne. Cousin germain de Madame, il était donc parent de Philippe d'Orléans. Farouche partisan du maintien de la paix d'Utrecht, il devait néanmoins compter avec une majorité parlementaire belliciste et francophobe qui reprochait à la France l'édification d'un nouveau port en face des côtes anglaises pour remplacer Dunkerque démantelée à l'issue de la guerre. Autre sujet de grief, la protection que le Roi-Soleil continuait à accorder au rejeton des Stuart, le chevalier de Saint-George, qui avait l'outrecuidance de se faire appeler Jacques III et ne parlait que de débarquer outre-Manche pour récupérer son trône. Enfin, l'Anglais, convaincu de la duplicité de Louis XIV, soupçonnait toujours ce dernier de vouloir réunir les couronnes de France et d'Espagne sous l'autorité de son petit-fils Philippe V, en dépit des renonciations signées lors des traités de paix. En feignant d'élever son bâtard, le duc du Maine, le Roi de France avait donc édifié un rideau de fumée pour mieux dissimuler son véritable dessein. La preuve en était que Madrid bruissait de rumeurs. Philippe V se tenait prêt à confier le gouvernement à la Reine puis à passer les Pyrénées avec des troupes dès que lui parviendrait la nouvelle de la mort de son grand-père tandis que son nouvel ambassadeur à Versailles, le prince de Cellamare, conspirait déjà en faveur de son maître.

Face à cette menace, George Ier décida d'allumer un contre-feu en envoyant un diplomate en France, Lord Stair. Celui-ci, à peine eut-il présenté ses lettres de créances, se dépêcha d'entrer en relation avec le Palais-Royal. Il déclara tout de go à Philippe que le Roi d'Angleterre n'aspirait rien tant que de le voir accéder à la Régence.

Orléans ne fut pas dupe. Il s'agissait d'abord de ruiner les espérances de Philippe V et ensuite de tenir le chevalier de Saint-George à distance. Il écouta avec amabilité le propos de l'envoyé de son cousin George Ier. Mais il se garda bien de s'engager et laissa à Dubois le soin de poursuivre secrètement l'ébauche de cette alliance. Philippe ne voulait en aucun cas rebuter le Roi d'un pays dont il admirait les institutions mais il ne pouvait pas non plus se résoudre à donner l'impression qu'il était devenu le champion de l'étranger.

*

Le Roi mangeait moins. Le fait inquiéta, tant son appétit légendaire avait toujours ébaubi ses proches.

On ne le voyait plus guère. Réfugié dans son cher Marly, il avait réduit l'étiquette qui réglait son existence au plus simple appareil. Seuls la marquise de Maintenon, son confesseur, le père Tellier, le duc du Maine et le maréchal de Villeroy qui devait sa faveur au fait d'avoir été un compagnon de jeunesse du monarque, avaient le privilège de le voir en son privé. Ne profitaient-ils pas de cette intimité pour lui extorquer des lambeaux d'héritage ?

En avril 1715, un nouvel épisode sembla confirmer cette supputation : Louis XIV remit au chancelier Voysin un codicille à son testament. Mais nul ne put savoir quel en était le contenu. On en conclut cependant que la fin était proche.

Le 10 août, il reparut pourtant à Versailles. Méconnaissable. Affligé d'une boiterie, il arborait un visage de vieux parchemin. Surmontant les maux qui l'accablaient, Louis tint pourtant à exercer encore une fois son métier de Roi en recevant avec faste l'ambassadeur de Perse. Mais il paya vite cet effort : empêché de marcher, il ne se déplaçait plus que juché sur un fauteuil qu'on portait de place en place. De sa chambre à la chapelle, de son cabinet au salon de musique car le Roi, de retour dans son château, exigea que le cérémonial reprît son immuable déroulement.

Philippe, qui n'était toujours pas le bienvenu à Versailles, se tenait toutefois informé, passait de longues heures à conférer avec Dubois ou Saint-Simon et manifestait un calme qui tranchait avec l'impatience qui s'était emparée de tous les courtisans.

À la mi-août, la rumeur se fit insistante : la gangrène avait attaqué l'une des jambes du Roi. Mais le vieux Fagon se voulut rassurant : son auguste patient n'était nullement fiévreux. Le médecin prescrivit néanmoins du quinquina à l'eau et du lait d'ânesse.

Le 19 août, il fut décidé que Louis devait demeurer alité : la fièvre s'était déclarée et le malade peinait à s'alimenter. Deux jours plus tard, le chancelier annonça que le monarque ne pourrait passer en revue la gendarmerie ainsi que l'ordonnait la tradition. Cet honneur reviendrait au Dauphin qui serait guidé en l'occasion par le duc du Maine. On y vit aussitôt une insigne preuve de confiance : Louis XIV avait élu son bâtard !

Saint-Simon se précipita aussitôt au Palais-Royal : Philippe devait faire un éclat, protester, tempêter. Comment un prince qui avait donné tant de preuves de sa poltronnerie sur les champs de bataille pouvait-il avoir la faveur de paraître à la tête des troupes ? Il y avait là une insulte à l'armée et à la bravoure que le duc d'Orléans, héros de tant de campagnes militaires, devait instamment relever.

Philippe n'en fit rien. Bien au contraire, il décida, en uniforme de simple capitaine, de défiler à la tête de ses propres compagnies.

Sa feinte modestie fit mouche. On ne put s'empêcher d'observer le contraste entre le fringant duc d'Orléans qui, de son sabre, salua avec grâce le petit Dauphin et le malheureux bâtard qui semblait embarrassé de sa personne. Et lorsque la revue fut terminée, délaissant le duc du Maine, les officiers s'empressèrent autour du vainqueur de Lerida.

*

Ce même soir, Françoise Marie vint chez son époux qui, étant donné le train des événements, avait choisi de résider dans son appartement de Versailles. Elle lui transmit une étrange sollicitation : le vieux maréchal de Villeroy désirait s'entretenir en toute discrétion avec lui de sujets fort importants. Philippe, qui savait que la duchesse en tenait toujours pour son frère et restait acquise aux desseins de la Maintenon, subodora une manœuvre. Il n'en accepta pas moins tant il se sentait de force à circonvenir un courtisan qui ne brillait guère par la subtilité de son esprit.

Villeroy, tout en courbettes et amabilités, parut à la nuit dans le cabinet du prince. D'emblée, il ne fit pas mystère de ses intentions : il voulait obtenir pour lui-même et son ami le chancelier Voysin des assurances.

Philippe éclata de rire.

« Mais en quoi pourrais-je les satisfaire, moi qui ne suis rien à cette heure ! »

Un instant décontenancé, le maréchal abattit son jeu : il connaissait les secrets du testament royal et pouvait sur-le-champ les dévoiler. Philippe l'y invita et, tout oreilles, écouta.

« Vous deviendrez Régent en titre mais en réalité vous présiderez un Conseil qui aura tout pouvoir et où les décisions seront prises à la majorité des voix…

— Qui en sera membre ? »

Gêné, le vieux soldat toussota :

« Je crains que Votre Altesse royale n'y trouve pas beaucoup de ses amis. »

Philippe hocha la tête mais s'abstint de tout commentaire. Villeroy poursuivit :

« Le duc du Maine aura la charge de l'éducation et de la garde du Dauphin dont je serai moi-même le gouverneur. »

Après un nouveau silence, Orléans sourit.

« Puisqu'il en est ainsi, monsieur le maréchal, je ne vois pas en quoi je pourrais vous servir. À moins que vous n'estimiez déjà que les dispositions testamentaires de mon oncle ne pourront guère résister à l'usage qui en sera fait !

— Opinez-vous en ce sens ?

— Il serait bien imprudent d'insulter l'avenir. Je me garderai donc de tout pronostic en cette matière. »

Villeroy observa son interlocuteur, tenta vainement de pénétrer sa pensée. Puis, tordant sa moustache, il se leva. Philippe, malicieux, ajouta :

« Bien entendu, vous pourrez faire une relation de notre conversation à qui de droit ! »

*

Au soir du 24 août, la santé du Roi s'aggrava. L'aréopage des médecins se pencha sur sa jambe malade. Elle montrait jusqu'au genou de vilaines taches sombres. Il fallait se rendre à l'évidence : la gangrène s'était déclarée. Mais nul remède de leur connaissance ne pouvait enrayer le mal.

Louis XIV passa une partie de la nuit à s'entretenir avec son confesseur. Malgré la souffrance, il donna le témoignage d'une admirable sérénité.

Le lendemain, jour de la Saint-Louis, le Roi exigea que le rituel ordinaire fût observé à la lettre. Il dîna donc en présence des courtisans, écouta les tambours et hautbois qui jouaient sous ses fenêtres et prit sur lui pour donner une audience publique. Puis il se retira dans sa chambre, échangea quelques mots avec le chancelier et écrivit d'une main tremblante un nouveau et court codicille à ajouter à son testament. Mme de Maintenon, muette et noire, veillait à l'orée de la pièce.

Un peu plus tard, un terrible cortège gravit les degrés du petit escalier. Escortés d'enfants qui brandissaient des flambeaux, deux prêtres, tête basse et encapuchonnés tels des pénitents, apportèrent le saint sacrement. La mort creusait peu à peu son chemin dans la chambre du Roi.

Après avoir reçu l'extrême-onction, Louis s'entretint encore un instant avec le maréchal de Villeroy. Son pouls était faible et parfois, les yeux clos, le souverain semblait s'absenter.

La nuit recouvrait le château. Mais personne n'osait dormir. En compagnie de Saint-Simon qui ne tenait pas en place, Philippe prenait l'air devant une fenêtre de son appartement. Un parfum de terre mouillée montait des jardins. Il s'y mêlait l'odeur amère des buis.

Soudain, on frappa à sa porte. Un officier se présenta : le Roi demandait son neveu. Le petit duc arbora un sourire de triomphe.

*

Une bouffée putride saisit Orléans dès qu'il pénétra dans la chambre royale. Louis, évanescent, le dos calé par de grands oreillers, reposait dans un lit qui semblait trop grand pour sa carcasse décharnée. À son chevet, la marquise de Maintenon, visage fripé et immobile, lui apparut comme quelque sinistre gardienne des Enfers.

Surmontant sa répugnance, il s'approcha en silence.

Philippe songea qu'il n'avait pas revu son oncle en tête à tête depuis ce jour où il l'avait supplié d'être conduit à la Bastille.

Le Roi leva les yeux. Jaune, émacié, tremblant de fièvre, il n'en gardait pas moins un effrayant air de majesté.

« Mon neveu, dit-il d'une voix faible, je vous ai toujours aimé, quoi que vous ayez pu penser.

— Sire, ne croyez pas… »

D'un geste de la main, Louis lui imposa le silence et continua sur un ton plus ferme :

« Vous ne trouverez dans mon testament rien dont vous ne puissiez être content. Je vous recommande le Dauphin. Et j'attends de vous que vous le serviez aussi fidèlement que vous m'avez servi… Travaillez à lui conserver son royaume. Je connais votre bon cœur et l'étendue de votre esprit. Je ne doute pas que vous en userez pour avoir soin de l'éducation du Dauphin et du soulagement des peuples de mon royaume. »

Essoufflé, il reprit sa respiration. Philippe était au bord des larmes. Le vieillard ferma les yeux et poursuivit, faisant effort sur lui-même :

« J'ai pris les dispositions les plus sages et les plus équitables pour le bien du royaume. Mais on ne saurait tout prévoir. S'il se présentait quelque point à changer ou réformer, l'on fera ce qui sera jugé à propos… »

Malgré l'émotion qui l'étreignait, Philippe pensa qu'il était étrange qu'au moment de disparaître Louis XIV envisageât déjà que ses dernières volontés fussent contournées. Comme si, au seuil de la mort, il n'était plus assuré d'avoir pris les bonnes dispositions. Et n'était-ce pas une sorte d'invitation à ne pas respecter les termes de son testament ?

Un tressaillement courut sur le visage du Roi. Il se tourna vers son épouse et reprit :

« Je vous confie Mme de Maintenon… Vous savez l'estime et la considération que je lui ai toujours témoignées. Elle m'a été utile en tout et d'abord pour mon salut. Faites ce qu'elle vous demandera pour elle mais elle n'abusera pas de votre bonté. »

La marquise n'avait pas cillé. Philippe avança d'un pas dans sa direction, lui prit la main pour la baiser. Mais, d'un geste brusque, la vieille femme le redressa et l'embrassa. Des larmes silencieuses coulaient sur ses joues flétries. Orléans y mêla les siennes.

Un pâle sourire s'esquissa sur le visage du Roi. Puis, recouvrant sa sérénité, il ajouta, solennel :

« Vous allez voir un Roi dans la tombe et un autre dans le berceau. Souvenez-vous toujours de la mémoire de l'un et des intérêts de l'autre. »

*

Philippe ne feignait pas. Il éprouvait un réel chagrin. Cependant, il demeurait lucide et se défiait de la duplicité de l'agonisant.

À peine avait-il quitté la chambre empuantie du Roi que le maréchal de Villeroy le tira à lui. Il tenait à la main une enveloppe non cachetée dont il sortit une feuille couverte de quelques lignes qui semblaient avoir été écrites par un enfant tant leur calligraphie était hésitante. Orléans comprit qu'il s'agissait du dernier codicille testamentaire.

Il lut, blêmit. S'il y trouva la confirmation qu'il serait le Régent, il découvrit que le commandement de la Maison civile et militaire du Roi serait confié au duc du Maine. Il serait donc lui-même dépourvu de toute autorité puisque les instruments du pouvoir lui étaient dérobés.

Revenu dans ses appartements, il conféra avec Dubois et Saint-Simon. Ce dernier, égal à lui-même, manifesta haut et fort son indignation :

« Vous êtes désormais à la merci du bâtard qui pourra vous faire arrêter quand il le voudra. »

Plus finement, l'abbé remarqua que le Roi violait le principe monarchique qui voulait qu'un souverain ne pût disposer de la couronne à sa guise. Mieux, il lui était interdit d'assortir d'une servitude le pouvoir de son successeur.

« Vous serez donc en droit de demander au parlement d'annuler un acte qui, en créant une rivalité au sommet de l'État, ne pourra que nuire au bon gouvernement de la France. »

Orléans était-il prêt à tenter ce coup de force ? Il ne barguigna pas longtemps. Oui, il agirait comme le bon sens et la Justice le lui ordonnaient. Et, d'ores et déjà, il prendrait sur lui d'aller s'entretenir avec les membres les plus éminents du parlement tandis que Dubois s'offrit à manœuvrer les principaux chefs de l'armée, quitte à leur promettre d'importantes récompenses.

Louis XIV avait-il déjà opéré une volte-face ? Le lendemain, de plus en plus affaibli, il convoqua les principaux dignitaires du royaume et leur commanda de suivre les ordres que son neveu leur donnerait. Car il gouvernerait !

Épilogue provisoire

Fin août 1715

Louis XIV luttait toujours. Entre deux syncopes, il demanda à voir le petit Dauphin. Intimidé et révulsé par l'épouvantable odeur de la gangrène, l'enfant s'approcha à pas comptés de son arrière-grand-père. Mme de Ventadour, sa gouvernante, le poussa jusqu'au lit du Roi, puis se tint respectueusement éloignée.

« Mon cher enfant, murmura Louis, vous serez le plus grand Roi du monde. N'oubliez jamais les obligations que vous avez à Dieu. Ne m'imitez pas dans les guerres, tâchez de maintenir la paix avec vos voisins, de soulager votre peuple autant que pourrez, ce que j'ai eu le malheur de ne pouvoir faire par les nécessités de l'État… »

Il éleva sa main au-dessus de la tête du futur Louis XV, le bénit et l'attira à lui pour l'embrasser. L'enfant, vaguement effrayé, s'arracha bien vite aux bras du vieillard et courut se nicher dans les jupes de la duchesse.

*

Le 29 août, le Roi mangea deux biscuits trempés dans un verre de vin. La nouvelle courut Versailles. Le souverain allait mieux et les médecins ne désespéraient plus de le sauver. Aussitôt, la foule de courtisans qui affluaient dans l'antichambre du duc d'Orléans reflua vers les appartements royaux. Recevant peu après Saint-Simon, Philippe ironisa :

« Si mon oncle mange encore une fois, je n'aurai plus personne ! »

Il vint pourtant une visiteuse qu'il n'attendait pas : Madame la duchesse !

Tout sourires, elle entra dans son cabinet et prit une chaise sans attendre que Philippe la priât de s'asseoir. Elle le fixa. Un brin d'insolence dansait dans ses beaux yeux.

« Remettez-vous, mon cousin, vous me semblez tout chaviré.

— Sans doute le dois-je à l'éclat de votre beauté !

— Tout fieffé menteur que vous soyez, je n'arrive pas à vous en vouloir tant votre propos est charmant. »

Elle rit. Ce fut comme un coulis d'air frais qui tinta à ses oreilles. Il se garda cependant de céder à l'enchantement et prit place dans un fauteuil à quelque distance.

« M'apportez-vous la guerre ou la paix ? demanda-t-il de façon abrupte.

— Les batailles que nous avons menées vous et moi furent parfois voluptueuses.

— Mais elles sont désormais si lointaines que je n'en ai plus aucun souvenir… »

La coquette fit la moue.

« Je ne vous crois en rien. »

Et en même temps, elle tira sur la fine dentelle qui recouvrait sa gorge, dévoilant jusqu'au bord des tétons une peau de lait.

« Cessez, je vous prie. Vous ne pourrez rallumer des feux que vous avez vous-même éteints. »

D'un geste brusque, elle recouvrit sa poitrine.

« Soit, alors parlons à la franche lippée… C'est un traité que je vous propose.

— Avec quel homme entendez-vous passer ce pacte ?

— Avec celui qui pourrait être demain le maître du royaume… mais qui n'est pas encore assuré de le devenir. Je vous apporte l'alliance des Condés si vous me promettez d'élever mon fils à la première place du Conseil de Régence. »

Philippe garda le silence, considéra cette créature encore désirable qu'il avait autrefois tenue dans ses bras et qui avait si longtemps peuplé ses rêves. Soumise à ce regard brûlant, la duchesse reprit sur un ton amène et quelque peu désabusé :

« Nous avons été victimes tous deux de forces qui nous dépassaient. Mais, malgré que je vous aie beaucoup nui, je vous ai toujours conservé une place dans mon cœur… Consentez et vous ne me trouverez plus jamais en travers de votre chemin. »

*

La gangrène n'avait jamais cessé son terrible ouvrage. La jambe du Roi était maintenant entièrement noire. La prière des agonisants, lugubre, retentissait dans toutes les salles du premier étage. Elle fut seulement interrompue au petit matin par le roulement d'un carrosse sur le pavé. Mme de Maintenon fuyait et, dit-on, allait faire retraite à Saint-Cyr, sans attendre la mort de son époux.

Louis XIV ne sortait plus guère d'un sommeil qui annonçait la fin. Dans la journée du 31 août, il eut un ultime sursaut, se réveilla et cria d'une voix forte qui l'emporta sur les litanies des prêtres :

« Ô mon Dieu, venez à mon aide, hâtez-vous de me secourir ! »

Puis il sombra à nouveau dans l'inconscience. Une longue nuit passa encore. Au matin du 1er septembre, alors que la cloche de la chapelle sonnait le premier quart de huit heures, Louis rendit son dernier souffle.

Le duc de Bouillon, grand chambellan, ne tarda pas à paraître sur le balcon qui surplombait la cour de marbre et lança :

« Le Roi est mort. Vive le Roi ! »

Un soleil déjà vif montait dans le ciel de Versailles et annonçait une radieuse journée d'été.

*

Suisses et gardes de la Maison royale s'étaient rangés de part et d'autre de la galerie des Glaces. La musique battait du tambour et il semblait que l'orage grondait sur le château. Philippe d'Orléans, qui avait passé un sobre habit de velours noir, conduisit le cortège des princes du sang et principaux dignitaires de la Cour jusqu'à la porte de l'appartement du nouveau Roi.

Mme de Ventadour ouvrit et s'effaça aussitôt. Au milieu de la chambre, l'enfant attendait. Il était vêtu d'un justaucorps violet à ceinture blanche et coiffé d'un chapeau aux longues plumes qui encadraient son visage d'un écrin de flammes multicolores.

« Comme il est adorable ! » ne put s'empêcher de s'exclamer une duchesse.

Philippe s'avança devant le petit Louis XV, fit une révérence des plus gracieuses :

« Sire, je viens rendre mes devoirs à Votre Majesté comme le premier de ses sujets. »

Et soudain, l'enfant-roi éclata en sanglots.

ARBRES GÉNÉALOGIQUES

LOUIS-AUGUSTE
de Bourbon
duc du Maine
(1670-1736)
ép. Anne-Louise-Bénédicte
de Bourbon-Condé

LOUIS-CÉSAR
de Bourbon
comte de Vexin
abbé de Saint-Germain-des-Prés
(1672-1683)

LOUISE-FRANÇOISE
de Bourbon
Mlle de Nantes
dite Madame la duchess
(1673-1743)
ép. Louis III
duc de Bourbon-Condé

ENFANTS LÉGITIMÉS DE LOUIS XIV
ET
DE MADAME DE MONTESPAN

.OUISE-MARIE-ANTOINETTE
de Bourbon
Mlle de Tours
(1674-1681)

FRANÇOISE-MARIE
de Bourbon
2e Mlle de Tours
(1677-1749)
ép. Philippe II d'Orléans
RÉGENT

LOUIS-ALEXANDRE
de Bourbon
comte de Toulouse
(1678-1737)
ép. Marie-Sophie-Victoire
de Noailles

LOUIS XIII
(1601-1643)
ép. Anne d'Autriche

LOUIS XIV
(1638-1715)
ép. Marie-Thérèse d'Autriche

LOUIS
Grand Dauphin
(1661-1711)
ép. Marie-Anne-Christine de Bavière

LOUIS
duc de Bourgogne
(1682-1712)
ép. Marie-Adélaïde de Savoie

CHARLES
duc de Berry
(1686-1714)
ép. Élisabeth d'Orléans

LOUIS
duc de Bretagne
(1707-1712)

LOUIS XV
(1710-1774)

PHILIPPE
duc d'Anjou
puis roi d'Espagne
(1683-1746)
ép. 1) Marie-Louise de Savoie
2) Élisabeth Farnèse

MAISON DE FRANCE

PHILIPPE d'Orléans
(1640-1701)
ép. 1) Henriette d'Angleterre
2) Élisabeth-Charlotte de Bavière
dite Princesse Palatine

MARIE-LOUISE
(1662-1689)
ép. Charles II d'Espagne

ANNE-MARIE
(1669-1728)
ép. Victor-Amédée II
duc de Savoie

MARIE-ADÉLAÏDE
de Savoie
(1685-1712)
ép. Louis duc de Bourgogne

MARIE-LOUISE
de Savoie
(1688-1714)
ép. Philippe V d'Espagne

PHILIPPE II
d'Orléans
(1674-1723)
RÉGENT

ÉLISABETH-CHARLOTTE
(1676-1744)
ép. Léopold
duc de Lorraine et de Bar

Remerciements

À Catherine, Edmée, Louis, qui ont été mes premiers lecteurs (et critiques).

À Rébecca Denantes, qui a réalisé un indispensable travail d'archiviste.

TABLE DES MATIÈRES

Composition et mise en pages
Nord Compo à Villeneuve-d'Ascq

Imprimé en Espagne par
Liberdúplex
à Barcelone
en octobre 2014

POCKET – 12, avenue d'Italie – 75627 Paris cedex 13

Dépôt légal : novembre 2014
S22118/01